퓨처 워커

1

이영도 판타지 장편소설

퓨처 워커

1

사라진 시인의 추모곡

황금가지

차 례

프롤로그
7

제1장
사라진 시인의 추모곡
45

제2장
시인의 귀환
247

프롤로그

회색 산맥의 최고봉 미주르는 고집 센 늙은이처럼 북녘 하늘을 노려보고 있었다.

미주르가 뿜어내는 둔중한 은광은 대륙의 북쪽 끝, 산들의 고향 드라일 산맥에 대한 그리움처럼 북방의 넓은 하늘을 가로질러 은은히 뻗어가고 있었다. 북녘 하늘을 온통 실버 비리디언(은빛 도는 청록색)으로 물들이며 퍼져나간 미주르의 은광은 오로라와 망각의 이사의 처녀들의 베틀에 걸려 극광의 천을 짜는 날실로 바뀐다.

그 은광이 시작되는 장소, 미주르의 희푸른 산자락 아래, 세 명의 기수들이 서 있었다.

두꺼운 구름을 힘겹게 뚫고 내려온 햇살이 그들에게 떨어졌다. 눈을 뜨고 볼 수 있는 악몽인 미주르 산을 넘었다는 것만으로도 세 명의 기수에게 햇살의 축복은 넘칠 만큼 쏟아져도 좋을 것이다.

선두에 선 남자는 얼어붙은 손을 힘겹게 들어올려 어깨에 남아 있는 눈을 털어내었다. 눈은 대개 부드러운 것이다. 남자의 손길도 가볍게 시작되었다. 하지만 남자는 곧 잘못 생각했다는 것을 깨달았다. 나흘 동안 어깨에 쌓여온 눈은 얼음덩이나 다름없었다. 체온에 녹아 옷감으로 스며들었다가 다시 얼어붙은 눈인 것이다. 남자는 더 거센 동작으로 자신의 어깨를 후려쳤다.

퍽, 퍽. 눈송이가 아니라 얼음 가루가 비산한다.

제정신을 가진 자가 보았다면 자해를 하고 있다고 생각될 정도로 거친 동작이었지만 얼어붙은 손에도, 얼어붙은 어깨에도 별다른 감각을 느끼지 못한 사내는 그 단조로운 동작을 계속하며 눈 아래 넓은 선상지를 바라보고 있었다. 정확하게 말하자면 선상지 왼쪽의 언덕 위에 외로이 서서 회색빛 하늘을 이고 있는 오래된 석비를 바라보고 있었다.

그때 뒤쪽에서 조금 날카로운 목소리가 들려왔다.

"재미있나, 그란?"

자신의 몸을 후려치고 있던 그란은 고개를 조금 돌렸다.

등 뒤에는 남자 하나와 여자 하나가 말에 탄 채 그를 바라보고 있었다. 눈동자가 잘 보이지 않을 정도로 쭉 찢어진 눈꺼풀의 남자는 조금 마른 체격에 초췌한 표정이었지만 어깨를 편 자세로 당당하게 앉아 있었다. 하지만 그 옆의 붉은 머릿결을 찰랑거리고 있는 여자의 얼굴은 말이 아니었다. 그녀는 인간이 저렇게까지 떨 수 있다는 것이 믿어지지 않을 정도로 맹렬하게 떨고 있었다. 그란은 잠시 측은한 눈초리로 여자를 바라보았다.

"그렇게 껴입었으면서 얼어 죽는 시늉을 하냐?"

여자는 힘없이 고개를 들어올리며 대답했다.

"우흐히흐……. 고양이가 껴, 껴입었다고 추위, 추위 안 타는 거, 거……, 우에이!"

"우에이? 허헛."

그란은 여자의 괴이한 기침 소리에 잠시 실소하고는 고개를 들어 회색 산맥을 바라보았다.

그들은 나흘에 걸쳐 회색 산맥을 돌파했다. 그들의 모든 추억과 지나온 날들의 아름답고 슬픈 일들에 대해 알지 못한다 하더라도, 지난 나흘 동안 이룩한 일만으로도 감탄을 선사해 마땅할 것이다.

그란은 다시 고개를 돌려 석비를 바라보았다. 즐겁다고는 할 수 없는 광경이었다.

나흘에 걸쳐 가장 야만스러운 자연의 횡포 속을 묵묵히 걸어온 끝인지라 인간이 만든 것이라면 교수대조차도 반갑게 보여야 할 처지였다. 설령 그 끝에 시체가 대롱대롱 매달려 있다 하더라도, 인간이 만들었다는 사실 하나로 교수대에 애정을 느낄 수 있을 것임을 그란은 의심치 않았다. 하지만 저 석비는……, 인간을 넘어선 듯한 느낌을 주고 있었다.

이 높은 곳에서 바라보고 있음에도 석비의 거대한 위용은 그대로였다. 차라리 탑처럼 보일 지경이다. 까마득한 높이로 꼿꼿하게 서 있는 석비는 대지를 문자판으로 삼은 해시계의 시침 같았다. 그란은 대지에 그려지는 석비의 그림자를 보며 아연해했다. 세월의 손가락이 얼마나 스쳤을까. 미주르에서 불어온 눈보라와 폭풍은 석비의 모서리를 모질게 깎아놓았지만, 높이 50큐빗에 달하는 석비는 세월보다 더 오래 간직되기를 열망하는 내용을 담은 채 꼿꼿이 서 있었다. 회색 바위들 사이에 서서 회색 얼굴로 회색 하늘을 바라보며.

휘우웅. 산바람이 그란의 머리카락을 흩날리게 만들었다. 바위틈에 쌓였던 눈가루들이 휘날려 올라 잠시 주위가 어지러웠다. 바람은 그란의 주의를 끌어보려는 듯 주위를 맴돌았지만 그란은 꼼짝도 하지 않고 석비만을 바라보고 있었다. 바람은 곧 흥미를 잃고서는 위로 살짝 날아올랐다.

거대한 석비를 바라보고 있던 그란은 텁텁한 목소리로 물었다.

"뭐라고 씌어 있는 거지?"

다시 약간 날카로운 두 번째 사내의 목소리가 대답했다.

"Hegemonia. di reacrize guef forew-laer."

곧이어 여자가 반쯤 졸도할 듯한 목소리로 말했다.

"저, 정말 좋은 말, 말이야! 가슴 깊이, 가슴 깊이 새겨두고 시, 싶어. 그런데 그게, 그게 무슨 뜻인데, 운차이?"

운차이라 불린 눈매가 날카로운 남자는 무표정한 얼굴로 말했다.

"헤게모니아. 당신의 운명은 다시 쓰여진다."

여자는 눈을 동그랗게 뜨더니 힘없이 웃으며 말했다.

"우, 우, 운명이 다시, 다시 쓰여진다고? 조, 좋지. 얼어 죽을 운명만 아니라면 좋겠, 좋겠네."

선두에 섰던 그란은 다시 고개를 돌려 그의 운명의 변화를 공언하고 있는 석비를 바라보았다. 석비는 마치 자라나는 것처럼 보였다. 바라보고 있는 동안 계속해서 자라나 마침내 하늘을 찔러버릴 듯한 모습. 멀리 떨어져 있다는 것이 안도감을 느끼게 해줄 정도였다. 그러나 그란은 싸늘하게 말했다.

"다시 쓰여진다고? 만일 처음부터 아무것도 쓰여 있지 않다면 어떻게 되지?"

붉은 머리의 여자가 눈을 동그랗게 떴다. 운차이가 조용히 대답했다.

"다시 쓰여질 것도 없겠지."

운차이의 말을 마지막으로, 바람은 그들의 대화를 더 듣지 못했다. 인간으로 따지면 본능과 유사한 무엇이 바람으로 하여금 남으로 불게 만들었다. 바람은 한쪽 지평선에서 반대쪽 지평선까지 이르는 그 거대한 망토를 펄럭이며 조용히 남으로 날기 시작했다.

그녀는 북풍이 되었다.

저 먼 회색 산맥의 짙은 우수를 담은 날씨는 남쪽의 바이서스 임펠에도 영향을 미치고 있었다. 바이서스의 수도 바이서스 임펠의 하늘은, 인간의 표정에 비유하자면 주변의 친구들이 모조리 무슨 일이 있냐고 물어볼 만한 표정이었다. 그 하늘 아래 사람들의 얼굴도 그와 닮아 있었다.

햇살 한 점 찾아볼 수 없는 날씨였지만 봄철 특유의 약간 미지근한 바람이 흐느적거린다. 북풍은 이 돌의 도시에 들어와 주춤할 수밖에 없었다. 그리고 북녘에서 태어난 이 점잖은 바람은 바이서스 임펠의 골목골목에 불고 있는 좀더 인상적인 바람에 놀랐다.

엄숙한 부인네들은 아침 식사를 끝내고 밖으로 돌진하려는 개구쟁이들을 붙잡은 채 걱정스러운 눈으로 창 밖을 바라보고 있었다. 그리고 부인네들에게 귀를 붙잡힌 개구쟁이들은 그들의 짧은 생애 동안 한 번도 겪어보지 못한 굉장한 구경거리를 놓치게 되어 몹시 실망한 표정이었다. 그런 점에서 귀를 붙잡아 줄 어머니가 없는 성인 남자들은 약간의 불안감을 느낄 수도 있다. 그들은 오로지 자신의 판단에 의해 그 구경거리를 바라보고 있었으므로.

바이서스 임펠의 칼브린 로(路).

바이서스의 제3대 국왕이자, 대왕이라는 호칭이 붙은 네 명의 왕 중 가장 빈약한 체구를 자랑했다는, 그래서 훗날 그의 동상이나 초상화를 바라보는 후대인들로 하여금 당혹감을 감추기 어렵게 만든 에리네드 대왕의 오른팔 칼브린 장군의 이름이 붙은 대로다. 4두 마차 여섯 대가 나란히 지나갈 수 있는 무지막지하게 넓은 대로였지만 오늘은 그렇게 넓어 보이지 않는다. 세어보려고 들었다가는 두통을 느끼기 적당한 숫자의 사람들이 칼브린 로를 가득 메우고 있었던 것이다.

북풍은 뜨거워지기 시작했다. 억제는 충분히 길었고, 마침내 군중 속에서 씩씩한 목소리가 울려퍼졌다.

"서커스는 시민의 것이다!"

긴장된 얼굴로 군중들을 바라보고 있던 수도 경비 대원들의 얼굴에서 핏기가 사르르 빠져나갔다. 군중들은 일제히 준비된 흥분 속으로 돌입했다.

"서커스는 시민의 것이다!"

"서커스는 시민의 것이다!"

두 번째 외침과 세 번째 외침까지는 구분이 되었지만 그 이후부터는 그저 끔찍스럽게 거대한 포효 소리로 뭉쳤다. 시민들은 악다구니를 쓰듯이 외쳤고 주위에 늘어선 지붕은 들썩들썩, 새들은 포로롱포로롱 날아올랐고 집안에서 어머니에게 붙잡혀 산수 공부를 하고 있거나 혹은 탈출 계획을 짜고 있던 아이들은 더 못 참게 되어버리고 말았다. "이놈아! 어딜 가!" "으아아, 10분만! 5분만 보고 올게요!" "고맙구나, 아들아. 나를 웃기려는 거지?" "으아아! 나 엄마 자식 아니죠?" "어머나! 그걸 누가 말해 줬지?" "엄마아악!"

대로에 운집한 사람들은 관습이 요구하는 죄의식과 이성이 요구하는 흥분감 사이에 부대끼며 얼굴을 붉게 물들이고 있었다. 관습: 그들은 귀족의 사유 재산에 대해 침을 흘릴 수 없다. 이성: 서커스는 시민들의 그렇게 많지 않은 위락물 중 대표적인 것이다.

바이서스에서 서커스는 대대로 문화 귀족의 소유물이다. 귀족들은 사냥개나 말, 사냥매, 전속 악단 등을 육성하는 것과 마찬가지의 의도에서 서커스단을 육성한다. 자신의 이름을 붙인 서커스단은 귀족의 재력과 품위, 사교 활동에 지대한 도움을 준다. '트리키 서커스단의 광대는 모둘빼기로 일곱을 넘는다더라.' '핫하! 조스마인 서커스단의 광대는 아홉을 넘는다고!' '금번 저희 여식아이의 결혼식에 백작님의 서커스단을 보내주셔서 무한한 영광으로 생각합니다.' '오오, 자네의 아들이 드디어 어전에 들어서게 되었다고? 내게 작은 서커스단이 있으니 자네 아들에게 축하연을 해주고 싶군.' 그리고 귀족가의 집사들은 연

말 회계 정리에서 서커스단의 명목으로 된 수입금을 보며 흐뭇해하는 것이다. 귀족들은 품위를 수준 높게 유지하고, 광대들은 귀족가에 고용됨으로써 생계를 수준 높게 유지하고, 시민들은 서커스를 보면서 마음의 안정감을 수준 높게 유지하고, 그리고 귀족가의 집사들은 행복하게 장부를 덮는다. 바이서스의 서커스는 모두를 즐겁게 만든다.

어제까지는 그러했다.

오늘 아침 이 유서 깊은 칼브린 로에 사람들이 하나둘 모여들기 시작할 때까지만 해도 아무도 이상하게 여기지 않았다. 원래 교통량이 많은 길이었으니까. 그러나 모여든 사람들이 질서 있게 줄을 맞춰 서자 경비 대원들은 이상하게 여기기 시작했다. 그리고 느닷없이(정말 느닷없이 라고밖에 표현할 말이 없다.) 서커스단의 민영화를 요구하는 시위가 불거져 나오자 이제 행복한 얼굴을 하고 있는 사람은 극히 드물게 되었다. 경비 대원들은 발 빠르게 시위대 앞에 바리케이드를 설치하고는 돌발 행동을 저지르지 못하도록 견제하고 있었지만, 솔직히 그들 자신이 먼저 돌발 행동을 일으키지 않을까 싶을 정도로 혼란에 빠져버린 얼굴들이었다.

각계의 반응: 먼저 아직 이 소식을 전해 듣지 못한 몇몇 귀족을 제외하고 나머지 귀족들의 경우에는 모두들 어이없어하고 있었다. '아니, 도대체 귀족이 아니라면 누가 서커스단을 유지할 수 있다는 말인가?' 광대들은 거취 문제로 곤혹스러워했다. '도대체 서커스단이 민영화가 될 수 있는 것이며, 또한 그렇다면 그때의 생활수준은 귀족가에 매여 있었을 때보다 더 높아질 수 있는가?' 그리고 집사들은 기민하게 시위

주동자를 찾기 시작했다. '도대체 어느 벼락 맞을 녀석이 귀족의 재산을 깎아먹겠다는 시도를 벌이고 있는 거야!' 시위대 앞을 막아선 수도 경비 대원들은 5분에 한 명꼴로 미친 듯이 상부에 연락병을 보내고 있었다. '저 사람들을 어떻게 해야 합니까?' 그리고 법조계 인사들은 근엄한 얼굴로 서커스단의 소유권이 귀족에게 독점되어 있는 것은 법률적으로 하등 지지받지 못하는 일이며 오로지 관습에 따른 것이었다는 점, 그러나 관습은 퍽 소중한 것이므로 함부로 평가내릴 수 없다는 점을 들어 논평을 거부했다.

이 일대 소란과 혼란 가운데, 그러나 행복한 얼굴을 하고 있는 사람이 없지는 않았다. 바로 그 점 때문에 그 사람은 북풍의 주의를 끌었다. 북풍은 발뒤꿈치를 살짝 들어 날아올랐다.

지금 칼브린 로 옆에 있는 작은 펍의 2층 발코니에서 커피 잔을 앞에 둔 채 꾸벅꾸벅 조는 척하면서 아래를 훔쳐보던 한 명의 중년 사내가 히죽이 미소 짓고 있었던 것이다.

중년 사내는 중간 정도의 체구였지만 단단한 몸을 가지고 있었다. 편한 옷을 입고 있어 두드러지지는 않지만 왠지 그에게서는 황야의 향취가 느껴진다. 약간 쇠락한 듯하지만, 분연히 일어서면 만인이 겁에 질리고 말 잠재된 힘의 분위기가 그에게서는 풍겨 나왔다. 하지만 지금 현재 그의 모습은 봄철의 온기 속에 조용히 잠들어 있는 듯한 자세였고, 그래서 북풍은 그를 방해하지 않기 위해 그 펄럭거리는 망토를 살짝 틀어줘었다.

그때 아래에서 다시 고함소리가 들려왔다.

"서커스는 시민의 것이다! 귀족은 서커스를 해방하라!"

"서커스를 해방하라! 서커스를 해방하라!"

"귀족들은 광대들에 대한 착취를 중지하라! 광대들을 해방하라!"

"광대들을 해방하라! 광대들을 해방하라!"

중년 사내의 미소가 더욱 깊어졌다. 시위는 인정에 호소하는 방향으로 전개되는 것이었다. 귀족가의 압제에 눌려 자유를 잃은 채 비인간적인 취급을 당하며 강요된 노동에 시달리는 광대들을 시민의 품으로 돌려줄 것을 요구하는 것이다(실제로 양식 있는 광대라면 이 말에 어이없어할 것이다.).

그때 중년 사내의 뒤쪽에서 쾌활한 목소리가 들려왔다.

"어이구, 꽤 시끄럽군요. 안으로 옮기시겠습니까, 칼 씨?"

칼이라 불린 중년 사내는 천천히 고개를 돌렸다. 펍의 주인장이 겨드랑이에 소반을 낀 채 걱정스러운 태도로 물어오고 있었다. 하지만 태도와는 달리 그 얼굴은 아래의 시위대로부터 뿜어져 나오는 흥분에 도취되어 벌겋게 변해 있었다. 칼은 그 얼굴을 보고서는 다시 히죽 웃었다.

"아니오, 괜찮습니다, 리테들 씨. 그런데 저 사람들이 왜 저렇게 떠드는 거지요?"

칼은 마치 그가 이 시위를 배후 조종한 사람이 아닌 것처럼 질문했다. 그리고 점잖은 칼 헬턴트 씨가 이 시위의 배후 조종자일 거라고는 꿈에도 생각지 못하는 리테들은 흥분해서 대답했다.

"아, 그야 광대들을 귀족에게서 해방시키기 위해서지요."

"광대들을 해방시킨다고요? 왜죠?"

"아니, 모르십니까? 귀족의 광대들이 어떤 취급을 당하는지?"

"글쎄요. 아시다시피 저는 수도의 사정에 밝지 못합니다만."

"아니, 그럼 정말로 귀족들의 서커스단에서 오갈 데 없는 고아들을 끌어 모아 물 대신 강제로 식초를 먹이고 침대 대신 상자 곽에 처넣어 자게 하고 말을 안 들으면 굶기며 채찍으로 때리곤 한다는 것을 모르십니까? 이 시위는 오히려 늦은 감이 있지요."

칼은 웃음을 터뜨리는 대신 몹시 놀란 표정을 지어 보였다.

"아니, 그게 사실이란 말입니까! 믿을 수 없습니다!"

칼은 전혀 모르는 척, 그러니까 식초를 먹이는 거야 뼈를 부드럽게 하기 위한 것이고 상자에 들어가는 것은 마술의 속임수 연습이고 굶는 것은 체중을 줄이기 위한 것이고 채찍은 밧줄 묘기 연습이라는 사실을 전혀 모르는 것처럼 경악에 찬 표정을 지어 보였다. 리테들은 더욱 흥분해서 갖가지 기괴한 소문들을 들려주었고(모 서커스단의 여자 곡예사는 아이를 셋이나 지웠다더라, 모 서커스단은 장의사의 단골이라더라, 다리를 부러뜨린 곡예사는 마법사에게 연구 재료로 팔린다더라.), 칼은 졸도할 듯한 표정을 지었다. 그래서 그 헛소문들이 전적으로 칼 자신의 머릿속에서 나왔다는 것은 리테들도, 그리고 숨어서 듣고 있던 북풍도 전혀 눈치 채지 못했다.

그때 다시 우렁찬 목소리가 선창했다.

"광대도 사람이다! 귀족의 노리개가 아니다! 우리의 아이들도 우리가 죽고 나면 그런 취급을 할 것인가! 그럴 것인가! 우리는 그렇게 내버려둘 것인가!"

"으아아! 그렇게 내버려둘 수는 없다!"

시위대는 극도의 흥분 상태로 빠져들어 갔고, 그 앞을 가로막고 있던 수도 경비 대원들은 커다란 실수를 저지르고 말았다. 즉 주춤거리며 뒤로 물러난 것이다. 겁에 질린 상대의 모습은 시위대를 억누르고 있던 마지막 장애물을 치워버리는 역할을 했고 사람들은 곧장 앞으로 돌격하기 시작했다.

"으아아아! 서커스를 해방하라! 광대를 해방하라!"

용맹한 수도 경비 대원들은 줄행랑을 칠 때도 민첩했다. 시위대는 무서운 기세로 달려가기 시작했고, 칼의 옆에 있던 리테들 씨는 "실례하겠습니다……" 어쩌고 웅얼거린 다음 재빨리 아래로 내려갔다. 시위대의 다음 행동을 구경하기 위해서 내려간 것이리라. 칼은 싱긋 웃으며 커피 잔을 들어올렸다.

칼은 다시 내면을 관조하는 자세로 돌아가 버렸고, 북풍은 그 천성대로 빠르게 그에 대한 흥미를 잃어갔다. 북풍은 다시 날아오를 준비를 갖추었다. 남쪽이 그녀를 부르고 있었다.

커피 잔이 다 비워졌을 때쯤, 발코니로 통하는 문을 통해 거대한 체구의 남자가 들어섰다. 날아오르려던 북풍은 주춤했고 칼은 남자를 보며 고개를 끄덕였다.

"수고했네, 퍼시발 군."

퍼시발 군이라 불리는 이 사내의 체구는 정말 대단했다. 북풍을 붙잡아 둘 정도로. 그러나 오거를 연상시키는 그 얼굴엔 칭찬에 당혹해

하는 순진한 표정이 떠올랐고, 칼은 미소 지었다. 샌슨 퍼시발은 머쓱한 표정으로 마주 웃으며 칼의 맞은편에 앉았다. 막대한 엉덩이에 짓눌린 의자가 불길한 신음을 내뱉었지만 샌슨은 아랑곳하지 않고 말했다.

"아이고, 이 짓, 두 번은 못하겠습니다."

완전히 쉬어버린 목소리였다. 북풍은 조금 전 대로에서 고래고래 선창하던 목소리의 주인공이 누구인지 짐작할 수 있었다. 샌슨은 이마에서 땀을 훔치며 말했다.

"자, 이제 끝난 것입니까?"

"그런 것 같네."

"그럼 말씀해 주실 차례군요. 켁켁! 아이고, 목이야."

"말씀이라니?"

"도대체 왜 그런 우스꽝스러운 짓을 해야 되는 겁니까? 원. 이런 짓이라면 후치 녀석에게 맡기면 더 잘할 텐데. 도대체 그 굉장하다는 이유가 뭡니까?"

"글쎄……, 음, 퍼시발 군. 자네가 탑을 쓰러뜨려야 될 일이 있다고 생각해 보게. 즉각 탑으로 달려가 부딪치겠는가?"

샌슨은 고개를 갸우뚱한 채로 대답했다.

"그 탑의 재질이 뭐냐에 달린 문제군요. 일반적인 탑이라면, 그럴 필요를 느끼지는 못하겠습니다."

"그렇다면 자네가 귀족들을 무너뜨려야 된다면?"

"글쎄요? 조나단 아프나이델 씨가 말씀하시길, 반역 혐의를 뒤집어씌우거나 스캔들을 일으키거나…… 하는 전통적인 방법이 있다더군요. 아, 그렇잖아도 그분께서 왜 이런 해괴한 짓을 하시는지 여쭤보라고 하시던데요."

지금 바이서스 임펠의 한적한 펍에서 바이서스의 귀족계 전체를 무너뜨릴 이야기가 진행되고 있다는 것은 그 누구도 상상하지 못할 것이다. 그러나 그 이야기를 나누고 있는 당사자들은 태연한 태도들이었다. 대단한 자신감들. 칼은 천천히 고개를 끄덕였다.

"음, 그런가. 자네는 그분 때문에 질문하는 것이었군. 어쩐지 이상하다 했지."

"음? 그 말의 의미가 뭐죠?"

"아, 아닐세. 어쨌든 그런 방법도 있지. 하지만 그런 방법은 부작용도 크네. 귀족들에게 위기의식을 줘서 오히려 그들을 단결시키게 될지도 모르지. 그래서 나는 좀 돌아가는 방법이지만 부작용이 없는 수단을 강구하는 거라네."

"음. 기억하기 좋게 요약해서 말씀해 주실 수 있겠습니까?"

"아, 그러지. 나는 지금 탑의 작은 기와를 들어내고 있네. 기와를 들어낸다고 해서 탑이 무너질 리는 없지. 그 다음에는 천천히 서까래를 들어내고 기둥에 조금씩 흠집을 내다가······, 결정적인 순간에 일격을 가해서 탑을 쓰러뜨릴 생각이네."

샌슨은 잠시 멍한 얼굴로 칼을 마주보다가 눈살을 찌푸리며 말했다.

"요약이 너무 심하게 된 겁니까, 아니면 제가 좀 모자라는 겁니까?"

"하하······, 글쎄. 음. 자네가 귀족이라고 생각해 보게. 보잘것없는 광대들 때문에 자신과 자신의 가문이 불미스러운 소문의 원흉이 된 귀족 말일세."

샌슨은 자신의 이마를 딱 치며 말했다.

"아아! 조금 이해하겠습니다."

칼의 계획은 단순했다. 귀족들로 하여금 자랑거리였던 서커스단을 오히려 부담스러운 짐으로 느끼게 만든다는 것이다. 이 계획은 높은 서커스 관람료에 불평을 터뜨리는 서민들의 속마음과 맞아떨어져 조금 전과 같은 시위를 가능하게 만든 것이었다(물론 바이서스 임펠의 시민들은 고통 받는 광대들을 위해 분연히 일어선다고 생각하고 있지만.). 칼은 싱긋 웃었다.

"자랑스럽네. 귀족들은 보잘것없는 서커스를 버리겠지. 그리고 자네가 열심히 살핀다면 귀족들의 재산들이 하나씩 하나씩 어디로 사라졌는지도 모르게 사라지는 모습을 볼 수 있을 걸세. 귀족 소유의 서커스? 시민에게 돌려줄 것. 귀족 소유의 사냥터? 농사꾼에게 돌려줄 것. 귀족 소유의 공방? 공인들에게 돌려줄 것. 귀족 소유의 도서관? 그건…… 돈은 없으면서 책을 좋아하는 나 같은 사람에게 돌려주면 좋겠는데. 하하."

샌슨은 빙긋 웃으며 동시에 감탄했다.

"그렇군요. 칼은 귀족들의 발밑을 조금씩 파낼 생각이군요?"

"그렇지."

"그렇다면 좀 이상한데요?"

"뭐가 말인가?"

샌슨은 목을 좀 가다듬은 다음 주의 깊은 태도로 질문했다.

"저, 엊그제 귀족원에서 모직 길드의 전매권 문제가 부각되지 않았습니까? 귀족들은 길드장에 피선임될 수 없다는 전통이 위법이라는 결정 말입니다."

"그렇지."

"그리고……, 칼이 그 결정이 통과되도록 한 거지요?"

"그렇지."

"왜 그렇게 한 거죠? 모직 길드는 돈을 갈퀴로 긁어 들이는 곳입니다. 바이서스의 모든 모직 제품을 그곳에서 다룬다고요. 귀족들의 기반을 무너뜨릴 생각이시라면, 왜 귀족이 길드장이 될 길을 열어주신 겁니까?"

샌슨의 질문이 끝나자 칼의 얼굴이 환해졌다.

"좋은 질문일세. 자네에 대한 자랑스러움이 지극히 깊어 졸도할 지경일세, 하하하!"

샌슨은 웃고 있는 칼의 얼굴을 불안하게 바라보다가 질문했다.

"칭찬하신 거죠?"

"하하. 퍼시발 군. 모직 제품은 지금으로서는 호황을 누리고 있지. 하지만 그건 조만간 끝장이야."

"예?"

칼은 샌슨의 질문을 못 들은 척하며 나직한 어조로 혼잣말하듯이 말했다.

"자네 말마따나 모직 길드는 돈을 갈퀴로 긁어 들이는 곳이지. 그리고 위법 결정이 난 이상 많은 귀족들이 모직 산업에 뛰어들겠지. 그리고 모직 산업이 사양길로 접어들게 될 때, 귀족들은 모직 산업과 함께 석양으로 물러난 노인네 신세가 될 거야……. 하하……"

샌슨은 눈을 커다랗게 끔벅거리다가 간신히 이해에 도달했다.

"모직 산업이 망한다고요?"

칼은 여전히 혼잣말을 하듯이 말했다.

"양은 끝이야. 앞으로 10년 이상은 절대로 못 가. 면직 제품이 그 뒤를 잇게 되겠지……. 모든 전쟁에는 공통점이 있는 법. 전쟁이 끝나면 인구가 폭발적으로 늘어난다는 것이지. 폭발적으로 늘어난 인구는 경지 면적의 부족을 야기하게 될 테고 양모 산업은 자연히 위축되게 될 터……. 양모 산업은 귀족들의 참여 덕분에 마지막으로 한번 빛난 다음 급격히 몰락하게 될 테고, 전 재산을 양모에 투자한 많은 귀족들은 연쇄 도산하게 되겠지. 그런 종류의 비극에는 비장미도 없지만, 황혼의 빛을 띠는 것들이 대부분 가지는…… 메마른 슬픔은 충분하겠지……."

칼은 꿈꾸는 듯한 목소리로 나직하게 말했다. 거의 졸고 있다고 생각될 정도였다. 하지만 듣고 있던 샌슨은 오싹함을 느꼈다. 눈앞에 있는 좋은 친구 칼은 옹색한 모습으로 허름한 펍의 발코니에 앉은 채로 담담한 자신을 담아 10년 후의 미래를 말하고 있었던 것이다.

눈을 가늘게 뜨고 웅얼거리던 칼은 갑자기 기지개를 켰다.

"으음. 졸리는데."

샌슨은 조금 전에 느꼈던 약간의 오싹함을 잊고 대신 측은함을 느꼈다. 칼은 요 며칠 제대로 눈 한번 붙이지 못하고 귀족원의 모직 길드장 건과 이 시위를 준비했다. 샌슨은 다정한 목소리로 말했다.

"며칠 동안 잠도 제대로 주무시지 못하셨잖습니까. 이제 뒤처리는 제게 맡기고 들어가 쉬시지요."

칼은 희미하게 웃으며 말했다.

"아, 그래……. 로넨 휴리첼 씨는 시위대에 그대로 있겠지?"

"예."

"그럼 휴리첼 씨께는 사태의 추이를 살피다가 오후 적당한 시간에 어제 알려준 서커스단 중에서 자의로 하나를 골라서 공격하라고 전하게. 많은 수를 공격할 필요는 없네. 하나만 공격하면 돼. 귀족 녀석들, 조금 오싹하겠지."

"그건 어제도 말씀하셨던 겁니다."

"중요하니까 또 말하는 거잖나. 그래. 음……, 그리고 또 뭐가 있더라……"

칼은 고개를 깊이 숙였다. 한참 동안 아무런 말이 없어서 샌슨은 그가 잠든 줄 알고 조용히 몸을 일으키려고 했다. 그러나 그때 칼은 천천히 일어났다.

"아, 그래. 논문이 있었지."

"예? 논문이오?"

칼은 일어나서는 다시 입이 찢어져라 하품을 하고서는 말했다.

"으아하하암. 쩝, 그래. 논문 하나를 써야 돼. 우생학에 대해. 근친 교배는 열성 인자의 대량 발생을 야기하므로 우생학적으로 불리함, 어쩌고저쩌고. 오크 산수 공부하는 소리를 그럴듯하게 보이도록 만들어야 되지. 참 재미없는 일이지만."

"아니, 뜬금없이 논문이라니요?"

칼은 씩 웃으며 샌슨의 얼굴을 마주보았다.

"응, 한 두어 달 뒤에 귀족들의 사촌간 결혼을 금하는 법률을 귀족원에서 통과시킬 생각이네. 그때 참고 자료랍시고 제시할 것이 필요하거든."

"예? 아니……"

칼은 그야말로 해맑게 웃었고 그래서 샌슨은 다시 오싹함을 느꼈다.

"아, 기대해도 좋네. 귀족들의 피를 좀 흐려줄 생각이네. 그리고 근친간의 결혼을 통해 가문의 재산을 계속 보존하는 것도 방해해 주고."

샌슨은 입을 쩍 벌렸다.

귀족들은 대개 같은 귀족들끼리, 심지어는 종종 사촌 간에 결혼을 한다. 그것은 품위의 문제도 있지만 실속의 문제도 있다. 같은 가문 내의 남녀끼리 결혼하는 것은 가문의 재산이 외부로 유출되지 않도록 계속해서 보호하는 의미가 있다. 칼은 바로 그것을 깨뜨릴 의도임을 고백한 것이다. 샌슨은 떨떠름한 표정으로 고개를 끄덕이며 말했다.

"그렇습니까……. 하지만 칼이 그런 논문을 쓰면 누구나……"

"물론 내 이름으로 발표할 리는 없지."

"그러면?"

칼의 눈에 갑자기 빛이 번득였고 샌슨은 그 눈빛이 마음에 들지 않았다. 칼은 샌슨의 곁을 지나치며 한가로운 목소리로 말했다.

"잘 기억해 두게. 저 용맹 무비하며 동시에 비할 데 없는 지혜로움을 동시에 갖춘 전사이자 현자인 샌슨 퍼시발 공의 이름으로 발표할 생각이네. 나는 그런 글 쓴 적이 없다는 식으로 말해서 산통 다 깨서는 안 돼."

수식어가 지나치게 길었기 때문에 샌슨은 조금 후에야 그게 무슨 말인지 알아들을 수 있었다. "맙소사, 카아아알!" 조금 전에 고함을 너무 많이 지른 덕분에 샌슨의 비명 소리는 대단히 듣기 거북했다. 칼은 낄낄거리다가 갑자기 하늘을 보았다. 그리고 북풍을 놀래게 만들었다.

"바람이 남으로 부는군……"

북풍은 훔쳐듣고 있던 것을 들키고 말았다는 말도 안 되는 당혹감을 느끼며 황급히 몸을 일으켰다. 그리고 도망치듯 빠른 속력으로 남으로 날기 시작했다.

자유로운 비행은 갈색 산맥에 접어들어 난관에 봉착했다.

복잡한 것이 싫다면 단순히 산맥이라 부를 수도 있다. 그렇지만 이 갈색 산맥은 단순히 산맥이라 불릴 만한 지형을 넘어서는 무엇임에 분명했다. 지리학자들의 말로는 대륙 중앙 조산대(造山帶)에 해당하며 마법사들의 말로는 마나 월에 해당하는 이 갈색 산맥은, 바람에게는 그녀의 습기를 모조리 빨아내는 무지막지하게 거대한 흡수지에 해당하는 곳이다. 북쪽에서 불어오는 습기 찬 바람은 갈색 산맥에 부딪혀 일종의 푄현상을 일으킨다. 높은 고도로 올라가는 동안 바람 속의 습기는 모두 빗방울로 응결되어 떨어지며, 따라서 능선을 넘은 바람은 건조하고 메마른 바람이 되어 갈색 산맥의 남쪽 사우스그레이드의 대기를 바스락거리는 것처럼 만들어버린다. 지금 갈색 산맥을 넘어서는 북풍에게도 사정은 마찬가지였다.

휘우우웅.

휘우우웅.

갈색 산맥은 요지부동이었고 그 이마를 감도는 산 폭풍은 가혹했다. 사용될 수 없는 언어들로 이루어진 역경을 거친 끝에, 북풍은 간신히 갈색 산맥을 넘어섰다. 갈색 산맥을 넘기 위해 가혹한 대가를 치러야 했던 그녀는 기진맥진한 채 숨을 돌렸다.

북풍은 습기를 머금기 위해 낮게 날기 시작했다.

이파실 시의 상공을 날고 있던 그녀는 무언가에 주의가 끌렸다. 정신을 수습한 다음 주위를 돌아본 북풍은 이 메마른 대기 속에 울리는 맑은 목소리에 주의를 기울였다.

"저쪽이다! 잡아!"

상당히 다급한 어투였지만, 북풍은 이상하다고 느꼈다. 다급한 어투에 어울리지 않게 목소리는 맑고 명랑했던 것이다. 마치 재미있는 일이라도 하고 있는 것처럼. 그러나 뒤이어 들려온 목소리는 북풍을 움찔하게 만들었다.

"거기 서! 이런, 빌어먹을! 카리스 누멘께 맹세코 네놈 두뇌가 상쾌한 바람을 쐬게 해주겠다!"

두개골이 쪼개지기 전에는 두뇌에 바람이 닿기는 어렵다. 북풍은 이 해괴한 협박이 어디서 나오는 것인지 둘러보기 시작했고, 곧 이파실 시의 넓은 길을 달려가고 있는 두 개의 크고 작은 형체를 발견했다. 평퍼짐한 로브 자락을 양손으로 걷어든 채 달리는 젊은이는 아무리 보아도 프리스트의 모습이었으나, 첨언하자면 세상에서 가장 프리스트답지 못한 동작으로 달려가고 있는 프리스트였다. 그리고 그 옆에서 거대한 배틀 액스를 마치 지휘봉 휘두르듯이 휘두르며 달려가는 드워프의 모습은 북풍에게 꽤나 감명을 주었다. 주위에서 바라보고 있던 이파실 시의 시민들도 꽤나 감명 받은 얼굴로 둘을 바라보고 있었다.

크고 작은 인간과 드워프는 지금 무언가를 맹렬히 뒤쫓고 있었다. 북풍은 그들을 앞질러 나아갔고, 곧 그들이 무엇을 쫓고 있는지를 깨닫고 아연해했다. 그러나 그녀가 놀람을 표현하기도 전에 젊은 프리스트가 여전히 쾌활한 어투로 외쳤다.

"하하하! 이 녀석! 드디어 잡혔다. 나와요, 아프나이델!"

북풍은 추격 대상의 앞쪽 골목에서 갑자기 뛰어나오는 하얀 로브의 젊은이를 볼 수 있었다. 젊은이는 광대뼈가 약간 도드라진, 평소라면 근엄할 듯한 얼굴의 마법사였는데 지금은 전혀 근엄하지 않았다. 아프나이델이라 불린 그 마법사는 두 팔을 벌려 길을 막듯이 하기는 했지만 그 얼굴에는 걱정과 불안, 위기의식이 넘치도록 담겨 있었다. 그는 프리스트와 드워프의 추격 대상에게 이렇게 말했다.

"자, 자. 이제 막혔단다. 그러니 그만 달아나는 게 어떻겠니……, 오지 마! 젠장!"

추격 대상은 두 팔을 벌려 앞을 막아선 아프나이델을 보더니 주춤하며 달리던 것을 멈췄다. '그것'은 긴 목을 돌려 뒤를 바라보았고, 뒤를 쫓아오는 프리스트와 드워프의 모습은 북풍이 보기에도 끔찍스러웠다(프리스트의 경우에는 그렇게까지 끔찍하지 않았지만 그 옆의 드워프의 경우에는 오거에게라도 잠시 물러나 사태를 관망하는 것이 좋겠다는 반응을 야기하기에 충분한 얼굴을 하고 있었다.). '그것'은 결심을 굳혔다. 재빨리 몸을 돌린 '그것'은 앞을 막아선 아프나이델에게 달려들었고, 아프나이델의 눈은 믿을 수 없다는 듯이 휘둥그레졌다. '그것'은 물리면 꽤 아플 듯한 뾰족한 이빨을 드러내며 포효했다.

"캬아아악!"

겁에 질린 아프나이델은 반사적으로 손을 들어올리고 말았다.

"오, 안 돼. 파이어볼!"

"히익! 파이어볼이라고!"

추격하던 드워프는 기겁하며 땅으로 몸을 날렸다. 파우우욱! 아프나이델이 쏘아낸 거대한 불의 공은 비록 발악하듯 발사한 것이지만 목표물을 향해 정확하게 날아갔다. 숙달된 솜씨. 하지만 '그것'은 가볍게 날개를 퍼덕여 옆으로 몸을 피했고 그러자 불의 공은 곧장 그 뒤의 젊은 프리스트와 땅에 쓰러진 드워프에게 날아갔다. 드워프는 미친 듯이 외쳤다.

"제레인트! 막아라! 안 되면 몸으로라도 막아!"

화르르르! 공기를 불태우며 무섭게 날아드는 파이어볼 앞에서도 제레인트라 불린 프리스트는 기가 막힌 표정으로 우선 드워프를 바라보며 말했다.

"엑셀핸드! 그런 식으로 속마음을 노출하는 것은 노련하지 못하다는 증거라고요."

제레인트의 눈은 드워프를 보고 있었지만, 날렵하게 움직인 그의 손은 품속으로 들어갔다가 곧 휘황찬란한 디바인 마크를 꺼냈다. 제레인트는 허리를 크게 뒤틀며 팔을 당겼다. "으아아압!" 기합과 함께 제레인트는 디바인 마크를 쥔 손을 힘껏 앞으로 휘둘렀다. 콰아아앙!

아프나이델이 쏘아낸 파이어볼은 제레인트의 손에 부딪히며 맹렬한 폭음을 내었다. "오, 맙소사. 유피넬이여!" 이파실 시의 시민들은 그들의 도시 한가운데서 일어난 이 전대미문의 광경에 기겁했다. 제레인트는 파이어볼을 쳐낸 것이다.

튕겨나온 파이어볼은 허공을 향해 끝없이 쏘아져 올라가 잠시 하늘에 두 개의 태양이 뜨는 듯했다. 제레인트는 고개를 휙 쳐들어 하늘을 보더니 자신의 위업에 감탄하며 외쳤다.

"테페리, 좋았어요!"

훗날 이파실 시에는 그들의 도시를 지나던 한 프리스트의 믿기 어려운 전설적 위업에서 유래된 독특한 구기 종목이 발생하게 되었다고 한다. 채를 손에 들고 날아드는 공을 쳐내는 그 구기 종목의 이름은 그 놀라운 전설 속에 '테페리, 좋았어요!'라고 외쳤다는 프리스트의 고함으로부터 유래되었는데, '테페리나이스'라는 이름이 길다고 여긴 게으른 후손들에 의해 축약되어 장차 다른 이름으로 전해지게 되었다. 그것은 먼 훗날의 일이고, 어쨌든 당장 목숨의 구원을 받게 된 엑셀핸드라는 이름의 드워프는 한숨으로도 땅을 꺼지게 할 수 있다는 것을 믿는다는 듯이 크게 안도의 한숨을 내쉬었다.

"죽을 뻔했네……. 으아아악! 저 빌어먹을 녀석, 붙잡아!"

제레인트는 잠시 이 호칭이 누구를 가리키는 것인지에 대해 혼동을 일으켰다.

"누구요? 아프나이델? 아니면……"

"물론 저 조상 망신 혼자 다 시키는 녀석!"

엑셀핸드가 가리키는 '그것'은 지금 아프나이델 앞에 주저앉은 채 입을 쩍 벌리고 있었다. '그것' 역시 제레인트가 보여준 이 놀라운 묘기에 넋을 잃고 있었던 것이다. 엑셀핸드의 고함 소리에 정신을 차린 아프나이델은 앞에 멍청하게 앉아 있는 '그것'을 보고서는 퍼뜩 좋은 기회임을 깨달았다. 아프나이델은 조심스럽게 '그것'의 등 뒤로 다가섰다.

그러나 '그것' 역시 엑셀핸드의 고함 소리에 정신을 차렸다. "이야아압! 잡았……을 수도 있었어. 으윽, 턱이야." 아프나이델의 회심의 기습은 빗나갔고, '그것'은 땅에 턱을 박은 아프나이델의 등을 넘어 달아났다. 황급히 달려온 제레인트는 아프나이델을 부축하며 밉살스럽다는 듯이 '그것', 그러니까 골드 드래곤의 웜링을 노려보며 외쳤다.

"이 못된 녀석아! 돌아오기만 해봐라, 목에 개목걸이를 채울 테다!"

"캬캭!"

골드 드래곤의 웜링은 그 품위 저조한 협박도 아랑곳하지 않고 날개를 펄럭거리며 부지런히 달려갔다. 온통 금빛으로 빛나는 비늘은 성체와 마찬가지였지만, 날개는 덜 자라 아직은 도마뱀과 혼동되지 않도록 해주는 차이점 외의 역할은 못하고 있다. 그 머리도, 다른 동물의 새끼에 비교하자면 멋진 비율이었지만 몸에 비해 볼 때는 아직 좀 커다란 편에 속해 전체적인 인상을 앙증맞아 보이게 한다. 크기는 대략 커다란 개와 송아지의 중간 정도. 설령 아프나이델이 붙잡았다 손 치더라도 오랫동안 붙들어 놓지는 못했을 것이 확실했다. 그 거대한 횡포가 달려가는 곳에서는 펄쩍 뛰어오르는 사내, 자지러지는 계집아이, 경비 대원에게 물동이를 집어던져 버리는 처녀, 물동이에 맞아 기절해 버리는 경비 대원 등이 발견되었다.

뒤뚱뒤뚱 달려온 엑셀핸드 역시 제레인트의 반대쪽에서 아프나이델을 부축하면서 노한 목소리로 구슬프게 중얼거렸다.

"저 막돼먹은 녀석이 드래곤 로드의 핏줄이라니! 오오, 도대체 드래곤 로드를 뵐 면목이 없군 그래."

주위의 이파실 시민들은 못된 돼지나 개를 쫓는 사람의 모습과 골드 드래곤의 웜링을 쫓는 사람의 모습에 별 차이점이 없다는 사실에서 당혹감을 느꼈다. 그리고 나서야 그들은 골드 드래곤의 웜링을 마치 못된 애완동물이나 되는 것처럼 쫓아다니는 일행의 모습이 얼마나 기괴한가를 깨달았고, 감히 일행에게 다가설 엄두를 내지 못했다. 하지만 그 인간과 드워프의 일행은 대로의 저편으로 달아나며 캭캭거리는 웜링을 노려보고 있었기에 주위에는 신경도 쓰지 않았다.

북풍은 이 광경의 결말을 보고 싶었다. 하지만 남쪽으로부터의 소환은 그녀의 발길을 멈추지 못하게 만들었고, 그래서 북풍은 잠시 젊은 프리스트의 이마에 늘어진 머리카락을 흩날리게 만든 다음 남으로의 발길을 재촉했다.

남녘으로 날수록, 북풍은 극도의 흥분을 느꼈다.

주위의 거대한 힘은 남으로 나는 북풍을 거칠게 방해해 왔다. 그것은 기상학자들이나 선원들이 말하는 편서풍으로, 그녀의 진로와는 완전히 반대되는 방향으로 행사되는 힘이다. 하지만 북풍은 아랑곳하지 않았다. 북에서 태어난 그녀는 원래 극지 편동풍이라는 이름을 가지고 있으며 중위도까지만 불 수 있는 바람이었다. 하지만 그녀는 역시 아랑곳하지 않았다. 남쪽의 오팔 빛 바다가, 갈매기와 희구(希求)의 그림 오세니아가 그녀를 부르고 있었던 것이다. 그래서 그녀는 편서풍의 거대한 힘을 뚫고 제트 기류의 강력한 흐름을 피하며 남으로 치달았다.

역풍 속을 날며 북풍은 거의 소멸될 뻔했다. 그녀를 부르는 남쪽의 소환은 한시도 끊이지 않았지만 미주르로부터 기나긴 여행을 거친 그녀로서는 편서풍의 강력한 방해를 뚫고 지나가기가 너무 힘들었다. 까마득한 하늘의 대평원을 거칠 것 없이 휩쓸고 다니는 제트 기류는 북풍을 갈가리 찢을 듯이 날뛰었다. 그러나 북풍은 굽히지 않았다.

열사의 사막은 모든 것이 잠든 대지처럼 보인다. 하지만 북풍에게는 전혀 이해되지 않는 말이다. 지독한 복사열에 덥혀진 뜨거운 사막의 공기는 미친 듯이 상승하며, 실제로 사막은 세상의 다른 곳과 비교하기 어려울 정도로 강풍이 부는 지역이다. 저 거대한 사구와 기괴하게 깎여나간 기암괴석들은 사막이 아니면, 미친 듯이 치닫는 사막의 바람이 아니면 만들어낼 수 없는 장관이다. 광란스러운 사막의 바람은 북풍을 혼까지 파괴시키려 들었다. 그리고 그 위를 지나치는 모든 바람에게서 말라비틀어질 때까지 수분을 빨아내는 사막의 건조한 모래들은 북풍에게는 지옥이다. 그러나 북풍은 돌아가지 않는다. 그림 오세니아의 소환은 돌아가는 것을 허락지 않는다.

맹렬히 치달은 그 돌진의 끝에서, 북풍은 갈가리 찢긴 자신의 몸을 내려다볼 힘마저 잃은 채 사그라들기 시작했다. 그럼 오세니아의 소환은 잔인할 만큼 선명했지만 북풍은 꼼짝도 할 수 없었다. 그때 지쳐버린 북풍의 귀에 비몽사몽간에 들려오는 노래가 있었다.

끼루룩, 끼루룩.

갈매기! 북풍은 번쩍 정신을 차린다. 그리고 코를 스쳐가는 짠 내음에 놀란다.

그녀는 이미 바다 위를 날고 있었다.

그녀의 치맛자락 아래로 바다의 빛깔은 연한 버밀리온(주홍색). 한 쪽 수평선에서 다른 쪽 수평선까지 펼쳐진 선홍색의 바다 위로 투명하고 가벼운 파도가 조용히 일렁이고 있었다. 실성할 듯한 희열을 느끼며 북풍은 진저리쳤다. 이윽고 그녀의 눈에 한없이 넓은 해원에 조용히 직선을 긋고 있는 터무니없이 작은 범선이 보인다. 버밀리온의 바다 위로 범선의 돛은 눈이 시리도록 흰 실버 화이트. 바람은 기절할 듯이 기뻤지만 먼저 침착하게 그 망토를 펼쳤다.

범선은 자이펀 특유의 바컨틴이다. 흔히들 자이펀 바컨틴이라 부르는 배로서 세 개의 마스트를 가지고 있으며 포마스트에는 횡범(橫帆)을, 메인마스트와 미즌마스트에는 종범(縱帆)을 달고 있다. 그리고 포마스트의 거대한 횡범에는 거대한 문장이 채색되어 있었다. 이 문장은 다른 나라에서라면 독특한 것을 좋아하는 귀족의 배나 전함 등에서나 간혹 발견되는 것이지만, 자이펀의 뱃사람들은 하나 예외 없이 모조리 자신들의 배에 문장을 그려 넣는다. 망망한 대해에서 식별을 용이하게 하기 위한 것으로 선박의 안전을 기원하는 주술적 의미도 있지만, 해상 결투도 불사하는 자이펀 인의 배짱이 담겨 있다고 보는 것이 더 정확하다. '나 여기 있으니 내가 마음에 들지 않는 놈은 곧장 달려오라.'

지금 북풍의 발 아래 유유히 항해하고 있는 자이펀 바컨틴의 문장은 온통 붉은색의 돛에 희게 그려진 서펀트의 모습이었고, 그래서 흥분한 북풍의 눈에도 매우 강렬한 인상을 주었다.

북풍은 범선을 향해 날아갔다.

가까이 다가갈수록 거대한 돛에 그려진 서펀트의 모습이 더욱 위압적으로 다가왔다. 서펀트의 모습은 거의 실물대였고 돛을 가득 메우다시피 하고 있었다. 그리고 선체를 쓰다듬던 북풍은 더욱 놀라운 모습을 보게 되었다.

선박의 의장은 그 배의 연륜에 비례하여 그로테스크해지는 것이 보통이다. 야만의 제도(諸島)를 돌아다니며 발견한 신상이나 조각품들을 배의 선수상으로 사용하는 풍습은 이미 오래 전에 쇠퇴했지만, 오랜 항해 동안 발견되는 진귀한 물건들로 배를 장식하는 것은 아직도 그 배와 그 선장에게 자부심을 준다. 그런데 이 배의 의장은 참으로 놀라운 것이었다. 하얀 포말이 부서지는 이물 위로 높게 하늘을 겨냥하고 있는 선수상 역시 서펀트의 모습이다. 당장이라도 꿈틀대며 배 앞으로 튀어나갈 듯이 긴장된 그 모습은 북풍을 전율하게 만들었다. 이 배의 균형은 도대체 어떻게 맞춰져 있는 것일까? 이물에서 뱃전을 따라 주욱 돋아난 것은 아무리 보아도 이빨이다. 그것도 등고래나 돌고래의 이빨 같은 것은 아니다. 그 거대하면서도 날카로운 이빨 역시 서펀트의 이빨이었다.

배를 휘감아 돌던 북풍은 이 배가 혹시 서펀트잡이 배가 아닌가 의심하기 시작했다.

"이상한 바람인데."

메인마스트 아래에 주저앉아 있던 사내가 코를 벌름거리며 말했다. 사내는 가벼운 동작으로 훌쩍 일어서서는 눈부시도록 흰 돛 사이로 푸른 하늘을 응시했다. 주위에 있던 선원들은 모두 사내에게 눈길을 보냈다. 바다는 잔잔하고 바람은 순조로운 오후, 조타수를 제외한 대부분의 일반 선원들에게는 거의 아무것도 할 일이 없는 시간이다. 그래서 선원들은 갑판 여기저기서 무료한 시간을 보내고 있던 참이었고 느닷없이 벌떡 일어난 사내의 모습은 선원들 모두에게 기대감을 안겨주었다. 뭐 재미있는 일이라도 있으려나?

사내는 강철 막대를 연상시키는 질기고 가느다란 체격이었다. 상의는 어디다 벗어던졌는지 적갈색으로 그을린 상체를 그대로 노출시키고 있었다. 강인해 보이는 오른손에는 긴 검을 들었는데, 그 재질이 독특했다. 투박하면서도 가벼워 보이는 그 검은 목검이었다. 머리에는 수건을 질끈 묶고 있었지만 턱수염의 색깔이 붉은 것을 보면 머리 색깔도 익히 짐작할 수 있었다.

옆에서 한가로운 동작으로 밧줄을 감고 있던 선원 하나가 말했다.

"무슨 일입니까, 이시도 씨?"

이시도라 불린 사내는 턱수염을 쓸어내렸다. 그는 손에 들고 있던 목검을 가볍게 어깨에 올리면서 말했다.

"바람에서 육지 냄새가 나는데."

선원은 꼬고 있던 밧줄을 내려놓더니 고개를 갸웃거렸다.

"항구가 가깝잖습니까?"

"아니, 틀리다. 이건……, 희한한데, 초원의 냄새인가."

"예?"

선원의 눈이 더욱 의아한 빛을 띠었고, 일등 항해사 이시도 사이록 곁을 맴돌던 북풍은 저 바이서스에서 그랬던 것처럼 다시 한번 소스라쳤다. 그녀가 태어난 미주르 산자락은 사이들랜드 대평원의 발치에 있는 산이었기 때문이다. 당혹한 그녀는 이시도에게서 천천히 떨어져 나왔다.

그때 어디선가 둔중한 발자국 소리가 들려왔다. 그 소리에 북풍과 이시도는 동시에 고개를 돌렸고, 그러자 선실로 통하는 주승강구 쪽에서 걸어나오는 또 다른 사내의 모습을 볼 수 있었다.

사내는 이시도에 못지않은 체구였는데 대략 30대 중반쯤으로 보이는 용모에 어울리지 않게도 희끗희끗한 턱수염을 기르고 있었다. 게다가 눈살을 찌푸린 채 바람을 바라보는 선원들이 대개 그러하듯 사내의 눈가에도 무수한 잔주름이 새겨져 있어 사내를 더욱 나이 들어 보이게 만들었다. 하지만 건강한 얼굴이었고 거동 역시 불필요한 동작 없이 기운차고 절도 있었다. 가벼운 셔츠 차림에 이시도와 마찬가지로 목검을 지녔는데, 그의 경우에는 뽑아드는 대신 등에 장비한 채였다.

북풍은 그의 얼굴에서 의아함을 느꼈다. 어디선가 봤어. 바람은 그런 느낌을 지우기 어려웠다. 그녀는 북풍이었고 따라서 그녀가 보아온 모습들은 모두 휙 지나쳐온 광경들이었지만, 지금 갑판에 올라오는 사내의 얼굴은 그녀의 추억 속의 어느 얼굴과 꽤나 유사했다.

'미주르 산기슭의, 그 남자.'

북풍은 자신의 기억력에 뿌듯함을 느꼈다. 미주르 아래에서 보았던 남자들 중 하나가 지금 이 남자와 몹시 비슷한 분위기를 가지고 있었다. 냉랭한 눈으로 보고 냉랭한 말투로 말하는 남자.

갑판에 올라선 사내는 주위를 둘러보더니 이시도를 향해 물었다.

"무슨 일인가, 이시도 군?"

"별일 아닙니다, 선장님. 바람이 좀 이상해서."

일등 항해사 이시도는 깍듯한 예의를 담아서 선장에게 보고했다. 선장은 의아쩍은 눈으로 하늘을 보다가 말했다.

"바람이? 뭐가 이상하다는 말인가?"

이시도는 잠시 주춤했다. 대답을 하자니 선장의 비웃음을 사게 되지 않을까 걱정되었던 것이다. 하지만 그의 선장은 실없는 대답보다 더 싫어하는 것이 있었으니 바로 늦은 대답이었다. 그래서 이시도의 고민은 길지 않았다.

"아, 바람은 딱 좋습니다만 이상한 냄새가 나는 것 같아서 그랬습니다."

선장의 눈빛이 묘하게 바뀌었다.

"이상한 냄새라고?"

이시도는 곧이어 쏟아져 나올 웃음에 대비했지만 선장은 웃지 않았다. 대신 선장은 팔짱을 끼더니 턱을 조금 들어올렸다. 그의 눈이 스르르 감겼고, 그러고 나서 선장은 숨을 깊이 들이마셨다.

북풍은 그녀의 몸에 코를 들이대고 체취를 맡으려 드는 선장의 행동에 당황해 얼굴을 붉혔지만 특별히 제지를 가하지는 않았다. 오히려 그녀는 과연 선장이라 불린 이 사내가 그녀의 정체를 알아차릴지에 더 호기심을 느꼈다. 그래서 북풍은 잠시 선장의 주위를 조용히 휘감아 돌았다.

　선장은 눈을 감을 때보다 훨씬 빠르게 눈을 떴다. 그는 잠시 아무 말 없이 주위를 둘러보았고, 그러자 이시도는 발끝에 힘을 준 채 호통에 대비하기 시작했으며 주위의 선원들은 괜히 바쁜 척하기 시작했다. 그러나 선장은 호통을 치지 않았다. 그는 나직한 목소리로 말했다.

　"초원의 냄새로군."

　이시도는 순간 카레한 탑의 꼭대기에 서 있는 기분을 느꼈다. 선장이 그의 말을 뒷받침했기에 주위의 선원들에 대한 이시도의 입지는 순간적으로 세 배쯤 상승했고, 따라서 그가 자이펀의 수도에서도 가장 높은 카레한 탑에 올라선 듯한 기분을 맛보았다 해도 별 이상할 것은 없었다. 주위의 선원들은 이시도에게 찬탄의 눈길을 보내왔다. 그리고 이시도의 머릿속은 바빠지기 시작했다.

　"그렇습니까? 예! 저도 그렇게 생각했습니다만 바다 한가운데에서 초원의 냄새를 맡는다는 사실이 납득되지 않아서 긴가민가하고 있었습니다."

　입으로는 씩씩하게 말했지만 이시도의 머릿속에는 이미 항해가 끝난 후의 조촐하면서도 뭔가 비밀스러운 술자리까지 떠오르고 있었다. 그 술자리에는 놀랍게도 선장이 있을 뿐만 아니라 이시도로서는 단

두 번밖에 본 적이 없는 선주도 동석할 것이다. 그리고 선장은 뿌듯한 목소리로 이시도를 소개한다. "상당히 유능한 친구랍니다. 이 친구는 바다 한가운데서 초원의 냄새를 알아차리더군요." 놀라운 눈길로 이시도를 바라보는 선주. 그리고 선장은 피로한 목소리로 말한다. "그렇잖아도 은퇴하고 싶었습니다만 마땅한 후임자를 찾지 못했습니다. 그런데 이제야 안심하고 은퇴할 기회를 잡은 것 같군요." 놀랍게도 선장은 차기 선장으로 이시도를 지명한다! 선주는 예의를 알기에 선장을 만류하려 들지만 이미 이시도에게 홀딱 반한지라 그 만류는 절실하지 못하다. 품위 있는 사양과 몇 번의 거절 끝에 이시도는 선장이 되는 것이다. 그리고 부임 인사를 위해 선주의 집에 들른 이시도는 놀랍게도 선주의 따님을 보게 되며, 그 순간 운명적인 사랑에 빠진다…….

이시도가 생각을 가족계획에 대해서까지 진행시키고 있을 무렵, 선장은 그윽한 눈으로 이시도를 바라보며 말했다.

"자네도 꽤나 개코로군, 이시도 군."

주위에서 긴장된 얼굴로 선장과 일등 항해사 이시도의 대화를 듣고 있던 선원들은 모조리 폭소를 터뜨렸고 이시도마저도 히죽 웃고 말았다. 물론 이시도는 우스워서 웃는다기보다는 마땅한 다른 표정을 지을 수가 없었기 때문에 짓는 엉터리 미소였는데, 그 우스꽝스러운 얼굴은 북풍을 즐겁게 만들었다. 북풍은 선장의 주위를 다시 한번 돈 다음 서서히 날아오를 채비를 갖췄다. 바로 그때였다.

"녀석을 삼킨 황야의 바람이지……. 빌어먹을!"

선장의 입에서 아무도 예상치 못했던 과격한 말이 튀어나왔다. 북풍은 이 느닷없는 모욕에 놀라서 화를 내는 것도 잊었다. 아니, 화를 내기는커녕 겁을 집어먹고 달아날 지경이었다. 선장의 눈빛은 맹포했다.

문득 북풍은 선장의 과거를 느낄 수 있었다. 그는 육지의 사람들은 상상도 못할 대양의 폭풍을 가로질렀던 사나이며, 빙원에서 불어오는 한파 속에서 전방을 주시하던 남자였다. 눈앞으로 거대하게 다가오는 해적 깃발을 바라보며 비웃음을 흘렸던 남자이며 단 한 가지 이유, 오로지 떠나기 위해서만 석양에 불타오르는 놀빛 항구로 들어서는 남자였다. 그리고 북풍은 그가 마침내 파도에 삼켜져 영원히 대지에 뼈를 묻지 못할 것임을 당연하게 느꼈다.

레드 서펀트 호의 선장 신차이는 모든 점에서 선장이었으며, 그리고 선장 이외에 아무것도 아니었다.

선장 신차이는 하늘을 쏘아보다가 문득 이상한 느낌을 받았고, 고개를 내리자 떨떠름한 표정으로 자신을 살피는 선원들의 얼굴을 볼 수 있었다. 신차이는 피식 웃어버렸다. 그러고는 질린 얼굴로 그를 바라보고 있는 일등 항해사 이시도에게 낮고 강하게 외쳤다.

"풍향은 좋군, 이시도 군!"

이시도는 꿈에서 깨어나듯 움찔하며 대답했다.

"예, 예! 선장님!"

"삼각돛 모두 펴고 앞돛은 모두 접는다. 보스플릿의 노래가 듣고 싶군. 지금부터 최고 속력으로 항구를 향한다!"

"예! 선장님!"

이시도는 씩씩하면서도 쾌활한 동작으로 경례를 붙였다. 신차이 선장은 일등 항해사의 이 작은 장난에 관대한 미소를 보내주었고, 이시도는 몸을 돌려 고함을 지르기 시작했다.

"삼각돛을 모두 편다! 앞돛 모두 접는다! 선장님께서 보스플릿의 노래를 듣고 싶어 하신다! 제군들, 보스플릿이 부러질 때까지 달려보자! 삼각돛 모두 펴고 앞돛 모두 접는다!"

"예! 항해사님! 삼각돛 모두 펴고 앞돛 모두 접는다!"

선원들은 쿵쾅거리며 모두 포마스트와 보스플릿[第一斜檣]으로 달려갔다. 선장은 뒤도 돌아보지 않은 채 외쳤다.

"조타수!"

"예! 선장님!"

"진로는 북북서. 거기로 고정하라! 졸란까지 전속력 항해다!"

"알겠습니다! 진로 고정합니다!"

배는 그 선수를 북북서로 고정시켰다. 북풍이 불고 있었지만 포마스트의 횡범을 모두 접은 레드 서펀트 호는 보스플릿의 삼각 종범만으로 역풍을 거스르며 달려가기 시작했다. 이물의 제1사장은 역풍을 향해 겨누어진 검처럼 날카롭게 곤두섰다. 바람을 가로지르는 보스플릿에서 검을 휘두르는 듯한 소리가 울려퍼졌다. 파, 파, 파파파, 파아아아앗! 곧이어 보스플릿에서는 역풍의 노래, 보스플릿의 노래가 울려퍼졌다. 배가 가속함에 따라 이물에서는 하얀 물보라가 폭발하듯 솟구쳐 올랐다. 하지만 잘 만들어진 배의 마법 같은 설계에 의해 물보라는 모조리 좌우로 갈라져 튀어오를 뿐 갑판에는 한 방울도 떨어지지 않았다. 선원들은 환호를 올렸다. "이이야호!" 작지만 강력한 선체 전체가 파도를 넘나들며 피치를 시작했다. 배는 용틀임하며 나아갔고, 선원들은 중량감을 상실시키는 속도감에 도취되었다. 그들은 모두 자이펀 선원들이고, 판자 한 장 아래의 지옥에는 별 관심이 없는 작자들이다.

위로 날아오른 북풍은 순식간에 발 아래로 멀어져가는 배를 바라보고 있었다. 버밀리온의 바다 위로 거칠게 그어진 흰 항적이 눈부시다. 배는 아득한 수평선을 향해 걷잡을 수 없는 속력으로 나아갔다. 예리한 부채꼴 모양으로 퍼져나가는 항적은 마치 붉은 바다를 절단하는 날카로운 검처럼 보인다.

북풍은 문득 그 배를 따라가고 싶다는 생각을 떠올린다. 하지만 북풍은 북쪽으로 불 수 없다. 북쪽으로 부는 바람은 북풍이 아니다. 심지어 북풍은 멈출 수도 없다. 멈춰 있는 바람은 바람이 아니다.

왜 이렇듯 끈질기게 남으로 날아왔는가?

그녀는 북풍이기 때문이다. 북풍은 '남쪽'으로 '날아가는' 바람이다.

그래서 북풍은 지금껏 그래왔던 것처럼 남으로 날아간다. 그리고, 이제 얼마 남지 않았다. 대해원의 아버지이자 최초의 익사자(溺死者) 그림 오세니아가 그녀를 기다리고 있다.

모든 것이 사라지고, 남은 것은 한없이 펼쳐진 물결뿐이다.

물결은 잔잔히 부서지고 있었지만 주위에는 아무런 소리도 없다. 고요하다. 일렁거리는 물결뿐이다.

북풍은 아직도 날고 있다. 이상하다. 이렇게까지 오랫동안 날아야 할 리가 없다. 북풍은 남쪽으로 날아가는 바람이다. 하지만 남쪽이란 무엇인가.

그녀가 5분 전에 날고 있던 하늘은 그녀가 10분 전에 날고 있던 하늘의 남쪽이었다. 하지만 지금은 북쪽이다. 북풍은 고개를 돌려 남쪽이었던 북쪽 하늘을 바라본다. 저 하늘로 돌아갈 수는 없다. 한때 저 하늘에 도달하기 위해 날아왔지만, 이젠 다시는 돌아갈 수 없는 하늘이다.

그리고, 그런 비행이 계속된다.

또다시 남쪽 하늘이 북쪽 하늘로 바뀐다.

그녀는 아직도 날고 있다.

의지도 없고 희망도 없다. 잠시 찾아왔던 기쁨은 이제 돌이켜 떠올리려 해도 떠오르지 않는 거짓된 추억으로 변질되었다. 그녀는 오직 타성으로 날아가고 있다. 어쩌면 그녀는 날고 있는 것이 아닐지도 모른다.

그림 오세니아의 모습은 보이지 않는다. 그는 어디에 있는 것일까. 이미 수평선도 사라졌다. 북풍은 더 이상 낮과 밤이 바뀌지 않는다는 것을 힘들게 느꼈다. 하지만 그 느낌은 빠르게 사라졌고, 그로부터 북풍은 아무런 생각도 떠올리지 못했다. 오로지 끝없이 펼쳐진 물결, 그리고 적막.

그녀는 아직도 날고 있다.

그녀는 날지 않는다.

제1장
사라진 시인의 추모곡

1

"생일 선물."

미는 눈을 동그랗게 뜬 채 말했다.

"그래."

"미가 골라도 되는 거야?"

"고르기 귀찮아. 11년 동안 열한 가지 선물을 했지만 한 가지 빼놓고는 모조리 마음에 안 든다고 그랬잖아. 그러니까 이번에는 네가 골라. 그걸 사줄 테니까."

"그런데 말이야, 쳉은 달력 보는 법 아직 못 배웠니? 미 생일은 9월이야."

쳉은 피식 웃었다. 미는 쳉의 표정을 보더니 고개를 갸웃거리기 시작했다.

"아아. 이번에 출발했다가 다음에 여기 들를 때쯤이면 거의 네 생일쯤 될 거야. 게다가 내가 널 12년 동안 겪은 몸이다. 네가 고를 것이 뭔지는 모르지만 꽤나 황당할 거라는 건 짐작해. 그러니까 준비 기간을 길게 잡은 거야."

미의 고개가 이번엔 위아래로 움직였다.

"그래? 이번 여행은 꽤 기나 보네."

"응, 한 5개월쯤 걸릴 거야. 이번엔 남쪽으로 해서 토린 지방을 주로 지날 거야. 우리 보스가 수달 가죽 장사에 관심을 가지게 되었거든. 그래서 대략 5개월 정도 걸릴 것 같고, 그러면 거의 네 생일이잖아. 그러니까 말해 봐."

"쳉 줘."

"응? 뭐라고."

"쳉을 달라니까. 쳉을 선물해."

"……그거 좀 보편타당하고 다른 사람들도 알아듣기 쉬운 말로 다시 말해 줄래."

"결혼해. 미의 생일이랑 결혼기념일이랑 같은 날이니까 편하잖아. 미가 쳉 밥도 해주고 빨래도 해주고 멘스할 땐 히스테리 팍팍 부리며 바가지도 복복 긁어줄 테니까 미랑 결혼해."

쳉은 등골이 쭈뼛거리는 느낌을 받았다.

"바가지를 복복 긁는다라, 그거 재미있는 조어(造語)네."

"쳉 말 돌린다, 말 돌린다?"

"에, 그, 그러니까."

"쳉 더듬거린다, 더듬거린다?"

"……싫어."

"왜 싫어."

"난 독신주의야."

쳉은 자신의 변명이 지독하게 유치하다는 점에 당황했다. 내가 말했지만 정말 유치한 변명이군. 애들 장난치는 것 비슷한 말이지만 미랑 이야기할 땐 항상 이 모양이니까. 하지만 이젠 좀 유치함에서 벗어나…….

"그럼 미랑 결혼하려면 그거 포기해야겠네? 미안해라. 하지만 뭐 자기 이상을 끝까지 지켜가면서 사는 사람이 괴물이지. 그러니까 쳉도 힘내라. 대부분의 남자애들은 엄마 젖을 더 이상 만지지 않게 되었을 때 이미 자신의 이상을 사회와 적당히 타협시킬 필요성을 깨닫지만 예외적으로 느린 남자애들도 있다더라. 그게 바로 쳉 같은 사람을 말하는 거였구나. 음, 다른 건."

쳉의 머리가 차가워졌다. 조금 더 유치해져도 될 것 같다.

"다른 여자가 있어."

"아아? 그럼 우리의 첫 번째 부부 싸움은 결혼 전 옛 애인에 관한 것이 되겠네? 시시해라. 다른 사람도 다 하는 거잖아. 어, 다른 걸 한번 찾아봐야지. 쳉의 순결을 의심한다든가…….."

유치의 한계를 넘어서 잔인에 닿아도 될 것 같다.

"나 너 싫어."

이번엔 미의 대답은 없었다. 미는 그저 무관심한 듯한 미소만 지은 채 쳉을 물끄러미 바라보고 있었다. 그러나 쳉은 미의 무릎 위에 있던 손가락이 슬그머니 꼬이는 것을 잘 볼 수 있었다. 그 손가락을 보는 동안 강박 관념이 쳉을 엄습했다. 그래서 쳉은 자신도 모르게 입을 열고 말았다.

"원래 싫은 사람하곤 결혼 안 하는 법이야."

말을 마치고 나서야 자신이 무슨 말을 한 건지 깨달은 쳉은 속으로 절규하고 말았다. '어머님! 죄송합니다. 한 번도 뵙진 못했지만, 혹시 뵙게 되었을 때 제가 어머님의 배를 빌려 태어났다는 것을 부인하셔도 할 말이 없습니다.' 미는 참으로 별스러운 인간을 본다는 듯한 시선으로 쳉을 바라보았고, 왠지 그 시선이 합당하다는 느낌은 쳉으로 하여금 보다 농도 짙은 당혹감을 느끼게 만들었다.

"그럼 쳉은 평생 독신이겠구나?"

"그거 무슨 말이야?"

"쳉은 세상 모든 사람을 다 싫어하잖아."

쳉은 눈살을 찌푸렸다. 그의 감정 결핍에 대한 미의 지적은 신랄했다. 그래서 쳉의 대답은 조금 거친 음색을 띠었다.

"쳇. 그래서 말했잖아, 독신주의라고."

"아무도 좋아할 만한 능력이 못 되어서 결혼 못하는 걸 가지고 독신주의라고 표현하는 것은 독선주의야."

"독선주의라는 말이 어디 있냐."

"말해 봐. 여자에게서 결혼하자는 말 들은 거 이번이 처음이지?"

"응."

"몹시 긴장되고 동시에 당황스러우며 이 자리를 피하고만 싶어지지?"

"응."

"에구, 예뻐라. 솔직해서 좋다."

"솔직하게 말 안하면 때릴 거잖아…… 악!"

"그럼 끝까지 여자에겐 관심도 안 둔 채로 방랑이나 하며 살겠다?"

"난 방랑이 더 편해. 야외가 집보다 편하고. 여자는 내 호기심 목록에서 순위가 낮아."

"헤에? 웃기네. 쳉이 고참 방랑자 흉내를 다 내고."

미는 자리에서 일어났다. 치마를 탁탁 털고 난 미는 고개를 들어 앞을 바라보기 시작했다.

미의 시선을 따라 쳉 역시 언덕 아래로 펼쳐진 들판과 야산, 그리고 그 너머의 푸른 하늘을 바라보았다. 미의 풍성한 소맷자락이 바람의 리드에 따라 경쾌한 춤을 추고 있다. 그래서 그녀는 가만히 서 있어도 많은 말을 하고 있는 것처럼 보인다.

쳉의 의견에 따르자면 이 북부의 땅은 여자 외엔 볼 것이 없다. 아니, 쳉의 의견을 더 정확하게 말하자면 미 이외엔 볼 것이 하나도 없다.

둥글둥글한 언덕들과 고원들. 그리고 그 사이로 한없이 펼쳐진 대평원. 가도가도 끝이 없다. 대지는 이 땅에 들어와 졸음에 빠져버린 것 같다. 날카로운 산봉우리, 건너편이 보이지 않는 대하, 낮을 거부하는 울창한 숲, 끝을 알 수 없는 깊은 협곡, 이런 케케묵은 말들이 이 땅에서처럼 신비롭게 들리는 곳도 없을 것이다.

북부 사이들랜드. 헤게모니아의 이마에 해당하며, 양떼들의 천국이다. 시야에 들어오는 가장 높은 곳에 올라서서 주위를 둘러보라. 나무를 다섯 개 이상 발견한다면, 당신은 사이들랜드의 울창한 밀림 지대에 들어와 있는 것이다. 마음을 가라앉히고 이번엔 흙을 찾아보라. 만일 100제곱큐빗 이상의 풀이 덮이지 않은 노출된 흙을 볼 수 있다면, 당신은 사이들랜드의 대사막에 들어와 있는 것이다. 다시 한번 마음을 가라앉히고 주위를 세심히 둘러보라. 새카만 머릿결과 긴 다리를 가진 미인을 볼 수 있다면, 당신은 사이들랜드의 스카니아 마을에 있는 것이다.

스카니아 마을의 미 V. 그라시엘. 양떼를 좋아하고, 다리가 여섯 개 이상인 생물을 무서워하고, 넓은 그릇에 담긴 물로 미래를 볼 줄 알지만, 5분 후 무슨 일을 해야 될지에 대해서도 자주 까먹는 여자. 그리고 쳉이 입 밖으로 꺼내어 말하지는 않지만 그의 소견에 따르자면 대륙에서 가장 아름다운 여자다. 쳉과 결혼하고 싶어 하는 희귀한 여자이기도 하며, 쳉이 결혼하고 싶지 않은 지상의 모든 여자들 중의 한 명이기도 하다, 슬프게도.

미는 치마를 쓸어내렸다.

"언제 갈 거야?"

쳉은 안도를 느꼈다. 조금 전의 당황스러운 주제는 이제 거론하지 않아도 되나 보다.

"으음. 보스는 양모 구입을 끝냈어. 그래서 빨리 길을 떠나고 싶어 해. 마을에 오래 머물면 수중에 가진 돈 모조리 도박으로 날릴 사람이니까. 아마 내일 저녁을 여기서 먹기는 힘들 거야."

"토린 쪽으로 간다고?"

"지금 계획으로는. 토린 쪽에서 양모를 팔고 수달 가죽을 산 다음 그쉬룹으로 가는 것이 전체적인 계획이야. 그쉬룹은 사냥용품으로 유명하거든? 거기서 수달 가죽은 꽤 잘 팔리는 품목이야."

"흐음. 쳉은 정말 보스의 사업을 이어받을 생각인가 보구나."

"응?"

"쳉 저번에 들렀을 때만 해도 보스의 사업에 대해서는 도통 아는 것이 없었잖아. 음, 그게 넉 달 전인가? 미가 기억하기로는 넉 달이야. 넉 달 사이에 꽤 많이 바뀌었네."

"뭐……, 보스도 언제까지고 이 사업 계속하기는 힘들 테고, 정리해 버리기에는 부피가 큰 사업이니까 내가 인수할 수도 있겠지. 나 역시 상단(商團)의 호위 무사는 체질에 안 맞아."

"방랑자인 것처럼 굴더니."

"방랑 생활을 할 수 있어서 호위 무사라는 이 웃기는 직책에 붙어 있는 거지, 뭐."

"미랑 결혼해서 정착해라, 응?"

머리가 아파오는 것을 느끼며 쳉은 벌렁 누웠다. 푸른 하늘에는 양치기도 없는 양떼들이 한가로이 거닐고 있었다.

"미, 네가 평범하지 않은 여자라는 것은 익히 알고 있었지만 말이야. 12년 동안 만나면 인사하고 명절이나 기념일이면 소박한 선물을 나누는 사이 정도로 있다가 갑자기 결혼하자고 말하는 것은 정말 이상해. 너 무슨 일 있니?"

미는 고개를 숙여 드러누운 쳉을 내려다보았다. 새카만 머릿결이 아래로 늘어뜨려지며 미의 얼굴을 살짝 가렸다. 미는 머리카락 속에서 해죽 웃었다.

"응. 쳉이 미랑 결혼해 주지 않으면 미는 귀족의 첩으로 시집가거나 마법사에게 잡혀가 실험 재료로 쓰이거나 드래곤에게 제물로 바쳐지게 될 거야. 어느 게 제일 무서워?"

"……셋 다 무서운데."

"그럼 세 개 다 당할 거야. 첩으로 팔려가는 도중에 마법사에게 납치당해서 드래곤의 부활을 위한 제물로 바쳐지게 될 거야. 아아, 불쌍한 미. 가련한 미. 그러면 안 되겠지? 이런 걸 가리켜 협박이라고 하지."

미는 심드렁하기 짝이 없는 얼굴로 저런 농담을 해댔다. 그래서 쳉은 더 우울한 기분을 느낄 수밖에 없었다. 쳉이 뭐라고 말하려 했을 때 미는 다시 고개를 들었다. 파란 하늘을 배경으로 그녀의 오똑한 콧날과 턱만이 눈에 들어왔다.

"디도스 활이나 하나 가져다줘."

"응?"

"토린에 갔다가 그쉬룹에 들른다며? 그쉬룹에서 조금 더 서쪽으로 가면 디도스잖아. 설마 그 유명한 디도스 활을 모르는 것은 아니겠지? 디도스 활이나 하나 선물해."

"네가 활은 뭐하려고?"

"미가 원하는 걸 선물한다며? 미는 디도스 활이 가지고 싶어."

"누굴 쏴 죽이려고?"

"응? 천만에. 미가 누굴 죽이려면 시시하게 활로 쏘지는 않아. 세상의 누구도, 심지어 살해 당사자도 내가 범인이라는 것을 알 수 없는 방법으로 죽일 거야."

쳉은 당장 죽이고 싶은 사람의 명단을 떠올리면서 반가운 목소리로 물었다.

"어떤 방법이지?"

"늙어죽게 만들 거야. 꽤 끔찍한 방법이지. 인생의 길이만큼의 기나긴 기간 동안 인생의 고통만큼의 끔찍한 고문을 줘서 결국 고문에 못 이겨 죽게 만드는 거지. 살해 성공률 백 퍼센트의 완벽한 암살법. 미는 꽤 사악하거든."

쳉은 대답할 말이 곤궁해지는 것을 느꼈고, 그래서 아무 말도 하지 않았다. 멀리 지평선 쪽을 바라보던 미는 쳉에게는 얼굴을 돌리지 않은 채 그대로 언덕을 걸어 내려가기 시작했다. 그녀는 마을 쪽으로 걸어가며 말했다.

"여행 잘 다녀와."

쳉이 황급히 몸을 일으켰을 때 미는 이미 저 멀리 걸어가고 있었다. 쳉은 그녀의 뒤통수를 향해 외쳤다.

"어, 음. 나는 내일 출발할 건데, 오늘 저녁에 찾아가도 될까? 저녁 식사에 초대하지 않을래?"

미는 걸음을 멈추지 않았기 때문에 그녀의 대답 소리는 꽤 가늘게 들려왔다.

"안 돼. 미는 오늘 저녁엔 바빠. 그리고 모레까지는 계속 손님 사절이야."

손님 사절이라고? 금제를 치겠다는 건가? 쳉은 다시 고함을 질러 그녀를 불러 세울까 했지만 이미 미는 언덕을 다 내려간 후였다. 그래서 쳉은 그녀가 마을의 입구로 들어가 사라지는 모습을 바라보며 언덕 위에 앉아 있었다.

미의 모습이 시야에서 사라지고 나자 쳉은 다시 드러누웠다. 등에 짓눌린 풀들이 가늘게 투덜거렸다. 그리고 쳉은 곤란에 봉착해 버렸다. 아무리 머리를 굴려봐도 당장 죽이고 싶은 사람이 없었던 것이다.

쳉은 다시 몸을 일으킨 다음, 옆에 던져둔 롱 소드를 들어 어깨에 걸치고는 마을 쪽으로 걸어 내려가기 시작했다. 마을이 여기로 와줄 리는 없으니까.

쳉의 보스는 주점 앞에서 무진장한 곤욕을 치르고 있었다.

상식이 부족한 이들이 보기엔 재미있는 구경거리임에 틀림없었지만 조금이나마 상식이 있는 사람들에겐 곤욕으로 보일 것이다. 보스의 나이 반도 안 될 청년에게 멱살을 틀어잡힌 채 이리 비틀 저리 비틀 당장이라도 쓰러질 듯이 휘둘리고, 차라리 쓰러지려고 해도 다시 끌어올려지고 있으니 나이 40줄을 넘겨 귓가에 허연 머리카락을 얹어둔 사나이로서 곤욕도 이런 무지스러운 곤욕이 없다.

이미 몇 번 땅에 나뒹굴었던 모양이다. 그 옷에 묻은 흙덩이나 허옇게 먼지를 뒤집어쓴 머리에서 짐작할 수 있다. 대로 어귀에서 그 광경을 본 순간 쳉은 걸음을 딱 멈췄다. 다행히도 거리를 걸어가는 사람들은 모두 이 재미있는 구경거리에서 시선을 떼지 못하고 있었기에 쳉을 본 사람은 아무도 없었다. 그래서 쳉은 재빨리 옆의 골목으로 몸을 숨긴 다음 주위 사람들과 마찬가지로 그 광경을 감상하기 시작했다.

보스는 다이내믹하게 외쳤다. 그는 원래 꽤나 다이내믹한 사나이다.

"이봐, 이보라고. 제발 놓고 말하지, 놓고 말해! 말로 하자고!"

"어디로 달아나려고? 말은 무슨 얼어 죽을 말. 말인지 소인지 내 알 바 아니고 돈이나 내놔요!"

"누가 떼먹는다고 그랬나, 이보라고, 젊은이! 노름빚에 사람 잡는다는 말은 없었네. 제발 좀 놓으라고!"

쳉은 골목 옆의 건물 벽에 뒤통수를 가져다댄 채 길게 한숨을 쉬었다. 감이 온다, 방랑 생활을 지독하게 싫어하는 쳉의 보스가 이 사업을 그만두지 못하는 이유가 바로 저거다. 노름을 너무 좋아해서 알뜰살뜰 정착 자금을 모으질 못하는 것이다.

쳉은 자신의 입장을 분명히 했다. 호위 무사의 임무 따위 개나 물어가라지. 핏대 오른 젊은 녀석하고 대거리하고 싶은 생각은 없어. 저 녀석이 나이프라도 빼들면 어쩌라고? 노름기를 주체하지 못한 보스가 알아서 해결하라고. 어음이니 뭐니 하는 말만 나오지 않는다면 쳉은 절대로 나서지 않을 것이다.

"좋아! 좋다고. 그럼 어음을 쓰지. 쓴다고!"

그 순간 쳉은 어깨에 걸치고 있던 롱 소드를 허벅지쯤에 늘어뜨린 채 골목을 나서고 있었다. 그러고는 눈을 지극히 전투적으로 뜬 채 무한한 경악을 담은 목소리로 외쳤다.

"어라? 아아니, 뽀오쓰! 이게 또대체 무쓴 일입니까!"

쳉은 종종걸음으로(달리지는 않았다.) 보스와 그 젊은 녀석을 향해 걸어가기 시작했다. 젊은 녀석은 느닷없이 롱 소드를 든 남자가 걸어오자 꽤 놀란 기색이었지만, 그렇다고 한참 기세가 오른 판에 갑자기 멱살을 놓아주기도 뭣해서 쥐똥 씹은 표정을 짓기 시작했다. 쳉은 얼굴에 보기에 상당히 불쾌할 만한 표정을 만들어낸 채 걸어가면서도 속으로는 초조하게 생각했다. 어디 보자, 만일 저 녀석이……

"이 새끼, 넌 뭐야!"

……라고 고함을 지른다면 저 녀석은 나이프를 빼들 가능성이 별로 없는 녀석이다. 쳉은 속으로 안도의 한숨을 내쉬었다. 휴우. 짖는 개는 무서울 것이 없다. 그리고 그 점에선 사람도 개보다 낫다고 주장할 건덕지가 별로 없다. 만일 젊은 녀석이 싸움을 대비해서 보스의 멱살을 놓고 아무 말 없이 쳉을 노려보기 시작했다면 쳉은 그 즉시 보스 대신 사과를 시작했을 것이다. 하지만 그 젊은 녀석은 여전히 보스의 멱살을 틀어쥐고 있었고, 따라서 쳉으로서는 겁날 것이 없다. 쳉은 용감하게 외쳤다.

"뭐야? 너 이 자식, 뭐라고 했어?"

칼을 뽑을 필요도 없다. 그냥 뽑을 듯이 힘 있게 들어올리면 된다. 예상대로 쳉이 롱 소드 손잡이를 쥐자마자 녀석은 기겁하며 보스를 놓아주었고, 그러자 보스는 재빨리 자신의 역할을 충실히 실행했다. 쳉에게 매달려 그가 칼을 빼지 못하게 말리기 시작한 것이다.

"쳉! 쳉, 어이구, 무슨 짓이야! 참아, 참으라고!"

"이거 놔요! 아니, 저 머리에 피도 마르지 않은 녀석이 보스의 멱살을 쥐어? 내게 욕을 해? 참을 수 있는 게 있고 없는 게 있지! 너 이 새꺄, 어딜 비실비실 물러나? 거기 서!"

"쳉! 안 돼, 다시는 사람을 죽이면 안 돼! 한 달 동안 잘 참았잖아?"

보스의 능청스러운 대사는 젊은 녀석으로 하여금 파랗게 질린 얼굴로 뒷걸음질 치게 만들었다. 정확하게 그 순간을 노려 보스는 과장된 동작으로 쳉을 '놓칠 뻔'했다.

"어어어?"

그 순간 젊은이는 회오리바람이 일어날 정도로 맹렬하게 뒤로 돌아서서는 그대로 달려가기 시작했다.

"아이고, 사람 살려! 사람 잡아요! 살인이야!"

"서랏! 서! 안 서면 쫓아가서 죽여야 된단 말이다. 그건 귀찮으니 거기 서!"

"우와아아아악!"

곧 젊은이의 뒷모습은 대로의 끝을 향해 사라져갔다. 그러자 주위 사람들은 곧 너털웃음을 터뜨렸고 보스는 쳉을 놓아주었다. 그는 한 손으론 옷을 털면서 다른 손으로는 젊은 녀석이 사라져간 방향으로 보스의 어머니나 할머니가 가르쳐주었을 거라고는 생각되지 않는 손짓을 하기 시작했다.

쳉과 그의 보스를 잘 알던 스카니아 마을 사람들은 여전히 웃으며 흩어져갔고 그중에서 주점의 마스터 오옴은(그는 보스가 곤욕을 치르고 있을 때 가장 즐거워하고 있었다.) 두툼한 턱을 긁적거리며 쳉에게 말했다.

"수고했다, 쳉."

보스는 여전히 그 험악한 손짓을 해대고 있었기 때문에 쳉은 오옴에게 물어야 했다.

"저 녀석 누구지요?"

"뭐, 뜨내기야. 솜씨가 괜찮아서 네 보스가 왕창 뒤집어쓰고 나서야 알게 되었지. 그러니 내가 어떻게 손쓸 수가 없더군."

"그래도 좀 말려주시지 그랬어요."

"네 보스는 뜨거운 맛을 좀 봐야 정신을 차릴 거라고 생각하는데."

"하긴, 동감입니다."

오옴의 말에 대답하고 나서 쳉은 곧장 허리를 뒤로 뺐다. 라이트 스트레이트를 날리다가 허공을 헛친 보스는 몸의 중심을 잡기 위해 몇 발자국 비틀거렸고, 이어서 빽빽 고함을 지르기 시작했다.

"이놈아! 어딜 갔다가 이제 나타난 거야? 자칫하면 객사할 뻔했잖아?"

"허풍이 점점 늘어가는 것도 노화의 증거겠지요, 보스."

"이이이놈아!"

보스는 이번엔 날렵한 동작으로 스핀킥을 시도했고, 역시 허공을 걷어찬 다음 핑그르르 돌며 대로에 나가떨어지고 말았다. 쳉은 그 모습을 보며 통쾌하게 웃으려 했지만 그보다 먼저 웃는 사람이 있었다.

"파하하하!"

뭔가 잘 깨지는 물건이 깨지는 듯한 웃음소리에 쳉은 고개를 돌렸다. 그리고 그는 대로 한가운데서 파 L. 그라시엘의 목소리로 웃고 있는 양털 더미를 볼 수 있었다.

파는 벗긴 양모를 머리에 뒤집어쓴 채 쳉 쪽을 향해 걸어오고 있었다. 언니만큼 다리가 길지는 않은 도리암직한 몸매라 양모를 머리에 이자 상체가 거의 다 덮여버렸다. 그래서 언뜻 보기에 양에 사람의 다리가 달린 것처럼 보였다. 또 한 명의, 북부 사이들랜드가 아니라면 보기 힘든 종류의 처녀. 쳉은 파에게 말했다.

"파. 항상 느끼는 거지만 말이야, 넌 참 좋겠어."

파는 양모 아래에서 대답했다.

"무슨 말이지?"

"자기 이름으로 웃을 수 있는 사람이 어디 있겠어."

"에에? 쳉이 이름을 가지고 나를 놀려? 자기 이름으로 싸울 수 있는 사람이? 쳉, 쳉, 쳉!"

파는 마치 칼 부딪치는 소리를 내듯이 쳉의 이름을 불러 젖혔다. 오옴과 쳉의 보스는 킥킥 웃기 시작했고 쳉은 뭔가 뇌리에 오래 남는 말을 떠올리기 위해 고심하기 시작했다. 그러나 그가 뭐라고 말하기 전에 파는 어깨에 메고 있던 양모를 쳉에게 건네었다. 얼떨결에 양모를 받아든 쳉은 의아한 얼굴로 물었다.

"뭐야?"

파는 흐트러진 머릿결을 쓸어내리며 말했다.

"이거 가져가. 그리고 돌아올 때 나 뭣 좀 사다줘."

"뭘 원하는데? 격투용 장갑?"

"말 다 했어!"

"아냐? 그럼 뭘 원하는데. 군용 나이프? 화약? 암살용 독침?"

"……꽃씨!"

보스는 다이내믹하게 딸꾹질을 시작했고, 오옴은 '해장술이 과했나?' 어쩌고 하는 혼잣말을 하고 있었다. 하지만 쳉은 그저 상냥하게 웃었다.

"아아. 키타나의 식인 식물? 아니면 그쉬룹의 흡혈초? 정원에 그런 거 심으면 미가 화낼 텐데."

"이하하으하으으하!"

파는 하늘을 우러러 거대한 신음을 뱉고 나서 목소리를 낮추어 말했다.

"코스네위의 씨를 좀 구해다 줘."

"코스네위? 그게 뭔데?"

"남부 쪽으로 가거든 물어봐! 까불다가 잊어먹지 말고 잘 기억해. 알았지? 코스네위!"

"알았어. 얼마나 구해다 주면 되는데?"

"그 양모 가격만큼."

쳉은 당황하고 말았다. 설마 이 팔팔한 처녀가 남부의 양모 시세를 모르는 것은 아닐 텐데. 보스의 입이 쩍 벌어지는 것을 보다가 쳉은 그럴듯한 해답을 떠올렸다.

"코스네위인가 하는 꽃이 얼마나 비싸길래 그래? 흐음. 뭐, 내가 신경 쓸 것은 아니지. 알았어. 그런데 수고비는 없냐?"

파는 우물쭈물하더니 천천히 대답했다.

"수고비는……, 코스네위가 피면 네게도 줄게."

"와! 이제 알았다. 그거 먹는 거구나?"

"아하, 아하아아아악!"

쳉은 의아했지만('파는 왜 갑자기 이상한 소리를 내며 나를 마구 때리기 시작한 걸까?') 그 의아함을 풀 기회는 가지지 못했다. 쳉의 의아함은 POG(Pot of Gold) 상단이 머무르고 있던 야영장으로 돌아온 뒤에야 해결되었다.

어깨에 양모를 걸머진 쳉과 그의 보스가 스카니아 마을의 교외에 설영된 POG 상단의 야영지로 돌아왔을 때, 상단은 수레꾼 우두머리 킬로이의 지휘 아래 수레를 점검하던 중이었다. 상단의 수레들은 야영지를 둥글게 에워싸듯 대어져 있었고 킬로이는 손에 장부와 펜을 들고 혁대에는 망치와 가위 등을 꽂은 채 수레들 사이를 분주히 움직이고 있었다. 상차를 끝낸 나머지 수레꾼들이 모두 늘어져 노닥거리는 가운데 혼자서 부지런을 떨고 있는 킬로이를 향해 보스는 칭찬을 던졌고 쳉은 인사를 던졌다.

"여어, 킬로이. 바빠 보이는군요."

킬로이는 쳉 쪽은 쳐다보지도 않은 채 수레 위로 기어오르며 말했다.

"상단의 단장은 도박에 빠져 있고 고용 무사는 사랑에 빠져 있으니 나라도 정신차려야 되지 않겠냐."

보스는 작게 투덜거렸다.

"웃기는군. 검사 끝나거든 내 천막으로 오게, 킬로이. 예정표 문제를 끝내자고."

"알겠습니다, 보스."

보스가 자신의 천막으로 걸어간 뒤 쳉은 수레 쪽으로 다가서며 낮은 목소리로 말했다.

"그런데 킬로이. 물어보고 싶은 것을 가지고 있는데요."

"나 줄 거야?"

"예."

"그럼 줘."

"파가 코스네위라는 꽃의 씨를 가져다달라고 그러던데, 혹시 그게 뭔지 압니까."

킬로이는 수레의 끈을 잡아당기다가 이마의 땀을 쓱 닦으며 말했다.

"코스네위? 짝사랑을 위한 꽃이잖아."

"잠깐. 자상이나 골절, 혹은 타박상에 달여 먹으면 좋다…… 또는 암살용으로 사용되는 자이편 비전의 독초라든가, 뭐 그런 게 아니라?"

"넌 도대체 파를 어떻게 생각하고 있는 거냐? 그 상냥한 아이를."

쳉은 만족한 얼굴로 킬로이를 바라보았다. 기쁘게도 킬로이가 드디어 농담을 할 줄 알게 되었구나. 그러나 킬로이의 얼굴에는 농담하는 기색이 전혀 없었다. 짐더미 위에 올라가서 밧줄을 힘차게 잡아당기고 있던 킬로이는 말했다.

"끄으……응. 게으른 녀석들. 밧줄 좀 단단히 매지 못하고. 그러니까 코스네위는 자신을 봐주지 않는 연인을 사로잡을 때 선택하는 꽃이다.

옛날에 사귀던 어떤 여자가 말해 준 건데, 이잇차! 코스네위의 꽃잎에 매달린 이슬 천 개를 모아서 마법의 묘약을 만들 수 있다던데."

"천 개라고요?"

"그건 파 같은 순진한 아가씨나 좋아할 이야기야. 혼자서 천 개의 이슬을 모으려면……, 어디 보자, 이슬 한 개를 받는 데 5초씩 걸린다고 계산하면 5000초 정도가 걸리겠군. 대략 한 시간 23분 정도면 다 모을 수 있다는 말인데, 그렇게 빠르게 움직이는 것이 쉽지는 않겠지."

쳉은 그 계산 결과가 정확한지 암산하기 시작했고, 꽤 시간이 흐른 후에야 고개를 끄덕였다.

"맞네요. 한 시간 23분이라……, 이슬이 먼저 말라버리겠는데요."

킬로이는 잠시 일손을 멈추고는 짐더미 위에 앉은 채 쳉을 내려다보았다. 침묵의 시간은 만만찮게 길었고 결국 쳉은 짜증을 느꼈다.

"왜 그렇게 쳐다보는 거지요, 킬로이?"

킬로이는 턱수염을 쓸어내리면서 말했다.

"응? 아아. 너 정말 감정 결핍이라고 생각하고 있다."

쳉은 별말 하지 않고 어깨를 으쓱였다. 킬로이는 다시 고개를 돌려 매듭을 마저 묶으면서 말했다.

"뭐라고 말은 못하겠다. 자매가 끼인 삼각관계라니. 게다가 남자 녀석이 하필이면 감정 결핍이라 사태가 더 괘씸하군."

킬로이는 매듭을 단단히 묶고 나서는 수레 위에서 뛰어내렸다. 그러고는 쳉의 어깨를 툭 치면서 지나가듯이 말했다.

"그냥 아무나 골라."

"고르긴 뭘 골라요?"

킬로이는 쳉의 말을 못 들은 척하며 계속 말했다.

"아무나 고른 다음 결혼해. 이유 같은 것 찾을 필요 없어. 네 녀석 같은 감정 결핍증 환자도 살다보면 정 비슷한 거라도 들겠지. 사실 대부분의 부부들도 죽을 만큼 사랑해서 같이 사는 건 아니야. 그냥 사는 거지."

그리고 킬로이는 그대로 쳉을 지나쳐 보스의 천막 쪽으로 걸어갔다. 쳉은 잠시 제자리에 서서 땅을 바라보다가 한숨을 내쉬었다. 젠장. 뭐가 뭔지 모르겠군. 쳉은 고개를 가로저으며 말들이 묶여 있는 장소로 걸어갔다. 그리고 그의 말 '캐시헌터'의 안장에 숨겨두었던 술병을 꺼내들고 야영지를 둘러싼 수레 중 하나를 골라 그 위에 올라가 누웠다.

태양이 서쪽 지평선과의 복된 만남을 이룩하는 시간까지, 쳉은 독신주의와 독선주의, 감정 결핍과 삼각관계, 그리고 코스네위와 디도스 활에 대해 고찰해 보았다. 하지만 쳉에게 남은 결과물은 비어버린 술병과 눈에 매달린 눈곱 외엔 없었다.

쳉이 수레 위에 누워 있는 동안 킬로이는 상단의 야영터를 오가며 먼빛으로 그를 관찰하곤 했지만 말을 걸지는 않았다. 다섯 번째인가로 수레를 보았을 때 그는 쳉의 모습이 사라진 것을 발견했다. 킬로이는 고개를 돌려 스카니아 마을 쪽을 바라보았고, 스카니아 마을로 들어가는 크고 작은 두 개의 그림자가 쳉과 캐시헌터일 거라고 생각했다. 킬로이는 아무 말 없이 요리장 쪽으로 걸어가선 상단의 요리사에게 오늘 저녁 식사는 1인분 줄이라고 지시했다.

쳉은 약간 취한 채 스카니아 마을의 중심 대로를 걸어갔다. 타박, 타박. 대로에서 들려오는 소리는 캐시헌터의 가벼운 발굽 소리뿐이었다.

스카니아 마을 사람들의 대표적인 직업을 들어보라면, 용사, 마법사, 기사, 프리스트, 트레저 헌터, 괴물 사냥꾼 등의 직업에 많은 관심을 가지고 있는 양치기와 농민과 그의 가족들이다. 그들은 일찌감치 잠자리에 드는 사람들이었으므로 해가 진 후의 마을 대로는 조용한 산책 속에 사색에 잠기길 원하는 이에겐 꽤나 훌륭한 장소였다. 혹 벌거벗고 대로를 걸어보고 싶다는 유니크한 욕망을 가진 사람이 있다면 그 사람에게도 훌륭한 장소라고 말할 수 있다.

쳉은 양식이 있는지라 벌거벗고 말을 타지는 않았지만, 조용한 밤거리는 그에게도 만족감을 주었다. 지금은 사람들에게 인사를 건네고 한담을 나누고 싶은 생각이 전혀 없었다. (하긴 다른 때라면 인사를 건네고 한담을 나누는 일을 좋아하느냐고 물어보면 쳉으로서는 대답할 말이 없을 것이다.)

별은 누군가 방금 만들어 매달아 놓은 것처럼 반짝이고 있었다. 시야에 땅보다 하늘이 많이 들어오는 장소에서 별은 요괴스러울 만큼 번득이고 있었다.

쳉은 한숨을 내쉬었다.

그다지 큰 마을은 아니지만, 그래도 스카니아 마을의 반대편에 있는 미와 파 자매의 집까지는 10분 정도가 걸렸다. 집과 집 사이에 텃밭이나 가축 우리 등이 있는 전형적인 농촌이었기 때문이다.

대로의 끄트머리에서 쳉은 캐시헌터를 멈춰 세우고는 말에서 내렸다. 오른쪽으로는 작은 개울이 통탕거리며 흐르고 있었다. 그리고 그 개울 건너 별들이 소나기처럼 쏟아지는 언덕 위로 작은 불빛이 일렁거렸다. 대개들 일찌감치 잠드는 사람들이 사는 마을인지라 환한 불빛은 이채로웠다. 불빛이 새어나오는 창문은 작았고 그 안은 몹시 따스할 것 같다.

쳉은 캐시헌터의 고삐를 쥔 채 첨벙거리며 개울을 건넜다.

발이 물에 젖자 약간 취해서 달아올라 있던 몸의 열기가 식어 내리며 정신이 맑아지는 기분이 들었다. 개울을 건넌 쳉은 그대로 물에 젖은 발자국을 남기며 언덕을 올라갔다. 언덕 중간쯤에 다다랐을 때 쳉의 발걸음은 다시 멈췄다.

그의 진로 앞쪽에서 두 개의 불빛이 번득였다. 불빛은 쳉의 얼굴을 똑바로 향한 채 매섭게 빛났고, 캐시헌터는 불안하게 푸르릉거렸다. 캐시헌터의 고삐를 더 단단히 틀어쥔 쳉은 침착하게 손을 내밀며 말했다.

"좋은 밤이지, 아달탄?"

아쉽게도 쳉은 아달탄의 호의를 얻어내는 데 실패했다. 주인의 명령에 따라 금제를 치고 있는 아달탄은 냉정한 시선으로 쳉을 바라볼 뿐 꼼짝도 하지 않았다. 하지만 쳉이 더 접근하면 아달탄은 경고 없이 공격할 것이다. 그 점에 대해서 쳉은 불평할 수 없다. 아달탄은 개였고, 따라서 말을 할 줄 모르니까.

흔히들 키타나 하운드라 불리는 이 종의 은근성과 그에 잘 어울리는 맹폭성은 유명하다. 원래 키타나의 산야를 떠돌던 들개에서 그 혈통을 찾아볼 수 있는 이 종의 개들은 어떤 공격에도 묵묵히 참으며 끈기 있게 기다릴 줄 안다. 어쩌면 대륙에서 가장 미련스럽게 매를 맞는 종일지도 모른다. 하지만 기회가 왔다고 판단되면 키타나 하운드는 그 즉시 악마로 돌변한다. 오죽하면 집에서 오래 기른 키타나 하운드는 화렌차의 세 기사를 막아낸다는 식의 전설이 다 있겠는가. 게다가 눈앞의 아달탄은 키타나 하운드 중에서도 괴수에 가까운 녀석이었다.

아달탄의 흉포성에 대해서는 쳉이 잘 안다. 키타나의 투기장에 볼일이 있었던 쳉은 그리폰의 목을 물어뜯고 있던 녀석을 떼어내기 위해서 사내 일곱 명이 매달려야 하는 모습을 보고서 감동했고, 그 흉포성과 야만성이 마음에 들었기에 녀석을 사서 미에게 선물했다. 이 개만도 못한(?) 개를 미에게 선물하는 것은 쳉으로서는 일종의 재미있는 유머인 셈이었고 주위 사람들은 모두 고개를 가로저었다. 그러나 미는 아달탄을 마음에 들어 함으로써 주위 사람들을 두 손 들게 만듦과 동시에 쳉으로 하여금 미소 짓게 만들었다.

그리고 그 추억은 쳉으로 하여금 배신감을 느끼게 했다.

"이 자식아. 널 그 사지에서 끄집어내어 네 주인께 데려온 사람이 누구냐? 그런데 네가 나에게 그런 칙칙한 시선을 보낸단 말이야?"

아달탄은 그에 적절한 신체 구조를 가지고 있지 않았기 때문에 콧방귀를 뀌지는 않았다. 다만 깨끗한 이를 드러내 보였을 뿐이었다. 그리고 아무리 술에 취한 상태라고 하지만 쳉으로서는 아달탄이 미소를 지어 보인다고 생각하기 힘들었다. 자신도 모르게 뒤로 조금 물러난 쳉은 자존심이 몹시 상했다.

"좋아, 좋다고. 그럼 미는 안 되겠군. 파나 불러보지. 파! 파!"

쳉은 세 번 부를 생각이었지만 아달탄이 갑자기 몸을 일으키는 바람에 세 번째 외침은 목구멍 어디쯤에서 걸려버렸다. 스르륵 일어난 아달탄은 친근해 보이지는 않는 동작으로 쳉을 향해 걸어오기 시작했다. 그 눈높이가 자신의 허리에 이른다는 것을 숨 가쁘도록 인지하며 쳉은 떨리는 목소리로 말했다.

"이봐, 이봐. 그 표정 마음에 들지 않아. 좋아 보이지는 않는데, 그날이니?"

아달탄은 들은 척도 하지 않고 계속 걸어왔고 쳉은 절망적인 심정으로 가까운 곳에 나무가 돋아나길 기도하기 시작했다. 하지만 쳉의 간절한 기도가 하늘에 닿아 언덕 위에 나무가 돋아나더라도 취한 상태인 쳉이 아달탄의 공격이 개시되기 전에 나무 위로 기어 올라갈 수 있을지는 미지수였다. 물론 쳉은 나무만 돋아난다면 얼마든지 그 위로 기어 올라갈 수 있을 것이라고 믿어 의심치 않았는데, 그러면서도 곧장 캐시헌터에 올라탄 다음 죽어라 도망치면 된다는 생각은 떠올리지 못하고 있었다.

그때 언덕 위에서 낮지만 단호한 목소리가 들려왔다.

"아달탄! 아달탄!"

"오, 맙소사. 파! 빨리 좀 오라고! 기대해도 좋아! 지금 나를 주 메뉴로 한 근사한 만찬이 일어날 것 같단 말이야. 너 만찬에 초대되어 본 적 없지? 내가 주 메뉴의 권한으로 널 초대하지!"

취한 채 횡설수설하고 있었지만 그래도 쳉은 아달탄의 눈빛을 경계하며 조심스럽게 물러나는 동작을 멈추지 않았다. 하지만 아달탄은 파의 목소리가 들려오자 곧 그 자리에 멈췄다.

이윽고 언덕 위에서 쳉의 눈을 즐겁게 만드는 근사한 것이 달려내려 오기 시작했다.

쳉은 자신의 위험을 잠시 잊은 채 히죽 웃었다. 파는 탄탄하고 도리암직한 그 몸 위에 셔츠 한 장만 달랑 걸친 모습으로 언덕을 달려내려 오고 있었던 것이다. 산봉우리 위를 뛰어다닌다는 산과 은닉의 일세인이 저런 모습이 아닐까.

달려내려 온 파는, 쳉의 기대대로, 곧장 아달탄의 엉덩이를 걷어찼다. "깨갱!" 참으로 품위 없는 비명을 지르며 아달탄이 뒤로 물러나자 파는 숨을 고르며 그제서야 쳉의 얼굴을 똑바로 올려다보았다.

"후아, 후아. 무슨 일이야? 금제를 치면, 헥, 소란을 피우면 안 된다는 거 몰라? 저 똥개는 언니 말이라면 못할 짓이 없는, 후우우, 미련한 녀석이라는 건 쳉이 더 잘 알 텐데?"

쳉은 잠시 말을 못했다. 하고 싶은 말이 너무 많아서 무슨 말을 먼저 해야 할지 몰랐던 것이다. 그러나 쳉은 간신히 말을 꺼냈다.

"좋은 밤이지?"

파는 어이없는 얼굴로 쳉을 바라보다가 의심스럽게 물어왔다.

"그거 알려주려고 온 거야? 음……, 그렇네. 좋은 밤이네."

쳉의 머릿속으로 다시 온갖 말들이 와글거렸다. 하지만 쳉은 이번에도 의연하게 헛소리를 했다.

"나랑 산책하지 않을래?"

파는 한 대 맞은 표정으로 쳉을 바라보았다.

"산책이라고?"

파는 어이가 없었지만 어쨌든 마구간에서 자신의 말 화이트풋을 꺼내왔고, 이번엔 쳉이 어이없는 표정을 지었다. 파는 안장도 올리지 않은 채 그대로 말에 올라탄 다음 쳉을 물끄러미 바라보기 시작했던 것이다. 물론 그녀의 복장은 언덕을 달려내려 올 때 그대로의 복장, 즉 헐렁한 셔츠와 짧은 속바지 하나 입은 모습이었다. 도대체 이 자매들의 부모는 어떻게 된 사람들이었을지 궁금하게 여기던 쳉은 파의 재촉하는 시선을 느끼고서야 간신히 캐시헌터에 올라탔다.

파는 언덕 위를 힐끗 바라보고는 말했다.

"흐음. 그렇잖아도 언니가 물그릇 들여다보고 있던 중이라 답답하던 참이었어. 내가 심심해하던 참이라는 거 어떻게 알았어?"

"내가 마법사라는 거 아무에게도 말하지 마."

"물론 다른 사람들이 나를 미친 사람 보듯이 보는 것은 싫어. 걱정하지 않아도 될 거야."

"다행이군. 가볼까."

언덕 위의 아달탄이 물끄러미 바라보는 가운데 쳉과 파는 그대로 개울을 따라 말을 걸렸다. 루미너스는 이미 하늘 중간에 걸려있었고, 동녘 지평선에서는 셀레나가 밤의 여행을 준비하고 있었다. 사이들랜드 대평원에서 불어오는 바람은 풀잎들을 올올이 빗어 내리며 흥얼거리고 있었다.

쳉은 파의 복장에 꽤 신경이 쓰여서 자주 그녀를 곁눈질했다. 파는 고개를 갸웃거리더니 말했다.

"내 다리가 멋있다고 생각해?"

"네 다리가 불쌍하다고 생각해."

"그래, 그래. 예쁜 말 해줄 리가 없지. 으이그."

"안 추워?"

"안 추워."

쳉은 고개를 끄덕였고 대화는 다시 멎었다. 둘은 달빛을 밟으며 가느다란 개울을 따라 계속 갔다. 수면에 어리는 별빛은 말발굽 아래 빛의 카펫인 양 깔려 있었고 환한 밤하늘 아래로 말을 몰아가는 두 남녀의 그림자는 한 폭의 그림 같았다. 하지만 그런 모든 수식어는 파의 취향이 아니었고 쳉의 취향은 더 더욱 아니었다.

대략 10분쯤 묵묵히 걸어간 후, 파는 한숨을 내쉬며 말했다.

"좋아, 말해 봐. 할 말이 뭐야?"

쳉은 숨을 깊이 들이마셨다. 아달탄에게 위협당하고 차가운 밤공기 속을 산책하는 동안 술기운은 깨끗이 사라져 있었다. 그래서 쳉은 자신의 맑은 정신이 부담스러웠다.

"아까 낮에 꽃씨 이야기인데……, 킬로이에게 물어봤어."

파의 얼굴엔 별다른 변화가 없었지만, 그녀의 손은 손마디가 하얗게 변하도록 고삐를 꽉 쥐었다. 쳉은 앞만 바라보고 있었고 파 역시 그를 돌아보지는 않았다. 그래서 두 사람은 여전히 앞만 바라본 채 천천히 걸어가고 있었다.

"킬로이가 뭐라고 그랬는데?"

"다 말해 줬어."

"나 웃기지?"

"……조금은."

"몰라. 나도 내가 그렇게까지 유치해질 거라고는 생각도 못했어."

쳉은 호흡을 가다듬은 다음 나직하게 말했다.

"너희 언니를 웃기게 만들었던 이야기를 해볼까?"

"뭔데?"

"나는 독신주의야."

파는 웃지 않았다. 쳉을 돌아보지도 않았다.

"그거야 당연하지. 쳉은 아무도 좋아하지 않으니까. 그렇게 부지런한 사람이 못 되잖아."

회청색 공기 속으로 달빛이 소르르 가루져 내리는 밤이었다. 그 암흑 속에 백만 가지 것들이 꿈을 꾸고 있고, 그 달빛 속에 백만 가지 것들이 몸을 뒤척이고 있었다. 하지만 고요한 밤이었다. 쳉은 자신의 심장 고동 소리까지 들을 수 있을 것 같았다.

"그런데……, 왜?"

파는 대답이 없었다. 쳉은 캐시헌터를 제멋대로 걸어가게 내버려둔 채 가만히 파의 대답을 기다렸다. 마침내 화이트풋은 멈춰 섰고, 쳉은 등 뒤로부터 짙은 습기가 밴 목소리를 들었다.

"마음 가닥을 못 잡겠어."

쳉은 캐시헌터를 멈추게 하고서는 천천히 뒤를 돌아보았다. 파의 두 눈 가득히 달이 반짝이고 있었다. 또르르. 그녀의 볼을 타고 흘러내린 눈물 속에도 달이 담겨 있었다. 그러나 파는 눈물을 닦아낼 생각도 하지 못한 채 하늘을 바라보며 흐느끼듯 노래 부르듯 말했다.

"다른 사람의 것이라서 내 마음대로 할 수 없는 것은 이해해. 하지만 내 것인데 내 마음대로 할 수 없다는 것은 가혹해. 왜 그럴까. 내 마음이야. 내 마음을 내가 마음대로 다룰 수 없는 것은 왜 그럴까."

파는 눈물이 가득 넘쳐흐르는 눈을 들어 밤하늘을 바라보았다. 마구 일그러지고 이상스럽게 보이는 달과 별들. 파는 눈을 깜빡였다. 하지만 다시 솟아난 눈물 때문에 달의 모습은 다시 찌그러져 보였다.

쳉은 묵묵히 파를 바라볼 뿐 아무 말도 하지 않았다. 문득 대평원에 뿌려진 별빛을 모조리 모은들 지금의 파의 눈빛만큼이나 반짝일 수 있을까 하는 생각이 들었다. 쳉은 우울했고, 난감했으며, 싫었다. 하지만 입은 열었다.

"넌 내 독신주의를 깨뜨릴 만한 여자가 못 돼, 파. 미안하지만, 네 마음과는 별개로 난 네게서 매력을 못 느껴."

파는 갑자기 웃음을 터뜨렸다.

"파하하. 그만둬. 무슨 흉내를 내는 거야. 차라리 미움 받는 것이 편하다는 거야? 소설을 너무 읽었나 보네."

"······여행 동안에는 소일거리가 적거든. 그건 그렇고 잘 안 되네, 쩝."

"쳉답게 정직해야지. 그래······, 신경 쓰지 마. 네게 부담주긴 싫어."

"부담이 오는걸."

"제길, 그 정도 부담은 참아 넘겨! 나는 가슴이 터질 것 같다고!"

파는 날렵한 동작으로 말에서 뛰어내려서는 곧장 쳉에게 걸어갔다.

쳉이 주춤하는 사이에 파는 캐시헌터의 고삐를 잡아채 재빨리 손목에 감으면서 말했다.

"내려! 도망칠 생각은 하지 마. 나를 질질 끌고 다니고 싶다면 또 모르지만."

내 마음은 이미 질질 끌고 다니다가 아예 갈가리 찢어놓았지만. 파는 뒷말을 삼켰다. 물론 쳉에게는 파를 매달고 달리고 싶은 생각은 없었다. 그래서 쳉은 아무 말 없이 말에서 내렸다. 파는 여전히 한 손은 캐시헌터의 고삐를 감아쥔 채 다른 손으로 땅을 가리키며 말했다.

"거기 앉아."

쳉은 순순히 풀밭 위에 앉았다. 파는 손에서 고삐를 풀고는 쳉의 맞은편으로 다가서서 허리에 두 손을 얹은 채 쳉을 내려다보기 시작했다.

어쩐지 이상한 구도였다. 땅에 주저앉은 사내와 그 앞에 당당한 자세로 선 옷차림이 부실한 여자. 그리고 주위에서 조용히 들려오는 말의 호흡 소리. 어떻게든 꺼내야만 하는 말이었기에, 파는 밤의 목소리를 빌려 말을 시작했다.

"좋아. 주위에는 아무도 없어. 여기는 대평원이야. 그리고 밤이고. 너와 내가 무슨 말을 나누든, 무슨 짓을 하든 아무도 알 수 없는 곳이라고."

"어차피 나는 다른 사람에겐 그다지 신경 쓰지 않아."

"난 신경 쓰이니까 입 닥치고 들어. 정직하게 대답해. 무슨 대답을 하든 나는 죽을 때까지 입 밖에 내지 않을 테니까 걱정 마."

쳉은 그 말을 완전히 믿을 수 있었다. 파라면 죽고 나서도 입 밖에 내지 않을 것이다. 문득 그 차가운 진실, 인생의 길이 동안 비밀을 지켜내고도 남을 파의 모습을 보며 쳉은 소름이 돋는 것을 느꼈다. 파는 가슴을 크게 부풀렸다가 입술을 깨물면서 말했다.

"언니를 사랑해?" "응."

파는 자신이 대답을 들은 것인지 의심스러웠다. 쳉의 대답은 너무 빨랐고 그 얼굴에는 아무 변화가 없었다. 파가 질문을 했고 쳉이 대답을 했다는 사실에는 아무것도 이상할 것이 없다. 하지만 세상의 어느 누가 이런 질문에 이렇게 빨리, 여상스럽게 대답한다는 말인가. 그래서 파는 정말 바보 같은 질문을 할 수밖에 없었다.

"정말, 정말 사랑하는 거야? 내가 잘못 들은 거 아니지?" 잘못 들었다고 말해 줘.

쳉은 눈을 조금 크게 뜨더니 평온한 목소리로 대답을 되풀이했다.

"잘못 들은 거 아니야. 나는 미를 사랑해."

듣고 싶지 않았던 대답. 파는 허벅지 위로 나풀거리는 셔츠 자락을 신경질적으로 틀어쥐었다. 꼭 쥐어진 주먹은 밤의 어둠 속에서도 두드러질 만큼 하얗게 변했지만 파는 그것을 알아차리지 못했다.

"그래? 그런 거야? 확실히? 그런데 왜?" 그럴 리가 없어.

"확실해. '그런데 왜?'라니?"

"왜……, 왜 언니를 전혀 사랑하지 않는 것처럼 행동하는 거지?" 왜 내게 희망을 가지게 만든 거지?

"왜 다른 사람들 같지 않으냐는 질문인 것 같군. 그런데, 파, 먼저 좀 앉지 그러니. 올려다보며 말하려니 힘들다."

쳉의 제안은 적절한 시기에 나온 것이었다. 파는 더 이상 서 있을 힘이 없었다. 그래서 파는 거의 주저앉듯이 아무렇게나 앉아버렸다. 쳉은 잠시 근심스러운 얼굴로 파를 쳐다보았지만 파는 시키면 땅만을 내려다보고 있었다. 숨을 크게 몰아쉬느라 파의 어깨가 들썩였다. 하지만 그녀는 극히 낮은 목소리로 질문했다.

"사랑한다면서……, 왜 언니와 결혼하지 않아?" 만일 결혼하겠다면 난 자살할 거야.

"파. 나는 네 언니를 사랑해. 하지만 나는 너희 언니와 결혼하지도 않을 것이고 연애하지도 않을 거야."

"왜?" 사실은 사랑하지 않는 거지?

"내가 사랑하는 네 언니 옆에 쳉이라는 녀석이 붙어 있는 꼴은 못 봐줄 것 같아."

파는 고개를 들어 쳉의 얼굴을 살폈다. 하지만 파는 쳉의 얼굴에서 그녀가 찾던 표정은 찾지 못했다. 쳉은 농담을 하고 있는 것이 아니었다.

"뭐야, 자학이라는 거야?" 웃기지 마, 이 개자식아.

쳉은 미소를 지었다. 그 순간 파는 몸이 딱딱하게 굳어오는 것을 느꼈다. 과연 남자들은 알까? 여자에게 짓는 아첨의 미소보다 자신의 내면을 향한 슬픈 미소가 더 여자를 굳어버리게 만든다는 것을. 쳉은 슬프게 미소 지으며 말했다.

"너도 알다시피, 나는 자학을 할 정도로 부지런한 사람이 못 돼."

파는 쳉의 얼굴을 뚫어지게 바라보았다. 파의 시선을 받던 쳉은 잠시 후 거북함을 느꼈고, 그래서 고개를 들어 밤하늘을 바라보기 시작했다. 파는 아무 말도 하지 않은 채 그런 쳉의 옆얼굴만을 노려보았다.

쳉은 별빛을 바라보며 파에게 말했다.

"미안하다고 말해야 될까……. 그런 말이 듣고 싶니."

"그따위 말 하면 죽여버리겠어."

그럴 줄 알았지. 쳉은 마음속으로 고개를 끄덕였다. 잠시 후 파는 갑작스레 추위를 느끼는 것처럼 무릎을 끌어안았다. 모아 감싼 무릎 위에 이마를 떨군 파는 조용히 흐느끼기 시작했다.

"파?"

쳉은 당황하며 몸을 일으켰다. 그러나 그 순간 젖은 목소리가 뾰족하게 들려왔다.

"그 자리에서 꼼짝도 하지 마!"

쳉은 파의 말을 무시했다. 세상의 모든 남자들 가운데 쳉만이 그렇게 할 수 있는 동작으로, 쳉은 천천히 파에게 다가갔다. 파는 여전히 고개를 숙인 채 다시 한번 비명처럼 외쳤다.

"가까이 오지 마, 오지 말라고! 이 개자식아, 오지 말라고 한 말 못 들었어?"

쳉은 파의 앞쪽에 한쪽 무릎을 꿇고 앉았다. 무슨 말을 꺼낼까 생각하던 쳉은, 말을 하는 대신 조용히 오른손을 뻗었다.

무릎에 얼굴을 파묻고 있던 파는 쳉의 손가락이 왼쪽 귓불에 닿는 순간 진저리를 쳤다. 꽈악 오므라든 발가락과 귓불 중 어디에 신경을 써야 될지 갈등을 느끼면서, 파는 동시에 이대로 가만히 기다리고 있을 것인지 몸을 일으켜 쳉의 따귀를 올려붙일 것인지에 대해서도 갈

등했다.

그러나 쳉의 손길은 무참했다. 파의 조그마한 귓바퀴를 천천히 쓰다듬는 쳉의 손길은 부드러운 만큼 단호했고 느린 만큼 집요했다. 쳉은 귓바퀴의 복잡한 굴곡을 모조리 감지하려는 듯이 파의 귀를 쓸어내렸다. 마지막으로 파의 머리카락을 귀 뒤로 넘긴 쳉은 메마르게 말했다.

"눈을 보여줘, 파."

파는 고개를 들지 않았다. 하지만 턱 선을 따라 움직인 쳉의 손길이 마침내 파의 턱을 부드럽게 들어올렸을 때까지도 파는 어떤 저항도 하지 않았다.

쳉은 꽉 감겨진 파의 눈꺼풀을 바라보았다. 눈물 어린 파의 속눈썹이 미세한 반짝임으로 쳉의 시선을 어지럽혔다. 파는 눈을 꼭 감은 채 가쁜 숨을 몰아쉬며 말했다.

"넌 나쁜 놈이야……, 나쁜 놈이라고……."

파의 어깨가 크게 오르락내리락했다. 쳉은 여전히 메마른 목소리로 말했다.

"눈을 뜨고 나를 봐, 파."

"싫어. 이 개새꺄. 안 봐. 안 볼 거라고. 보면서도 보지 않는 눈 따위……, 내가 왜? 싫어."

쳉은 한참 동안 뚫어지게 파의 눈꺼풀을 내려다보았다. 파의 눈꺼풀은 극도로 떨리고 있었지만, 그러나 쳉을 향해 열려 그 눈동자를 보여주지는 않았다. 쳉은 한숨을 내쉬며 파의 턱에 닿았던 손을 천천히 끌어당겼다.

쳉이 일어서는 순간, 파는 재빨리 손을 뻗어 쳉의 손아귀를 낚아채었다. 쳉은 의아해하며 파의 얼굴을 쳐다보았지만 파의 눈은 여전히 감겨 있었다. 파는 그대로 뒤틀려 버리지나 않을까 걱정될 만큼 떨리는 입술을 힘들게 열었다. 그녀의 혀가 재빨리 입술을 적시는 모습을 보면서 쳉은 호흡을 낮추었다. 파는 말했다.

"마음을 두 개로 나눠줘."

쳉은 아무 말 없이 파를 내려다보았다. 다시 한번 숨 막히는 정적이 지난 후, 파의 입에서 잔뜩 쉰 목소리가 흘러나왔다.

"그중 하나만……, 하나만……."

쳉은 이를 악물었다. 자신의 입 속에서 들려오는 불길한 소리에 씁쓸해하며, 쳉은 가장 명확하게 말하려 애쓰면서 말했다.

"나는 누군가를 위해 나눌 수 있을 만큼의 마음을 가지고 있지 않아."

"있어, 분명히 있어!"

"만약 내게 나눌 만큼의 마음이 있었다면." 쳉은 짙은 한숨을 내쉬지도 않았고 하늘을 한번 바라보지도 않았으며 목소리를 떨지도 않았다. 그냥 말했다. "그건 미에게 가 있겠지. 더 이상은 없어."

말을 마치는 것과 동시에 쳉은 몸을 일으켰다. 파의 손이 힘없이 풀리면서 쳉의 손을 놓쳤다. 그리고 쳉은 그대로 캐시헌터를 향해 걸어갔다. 쳉이 안장에 올라앉을 때까지, 파는 떨어뜨린 손을 그대로 내버려둔 채 꼭 감은 눈으로 밤하늘을 바라보고 있었다.

쳉은 캐시헌터를 출발시켰다.

말의 푸르릉거리는 소리가 들려올 때 파의 어깨가 움찔했다. 그러나 파는 눈을 뜨지 않았다. 쳉은 돌아보지 않고 걸어갔다. 캐시헌터의 발굽 소리가 멀어졌을 때, 꼭 감긴 파의 눈에서 다시 눈물이 흘러내렸다.

주저앉은 파와 그녀의 말 화이트풋만이 대평원에 가장 작은 점들이 되어 남겨졌다.

대평원의 바람은 파에게서 받은 화물에 당황했다. 파가 대평원의 바람에게 준 것은 지금껏 한 번도 실어 나르지 못했던 목소리였다.

"아……, 아으아……, 으으……."

가장 야비한 폭력을 당한 가장 가녀린 짐승의 목소리로 파는 말했다. 그러고도 파의 입술이 몇 번이나 더 움찔거렸지만, 제대로 된 말이 만들어지지는 않았다. 파는 목구멍 속으로 절규했다. 그러나 제멋대로 움직이는 이와 입술은 마치 다른 사람의 몸처럼 느껴졌다. 하늘을 향해 수없이 달싹거리던 입술이 마침내 열렸을 때, 파는 목을 놓아 울부짖었다.

"죽여 버릴 거야! 미! 반드시 죽일 거라고!"

2

사이들랜드의 대평원에는 메아리도 없다.

탈박거리는 말발굽 소리, 덜컹거리는 수레바퀴 소리. 노래는 없다. 대평원에서 아무것도 노래 부르지 않는다. 전설의 음유 시인 파하스조차 감히 노래를 부르지 못했다는 땅 사이들랜드 대평원을 향해 POG 상단은 오만하게도 소음을 던져대고 있었다. 그러나 그 이상의 다른 행위는 불가능했다.

그저, 졸고 있을 도리밖에 없다.

보스, 쳉, 그리고 수레꾼 우두머리인 킬로이가 삼각형을 이룬 채 상단을 선도하고 있고, 여덟 대의 수레가 덜컹거리며 그 뒤를 따른다. 그러나 지금 선도하는 자와 따르는 자의 차이는 극히 불분명하다. 모조리 졸고 있기 때문이다.

오늘은 어제와 같고 내일과도 같은 날이다. 어쨌든 그럴 거라고 믿으며 살아야 한다. 하지만 POG 상단의 상인들에게 오늘은 하절기 여행이 시작된 지 이틀째가 되는 날이었다.

POG 상단의 하절기 여행은 항상 북부의 스카니아 마을에서 시작된다. 이 계절은 여름을 대비해서 양들의 털을 깎는 시기이기 때문에 이곳에서 양모를 구입한 다음 출발하는 것이며, 출발 이후의 여정은 매년 다르지만 출발은 항상 이곳이다. 이후 대륙을 여기저기 돌다가 추수철이 될 때쯤이면 하절기 여행은 대충 끝난다. 그러면 상단은 해체되며 상단의 조원들은 고향으로 가서 추수를 돕거나 여행에서 받은 배당금을 도박으로 날리거나 하다가 동절기 여행이 시작되는 11월에 다시 모여드는 것이다. 그때는 대개 바이서스와의 국경 지대인 헤센빌에서 모이곤 했다.

초원은 끝이 없고 하늘은 기막히게 넓다. 길은 좁고, 그래서 여정은 더욱 길어 보인다. 12년 동안 매년 겪는 일이지만 스카니아 마을에서의 출발은 언제나 나른하고 기운 빠지는 것이었다. 헤센빌에서 출발하는 동절기 여행은 항상 활기에 넘친다. 하지만 스카니아 마을에서 출발하는 하절기 여행에는 미치도록 찾아드는 졸음 이외엔 아무것도 없었다.

그런 맥 빠지는 여정이 계속되는 동안에도 태양은 자신이 정해놓은 준엄한 궤도를 따라 움직이고 있었던 모양이다. 졸음에 겨운 머리를 들어 하늘을 보자 이미 태양이 서쪽을 겨냥하고 있었다. 쳉은 끈적거리는 목을 쓸어내리고는 다시 고개를 숙였다. 수레에 매인 말들은 지평선이 가닿을 수 있는 곳이라고 믿는 것처럼 기운차게 걸어갔지만, 그 위에 타고 있는 사람들은 그렇지 못했다. 점심시간이 지난 지도 이미 네 시간가량. 끔찍스럽게 졸려왔다.

그래서 쳉은 캐시헌터의 걸음을 늦추기 시작했다. 보스는 곧 날카롭게 외쳤다.

"이놈! 어딜 슬슬 빠지는 거야?"

쳉은 감탄할 수밖에 없었다. 보스는 줄지도 않는다. 정말 신뢰할 수 있는 다이내믹한 상인이다. 신뢰할 수 있는 도박꾼이 되지 못한다는 것이 단점이지만.

"아아, 호위 무사의 임무. 상단의 뒤를 경계해야지요."

"얼씨구? 수레 위에 올라가 곯아떨어지는 것이 아니고?"

"보스. 이곳은 사이들랜드입니다."

"지금이 지리 수업 시간이냐?"

"원한다면 대충 이곳을 소개해 드리지요. 이곳은 북부 사이들랜드. 가장 위험한 것은 뜨내기 도박꾼 정도인 땅. 신경 곤두세울 필요가 전혀 없는 곳이지요. 그리고 낮에 틈틈이 자둬야 불침번 서기도 쉽지요. 보스가 나 대신 불침번 서주겠다면야 나도 낮 시간 동안 충실한 호위 무사로 남을 수 있습니다. 어때요."

보스는 더 말하기 귀찮다는 듯이 손을 휘저었다. 보스 뒤에서 걸어가고 있던 킬로이는 히죽 웃었고, 쳉은 캐시헌터의 걸음을 늦추었다. 캐시헌터를 첫 번째 수레 옆에 붙인 쳉은 고삐를 수레 가장자리에 묶은 다음 수레를 향해 훌쩍 뛰었다.

풀썩. 실제로는 아무 소리도 나지 않았다. 양모가 꽉꽉 들어찬 수레는 아무런 충격이나 소음 없이 쳉의 몸을 받아들였다. 쳉은 양모 속에 푹 잠긴 채 팔을 베고 하늘을 바라보았다. 그리고 미에 대해 생각하기 시작했다.

'디도스 활이라…….'

벽에 걸어둘 생각일까. 미의 방엔 쳉이 대륙 곳곳에서 가져다준 해괴한 물건들이 많이 있다. 하지만 무기를 선물한 적은 없는데. 뜬금없이 활은 왜 가지고 싶어 하는 걸까.

게다가 결혼이라. 미와 결혼? 1년에 몇 차례 만났을 때 반갑고 즐거운 사이이기는 하지만 평생 동안 바라보며 살고 싶다고 생각한 적은 없는데. 게다가 미가 양떼를 버려두고 날 따라 대륙을 방랑할 수 있을까? 아니면 내가 방랑을 포기하고 양떼를 돌볼 수 있을까? 둘 다 부정적. 우리는 어떻게든 어울리기 어려운 커플이다. 미래를 보기에 미래엔 관심이 없는 여자와 현재를 보기에 현재엔 관심이 없는 남자. 도대체 어떻게 생겨먹은 자식이 나올지 모르겠군.

게다가 밥도 해주고 빨래도 해주고 멘스할 때는 히스테리도 부려주겠다고? 그게 무슨 구애야. 쳇. 도저히 미래를 볼 줄 아는 여자의 말이라고는 믿어지지 않는다. 그런 말을 했을 때 내가 매혹당할 건지 짜증을 부릴 건지도 예측하지 못하는 것을 볼 때…….

미는 미래를 본다.

수레에 가득 담겨 있는 양모 속에서 갑자기 몸을 일으키는 것은 절대로 쉬운 일이 아니다. 쳉은 험악한 욕지거리를 뱉어내며 몸을 똑바로 세우려고 했지만, 상체를 일으키면 하체가 파묻히고 하체를 들어올리면 상체가 아래로 푹 꺼질 뿐이었다. 결국 쳉은 헐떡거리며 고함질렀다.

"으이아우오! 제기랄, 나 좀 꺼내줘! 켁켁!"

"저 자식 좀 꺼내줘라. 젠장, 팔기도 전에 양모 다 망치겠다."

양모의 바다 속에서 듣자니 보스의 목소리도 아득하게 들린다. 순간적인 닭살 때문에 쳉의 몸이 뻣뻣해졌기 때문에 킬로이는 수월하게 쳉을 끄집어냈다. 쳉은 수레 밖으로 나동그라지자마자 곧장 캐시헌터의 고삐를 풀었다. 어이없는 눈으로 쳉의 동작을 보던 보스가 말했다.

"뭐야? 캐시헌터가 갑자기 애타게 자유를 갈구하는 눈빛이라도 보내더냐."

"스카니아 마을에 잠시 다녀오겠습니다."

"뭐 놔두고 왔냐?"

"예."

"중요한 거야?"

"지금은 별로 중요하지 않다고 생각되는데, 경우에 따라서는 엄청나게 중요한 것이 될지도 모르겠어요."

"휴지라면 보급품 수레에 많이 있다만."

"제발, 보스!"

보스는 입술을 뒤집어 이를 보이더니 고개를 돌려버렸다.

"젠장. 다녀와. 대신 배당금 2퍼센트 삭감이다."

"알겠습니다. 늦어도 사나흘 뒤……, 그러니까 사킨이나 턴빌 쯤에서 따라잡겠습니다. 킬로이? 마을에 들어가거든 절대로 보스가 도박장 근처에 못 가도록 막아줘요. 알았지요?"

킬로이는 얼굴 가득한 수염 속에서 히죽 웃었고, 보스는 콧방귀를 뀌었다. 쳉은 곧장 캐시헌터에 자기 짐을 올린 다음 뒤로 돌아 달리기 시작했다. 졸고 있던 수레꾼들은 쳉의 갑작스러운 행동에 놀라 눈을 크게 뜨고 바라보았지만 그들에게 인사를 건넬 시간도 없었다. 상단을 오래 떠나 있을 수는 없기 때문에 발걸음이 급했다.

이건 확인해 봐야 한다. 미의 그 웃기는 구애가 미래를 본 후에 나온 결론인지, 아니면 그저 그녀의 감정에서 나온 것인지. 시제가 퍽 이상하긴 하지만, 과연 미가 보았던 미래에서 나는 미의 남편이었을 것인가?

쳉은 자기 머리의 성능에 대해 절망에 가까운 감정을 느껴야 했다. 나도 정말 절망적인 머리를 가지고 있군. 어떻게 지금에서야 그 생각이 떠오른 거지? 너무 당황했기 때문이다. 게다가 그토록 우스꽝스러운 구애라니. 그리고, 그것이 미래를 본 다음에 나온 결론이 아니더라도……

'젠장, 미 녀석. 너무 심드렁하게 말했기 때문이야. 그래서 그게 바로 구애라는 것도 제대로 실감하지 못했잖아.'

쳉은 상당량의 당황에 적정량의 분노를 섞어 캐시헌터에게 고함을 질렀다.

"이랴! 이 자식아. 넌 다리가 네 개고, 내 다리까지 합치면 우리는 다리가 여섯 개다! 이 정도면 꽤 놀라운 속력을 기대해 볼 수 있다고 보는데, 네 생각은 어떠냐?"

"위힝힝힝!"

캐시헌터는 동감의 함성을 지른 다음 스카니아 마을을 향해 열심히 달렸다. 뒤를 흘끗 바라보자 상단의 모습은 삽시간에 멀어져갔다.

오후 느지막하게 출발했기 때문에 많은 거리를 가지는 못했다. 쳉은 얼마 달리지도 못해서 일몰을 맞이하고 말았다. 해가 지고 나자 대평원은 순식간에 캄캄해졌다. 길을 볼 수 없었기 때문에 쳉은 말에서 내려 급하게 저녁 준비를 시작했다.

저녁 식사를 끝내고 쳉은 달을 기다렸다. 곧 대평원의 노래가 시작되었다.

사색을 위해 특별히 눈을 감을 필요도 없는 캄캄한 대평원은 사람을 혼란스럽게 만든다. 주위에 둘러쳐진 어둠의 부피는 상상을 초월한다. 드문드문 빛나는 별을 바라보고 있으면 육체를 벗어나 버리려는 정신을 느낀다. 바로 그때 대평원의 노래가 시작되는 것이다.

ㅎㅎㅎㅎㅎㅎㅎㅇ

산 사람으로 하여금 그 삶을 의심하게 만드는 거대한 무의 노래. 이럴 때 고독은 하찮은 감정이다. 차라리 고독해지길 바라지만, 주위에서 다가오는 암흑과 풀잎들의 흐느낌은 위아래 사방에서 육체를 침범해 온다. 아주 간단히 귀신이 되어버리는 기분. 이럴 때 조금이라도 방심하면 그 정신은 즉각 대평원에게 빼앗겨 버리고, 정신이 빠져나간 육체는 영원히 평원을 배회하게 된다. 그런 식으로 사라져간 음유 시인 파하스의 텅 빈 육체는 아직도 이곳 사이들랜드의 대평원을 떠돌고 있다고 한다. 북부를 오가는 상단들 사이에서는 파하스를 보았다는 목격담을 꽤 심심찮게 들을 수 있다.

ㅎㅎㅎㅎㅎㅎㅎㅇ

루미너스가 뜰 때까지 기다리는 동안 쳉은 미에 대해서 생각했다.

12년 전, 보스의 상단에 떠맡겨진 잔심부름꾼으로 이곳에 온 쳉이라는 이름의 소년은 그때 처음으로 양을 보았다. 그리고 그때 처음으로 계집애에게 맞아보았다. '메에메에'하고 울 줄밖에 모르는 양을 우습게 본 대가였다.

그날 밤, 횃불 옆에 있던 상인들 중에서 킬로이가 가장 먼저 그것을 발견했다.

"저게 뭐지?"

킬로이의 목소리에 고개를 돌리자 보이는 희끄무레한 무엇. 쳉은 소름이 쫙 돋았다. 하지만 잠시 후 안도와 동시에 짜증을 느꼈다. "메에에에……"

들판에서 야영을 하고 있는 상단 주위로 불빛을 본 양 한 마리가 천천히 다가온 것이다. 모닥불 주위에 둘러앉아 있던 상인들은 이 밤에 양이 혼자서 돌아다닌다는 데 어리둥절해졌다. 양은 다가오기도 그렇고 도망가기에도 뭣한 모습으로 얼쩡거리고 있었고, 짜증이 나 있던 쳉은 양을 놀래어주기 위해 불붙은 장작을 휘둘렀다. 양은 기겁하면서 달아났고 쳉은 웃음을 터뜨렸다. 아니, 터뜨리려고 했다. 바로 그때 누군가가 쳉의 머리를 후려갈기지 않았다면 쳉은 데굴데굴 구르며 웃었을 것이다.

신나게 장작을 휘두르고 있던 쳉은 갑자기 눈앞이 캄캄해지는 것을 느꼈다. 따악! 정수리를 갈기는 그 충격이 어찌나 강렬하던지.

당시 쳉은 꽤 조숙했다. 조숙하다는 말은 상대의 권력이나 힘의 크기 정도를 정확하게 파악하는 데 아무 어려움이 없었다는 의미다. 그래서 쳉은 양해도 구하지 않고 그의 정수리를 칠 수 있는 사람이라면 상당한 힘이나 권력을 가진 성인 남자이거나 어쩌면 양들의 신일지도 모른다고 판단하고서는 정신을 차리기에 앞서 용서부터 빌기 시작했다(물론 정수리를 때렸으므로 당연히 그보다 키가 클 것이라는 무의식적인 확신도 있었다.).

"잘못했습니다. 용서해 주세요. 모르고 그랬어요. 다시는 안 그럴게요. 절대로……."

그러나 그의 횡설수설은 끝까지 이어지지 못했다. 귀를 찌르는 날카로운 고함 소리에 기겁했기 때문이다.

"야, 이 자식아! 대평원에서 불장난을 해? 대화재를 내고 싶다는 거야? 앙?"

고함 소리의 의미를 파악하기에 앞서, 쳉은 그 목소리에 어처구니가 없었다. 횃불 빛에 드러난 것은 그와 비슷한 신장에 역시 비슷한 나이쯤으로 보이는 생명체였다. 하지만 그와는 본질적으로 다른 무엇이 있었다. 쳉은 무섭도록 예리하게 그 차이점을 지적했다.

"계집애잖아?"

계집애는 어이없는 표정으로 쳉의 위아래를 훑어보았다. 그러고는 그의 얼빠진 목소리를 흉내 내어 말했다.

"사내애잖아?"

그때까지도 계집애에게 맞았다는 데 대한 당황에서 깨어나지 못하

사라진 시인의 추모곡

고 있었기 때문에 쳉은 그녀가 자신을 놀리고 있다는 것도 알아차리지 못했다. 쳉이 알기로 계집애란 항상 자기 집 안에만 존재하며, 어쩌다가 길거리에 나오더라도 그 같은 사내애가 가볍게 손짓만 하거나 몇 마디 농담이라도 걸면 자지러지듯 비명을 지르며 자신을 보호해 줄 사람(그런 계집애의 옆에는 항상 우락부락하며 무시무시한 아빠나, 아니면 우락부락하기만 할 뿐 별로 무섭지는 않은 오빠 등의 부록이 따라다닌다.)의 등 뒤로 숨어버리는 존재였다.

쳉은 그 계집애의 왼손에 들려 있는 기다란 막대기를 보고서야 어떻게 이 계집애가 자기 정수리를 때릴 수 있었는지를 파악했다. 그리고 그때쯤 간신히 화도 낼 수 있을 만큼의 평정을 되찾았다. 그러나 쳉이 당시의 나이에는 어울리지 않는 욕설을 퍼붓기에 앞서 보스가 먼저 입을 열었다.

"넌 누구냐?"

계집애는 고개를 돌려 보스를 보더니 또랑또랑한 목소리로 말했다.

"미 V. 그라시엘. 스카니아 마을에 살아요. 양이 한 마리 없어져서 찾던 중이었어요."

보스의 대답은 12년이 지난 지금까지도 쳉의 뇌리에 생생히 남아 있다.

"돌멩이로 쳐야지. 마음이 여린 레이디로군."

"아저씨 애니까 관리는 아저씨가 해야지요. 대평원에서 불을 가지고 노는 녀석이 어디 있어요."

"흐음. 그렇군. 미안하다."

그리고 쳉은 그 밉살스러운 계집애에게 시원하게 욕설 한번 퍼부어 댈 기회도 가지지 못한 채 보스에게 뒷덜미를 붙잡혔다. 그런 뒤 대평원에서의 불장난은 신성 모독보다 무서우며 적자 장부보다도 고약한 것이라는 내용의 엄격한 교훈을 받아야 했다. 당시 보스는 진정한 교훈이란 매가 동반되어야 완성되는 것이라 믿었다(물론 쳉의 머리가 굵어진 지금은 손을 대지 못하고 있지만, 그 믿음에만은 변함이 없다.).

그리고 12년이 지나서, 그의 머리를 막대기로 두드리던 그 소녀는 이제 황당한 구애로 그의 머릿속을 두드리고 있는 것이다.

루미너스가 떠올랐다.

잠깐 동안 앉아 있었을 뿐이지만 바람 막아줄 것이라고는 아무것도 없는 대평원인 탓에 몸은 얼어붙어 위축되어 있었다. 쳉은 가볍게 몸을 풀었다. 캐시헌터는 이 광막한 무의 노래에도 아무런 감동을 받지 못한 듯이 부지런히 저녁 식사를 하고 있었다. 쳉은 캐시헌터를 불러 안장을 얹고는 다시 달빛 아래 드러난 길을 따라 달리기 시작했다. 풀밭 사이로 가늘게 뻗어 있는 고대 대로의 흔적을 따라 루미너스가 중천에 떠오를 때까지 쳉은 내처 달렸다.

달빛을 받으며 달리는 쳉의 모습을 보며 미는 한숨을 내쉬었다. 무의식중에 내쉰 숨결로 잔잔하던 수면 위에 파문이 지나쳤고, 곧 물 위에 떠오른 모습은 희미해지기 시작했다.

더 볼 필요는 없다. 쳉은 내일 정오쯤이나 되어야 여기에 도착할 것이다.

미는 손을 휘저어 의식을 종료하고는 대야에 담긴 물을 비웠다. 언제나 그렇지만, 물을 버리는 이 동작은 의식의 다른 단계에 비하면 아무 의미 없는 동작인데도 어느 때보다 손이 조심스러워진다. 마치 물이 아니라 미래를 흘려보내는 것 같은 기분. 마지막으로 가면을 벗으며 미는 자신도 모르게 말했다.

"쳉은 늦을 거야."

파는 피식 웃었다. 그러고는 침대 옆에 던져둔 미의 배낭을 보며 말했다.

"'쳉은 늦을 거야.' 흥흥. '쳉은 늦을 거야'라고? 어차피 떠날 거라면 쳉이 늦든 말든 떠나시지 그래? 쳉은 늦을 테니 천천히 떠나겠다는 거야?"

"미에게도 미련이라는 것이 있을 수 있잖아."

파는 침대 위에 드러누워 버렸다. 침대가 출렁이며 파의 다리가 흔들거렸다.

"그래그래. 계속 미적거리고 있어. 갑자기 쳉이 문을 열고 들어설 거야. 그때 '아아! 떠나려고 했는데, 쳉이 너무 빨리 돌아왔어! 만나버리고 말았으니 이젠 떠날 수 없게 되었어!' 이런 소리는 하지 말기. 알았지? 그리고 쳉이랑 결혼해서 가끔씩은 '미는 참 행복한 여자구나.' 하고 헤벌레 웃으면서 죽을 때까지 재미나게 살아봐. 언니가 아이를 낳으면 내가 대모가 되어주지. 만일 아들을 낳으면 난 녀석에게 처음으로 여인의 환상을 줄 거야. 그리고 딸이라면 그 녀석에게 처음으로 라이벌 의식을 느끼게 만들어주겠어. 한마디로 애 낳는 것만 빼고는 언니가 할 일을 내가 다 해주겠다는 말이지."

미는 뭐라고 대답하려다가 포기했다. 파는 지금 대단히 화가 나 있었다. 자기 언니가 집을 나서서 다시는 돌아오지 않을지도 모르는 여행을 떠난다는 말을 들은 지 두 시간도 되지 않은 것이다. 그래서 미는 뭐라고 말하는 대신 의자 위에 올려두었던 바지를 집었다.

파가 천장을 바라보며 계속해서 떠드는 동안 미는 옷을 갈아입었다. 겨울에 양을 칠 때나 입던 튼튼한 셔츠와 작업복 바지 등이다. 옷을 갈아입고 나서 혁대를 살펴보다가 미는 파에게 말했다.

"칼은 어디 있니."

파는 오른쪽 다리를 들더니 발가락 끝으로 벽장을 가리켰다.

"내 칼? 아래 서랍. 날은 잘 갈아뒀어. 언니가 어느 쪽이 손잡이고 어느 쪽이 칼날인지 구분할 수 있다면 손가락을 잘라먹지는 않을 거야."

"음……, 짧은 쪽이 손잡이지?"

"대개 그렇지. 그리고 반짝거리는 쪽이 칼날이야. 손잡이와 칼날을 구분하게 되었으니 이제 검술에 대해 교육시켜 주지. 손잡이는 언니 손에, 칼날은 상대방 몸에. 그것만 지킬 수 있다면 언니는 천하무적일 거야. 즉석 검술 교육 끝."

파의 농담을 한쪽 귀로 흘리며 벽장을 열고 아래 서랍을 열자 기다란 꾸러미가 나왔다. 천으로 감싼 꾸러미를 들어올리다가 의외의 무게에 놀라 당황하는 미를 보며 파는 심술궂은 미소를 지었다.

천을 풀어헤치자 기다란 칼이 나타났다.

거무튀튀한 검집과 묵직해 보이는 가드를 보며 미는 아찔함을 느꼈다. 갈색으로 번들거리는 손잡이는 미에게는 말 매는 말뚝만큼이나 두꺼워 보였다. 과연 저걸 쥘 수 있을까? 미는 섣불리 손을 대지 못하고 천 사이로 드러난 그 투박한 모습을 살펴보면서 떨떠름하게 말했다.

"이게 롱 소드니? 쳉 것이랑 다르게 생겼네."

"저게 인간인가? 나와는 좀 다르게 생겼네."

"비꼬지 마……. 음, 알았어. 여기에 차면 되는 거지."

"언니 오른손잡이였어?"

"응? 무슨 말이니?"

"으이구, 쳉 따라한 거구나. 쳉은 오른손잡이니까 왼쪽 허리에 차는 거야. 하지만 언니는 왼손잡이잖아."

미는 자신이 오늘따라 왜 이렇게 파에게 구박을 받는지 이상하게 여겼다. 평소의 내 모습이 아닌데. 의기소침해진 걸까? 결국 미는 오른쪽 허리에 거북한 느낌을 받으며 배낭을 둘러메고 파 앞에 설 수 있게 되었다. 허리에 매달린 롱 소드는 꽤 신경을 건드렸다. 정강이에 툭툭 부딪히는 것도 그렇고 무게도 만만치 않았다. 파는 일어나 앉아서는 여전히 심술궂은 시선으로 미를 쏘아보고 있었다.

"음. 파. 미의 자세 이상하지 않아? 오른쪽으로 기울어지지 않았어?"

"맞아. 원래 언니는 너무 연약해서 숟가락만 들어도 옆으로 기울어지잖아. 난 언니가 어떻게 식사를 할 수 있는 건지 항상 불가사의하게 생각했어."

파의 목소리는 점점 날카롭게 바뀌어갔다. 미는 더 이상 대화를 하고 싶은 마음이 없어지는 것을 느꼈다. 그래서 미는 입을 열어 뭐라고 말하는 대신, 침대에 앉아 있는 파에게 다가가 그녀를 껴안았다.

파는 아무 말도 하지 않았지만 뿌리치지도 않았다. 대신 두 팔을 들어올려 언니의 목을 감싸 안았다. 파의 팔에 난 솜털이 미의 귓가를 간질였다. 미는 동생의 귀에 대고 소곤거렸다.

"잘 있어."

파 역시 지금까지의 낭랑한 목소리가 아닌 소곤거림으로 대답했다. 더 이상 높은 소리를 내는 것은 미나 파 모두에게 불가능한 일이었다.

"바보."

"쳉을 부탁해."

껴안고 있었기 때문에 미는 파의 몸이 순간적으로 경직하는 것은 잘 느낄 수 있었다. 파는 미를 풀어주더니 고개를 돌리며 다시 낭랑한 목소리로 말했다.

"아아, 그래그래. 그 남자, 언니가 아니면 구제할 여자도 없는 남자이기는 하지. 그렇지만 나도 꿈이 있다고. 거지 무리나 다름없는 상단에 붙어다니는 호위 무사 따위에게 도대체 기대해 볼 만한 미래가 있을 것 같아? 마나를 쓰지 않는 마법사 좋아하시네. 그런 남자를 나에게 떠넘기는 거야? 싫네, 싫어."

미는 빙긋 웃으며 말했다.

"미를 봐서라도 좀 잘해줘. 응?"

"제기랄, 떠나지 마!"

파는 격하게 고함을 지르더니 왁살스럽게 미의 허리를 끌어안았다. 미가 가만히 그녀의 머리카락을 쓸어내리는 동안 파는 크게 흐느끼면서 말했다.

"가지 마. 가지 말라고! 미래 따위 알 게 뭐람. 누가 언니더러 미래를 책임지래?"

"파……."

파는 미의 허리를 끌어안은 채 머리를 거세게 휘저었다.

"세상에 미래를 볼 줄 아는 무녀가 언니뿐이야? 그런 거야? 그렇지 않잖아!"

"그래. 그렇지는 않지."

"그럼 다른 녀석더러 나서라고 해!"

"그 다른 녀석은 미더러 나서라고 말할걸. 똑같은 거잖아."

"그럼 왜 언니야, 엉? 언니는 왜 나서는 거야!"

미는 아무 대답도 하지 않고 대신 파의 머리카락을 빗어 내리기 시작했다. 하지만 제멋대로 엉킨 파의 머리카락 곳곳에서 손가락이 걸렸다. 계집애, 차라리 머리를 짧게 자르든가 하지.

"공명심일까? 미는 미래를 바꿀 수도 있다는 것을 증명하기 위해?"

파는 아무 말도 하지 않았다. 대신 마치 놓아주지 않으면 언니가 떠나지 않을 거라고 믿는 것처럼 미를 더욱 강하게 끌어안았다. 미는 한숨을 쉬고서 말했다.

"쳉을 위해서."

파는 놀란 모양이었다. 미의 가슴에 파묻고 있던 얼굴을 들어올린 파는 미를 올려다보며 얼빠진 표정을 지었다.

"쳉을…… 위해서? 무슨 말이야? 쳉을 버리고 가는 거잖아? 그 빌어먹을 미래인지 뭔지 때문에."

"아냐. 쳉을 위해서야."

"언니는 이상해. 언니 같은 사람은 없어."

"파 같은 사람 역시 어디에도 없을걸."

파는 천천히 숨을 몰아쉬었다. 그러고는 이를 앙다문 채 물었다.

"정말 갈 거야?"

파의 얼굴엔 미가 지난 23년간 한 번도 보지 못했던 표정이 떠올랐다. 겁에 질리고 두려워하는 얼굴. 그래서 미는 자칫 고개를 가로저을 뻔했다. 하지만 미는 파의 이마에 키스하고서 몸을 돌렸다.

문을 여는 동작마저도 생경스러웠다. 지난 시간 동안 한 번도 관심을 가지지 않은 채 여닫던 문이었는데. 우리 집의 문손잡이는 여기 달려 있었구나. 그 동안 몰랐던 것인데, 이 손잡이는 왼손잡이에게는 조금 이상한 위치였다. 아주 조금.

"가지 마."

등 뒤에서 들려온 파의 흐느낌은 애절했다. 미는 몸이 굳어오는 것을 느꼈다. 그대로 몸을 돌려 파를 힘껏 끌어안아 주었으면. 쳉은 늦을 거야. 내일 아침에 떠나도 돼. 쳉이 빨리 달려도 내일 정오에 도착할 거야. 어쩌면 내일 저녁이나 모레 아침에 도착할지도 모르지.

미는 밖으로 나와 문을 닫았다.

파는 혼란스러웠다.

'갔어. 언니는 갔어. 있지 않아. 돌아오지 않아.'

눈을 들어 방 안을 돌아본다. 아버지의 죽음은 어머니의 죽음의 이유였고, 이 방이 사이들랜드 대평원만큼 거대해진 원인이기도 하다. 시간은 미와 파를 쓰다듬어 왔고, 미와 파는 이 방을 쓰다듬어 왔다. 충분히 작아질 만큼. 마침내 자매들의 발랄한 웃음소리를 담기에는 오히려 비좁을 정도가 될 때까지. 그러나 오늘 저녁 미는 떠나갔다. 그때처럼 방이 다시 커져 있었다.

파는 거대해진 방에 비해 작아진 몸을 더욱 작게 움츠렸다.

"가지 마."

흠칫거리며 파는 눈썹을 떨었다. 그녀의 말. 언니에게 던졌지만 언니에게 던진 말이 아니다. 말은 누구에게도 받아들여지지 않았고, 거대해진 방 안을 외롭게 떠돌다가 결국 그 주인에게 돌아왔다. 가지 말라고?

'꺼져. 사라져버려. 죽일 거야. 쳉의 안에서 비켜.'

언니는 떠났다.

자매들의 집은 깨끗했지만 자주 보수되지는 못했다. 지붕에는 짚더미 사이로 약간 튀어나온 서까래가 하늘을 비죽이 찌르고 있었고 대평원을 종횡 무진하던 바람의 옷자락이 서까래에 걸렸다.

휘우우웅.

"파하하하……."

파는 웃기 시작했다. 무릎을 감싸 안은 채 눈으로는 눈물을 흘리며. 도톰한 입술을 타고 흘러들어 온 눈물은 놀랄 만큼 차가웠다. 파는 웃었다. 쳉이 돌아오면 뭐라고 말할까? 언니는 떠났어. 의아한 눈빛. 대답을 강요하는 온갖 말들이 쏟아져 나오겠지. 입을 다물고 있을 거야. 제길. 가지 마. 언니는 가선 안 돼. 갔어. 언니는 떠났다고.

쳉은 꿈에 대해 그다지 많은 생각을 하지는 않는다. 그의 재미 부족한 인생을 돌이켜보았을 때, 아침에 일어나서 전날 밤의 꿈에 대해 심도 있게 고민해 보았던 경험은 전무하다.

그러나 이날 아침 바람과 이슬을 피하기 위해 찾아든 바위틈에서 눈을 뜬 쳉은, 그로 하여금 바위에 머리를 부딪혀 즉사할 뻔하게 만든 전날 밤의 꿈에 대해서 생각해 보지 않을 수 없었다. 적어도 머리에 남아 있는 혹은 무시할 수 없는 것이었다.

그 고민은 8초 후 끝났다. 쳉은 미간을 찌푸리며 결론을 내렸다.

"젠장. 잠자리가 나빴나 보군."

그리고 쳉은 곧장 휘파람을 불며 캐시헌터에게 다가갔다. 캐시헌터는 머리를 뒤채며 쳉에게 아침 인사를 건넸고, 쳉은 말의 등을 쓸어준 다음 가벼운 손놀림으로 안장을 들어올렸다. 캐시헌터의 등에 안장을 얹고 뱃대끈을 조일 때였다.

"툭" 하는 소리와 함께 뱃대끈 고리가 떨어져 나갔다. 무심하게 낙하한 안장은 쳉의 발등을 가격했고, 쳉은 한쪽 발을 쥐고 제자리에서 펄쩍펄쩍 뛰기 시작했다. 사방으로 지평선밖에 보이지 않는 대평원에서 추는 춤 치고는 퍽이나 격조가 떨어지는 춤이었다.

그 춤은 12초 후 끝났다. 쳉은 풀밭에 주저앉은 채 신발을 벗고는 발이 뭉개져라 주물러대며 말했다.

"뭐야? 오늘 일진이 왜 이래?"

잠시 후 쳉은 떨어져나간 고리를 주워 바느질을 끝내고 캐시헌터의 등에 안장을 올릴 수 있었다. 그리고 등자에 발을 올려놓았을 때 쳉은 신발을 다시 신으면서 신발끈을 제대로 묶지 않았다는 것을 깨달았다. 신발은 등자에서 미끄러졌고 쳉은 안장에 얼굴을 호되게 부딪힌 다음 고통과 상관없이 공포를 느끼고야 말았다. 심지어 쳉은 벌겋게 변한 콧잔등을 만질 엄두도 내지 못했다. 오오, 코가 떨어져나가지 않는다고 누가 장담할 수 있단 말이야?

쳉은 미신적인 사람은 아니었다. 하지만 아무래도 오늘 그에게 뭔가 끔찍한 일이 일어나고야 말 것 같은 기분을 지우기 어려웠다. 그리고 급기야 전날 밤의 꿈은 하나의 예시인지도 모른다는 생각까지도 할 수 있게 되었다. 그래서 쳉은 이번에는 8분쯤 걸려서 전날 밤의 꿈에 대해서 다시 생각해 보았다.

시작은 시작이 아니다. 꿈은 원래 그렇다. 그리고 미는 말했다.

'응. 쳉이 미랑 결혼해 주지 않으면 미는 귀족의 첩으로 시집가거나 마법사에게 잡혀가 실험 재료로 쓰이거나 드래곤에게 제물로 바쳐지게 될 거야. 어느 게 제일 무서워?'

'세 개 다 별로 안 무서운데?'

'하긴 그래. 진실이 아니면 진정한 감정을 불러일으키진 않는 거야.'

'사실대로 말해. 도대체 내가 너랑 결혼하지 않으면 무슨 일이 일어나는 거야?'

'아무 일도 일어나지 않아.'

'아무 일도?'

'응. 아무 일도. 미와 쳉 사이에는 아무 일도 일어나지 않아. 왜냐하면 다시는 만나지 못할 테니까.'

'아무 일도……. 다시는……, 다시는?'

'헤헤. 고마워, 쳉. 쳉을 만나서 미는 즐거웠어.'

미는 즐겁게 웃으며 몸을 돌렸다. 몸을 돌렸지만 쳉은 그녀의 표정을 볼 수 있었다. 꿈이니까. 그래서 쳉은 미의 얼굴에서는 절대 볼 수 없으리라고 생각했던 것을 볼 수 있었다. 미의 눈에서는 눈물이 흐르고 있었다. 그녀의 앞쪽에는 거대한 그림자가 보였다. 검붉은 하늘을 배경으로 서 있는 거대한 그림자.

나무다. 터무니없이 큰 나무였다. 울창한 가지가 하늘을 덮을 듯하고 휘날리는 나뭇잎은 미를 향해 폭풍처럼 몰아치고 있었다.

끝은 끝이 아니다. 꿈은 원래 그렇다. 쳉은 다시 사이들랜드의 대평원에 서 있는 자신으로 돌아왔다.

'다시는 만나지 못한다고?'

쳉은 무시무시한 속력으로 캐시헌터에 올라탔다. 그리고 캐시헌터는 주인이 정신병자가 아닌지 의심하기 시작했다.

"가자! 이 자식아. 왜 늑장을 부린 거야! 내가 그런 꿈을 꿨으면 알아서 날 깨웠어야지! 혹시 네 주인이 예지몽의 능력을 가졌을지도 모르잖냐!"

　미 V. 그라시엘은 고개를 돌렸다.
　비록 희미한 모습이었지만 스카니아 마을은 아직까지도 지평선에 걸려 있었다. 미는 잠시 당혹감을 느끼며 스카니아 마을이 자기 뒤를 쫓아오고 있는 것이 아닌가 의심해 보았다.
　양떼를 몰아 대평원을 누비던 처녀답게 미의 걸음은 웬만한 사나이 못지않았다. 그러나 어젯밤 출발한 이후로 지금까지 걸었건만 스카니아 마을의 모습은 전혀 사라지지 않았다. 마을은 아직 작은 점으로 뒤에 남아 있었다. 미는 오늘따라 왜 이렇게도 걸음이 느린가를 고민하다가 간신히 자신이 500큐빗에 한 번씩 뒤를 돌아본다는 사실을 깨달았다.
　미는 중대한 결정을 내렸다. 점심 생각이 날 때까지는 절대로 뒤를 돌아보지 말아야지. 씩씩한 걸음걸이로 500큐빗을 걸어간 미는 오늘은 점심을 일찌감치 먹고 오후 동안 열심히 걸어가면 어떨까 하고 생각하기 시작했다.
　"미는 바보 같아."
　미는 한숨을 내쉬듯 말했다. 그리고 이번엔 아예 다시 걸어갈 생각도 하지 않은 채 멍하니 서서 스카니아 마을을 바라보았다.
　"네 생각은 어때, 아달탄? 스카니아 마을이 미를 따라오는 것이 틀림없어."

미는 푸념하듯 말했다. 옆에서 미를 따라 걷고 있던 아달탄은 아무 대답 없이 그저 입이 찢어져라 하품을 했을 뿐이었다. 미는 트롤의 목줄이라도 끊어놓을 듯한 그 이빨을 보면서 정말 귀엽다고 생각했다. 아달탄을 보며 히죽 웃던 미는 다시 스카니아 마을을 바라보기 시작했다. 잠시 후, 미는 미간을 찌푸리며 스카니아 마을을 바라보았다.

"설마……, 진짜 따라와?"

미는 당황해 버렸다. 스카니아 마을은 전혀 작아지지 않았을 뿐만 아니라 오히려 커지고 있었다. 미는 그녀가 자신도 모르게 되돌아가고 있는 것은 아닌가 생각해 보았지만, 제자리에 가만히 서 있는 자신을 확인할 수 있을 뿐이었다. 미는 기겁해 눈을 크게 떴다.

잠시 후, 미는 안도의 한숨을 내쉬며 가슴을 쓸어내렸다.

"아달탄. 미가 진짜 바보라는 거, 소문내면 안 돼?"

그녀가 스카니아 마을이라고 생각했던 것은 사실은 먼지 구름을 일으키며 달려오는 한 마리의 말이었다. 미는 고개를 끄덕이다가 다시 고민에 빠졌다. 달려오고 있는 사람은 정확하게 그녀가 온 길을 쫓아오고 있었다. 설마 그녀를 추적하고 있는 것은 아니겠지만, 이런 인적 없는 대평원에서 전속력으로 말을 달리는 사람을 만나게 되자 왠지 불안했다. 그러나 사방 어디에도 몸을 숨길 곳은 없었다. 저 사람이 나쁜 사람이면 어쩌지?

미는 오른쪽 허리를 내려다보고 나서는 제자리에 가만히 서서 말을 기다렸다. 앞서 보내자. 뒤에서 누가 따라오는 것은 신경 쓰여. 미는 여행 이후로 처음 맞이하는 위기라고 할 수 있는 상황 속에 두근거리는 가슴을 내리누르며 서 있었다. 그대로 달려가 버리고 싶은 마음이 뭉게뭉게 피어올라서 가만히 서 있는 것이 매우 힘들었다. 그에 비해서 아달탄은 뒤쪽에서 달려오는 기수에게 전혀 신경을 쓰지 않았다. 아달탄은 오히려 반대쪽을 향해 귀를 곤두세웠고, 그래서 미는 이상하다고 생각했다.

그러나 그녀가 아달탄에게 뭔가 말을 건네기도 전에 뒤에서 달려오던 말은 그 모습을 뚜렷하게 볼 수 있을 정도로 커졌다. 그리고 그 위에 타고 있는 사람이 뭔가 기다란 것을 들고 있다는 것도 확인할 수 있었다. 기수를 자세히 관찰한 미는 그가 들고 있는 것이 파이크임을 깨닫고 더 큰 불안을 느꼈다. 그녀는 어젯밤 출발하기 전에 오늘의 자신을 볼걸 하고 후회하기 시작했다. 쳉의 말이 맞나 봐. 미는 5분 후에 뭘 해야 할지도 모르나 봐.

그때였다.

"컹컹컹!"

아달탄의 포효 소리가 요란했다. 그와 동시에 '당신이 비키지 않으면 나는 그대로 깔아뭉개고 지나가 버리겠다. 따라서 당신은 그 자리에서 비켜 나에게 길을 내주는 것이 현명한 선택이다.'라는 내용에 해당하는 바이서스 어 고함 소리가 오른쪽 뒤에서 들려왔다. 미는 그 말이 바이서스 어라는 것을 짐작하는 정도의 실력밖에 안 되었지만 기절할 듯이 놀라 옆으로 비켜섰다. (실제로 들려온 말은 "비켜! 깔려죽기 전에!"라는 바이서스 어였다.)

미가 옆으로 움직이자마자 뒤에서 뭔가 시커먼 것이 튀어나왔다. 무엇인지 확인하기도 전에 그 시커먼 것은 그녀를 쫓아오고 있던 말을 향해 달려가기 시작했다. 아달탄은 허리를 잔뜩 낮춘 채 뛰쳐나갈 채비를 갖췄지만, 주인이 옆에 주저앉아 있는 것을 확인하자 제자리를 지켰다. 놀란 나머지 바닥에 주저앉아 버린 미는 욕설과 고함소리가 들려왔을 때 비로소 자기 등 뒤에서 튀어나간 것이 무엇인지 깨달을 수 있었다.

그것 역시 한 필의 말이었다. 그 위에는 체격이 잘 빠진 남자가 롱소드를 옆으로 늘어뜨린 채 몸을 최대한 앞으로 굽히고 있었다. 등자를 밟고서 일어난 남자는 허리를 깊이 숙인 채 전력 질주의 자세로 말을 달렸다.

"이 자식아! 너무너무 그리웠다! 당장 말 세워!"

남자는 다시 한번 외쳤지만 그 말 역시 바이서스 어였기 때문에 미는 알아듣지 못했다. 달려오던 기수 역시 파이크를 앞으로 내뻗으며 당황한 목소리로 외쳤지만("젠장! 언제 여기까지!"), 그 역시 미는 알아듣지 못했다. 그녀는 땅바닥에 주저앉은 채 망연히 생각했다. 왜 외국인들이 여기서 싸우고 있는 거지? 말을 알아듣지는 못했지만 그들이 절친한 사이라고는 생각할 수 없었다.

격돌은 순식간이었다.

두 사람 모두 전력 질주로 달리며 공격을 교환했기 때문에 관성으로 수십 큐빗을 더 달려 나갔다. 그 말은 파이크를 든 남자가 안장에 매달린 채 칼에 맞은 상처에서 피를 흩뿌리며 미 쪽으로 달려왔다는 말이다. 미는 목청껏 비명을 질렀다.
 "오지 마!"

 물론 말이 말을 알아듣지는 못했다. 미는 미친 듯이 일어나려다가 발목을 삐끗해 다시 주저앉아 버렸다. 다행히 안장에 매달려 있던 남자는 말에서 떨어졌고, 거추장스러운 짐이 없어진 말은 그대로 미를 지나쳐 지평선으로 달려가 버렸다. 미는 발목의 고통도 잊은 채 질린 표정으로 말에서 떨어진 남자를 바라보았다.

 무서운 속력과 연마된 기술에 의해 생긴 상처는 참혹했다. 피 냄새를 맡은 아달탄의 표정이 더욱 험악하게 바뀌었다. "으르르르……." 남자의 팔은 거의 떨어져나갈 정도로 깊이 잘려 있었다. 남자는 그때까지도 파이크를 놓치지는 않고 있었다. 하지만 파이크를 쥔 그 팔은 다시는 움직일 수 없을 것이다.

 땅에 나동그라진 채 피를 흘리는 남자를 보던 미는 고개를 들어 롱소드를 쥔 남자를 찾았다. 그리고 이쪽을 향해 전속력으로 달려오고 있는 남자를 발견하고서는 다시 비명을 지르고야 말았다.

 "오지 마!"

 미의 요청은 두 번이나 묵살당했고, 남자는 거침없이 달려왔다. 미의 앞을 막아선 아달탄의 어깨 털은 곤두서 있었고 귀는 뒤로 착 달라붙은 모습이었다. 그러나 미래를 보는 양치기와 괴물같이 생긴 번견은 똑같이 남자의 관심을 끄는 데 실패했다. 빠른 동작으로 말에서 내린 남자는 미와 아달탄 쪽은 쳐다보지도 않고서 곧장 쓰러진 남자에게 다가갔다. 미와 아달탄은 소외된 입장 속에 연대감을 느꼈고, 말에서 뛰어내린 남자는 땅에 쓰러진 남자에게 롱 소드를 겨누며 말했다.

"왈왈왈왈왈! 왈왈? 와르르, 왈왈!"

"왈왈……, 왈, 왈왈왈! 왈왈."

아달탄이 외친 것은 아니다. 미에게는 그렇게 들렸다는 말이다. 바이스스 어를 알지 못하는 바에야 미에게는 남자들의 대화가 완전한 개소리였다. 미는 달아날 엄두도 내지 못한 채 땅바닥에 주저앉은 자세 그대로 남자들의 개소리를 열심히 청취했다. 그러면서 미는 속으로 아달탄에게 통역을 부탁할까 하는 생각을 떠올렸다.

롱 소드를 든 남자가 벌컥 화를 내면서 외쳤다. "왈왈왈!" 그러나 땅에 쓰러진 남자는 뭐라고 대답하려다가 "끼이잉…… 끄응…….." 그대로 고개를 떨구었다. 롱 소드를 든 남자는 당황하며 상대의 맥을 짚어보았지만 곧 고개를 가로젓고 말았다. 파이크를 든 남자는 절명했다.

찌푸린 얼굴로 시체를 내려다보던 남자는 그제야 알아차렸다는 듯이 미와 아달탄에게로 고개를 돌렸다. 아달탄은 깨끗한 이를 드러내며 남자를 경계했다. "크르르르……." 남자는 주춤했고, 미는 허리에서 롱 소드를 뽑아들 정도의 자신감을 회복했다. 하지만 그녀의 어깨는 건드리면 부서질 듯이 굳어 있었고 롱 소드의 끝은 아달탄이 보기에도 한심스러울 정도로 떨리고 있었다.

"다다가지지!"

물론 미는 '다가오지 마!'라고 말하려고 했다. 슬프게도 의도와 행동이 항상 일치될 수는 없는 것이다. 하지만 롱 소드를 든 남자는 미의 이상한 말에 별 반응을 보이지 않았다. 남자는 그저 찌푸린 얼굴로

사라진 시인의 추모곡

미와 아달탄을 번갈아 바라보다가 퍼뜩 정신을 차린 것처럼 롱 소드를 검집에 꽂아 넣었다. 조금 안심이 된 미를 향해 남자는 천천히 말했다.

"나는 사람으로서 나쁘지 않다."

"'나는 나쁜 사람이 아니다'라고 말하는 거예요. 바이서스 분인가 보지요."

미는 차분하게 대답했다. 쳉이 보았더라면 전혀 이상하게 여기지 않았겠지만 미를 처음 대하는 남자는 놀랐다.

"차분함의 놀람. 서투른 내 언어는 당신의 고역으로서 미안하다."

"놀랍도록 차분하군. 내 말이 서툴러서 미안하다. 따라해 보세요."

남자는 더듬거리며 미의 말을 따라했다.

"아, 그래. 놀랍도록 차분하군……. 그리고?"

"내 말이 서툴러서 미안하다."

"내 말이 서툴러서 미안하다. 하하하."

남자가 웃는 것을 보자 미 역시 따라 미소 지었다. 그러나 미는 롱 소드를 다시 꽂지는 않았고, 인간의 미소 따위에 별 관심이 없는 아달탄은 한결같은 동작으로 남자를 경계하고 있었다. 미는 롱 소드의 끝을 아래로 내려 시체를 가리키며 말했다.

"왜 죽인 거죠?"

"응? 아아, 죽은 것은 칼에 맞았다."

"아뇨……. 어떻게 죽은 거냐고 물은 것이 아니라, 음. 저 남자는 당신 적?"

"적? 아, 나의 적이다."

"미는?"

"미? 당신 이름? 당신의 죽음은 그란에게서 비롯하지 않는다."

미는 잠시 생각해 보고 나서야 '나는 당신을 죽이지 않겠다.'라는 말임을 깨달을 수 있었다. 동시에 남자의 이름이 그란이라는 것도. 고개를 끄덕이던 미는 그란의 눈치를 살피며 천천히 일어났다. 그란은 미를 안심시키려는 듯이(정확하게 말하자면 아달탄에게 쓸데없는 의심을 받지 않기 위해서) 팔짱을 낀 채 꼼짝도 하지 않았다. 하지만 반쯤 일어나던 미가 비명을 지르며 다시 주저앉자 그란은 놀라서 외쳤다.

"모종의 부상?"

미는 잠시 무슨 말을 해야 될지 당황하다가 말했다.

"예. 아까 넘어질 때 다쳤나 봐요."

"이런. 다친 발목을 소유하고 있군."

"그래요. 예. 다친 발목. 그런데……, 왜 저 남자를 죽인 거죠? 당신들이 싸운 이유가 뭐지요?"

그란은 미의 말을 이해해 보려는 듯이 머리를 긁적거렸지만 실패하고 말았다. 그때 미의 등 뒤에서 또 다른 고함 소리가 들려 왔다.

"왈왈왈!"

새로 들려온 개소리(?)는 여자의 목소리였다. 미는 황급히 몸을 돌렸고, 두 명의 새로운 기수와 세 마리의 말이 나타나는 것을 보았다. 기수는 남자 하나와 여자 하나였다. 매섭게 생긴 남자 기수는 죽은 남자의 말로 짐작되는 말을 붙잡아 끌어오고 있었다. 그리고 그 옆에는 등에 이상하게 생긴 창을 비스듬히 걸멘 여자가 나란히 달리고 있었다. 미는 여자의 말을 보고 감탄해 버리고 말았다. 바이서스의 억센 목동이나 탈 만한 새까만 거마였다.

하지만 아달탄은 당장이라도 발광해 버릴 듯이 긴장했다. 아달탄은 짧고 강하게 외쳤다.

"(꽤 끔찍스럽다는 것 이외에는 글자로 표현될 가능성이 전무한 소리)!"

달려오던 두 기수들은 걸음을 멈췄다. 그들로서야 멈추고 싶은 의도가 없었지만 말이 걸음을 멈춰버린 것이다. 미는 당황한 얼굴로 그란을 돌아보았지만 그란은 안심시키는 듯한 미소를 지으며 말했다.

"나의 친구. 해침에 있어 당신을 선택하지 않는다."

당신을 해치지는 않을 거라는 말이겠지.

"아달탄, 아달탄. 이리 와."

몹시 긴장한 아달탄은 미가 몇 번 더 재촉한 다음에야 간신히 미의 곁으로 다가섰다. 하지만 아달탄은 여전히 새로 나타난 사람들을, 그리고 그란을 경계했다. 쭈뼛거리며 다가온 두 기수는 말에서 내리더니 아달탄의 눈치를 살피면서 그란에게 다가갔다.

세 명의 바이서스 인들은 땅바닥에 있는 시체와 미, 그리고 아달탄을 가리키며 서로를 향해 열심히 개소리를 하기 시작했고 미와 아달탄은 순식간에 소외되었다. 아달탄은 주인이 앉아 있었기에, 그리고 미는 말보다 빨리 뛸 수 없다는 단순한 이유 때문에 그 틈에 달아나 버릴 생각을 떠올리지 못했다.

새로 나타난 사람 중에 여자가 그녀를 쳐다보았다. 여자는 고개를 갸웃하더니 매섭게 생긴 남자에게 뭐라고 짖어대었다. 그러자 날카롭게 생긴 남자는 눈살을 찌푸리며 말했다.

"실례하겠소. 당신은 누구요?"

미는 반가움을 담아 대답했다.

"우리말을 잘하세요?"

"그렇소. 하지만 사이들랜드에서는 두 번씩 질문해야 답을 얻는 풍습이 있는 줄은 몰랐소."

미는 남자의 냉랭한 대답에 주눅이 들면서 대답했다.

"미안해요. 미 V. 그라시엘이에요. 그리고 여기 귀여운 친구의 이름은 아달탄이고요."

남자는 '귀여운 친구? 누구 말이오?'라고 되묻고 싶은 것을 꾹 참았다. 미가 가리키는 그 귀여운 친구는 같은 개라도 자신의 동족임을 부정하고 말 모습이었다. 날렵하게 생긴 주둥이 양쪽으로 드러낸 두 개의 긴 송곳니는 한 뼘은 되고도 남겠다. 상처투성이인 이마 아래에 움푹 들어가 있는 눈은 살기로 번들거리고 있고, 그 덩치는, 맙소사, 웬만한 망아지만 하군.

아달탄에 대한 관찰을 재빨리 끝낸 남자는 이어서 미를 관찰했다. 다리가 길고 눈빛은 맑다. 허리에 찬 검은 길이 잘 들어 있지만 아무리 보아도 칼 밥을 먹은 여자로는 보이지 않는다. 몸놀림은 흔들림이 적고 안정되어 있지만 검을 휘둘러서 체득하게 된 안정감은 아니다. 남자는 천천히 입을 열었다.

"여기 주민인가 보군. 이상한 광경을 봐서 놀랐겠군."

미는 입술을 삐죽하며 말했다.

"그뿐만 아니라 발목을 다치기까지 했지요. 그리고 자기소개를 했는데도 상대의 이름을 듣지 못해 조금 속상해 있기도 하고요. 아아, 그 전에 살인 장면을 봐서 꽤 흥분해 있다는 점이 있군요. 점심시간이 가까워서 배가 고프다는 점은 따로 거론하지 않을게요."

남자는 피식 웃고서 대답했다.

"운차이."

그러자 옆에 있던 여자가 붉은 머리를 찰랑거리며 말했다.

"네리아예요."

마지막으로 그란이 말했다.

"이미 언급된 내 이름은 그란."

미는 다시 무슨 말을 해야 할지 난감했다. 눈앞에서 사람을 죽여버리고 나서 친절하게 자기소개를 하는 사람들에게 뭐라고 말해야 하나?

3

운차이는 투덜거렸다.

"녀석이 그리운데."

"녀석이라니?"

"네가 만들어준 팬케이크를 씹어야 하는 고통 속에서 내가 떠올릴 인물이 누굴 것 같은가?"

"먹기 싫으면 관둬!"

네리아는 즉시 팬케이크를 치우기 시작했다. 그러나 운차이의 접시를 치우고 나서 그란의 접시에 손을 뻗던 네리아는 흠칫할 수밖에 없었다. 콰악! 그란은 고개도 들지 않은 채 맹렬한 동작으로 나이프를 접시에 꽂아버렸다. 아달탄은 고개를 휙 돌렸다.

나이프는 팬케이크와 양철 접시를 한숨에 관통하여 땅에까지 박혀버렸다. 미는 기겁했고 아달탄은 낮게 으르렁거렸으며 네리아는 어이

없는 얼굴로 그란을 바라보았지만 그란은 그 초췌한 얼굴을 들어올려 네리아에게 말했다.

"……세 끼 만에 먹는 거다. 제발 부부 싸움은 다른 데 가서 해라."

미는 운차이가 고개를 돌린 순간 틀림없이 바람이 일어났다고 확신했다. 운차이는 그런 무서운 기세로 고개를 돌려 그란을 쏘아보다가 말했다.

"부부 싸움이 성립되려면 남편과 아내가 있어야 한다. 최소한 내 고향에서는 그랬지."

그란은 나이프를 뽑으며 심드렁하게 대답했다.

"여기서도 마찬가지야."

"그렇다면 부부 싸움은 불가능하다. 무슨 억하심정으로 내 미래를 파멸시키려는 거냐."

"나는 따사로운 식사 풍토를 조성하려는 것뿐이다. 식사 때마다 네 녀석 불평하는 소리 더 못 듣겠다. 비록 이게 인간이 먹기엔 많은 난점이 있는 음식이라는 점에는 동의하지만……."

"잠깐. '음식'이라고? 음식의 개념을 확대 해석하겠다는 말이지?"

"응."

결국 네리아는 더 못 참게 되어버렸다.

"야이, 망할 자식들아앗!"

대개의 경우 사람은 주는 대로 받아서 군말 없이 먹어야 요리사의 사랑을 받는 법이다. 네리아는 바이서스 어를 모른다는 이유만으로 아무 말 없이 묵묵히 식사중인 미와, 어차피 인간들의 말을 하나도 모른다는 이유로 역시 식사에만 전념하는 아달탄을 몹시 기특하게 여겨 미와 아달탄의 그릇에 팔뚝만 한 고깃덩이를 넣어주었다. 영문을 모르는 미는 그저 감사의 미소를 보냈지만 운차이와 그란은 분통을 터뜨렸다. 하지만 네리아는 살벌한 눈길로 말했다.

"당신들, 밤에는 잠을 자고 싶지?"

운차이와 그란은 의심스러운 눈길로 네리아를 바라보며 고개를 끄덕였다.

"그리고 아침에 일어났을 때 바지가 팽팽하지 않으면 서글프겠지?"

떨떠름한 끄덕끄덕.

"다시 한번 입을 놀리면 뭔가 허전한 듯한 아침을 맞이하게 될 거야. 어서 먹어!"

힘찬 와구와구.

무척 살벌한 내용의 말들이 오갔음을 전혀 알지 못했던 미는 조용한 식사 분위기가 연출되자 평온함을 느꼈다. 식사가 끝나고서 그란은 시체에서 수거한 소지품들을 조사하기 시작했고, 운차이는 태평하게 하늘을 바라보며 드러누우려다가 네리아에게 구박을 받으며("네가 헤게모니아 어를 잘하잖아! 뭐라고 설명해 줘. 얼마나 놀라고 궁금하겠어?") 마지못한 듯 일어나 앉았다.

운차이는 먼저 찌푸린 눈으로 바라봄으로써 미를 당황하게 만들며 동시에 아달탄의 눈꼬리가 올라가게 만든 다음, 느릿한 어조로 말했다.

"음. 미라고 했소? 먼저 우리들은 산적이나 강도가 아니라는 사실을 말해 주고 싶소."

미는 그만 웃고 말았다. 이 넓은 대평원에서 산적질을 하려면 인내심이 대단해야 될 것이다. 8만 제곱펜큐빗의 넓이를 돌아다니며 고객을 찾아야 되니까.

"물론 그렇지 않을 거라고 생각했어요. 사이들랜드에서 산적이나 강도라니. 그러면?"

"죽은 남자는 바이서스의 배신자들 중 하나요."

"배신자요?"

"그렇소. 바이서스에서 반역을 꾀하던 녀석들 중 하나인데 이 나라로 도망쳐 왔지. 그래서 우리들도 이 나라까지 추적해 온 거요. 저기 저 친구가 체포하려고 했지만 반항하는 바람에 죽일 수밖에 없었다더군. 나는 보지 못했지만 당신은 보았을 테니 잘 알겠지?"

"아아, 예. 그러시군요."

"놀라게 한 것 사과하지. 목적지가 어떻게 되오? 다리를 다쳤으니 사과의 의미로 데려다주겠소."

미는 불안했다. 하지만 사이들랜드의 스카니아 마을, 양떼들의 천국에서 자라난 미의 소박하다면 소박하달 수 있는 의식 세계에서 '반역자'는 죽어 마땅한 인물이었기 때문에 공포의 감정은 그렇게 짙지 않았다. 반역자는 죽어 마땅한 자라는 미의 관점을 계속 확장시키자면 그런 자를 죽인 이 일행은 믿어 마땅한 사람들이었다. 결국 미는 마음을 굳혔다.

"미는 북해 쪽으로 가는데요."

"뭐요?"

운차이는 마치 화를 내듯이 놀람을 표시했기 때문에 미는 깜짝 놀라고 말았다. 그뿐만 아니라 그란과 네리아도 놀란 눈초리로 두 사람을 바라보았다. 운차이는 조금 후에야 어이없는 목소리로 말했다.

"무슨 말이오? 당신, 북해로 간다고?"

"예."

"얼어 있거나 아니면 얼고 있는 중인 물 중에서 어느 쪽에 관심이 있는 거요? 그 어느 쪽도 내게는 흥미롭게 들리지 않는데. 게다가 북해에 그 두 가지 외에 다른 것이 있다고는 더 더욱 믿어지지 않고."

"미에겐 관심 가질 만한 게 있어요."

운차이는 미의 얼굴을 뚫어지게 바라보다가 낮은 목소리로 말했다.

"당신 이유는 둘째 치고, 먼저 가능성의 문제를 따져보지. 여기가 아무리 사이들랜드라지만 북해까지 가다니. 도대체 여정을 얼마로 잡은 거요?"

"여정? '도착할 때까지'로 잡았지요."

운차이는 이제 기막힌 얼굴로 미를 바라보았다. 이곳은 사이들랜드. 인간이 사는 곳으로는 대륙 최북단에 해당하는 곳이며, 따라서 북해에 가장 가까운 인간 거주지다. 하지만 그렇기 때문에 동쪽이나 서쪽이라면 몰라도 북쪽으로 여행할 경우 다시는 인간들의 마을을 만날 수 없는 곳이기도 하다.

"이봐요, 당신. 여기서 북해까지 거리가 얼마나 되는지 아시오? 그 거리를 걸어간다고?"

미는 방긋 웃었다.

"물론 북해까지 걸어갈 생각은 아니에요. 그러려면 산더미 같은 음식을 가지고 가야 될 텐데요. 미는 탄느완으로 가서 배를 타고 갈 생각이에요."

운차이의 경악은 가라앉았지만 짜증이 그 자리를 대신했다.

"당신은 아마 당신 말이 합리적으로 들릴 거라고 믿는 모양이지만, 내게는 전혀 합리적으로 들리지 않아."

"예?"

"탄느완은 얼마나 되는지 아시오? 동쪽으로 100펜큐빗은 될 거요. 걸어서 가려면 한 달은 걸려. 그것도 지치지 않고 쉼 없이 매일 3, 4펜큐빗 정도 걸을 수 있다고 볼 때 말이오."

"미는 걷는 것에는 자신이 있어요. 차넬의 후예니까요. 아달탄도 마찬가지고요."

운차이는 콧방귀를 뀌었다.

"아아, 그러시오? 더욱 불가능하오."

"예?"

"바이서스의 목동이나 자이편의 캐러밴이라면 그 거리를 걸어갈 수도 있겠지. 하지만 헤게모니아의 양치기라면 절대 불가능하오. 왜냐고 물어보시오."

"왜 그런데요."

"사이들랜드를 벗어나자마자 몬스터들이 나타날 거요. 자이편의 캐러밴은 제자리에 서 있으면 피로를 느끼는 사람들이오. 그리고 바이서스의 목동들은 원래 몬스터와 함께 뒹구는 자들이고. 하지만 사이들랜드의 양치기는 도대체 언제 몬스터를 구경해 봤겠소?"

"예. 미는 한 번도 몬스터를 본 적이 없어요."

"사이들랜드의 대평원이 정말 신비한 장소라는 점은 인정하오. 대륙에서 몬스터가 나타나지 않는 장소는 드물지."

미는 조금 시간이 걸려서야 간신히 바이서스의 명소 하나를 떠올릴 수 있었다.

"바이서스의 레브네인 호수도 몬스터가 나타나지 않는 장소라고 아는데요?"

"그리고 자이펀의 실칸 계곡도 있소. 어쨌든 이 땅이 신비하다지만 그 땅의 양치기나 번견까지 신비하지는 않을 거요. 그런데, 그 개가 정말 번견이오?"

"예? 그런데요?"

운차이는 잠시 신음을 흘렸다.

"헤게모니아의 양은 완전한 괴물인 모양이군. 어쨌든 당신은 절대 탄느완까지 갈 수 없소."

"그래도 가야 해요. 미와 아달탄은 갈 거예요."

운차이는 다시 눈살을 찌푸렸다. 미는 문득 앞의 남자를 만난 것이 얼마 되지는 않았지만, 그 동안 미소를 짓거나 웃는 표정을 한 번도 본 적이 없다는 것을 깨달았다. 운차이는 그 날카로운 시선으로 미의 얼굴 뒤에 숨겨진 것을 헤아려보는 듯했다. 이윽고 운차이는 차분하게 말했다.

"난 당신을 강제할 권한은 없소. 외국인의 말을 듣는 것은 어리석을지도 모르지. 하지만 당신이 탄느완에 무사히 도착할 수 있다면 네리아의 요리 솜씨가 나아지거나 오크에게서 감미로운 애정시를 들을 수 있다고 해도 난 놀라지 않겠소."

농담을 할 때도 웃지 않네. 미는 네리아 쪽을 바라보지 않기 위해 애써야 했다. 운차이는 팔짱을 낀 채 생각에 잠겼다가 말했다.

"우리끼리 잠시 의논 좀 하겠소. 실례."

미는 고개를 끄덕이려고 했으나 운차이는 말을 끝내자마자 몸을 돌려버렸다. 그래서 미는 잠시 당황한 채 세 사람의 대화를 바라보았다. 알아듣지 못하는 대화를 듣고 있어야 하는 것은 참 따분하고 재미없는 상황이라는 생각을 떠올리며.

운차이는 먼저 남자의 소지품을 조사하던 그란에게 말했다.

"뭐 좀 나왔나?"

"아니. 이틀 동안 요리조리 도망친 것, 아무래도 속임수였던 것 같다."

"속임수?"

네리아는 얼떨떨한 얼굴로 질문했다. 그란은 죽은 남자의 소지품들을 바라보면서 분통을 터뜨렸다.

"이 녀석은 미끼야! 아무것도 가지고 있지 않아. 편지, 서류, 뭔가 후작의 위치를 짐작해 볼 것은 아무것도 없어. 아마 이 녀석이 디코이로 우리들을 따돌리는 동안 다른 밀사가 출발했나 봐. 젠장! 어쩐지 방향도 없이 이리저리 달리더라니."

네리아는 낙담한 목소리로 말했다.

"우우웅……, 후작 아저씨는 늙지도 않나 봐. 어떻게 계속 영리해지지?"

운차이는 쌀쌀맞은 눈으로 땅을 쏘아보다가 말했다.

"그럼 우리가 따라붙었다는 것을 알아차린 모양이군. 또 석 달 정도는 꼼짝도 하지 않겠지?"

네리아는 한탄하듯 고개를 끄덕였다.

"응응. 이게 석 달 만에 움직인 거니까……. 도대체 어디서 자금을 대고 있는 걸까? 도망중인 사람이 자기 끼니뿐만 아니라 그 많은 부하들까지 먹여가며 데리고 있을 수 있나?"

운차이는 별로 대수롭지 않다는 듯이 대답했다.

"우리 고향엔 거상(巨商)은 망해도 3년은 간다는 말이 있다. 후작이 비록 부리나케 도망쳤다지만 도피 자금에 부족을 느끼려면 아직 멀었을 거다."

그란은 무거운 동작으로 고개를 끄덕이다가 미 쪽을 흘긋 바라보며 말했다.

"그런데, 저 여자는? 겉모습으로 봐선 여행자인 것 같은데. 칼도 제대로 쓸 줄 모르는 여자 혼자 여행이라니 좀 이상하군. 게다가 말도 없이 걸어가고 있었어. 물론 저 키타나 하운드라면 웬만한 위험은 다 물리치겠지만."

"여행자 맞아. 말도 안 되는 여행을 한다는 점이 문제지만."

"말이 안 되다니?"

"북해로 간다는군."

네리아와 그란이 동시에, 그러나 목소리의 높낮이는 정반대로 외쳤다.

"뭐야?"

그란은 그 이상 자신의 감정을 드러낼 필요를 느끼지는 못했지만 네리아는 어이없다는 표정을 과장되게 지으며 계속 말했다.

"잠깐, 잠깐만. 북해에 가서 뭐할 건데? 아무것도 없는 곳이잖아?"

"대답하고 싶지 않은 모양이더군."

"물어봤어야지."

"젠장. 난 여자에게 이것저것 묻는 것이 싫어. 이미 잊었는지 모르지만 난 자이펀 인이란 말이다."

"나한테는 말 잘하잖아?"

"여자에게 말하는 것이 싫다고 했어."

운차이는 말을 마치자마자 뒤로 스르르 움직이며 네리아의 주먹을 피했다. 허공을 치고 만 네리아는 균형을 잡기 위해 깡총깡총 뛰기 시작했고, 그런 네리아를 보면서 그란은 낮게 중얼거렸다.

"그럼, 그 빙하와 눈보라를 뚫고 걸어갈 생각이란 말인가? 죽겠다는 말이잖아."

"아니. 탄느완으로 가서 배를 타고 가겠다더군. 저 여자는 완전히 돌았나 봐."

"그래? 탄느완이라……. 그럼 같이 가면 되겠군."

"뭐?"

"어차피 우리도 남쪽으로 다시 내려가야 하는데……. 올라올 때는 서쪽으로 올라왔지만 별 소득이 없었지, 오히려 후작에게 희롱만 당했고. 그러니 이번에는 동쪽으로 해서 해안선을 따라 조사해 보고 싶은데."

운차이는 고개를 갸웃했지만 네리아는 갑자기 미를 쳐다보기 시작했다. 영문을 모르던 미는 약간 멍한 미소 외엔 다른 표정을 짓지 못했다. 미를 바라보던 네리아는 고개를 끄덕이면서 다시 그란을 바라보았다.

"친절하네? 딸 생각나는 거야?"

그란은 어처구니없는 얼굴로 네리아를 보다가 고개를 가로저었다.

"어이없군. 저런 말만 한 처녀를 보고? 쓸데없는 소리 마. 저 여자, 기어코 탄느완으로 가겠다면 우리와 같이 가는 게 낫겠지. 내버려두면 사이들랜드를 벗어나자마자 어느 몬스터가 잡아갔는지도 모르게 죽을 텐데."

운차이는 씁쓸한 표정을 지었다.

"여자가 끼는 건 싫은데."

"너 자꾸 나 무시할래? 나도 여자라고!"

네리아가 고함을 빽 지르자 운차이는 별로 놀라지 않았지만 미는 상당한 불안감이 담긴 시선으로 그들을 바라보기 시작했다. 만일 저 이상한 사람들이 동행하자고 제의하면 어쩌지? 그 때 손을 휘저어 네리아의 어퍼컷을 쳐낸 운차이를 보며 고개를 끄덕이던 그란이 태평한 표정으로 미에게 말했다.

"미, 동행의 제안이 당신을 향하는데?"

미는 여행에 들어선 이후로 두 번째 맞이하는 위기에 난감했다.

쳉은 차분하게 말하자고 마음먹었다. 마음만 그렇게 먹었다는 말이다.

"뭐야! 그게 무슨 소리야!"

파는 귀가 떨어져나가지 않았는지 의심했다. 양쪽 귀를 꽉 틀어막은 채 쳉을 올려다보며 눈물을 글썽이는 파의 모습에 쳉은 이번에는 차분하게 말할 정도의 냉정을 되찾았다.

"어, 소리 질러서 미안해. 그런데 그게 무슨 말이야? 떠나다니?"

파는 귀를 틀어막았던 손을 천천히 내렸다. 그러나 허리춤으로 내려간 그녀의 두 손은 곧 단단히 감아쥐어졌다. 파는 주먹을 불끈 쥔 채 쳉을 독살스럽게 노려보았다.

"바보야! 바보 쳉아! 왜 언니를 가게 내버려둔 거야, 엉!"

미가 떠나고 나서 열 시간이 넘도록 연습한 대사였기 때문에 파의 말은 매우 매끄럽게 흘러나왔다. 쳉은 귀를 틀어막지는 않았지만 대신 눈을 크게 끔뻑거렸다.

"무슨 말이야?"

"언니를 붙잡았어야지! 언니는 쳉이 떠나고 나자 곧 출발을 결심했어. 왜 그랬겠어? 말해 보라고, 말해 봐!"

"무슨……, 무슨 말이야, 도대체?"

"쳉이 언니를 잡아주길 원했던 거야!"

"잡아줘?"

"이 빌어먹을 감정 결핍증 환자 녀석아, 그걸 몰라? 언니는 쳉이 떠나고 나자마자 떠났단 말이야! 그러니까 쳉에게 마지막으로 매달렸던 거라고! 제길, 내 말은 들은 척도 하지 않고 떠났어. 왜 그걸 모르냐고!"

쳉은 잠시 혼란을 느꼈다. 그럼 그 웃기는 구애가 자기를 붙잡아 달라는 의미였나? 젠장! 바보 같으니. 자기 걸음은 자기가 결정하는 거야. 쳉은 머리를 절레절레 흔들고 나서 고개를 돌려 주위를 바라보았다.

미의 흔적은 아직 그대로 남아 있었다. 미가 미래를 볼 때 사용하던 넓은 대야도 방 한구석의 삼발이 위에 그대로 놓여 있었고, 쳉이 선물한 대륙 각지의 토산품들도 벽의 자기 자리에 그대로 걸려 있었다. 하다못해 옷걸이에는 미의 옷가지들까지 그대로 걸려 있었다. 미는 아무런 정리도 하지 않고 떠났다. 그래서 모르는 사람이 본다면 이웃으로 놀러갔다고 생각할 수도 있는 광경이었다. 하지만······.

쳉은 생각했다. 미라면 그러고 싶다는 이유만으로 밤중에 일어나 잠옷 바람으로 대륙 종단 여행을 출발할 수도 있을 거라고. 미는 뒤에 남는 것들에 관심이 없다.

남은 것들은 그 용도가 미래에 나타난다. 그러나 미는 미래를 미리 본다.

그녀는 원한다면 자신이 죽고 나서 자신을 회상하는 다른 사람들의 모습을 미리 볼 수도 있다.

쳉은 다시 파를 바라보며 빠르게 말했다.

"어느 쪽으로 갔어?"

의자에 앉아서 쳉을 쏘아보고 있던 파는 잠시 후 고개를 가로저었다.

"말했을 것 같아?"

"뭔가 들은 것 없어? 지나가는 말에 언급한 거라든지, 그런 것 없냐고?"

"없어! 아무것도!"

"제기랄, 제기랄, 제기랄."

쳉은 제자리에서 왔다 갔다 하면서 고민하기 시작했다. 건장한 체구의 쳉이 왔다 갔다 하자 미와 파 두 자매만 살기 때문에 그렇게 크지 않은 집이 꽤나 비좁게 느껴졌다. 파는 서글픈 눈으로 테이블을 바라볼 뿐 쳉 쪽은 쳐다보지도 않았다.

쳉은 느닷없이 외쳤다.

"디도스 활!"

파는 얼떨떨한 눈초리로 쳉을 바라보았다. 쳉은 손가락을 딱 튕기며 말했다.

"됐다, 됐어. 파, 며칠만 기다려. 네 언니를 붙잡아 올 테니까."

쳉은 그 말만 남기고서 곧장 문을 향해 달려갈 태세였다. 파는 다급하게 일어나며 말했다.

"잠깐, 잠깐만! 무슨 말을 하는 거야? 이해할 수 있게 말하고 가라고!"

"젠장, 급한데! 다녀와서 들으면 되잖아?"

파는 순간적으로 쳉을 후려쳐 기절시키면 어떨까 하는 생각을 떠올렸다.

"이……, 감정 결핍증아. 남겨진 사람도 좀 생각해야 할 거 아냐? 불안해서 어떻게 견디라는 거야?"

"후우, 좋아, 좋다고. 엊그제 헤어질 때 미는 디도스 활을 사달라고 말했어. 만일 네 말대로 내가 자기를 붙잡아 주길 원했다면, 미는 틀림없이 자기 행선지를 말했겠지? 디도스 쪽이야. 틀림없어."

파는 입을 쩍 벌리지는 않았다. 대신 빠르게 말했다.

"반대쪽이야."

"뭐?"

"디도스의 반대쪽이라고, 얼간아! 도대체 12년 동안이나 언니를 봐 왔으면서……. 쳇. 디도스의 반대쪽이면 아마 고스빌 쪽이겠네. 됐어, 따라와."

쳉은 당황해서 뭐라고 말하려 했지만 파는 이미 몸을 일으키고 있었다. 곧장 옷장을 열어젖힌 파는 옷장 가장 안쪽에서 작은 상자를 꺼 냈다. 쳉도 알고 있는 상자로 자매의 생활비 전부가 들어 있는 금고였 다. 테이블 위에 상자를 놓은 파는 그 옆에 손수건을 펼치고는 상자를 뒤집어 손수건 위에 내용물을 쏟아놓았다. 짤그랑짤랑. 요란한 소리가 나며 금화들이 다 쏟아지자 파는 상자를 방구석으로 집어던져 버리고 는 손수건을 대충 묶어서 바지 주머니에 쑤셔 넣었다. 놀란 쳉이 간신 히 말을 꺼낼 때쯤 되었을 때는 이미 파는 문을 나서는 중이었다. 황 급히 그녀의 뒤를 따라 집을 나온 쳉은 마구간 쪽으로 향하는 파를 볼 수 있었다.

"어, 어? 어디 가는 거야?"

파는 대답 없이 마구간에서 화이트풋을 끌어내었다. 안장을 올리는 파를 향해 쳉은 다급하게 질문했다.

"잠깐, 설명 좀 해봐. 반대쪽이라니? 왜 그렇게 생각하는 거야?"

파는 쳉 쪽은 쳐다보지도 않은 채 말했다.

"반대쪽이야. 언니는 미련을 남기지 않는 성격이야. 헤어질 때 말했다면 반대로 말했으면 말했지 사실대로 말하지는 않았을 거야. 왜 그걸 몰라?"

쳉은 고개를 끄덕이며 퉁명스럽게 말했다.

"네 말마따나 감정 결핍이니까. 그런데 왜 이렇게 많은 사람들이 내 병에 대해 알고 있는 거지?"

파는 대답하지 않았다. 다만 안장을 단단히 매면서 생각했다. 언니라면 틀림없이 반대로 말했을 거야. 틀림없어. 반대로 말했을 거야. 반대로……. 그러니까 나는 '쳉과 함께 반대 방향으로 가는 거야'.

소스라치게 놀란 파는 고삐를 떨어뜨렸다.

화이트풋이 고개를 흔들며 푸르릉거렸지만 파는 깨닫지 못했다. 파는 꼼짝도 하지 않은 채 머릿속에 떠오른 생각을 되뇌었다. '쳉과 함께' 반대 방향으로 가는 거야. 만일 언니가 디도스 방향으로 갔다면? 쳉과 함께 '반대 방향'으로 가는 거야. 언니가 마지막으로 한 번 더 쳉을 안타깝게 부른 거라면? 나와 쳉 단둘이서 디도스가 아닌 고스빌 방향으로…….

"왜 그래?"

파는 쳉의 목소리에 비명을 지를 뻔했지만 고개를 돌리지는 않았다. 그녀는 충분히 느릿한 동작으로 화이트풋의 고삐를 마저 채우고 나서는 고개를 돌렸다. 의아한 표정으로 그녀를 바라보고 있는 쳉을 향해 파는 또박또박 말했다.
"아, 아냐. 고삐에 가시가 있었어. 괜찮아. 빨리 가야지."
쳉은 고개를 갸웃했지만 별다른 말은 하지 않았다. 그는 캐시헌터 쪽으로 걸어가다가 확인하는 것처럼 말했다.
"너도 가는 거지?"
너도 간다면, 확실히 미는 반대쪽으로 간 거지? 함께 가면서 나를 속일 리는 없는 거지? 파는 크게 심호흡을 했다. 그러고는 쳉의 얼굴을 똑바로 쳐다보며 말했다.
"응. 언니를 만나고 싶어."
잠시 후, 쳉과 파는 말머리를 나란히 한 채 스카니아 마을의 외곽 쪽으로 달려가고 있었다.

미는 결국 이상한 바이서스 인들과의 동행을 기쁜 마음으로 승낙했다. 바이서스 인들은 자신들에게는 필요가 없는 말이긴 하지만 어쨌든 그녀에게 죽은 사내의 말을 주기로 했고, 그것은 참으로 고마운 일이었다. 게다가 탄느완으로 가는 길이니 같이 가자는 제안은 사실 퍽 반가운 것이었다.
미는 말에게 이름을 붙이려다가 운차이에게 그의 말 이름을 물어보았다. 운차이는 심드렁하게 대답했다.

"내 말? 앰뷸런트 제일이오."

"예? 앰뷸런트 제일……? 미에게는 이상하게 들리네요. 말 이름이 왜 그렇죠?"

"부른다고 알아듣는 것도 아닌데 아무러면 어떻소."

"그래도 이왕이면 예쁜 이름이 좋잖아요."

"당신 말의 이름이나 예쁘게 정하면 될 거 아니오."

미는 운차이의 냉랭한 대답에 얼굴을 굳혔다. 그러나 미가 뭐라고 하기도 전에 주의 깊게 보고 있던 네리아가 먼저 고함을 질렀다.

"운차이! 너 무슨 표독한 말 했지?"

"무슨 근거로 그렇게 말하는 거야?"

"미의 얼굴이 굳어졌잖아. 헤게모니아 말 모른다고 나 속일 생각하지 마! 얼굴만 보면 다 알아. 그리고 그란도 헤게모니아 말 할 줄 아니까 물어보면 돼. 그란! 운차이가 뭐라고 했어."

조금 떨어진 곳에서 우울하게 하늘을 쏘아보고 있던 그란은 서툰 실력이나마 천천히 그 대화를 바이서스 어로 번역해서 반복해 주었고, 그러자 네리아는 그럴 줄 알았다는 식의 시선으로 운차이를 쏘아보았다. 운차이는 얼굴 근육의 신축성을 최대한 강조하면서 말했다.

"젠장, 내 말투 원래 그런 거 잘 알잖아. 게다가 나는 여자랑 이야기하는 거 싫어. 답답하면 네가 말하든가."

"뭐야? 내가 끝끝내 헤게모니아 말 못 배울 것 같아? 배우면 어쩔래, 어쩔래!"

운차이와 네리아가 다시 아옹다옹하는 것을 바라보던 그란은 고개를 가로저으며 미에게 말했다.

"저 아옹다옹하는 둘은 사랑하는 사실이다."

"예? 아아, 저, 아옹다옹하지만 사실은 사랑하는 사이라고요?"

"음. 음. 그렇다. 그런데 저 개의 주력이 말의 주력과 동일을 이룬다는 말에 대해 확신을 내게 주겠나."

"그러니까……, 음. 저 개가 말을 따라서 뛸 수 있느냐는 말씀이죠? 예. 말을 앞질러 달려갈 수도 있어요."

"놀랍군. 그건 그렇고, 어, 음. 시간을 소모하는 작명은 길도록 부적합하다."

"그러니까, 말 이름을 짓는데 시간이 많이 걸릴 필요는 없다는 말씀이죠?"

미는 그란의 말을 일일이 되잡아 주었고 그란은 그럴 시간이 있으면 빨리 말 이름이나 지은 다음 출발하자고 말하고 싶었지만 그 말을 헤게모니아 어로 똑똑하게 전달할 자신이 없었다. 그래서 간단하게 말했다.

"말 이름?"

"새까만 색이니까 레이븐."

그란은 싱긋 웃으며 고개를 끄덕였다. 그때 미는 손을 들어 그란의 말을 가리키며 말했다.

"그 말의 이름은 뭐예요?"

"……어벤저. 출발에 도달한다."

헤게모니아 어가 서툴다는 단순한 이유 때문에 어쩐지 꽤나 형이상학적으로 들리는 말을 해버린 다음, 그란은 아옹다옹하는 두 사람은 쳐다보지도 않은 채 달려가기 시작했다. 미는 당황했지만 운차이와 네리아가 서로 말싸움을 주고받으면서도 그란의 뒤를 따라 달리는 것을 보고는 감탄할 수밖에 없었다. 그 둘은 앞을 보는 대신 서로를 노려보며 악다구니를 쓰며 달려가고 있었다.

4

 네 마리의 말과 네 명의 기수, 그리고 한 마리의 번견은 사이들랜드의 초원을 달려갔다.
 사이들랜드의 대평원은 말들에겐 축복이고 기수에겐 악몽이다. 자신의 다리로 달려야 되는 말은 그 광막함을 사랑하지만 자기 다리로 달릴 필요가 없는 기수는 그 광막함에 기가 죽어버린다. 시야를 뚜렷이 가로지르는 지평선은 극히 맑고 차가운 공기 때문에 극명하게 보여서 현실성이 없다. 마치 그 너머로 넘어가면 땅이 뚝 잘리고 낭떠러지가 나타날 것 같은 모습. 구름은 지평선에서 피어올라 하늘에 닿기 위해 갖은 애를 쓰고 있었고, 하늘은…… 새나 물고기와 달리 그 두 눈이 얼굴 앞쪽에 몰려 있는 인간에겐 사이들랜드의 하늘은 너무 넓다.
 결국 네리아는 질려버린 채 미에게 말을 걸었다.
 "너무 넓어. 그치?"

어깨 너머로 주위들은 실력이기 때문에 네리아의 헤게모니아 어는 단조로웠다. 하지만 그래서 오히려 사이들랜드의 광막함을 잘 표현하고 있었다. 미는 생긋 웃으며 말했다.

"예민한 사람에겐 위험한 곳이지요. 파하스는 아직도 이곳을 떠돌고 있어요."

네리아는 무슨 말인지 몰라서 그저 고개를 끄덕였다. 다시 하늘에 짓눌리고 대지에 갈피를 잃은 정신 속을 떠돌던 네리아는 한참 후에 말을 꺼내었다.

"정말 잘 뛰네."

네리아의 손을 보고서 미는 그게 무슨 말인지 알 수 있었다. 아달탄은 말들과 함께 뛰어야 한다는 독특한 상황을 자신에게 익숙한 상황으로 바꿔버렸다. 아달탄은 무리 없이 말들을 덩치가 약간 큰 양 정도로 판단해 버렸고, 마치 양떼를 몰아대듯이 말을 쫓아 달리고 있었다. 그리고 좀더 인상적인 것은, 말들 역시 자신들이 약간 큰 양인 것처럼 믿어버리고는 아달탄에게 쫓기듯이 달리고 있었다는 점이다. 기수들은 미소를 지었고 미는 고개를 끄덕이며 말했다.

"키타나 하운드고, 사이들랜드의 번견이니까요."

"그래? 음. 그런데 북해 가?"

"예."

"왜 가?"

"가야 하니까."

네리아는 단념하고는 운차이를 불러대었다. "운차이! 이리 와봐!" 운차이는 뭐라고 혼자말로 구시렁거린 다음 말의 속력을 늦춰 네리아와 미 사이로 들어서면서 네리아의 말을 전해 주기 시작했다.

"이유를 설명해 줬으면 좋겠다는군. 북해 정복이라도 하는 탐험가처럼은 보이지 않는데, 그렇게 보기엔 복장이라든지……, 짧게 말해, 짧게!"

운차이는 통역하면서까지 네리아와 말다툼을 벌였고 그 시간은 미로 하여금 당황스러운 질문에 대처할 시간을 벌어주었다. 그래서 운차이가 겨우 네리아와 말다툼을 끝내자 미는 천연덕스러운 얼굴로 대답할 수 있었다.

"글쎄요. 미에겐 퍽 중대한 일이라는 것 외엔 말씀드릴 수가 없네요."

운차이의 통역을 들은 네리아는 고개를 갸웃했지만 더 따지고 들지는 않았다. 다시 침묵이 찾아든 가운데 네 명의 기수는 지평선을 추적해 갔다.

날개를 단 듯 가볍게 질주하는 말 등에서 세 명의 바이서스 인들은 곧 주위의 경관에 압도되어 넋을 잃었다. 그리고 미는 자신의 생각 속으로 잠겨들었다.

이들에게 미래에 대해 이야기해 줘야 될까? 미는 마음속으로 고개를 가로저었다. 미래는 세상 모든 사람에게 관계된 일이지만, 세상 모든 사람이 알 필요는 없는 것이다. 이들에게 미가 본 것에 대해 말해 줄 필요는 없다. 사실 무엇을 보았단 말인가? 들려줄 것도 없다.

태양을 오른쪽 어깨 뒤로 받으며 일행은 사이들랜드 평원의 남동쪽을 향해 달려갔다.

지평선은 그들의 추적을 비웃듯 계속해서 달아났지만 왼쪽으로 차츰 드라일 산맥의 희푸른 모습이 나타났다. 북해의 맹포한 눈 폭풍으로부터 사이들랜드 대평원을 보호하는 드라일 산맥은 회색 구름을 베일처럼 둘러쓴 채 대평원을 주시하고 있었다. 차츰 그림자가 앞쪽으로 늘어지기 시작했다. 늘어지는 그림자의 길이에 비례해서 일행의 속력은 점점 빨라졌다. 대평원은 잠자리로도 그렇지만 식탁으로도 볼품 없는 장소이다. 양들에게라면 눈에 보이는 모든 곳이 식탁이겠지만 인간에게는 그렇지 못하다. 점점 빠르게 달리는 일행의 선두에서 그란이 외쳤다.

"그림자가 왼쪽 앞으로 늘어지게 달리면 돼."

그란이 그렇게 고함치자 미가 말했다.

"잠깐, 잠깐만요. 뭐라고 하셨어요?"

"좌전방을 향한 그림자의 유지를 달린다."

"아녜요. 그림자를 따라가야 해요. 이대로 달리면 노드를 지나치게 돼요."

그란은 당황하며 멈춰 섰다. 이윽고 운차이와 네리아도 멈춰 서고 나자 그란은 운차이 쪽을 힐끗 바라보았다. 운차이는 미를 돌아보다가 먼저 얼굴 정면으로 쏟아지는 노을에 눈을 찌푸렸다.

"뭐라고 했소?"

"그림자를 따라가야 한다고요. 이 방향으로 달리면 적어도 모레 아침까지는 아무것도 만날 수 없어요. 여기서 북쪽으로 조금 방향을 틀어야 노드가 나타날 거예요."

"노드? 그게 뭐요?"

"양치기들이 양떼들에게 물을 마시게 할 때 들르는 장소예요. 셀레나가 뜰 때쯤이면 도착할 수 있을 거예요."

운차이는 고개를 끄덕였다.

"당신과 동행해서 다행이군. 알았소. 그런데 그 노드라는 것은 그저 우물이오?"

"예. 우물과 양떼들 물 마시도록 만든 도랑, 그리고 지붕도 있어요."

자신이 있었던 모양이군. 운차이는 속으로 생각했다. 북해까지 아무 생각 없이 가려고 했던 것은 아닌가 보군. 하지만 그래 봐야 북해에 간다는 것 자체가 생각 없는 행동이지.

셀레나가 떠오를 무렵 일행은 양치기들의 쉼터인 노드에 이르렀다. 캄캄한 대평원의 밤에, 대평원에 비해 보면 미세하달 정도로 작은 노드를 찾아내는 것은 미의 안내가 아니었으면 불가능했을 것이다. 노드는 주위로 돌을 두르고 덮개를 덮어둔 우물과 사람들이 들어가 쉴 수 있도록 돌로 쌓아둔 피난처로 구성되어 있었다.

노드 안에 비치된 땔감으로 모닥불을 피우면서 일행은 느지막한 저녁 식사를 끝냈다. 미는 큼직한 건육 덩어리를 꺼내어 아달탄에게 던져주었고 그 모습을 보던 네리아는 미의 소지품이 궁금해졌다. 운차이의 통역을 통해 질문을 던진 네리아는 예상대로 미의 큼직한 배낭 안에 든 짐 대부분이 아달탄의 먹이라는 것을 알게 되었다. 운차이는 건육 덩어리를 씹어 삼키고 있는 아달탄을 보며 미심쩍은 목소리로 물었다.

"왜 개를 데리고 다니는 거요?"

"예?"

"말이라면 빠르게 달릴 수 있소. 또 내가 알던 옛 친구 중 하나는 황소를 타고 다녔지만, 그 경우에는 짐이라도 많이 실을 수 있지. 하지만 개는 무슨 소용인지 모르겠군. 보디가드인 셈이오?"

"그럴 수도 있겠지만, 그것보다는 아달탄은 미와 함께 있어야 되거든요."

"왜?"

"미가 주는 것만 먹거든요. 집에 놔두면 미쳐서 마을 사람들을 공격할지도 몰라요."

"그렇소? 대단한 개로군."

모험가들이나 방랑자가 대개 그러하듯 일행은 식사를 빨리 끝냈다. 식사를 마친 바이서스 인들은 곧장 잠자리에 들려고 했으나 미가 머뭇거리는 것을 보며 동작을 멈추었다. 그란이 입을 열었다.

"왜?"

"저……, 죄송하지만 잠시만 기다려 주시겠어요? 미는 지금부터 뭘 좀 해야 되는데 주위 사람들이 모두 조용히 있어줘야 하거든요."

네리아는 운차이를 바라보았고 그러자 운차이가 대신 질문했다.

"무슨 일이기에 그러시오? 우리도 도와야 하는 거요?"

"아니오. 그저 가만히 계시면 돼요. 피곤하시면 누워도 좋고요. 하지만 주무시면 안 되거든요. 시간이 많이 걸리지는 않을 거예요."

운차이는 고개를 갸웃했다. 왜 주변의 사람들이 잠들면 안 된다는 거지? 그러나 운차이는 별 질문 없이 고개를 끄덕이고는 다른 바이서스 인들에게도 말을 전했다.

나머지 두 명이 모두 고개를 끄덕이자 미는 감사의 표시로 고개를 마주 끄덕이고는 배낭에서 큼직한 그릇을 꺼냈다. 모닥불 옆에 길게 누워 있던 아달탄은 미가 그릇을 꺼내는 것을 보자 흠칫 일어나 앉았다. 아달탄은 경계하듯 주위를 살폈지만 미는 조용히 손을 휘저어 아달탄을 안정시켰다.

"괜찮아, 아달탄. 금제를 치지는 않아. 누워 쉬렴."

그러나 아달탄은 한결같은 자세를 유지했고 미는 싱긋 웃어버리고 말았다. 주위에서 그 광경을 보던 바이서스 인들은 모두 의아해했지만 별말은 하지 않았다.

미는 우물에서 물을 퍼 올려 그릇에 담아 모닥불 가로 가지고 왔다. 모닥불 주위의 땅을 조금 파헤쳐 그릇을 안정되게 놓은 미는 배낭에서 작은 꾸러미를 하나 꺼낸 다음 차분히 기다렸다.

물그릇을 바라보며 가만히 앉아 있는 미의 모습을 보면서 바이서스 인들은 고개를 갸웃거렸다. 미는 살짝 웃으며 작은 목소리로 속삭였다.

"수면이 잔잔해져야 되거든요. 그래서 조용히 계셔달라고 한 거예요."

"그럼……, 잠을 자면 안 되는 이유는 뭐요?"

운차이 역시 속삭임으로 질문했다. 어차피 대평원에서 말소리를 높이는 것은 불가능했다.

"여러분들의 꿈이 비칠지도 모르니까요."

운차이는 고개를 더 심하게 갸웃거렸다. 그때 그란이 바이서스 어로 작게 속삭였다.

"무녀였군."

네리아가 눈을 커다랗게 뜨며 그란을 바라보자 캄캄한 어둠 속에서 그녀의 눈만이 반짝거렸다. 그란은 거의 들리지 않을 정도로 낮게 말했다.

"미래를 보는 헤게모니아의 무녀. 저 물을 통해서 보지. 아마 우리가 잠들면 미래 대신 우리들의 꿈이 비치는 모양이군."

"미래를 봐? 점쟁이?"

"좀 다를걸."

그때 미가 손을 들어올렸다. 그란은 신전이나 교실에서 떠든 아이가 된 기분을 느끼며 황급히 입을 다물었다. 네리아 역시 무의식중에 얌전한 자세를 취했다. 하지만 운차이는 어둠 속에 드러누운 채 날카로운 눈으로 쏘아볼 뿐 아무 반응이 없었다.

허공을 향해 올라간 미의 손은 잠시 밤하늘을 받치듯 그대로 들려 있었다. 그러고는 다시 천천히 내려와 물그릇으로 향했다. 특별히 경건하거나 화려한 동작도 아니었다. 마치 기지개를 켜는 것처럼 단순한 동작이었다. 그러나 아래로 내려온 미의 손이 수면 위를 천천히 움직이자 물이 흔들리기 시작했다.

네리아는 자신의 숨소리가 커지는 것을 느끼고는 당황하며 입을 틀어막았다. 그란의 눈은 날카로워졌고, 그는 자신도 모르게 상체를 앞으로 조금 기울였다. 일렁거리는 모닥불 때문에 잘못 본 것인가? 그러나 그릇 속의 물은 확실히 움직이고 있었다. 그런데…….

그것은 물결의 움직임이 아니었다. 그릇 속의 물의 움직임은 출렁이는 파문이라든가 끓는 물의 보글거림, 혹은 빗발이 떨어지는 호수의 풍당거림 같은 물의 일반적인 움직임과는 전혀 달랐다.

물은 마치 안개처럼 움직였다. 담배 연기 같은 기체처럼, 가늘게 갈라지고 가볍게 흔들리는……. 그란은 자신이 선택하는 어휘들이 물의 움직임을 표현하기에는 너무 어울리지 않는다고 여겼다. 그러나 기체처럼 움직이는 액체를 표현하는 말은 바이서스 어는 물론 자이펀 어나 헤게모니아 어에도 없었다.

움직임이 멎었다. 물은 마치 거울처럼 단단한 무엇이 되었다. 그 수면에서는 금속성의 광택이 번득거렸다. 그러자 미는 옆에 놓아두었던 꾸러미를 풀었다. 그 속에서는 작은 가면이 나타났다.

가죽으로 만들어진 가면은 하얀색이었고, 아무 장식이나 무늬가 없었다. 미는 익숙한 동작으로 가면에 달린 가죽끈을 머리에 묶었다. 하얀 가면 전체에 뚫려 있는 것은 눈 부분의 긴 슬릿뿐이었다. 슬릿은 양쪽 관자놀이까지 뻗어 있었고 뭔가 하얀 금속으로 테두리를 둘러쳐 벌어지지 않도록 되어 있었다. 마치 투구에 달린 눈구멍처럼 보였다.

'가면은 이상한 거야.'

가면을 착용한 미를 보면서 네리아는 약간의 불안감과 초조감을 느꼈다. 가면에는 아무 표정도 없다.

네리아와 그란은 상당한 긴장감을 맛보고 있었기 때문에 물그릇을 노려보던 미가 심드렁한 동작으로 팔짱을 끼며 밤하늘을 올려다보기 시작하자 영문 모를 배신감까지 느껴야 했다. 미는 밤하늘을 올려다보며 한숨을 포옥 내쉬었다. 그때 그녀는 자신을 바라보고 있는 시선을 느끼고는 그란과 네리아를 바라보았다.

"아……, 잠시만요."

미는 그런 영문 모를 말을 하고는 다시 그릇을 내려다보았다. 잠시 후 그릇에 비치는 영상을 보던 그란은 숨 막히는 소리를 내었다.

금속 표면처럼 단단하게 반짝이던 물 표면에 떠오른 것은 낮에 죽은 남자의 모습이었다.

그란은 호흡을 거의 잊은 채 물그릇을 바라보았다. 수면으로 떠오르는 것은 정신없이 달리는 말과 그 위의 남자였다. 굉장히 멀리서 본 듯한 모습이라 그렇게 선명하지는 않았지만, 그란은 단숨에 알아볼 수 있었다. 지난 이틀 동안 추적했던 모습이었으니까. 곧이어 맞은편에서 미의 모습, 그리고 그란 자신의 모습이 나타나자 그란은 약간의 전율을 느꼈다.

자신의 동작을 제3자의 시각으로 보는 것은 불가능하다. 그런 불가능한 모습을 본다는 것은 어색한, 어쩌면 공포스럽다 할 수 있는 경험이었다. 그란은 자신이 고함지르는 모습, 미를 지나쳐서 남자에게 육박하는 모습을 뚫어지게 바라보았다. 격렬한 검의 교환. 잠시 후 미 쪽을 향해 달리던 말에서 남자가 떨어지는 모습까지 명확하게 보였다.

그란이 정상적인 호흡을 되찾은 것은 네리아의 맑은 목소리가 들려왔을 때였다.

"으음. 그란. 저렇게 잡았구나. 역시 핫소드야."

미는 무슨 말인지도 모르면서 생긋 웃더니 물그릇 위로 손을 흔들었다. 수면 위로 떠오르던 영상은 사라졌고 물은 다시 물이 되었다. 그란은 목이 졸렸다가 풀려난 듯한 기분을 느꼈다.

"아까 당황해서 제대로 보지 못했거든요. 그래서 미는 다시 보고 싶어졌어요."

그란은 무의식중에 고개를 끄덕이면서 동시에 입으로는 질문을 던졌다.

"원하는 시간의 시각(視覺)인가?"

"예? 아아, 예. 원하는 시간을 볼 수 있어요. 미는 무녀예요."

"무녀. 음. 미래도 보지?"

이 질문을 예상했어야 했어. 그릇을 향해 뻗어가던 미의 손이 멈칫했다. 그녀는 그릇을 바라보며 대답했다.

"예."

"나의 보이는 미래가 가능한가?"

미의 목소리에서 음색이 사라졌다. 그녀는 건조한 목소리로 말했다.

"대가가 커요."

"얼마나?"

"몹시 커요."

미는 그렇게 말하며 그릇을 들어 올려 물을 쏟아냈다. 네리아는 물이 쏟아지자 뭔가 이유 모를 상실감 같은 것을 느꼈다. 의아해하던 네리아는 미의 동작 자체에서 그런 느낌이 전해져 오고 있다는 것을 깨달았다. 미는 조심스럽게, 마치 거푸집에 쇳물을 붓듯이 조심스럽게 물을 비우는 것이었다.

긴장된 표정으로 앉아 있던 아달탄은 물이 쏟아지자 곧 긴장을 풀고는 다시 드러누웠다. 아달탄의 동작을 보던 바이서스 인들은 모든 의식이 완전히 끝난 것임을 짐작할 수 있었다. 그리고 나서 미는 가면을 벗어 원래대로 잘 감싸서 갈무리했다.

어색한 침묵이 일행 사이를 감돌 때 모닥불 저편의 어둠 속에서 운차이의 나직한 목소리가 들려왔다.

"좋아, 이젠 자도 되지?"

운차이는 바이서스 어와 헤게모니아 어로 같은 말을 반복했다. 잠시 후 일행들은 모포를 뒤집어쓰고 누웠다. 사이들랜드의 대평원에서는 불침번이 필요 없었기에, 일행들이 잠자리에 들고 얼마 있지 않아 가느다란 연기를 내던 모닥불은 사그라들었다.

사그라드는 모닥불을 보며 그란은 팔을 바꾸어 베었다. 잠이 오지 않았다.

그란은 조금 전 미가 보여준 것을 계속해서 되떠올리고 있었다. 그것은 완벽한 모습이었다. 그란이 익히 알고 있던 점쟁이의 예언이나 신탁 등에서 당연하다는 듯이 나타나는 모호성이나 불투명함, 불가해함이 전혀 없었다. 극히 객관적이고 깨끗한 영상. 만일 미래 역시 그런 식으로 볼 수 있다면……. 그란은 자연스럽게 뒤척이는 것처럼 보이도록 몸을 돌려 미를 바라보았다.

셀레나가 떠올라 대평원은 환했다.

모포는 두꺼웠지만 그런대로 그 아래에 여자가 누워 있다는 것을 알아차릴 정도의 선은 나타났다. 미는 그란에게 등을 보인 채 누워 있었다. 그 뒷모습을 바라보며 그란은 심각한 생각에 빠져들었다. 미래를 알 수 있다면……, 그것은…….

'하지만 그렇다면 왜 헤게모니아는 진즉에 대륙을 통일해 버리지 않았다는 말인가?'

그란은 자신의 생각이 그토록 선명하게 미래를 볼 수 있다는 점에서 오는 반대급부치고는 왠지 속물적이라고 느꼈지만 다른 생각은 떠오르지 않았다.

대가가 크다는 말은 무엇일까. 비싸다는 말은 아닌 것 같았다. 미래는 보려고 해서는 안 된다는 말일까?

일찌감치 잠들긴 다 틀렸다고 생각하며, 그란은 불현듯 담배 생각이 간절해졌다. 기가 막히게도 바로 그때 코끝을 스치는 담배 냄새를 맡을 수 있었다. 그란은 몸을 반대쪽으로 돌렸다.

운차이였다. 그는 모포 속에 엎드려 누운 채 파이프를 피우고 있었다. 그란은 별말 없이 그 모습을 바라보며 그의 또 다른 기이한 일행에 대해 생각해 보았다.

운차이. 성은 모름(어쩌면 운차이가 성일지도 모른다.). 나이 불명. 고향은 자이펀. 전직 간첩. 자이펀의 간첩으로 바이서스에 파견되었다가 체포되어 전향한 남자. 그래서 일행 중 유일하게 3개 국어를 모조리 할 줄 아는 탁월한 능력을 가지고 있다. 전향한 간첩이 반역자를 쫓는 것은 어쩐지 꽤나 어울리는 면이 있었다. 쓰레기를 처리하는데 폐품을 사용하는 것은 합리적이다. 그리고 그란 자신은 한때 바이서스의 반역자였다. 역시 전향한 반역자가 반역자를 쫓는 데에는 실리적 요소가 있었다. 반역자만큼이나 반역자의 심리를 잘 꿰뚫어 보는 자는 없을 테니까. 네리아……, 유일하게 제대로 된 바이서스 인이라 할 수 있는 네리아는 원래 밤도적이었다.

웃기는군. 우리 일행은 모조리 바이서스에서는 범죄자들이었어. 범죄자가 범죄자를 쫓아 헤게모니아까지 건너온 것이다. 정말 웃기는군. '그것이 인생'이라는 말에 참 잘 어울리는 일행인 셈이다.

그리고 인생을 생각하자, 그란은 의기소침해져 버렸다.

어른과 어린이의 차이는 뭔가. 어른도 어린이도 모두 세상에는 악당이 있고 배신자가 있고 고통스러워하는 사람이 있으며 불행한 사람이 있다는 것을 알고 있다. 하지만 어린이는 그 사실에서 나오게 되는 당연한 결론, 즉 세상에 그런 것이 있으므로 자신 역시 성장하면 그런 사람이 될 명백한 가능성이 있다는 사실을 도통 모른다. 어른은? 어른은 이미 악당이 되었고 배신자가 되었으며 고통스러워하고 불행해졌기 때문에 따로이 인식할 필요가 없어서 어린이에게 가르쳐줄 필요를 모른다.

"자, 아이야. 너는 무한한 가능성을 가진, '어린이'라는 희귀한 생물이지. 너는 커서 모든 사람을 속이고 지독한 중병에 걸리고 만인의 증오를 받은 끝에 황야에서 개죽음을 당할지도 모른다. 그런 가능성이 절대로 없다고 말하겠니? 재수 없으면 오늘 밤 당장 너희 집에 불이 나서 넌 노란내가 날 때까지 구워질 수도 있거든. 그게 바로 네가 가졌다는 무한한 가능성이라는 것의 정체지. 인생이 아름답지 않니?"

그러나 미래를 알 수 있다면……. 그란은 다시 몸을 돌려 미 쪽을 바라보았다. 어쩌면 밤새도록 뒤척이게 될지도 모른다는 불길한 예감이 그란의 머리를 스쳤다.

같은 시각, 미와 바이서스 인들에게서 직선거리로 20펜큐빗 정도 떨어진 곳에서는 파와 쳉이 달리고 있었다. 바이서스의 목동들과 헤게모니아 평원인들 대부분이 그렇듯이 두 사람은 말을 재촉하지 않으면서도 쉴 사이 없이 달리게 만드는 재주를 가지고 있었다. 그리고 대륙 전체의 말들이 다 그렇듯이 캐시헌터와 화이트풋은 기수를 재촉하지 않으면서도 쉴 틈을 주지 않는 재주를 가지고 있었다. 훌륭한 기마술 덕분에 말은 지치지 않았지만 그 위의 기수들은 지쳐버렸다.

"쳉! 쳉! 기다려봐."

화이트풋을 멈춰 세우며 파가 고함을 질렀다. 긴 스카프로 얼굴을 가린 채 달려왔지만 끊임없이 파고드는 먼지 때문에 목은 반쯤 쉬어 있었다.

쳉이 캐시헌터를 멈춰 세우자 파는 그의 곁으로 말을 몰아가며 말했다.

"밤새도록 달릴 거야?"

쳉은 잠시 대답을 보류했다. 계속해서 달리고 싶어 하는 캐시헌터를 제자리걸음하게 만들면서 쳉은 달려온 길과 앞으로의 길을 번갈아 쳐다보았다.

"이상하군. 미는 확실히 걸어간 거지?"

"말은 안 가지고 갔어."

"그래. 다음 노드가 어디에 있지?"

"걸어가면 내일 밤쯤에 닿을 수 있을 거야. 언니는 걸음이 빠르니까."

"그렇다면 이상해."

"뭐가?"

쳉은 눈살을 찌푸렸다. 그는 앞의 대평원을 가리키며 말했다.

"그렇다면 지금쯤 미는 야영을 시작했어야 하지. 그런데 어디서도 불빛이 보이지 않아. 여기는 대평원이란 말이야. 불빛을 가릴 것이 없는데."

파는 당황한 표정을 지어보였다. 한 시간 전부터 그런 생각을 하고 있었던 사람으로서는 꽤 훌륭한 표정이었다.

"그, 글쎄? 으음……, 언니는 평원에서 불을 피우는 것을 싫어하잖아."

"불을 함부로 다루는 것을 싫어하는 거지 무조건 불을 피우지 않는 것은 아니잖아."

"지금은 초여름이라고. 불을 피우지 않아도 얼어 죽지는 않아. 요리할 때 잠시 불이 필요하겠지만……. 게다가 언니는 땔감도 가져가지 않았어. 그 똥개 먹일 것만 가득 가져갔는걸."

쳉은 잠시 생각에 잠겼다. 미는 특별히 추위를 타는 체질은 아니다. 그리고 파의 말마따나 지금은 불을 피우지 않더라도 모포 한 장만 있으면 대평원에서 얼마든지 잠들 수 있는 계절이다. 게다가 대평원에서 땔감을 구하는 것은 귀찮은 일이다. 만일 그 여행자가 혼자고, 개 먹이를 가득 가지고 다니느라 짐이 많고(미더운 행동이다), 말은 타고 있지 않다면.

그때 파가 말했다.

"저게 뭐지?"

생각에 잠겨 있던 쳉은 파의 손길을 따라 고개를 돌렸다. 처음에 뭘 가리키는지 몰라 당황하던 쳉은 잠시 후에야 달빛을 받아 조금 반짝이는 것을 발견할 수 있었다. 쳉은 캐시헌터를 출발시켰다.

쳉과 파가 발견한 것은 땅에 박혀 있는 파이크였다. 그리고 파이크 옆에는 사람 하나가 반듯하게 누워 있었다. 잠들어 있다고 보기에는 주위를 떠도는 피 냄새가 지나치게 자극적이었다. 파는 낮은 신음을 흘렸지만 쳉은 재빨리 말에서 내려 시체에게 다가갔다.

어디로 보든 헤게모니아 평원인은 아니었다. 갖춰 입은 무장은 굉장한 고가품이라고는 할 수 없겠지만 상당히 실용적이었다. 모험가인가? 남자의 얼굴은 이미 퍼렇게 부어 있었다. 근육은 모두 나무토막처럼 딱딱하게 굳어 있었고 아무리 봐도 사후 몇 시간은 지난 상태였다.

쳉은 남자의 사인을 어렵잖게 짐작할 수 있었다. 누군지 모르지만 칼질에 있어서는 명인의 칭호를 주어도 아깝지 않은 작자가 이 남자를 대상으로 실력을 선보였던 것이다. 이 친구를 이렇게 만들어놓은 작자의 신경을 건드리는 것은 고려해 볼 가치가 없는 행동일 것 같다. 그런데 쳉을 당황하게 만든 것은 상처의 크기와 그 깊이였다.

파는 멀찌감치 떨어져서 다가오지 않은 채로 말했다.

"뭐야?"

"대답할 말이 없군. '시체야'라고 대답하면 화낼 테지."

"어떻게 죽은 거야?"

"칼을 맞았는데……, 이거, 도대체 힘이 얼마나 좋은 거야? 칼이 아니라 무슨 닻 같은 것에 찍혀버린 것 같은데. 아니, 잠깐."

쳉은 재빨리 주위를 둘러보았다. 얼마 있지 않아서 쳉은 자신이 찾던 것을 발견할 수 있었다.

"그렇군. 이 발굽 자국은 전속 질주를 나타내는데. 말을 탄 채 서로 부딪친 거야. 그래서 이런 어마어마한 상처가 난 거군."

"그 남자, 그런 식으로 입고 걸으려고 했다간 3펜큐빗도 못 가서 지쳐 쓰러질걸. 분명히 말이 있었을 거야."

"그래. 그리고 이렇게 눕혀두고 갔단 말이지. 이상하군. 대평원에 강도가 있다면 북해에도 꽃이 피겠지. 그리고 뒤진 흔적은 있는데……. 이것 봐. 피에 젖은 손자국이야. 누가 이 친구를 뒤졌어. 하지만……, 역시. 옷가지는 물론이거니와 돈도 그대로 있어."

파는 쳉의 무심하면서도 빠른 손길을 보다가 입술을 바르르 떨면서 말했다.

"쳉……, 신경이 참 굵은가 봐. 어떻게 만져?"

"나야 감정 결핍이니까. 상단의 고용 무사는 하루에 한두 번쯤은 파트타임 요리사가 되어야 하고 1년에 한두 번쯤은 아마추어 장의사가 되기도 하지. 내가 배 위에서 결혼식 사회를 본 적도 있다는 거 말해 줬던가?"

평생에 한 번쯤 누군가의 반쪽이 될 가능성은? 파는 입 속으로 질문을 던졌다. 물론 쳉은 다른 사람의 입 안에 있는 질문까지 새겨들을 정도로 민감하지는 않았다.

남자의 시신을 정돈한 쳉은 손을 털었다. 이미 말라버린 피는 쳉의 손에서 가루가 되어 떨어져나갔고 쳉은 그 단순한 동작을 반복하면서 생각에 잠겼다. 파는 쳉의 모습을 보며 말했다.

"누가 왜 이렇게 해놓았을까?"

쳉은 여전히 생각에 잠긴 채로 지나가듯 말했다.

"두 가지 질문이군. 누가, 왜. 뒤의 것은 모르겠고 앞의 것은…… 오른손잡이고, 이 남자와 원한 관계는 없으며, 헤게모니아 인은 아니야. 성격은 진지한 편이지만 간혹 터무니없는 실수를 저지르는 스타일이군. 그가 누군가에게 자기 힘을 증명해 보이고 싶어진다면 그 대상은 매우 감동을 받게 될걸."

20펜큐빗 앞쪽에 있는 그란이 들었다면 가슴이 서늘해졌을 추리였다. 파는 눈을 동그랗게 뜨고서 말했다.

"설명해 줄 거지?"

"상처를 보면 오른손잡이고, 돈을 남겨두고 파이크를 꽂아둔 것은…… 헤게모니아 인이 아니라는 뜻이지."

"무슨 말이야?"

"너라면 대평원에서 누가 죽었을 때 매장해 줄 정도의 여유가 없다면 어떻게 했겠어?"

파는 고개를 갸웃거리다가 쳉의 말을 알아들었다. 갑옷만 벗겨 아무 데나 던져두면 그만이다. 새와 들짐승, 벌레들이 그의 장례식을 성대히 치러줄 것이다. 헤게모니아 인들은 매장의 풍습을 가지고 있지만 조장이나 풍장에 대해서도 그다지 거부감을 가지지 않는다. 따라서 지나가던 누군가가 보라는 의미로 파이크를 세워둘 필요는 없다. 쳉은 고개를 끄덕였다.

"그리고, 돈을 남겨둔 것은 파이크를 보고서 이 시체를 발견한 누군가에게 대신 매장을 부탁하는 거야. 정식으로 장례식을 부탁한다는 거지. 원한 관계의 누군가가 생각하기는 어려운 일이겠지? 따라서 원한 관계는 아니라는 결론이 나온다."

"그럼 외국인일까?"

"그래. 그리고 이 친구도 외국인이군. 여기 동전을 봐."

파는 쳉의 들어올린 손에서 달빛을 반사하며 반짝이는 동전을 보았다. 처음 보는 모양이었다.

"바이서스 동전이야."

"바이서스 인? 그럼 바이서스 인들이 사이들랜드 대평원에서 서로 싸운 거야? 이상한 일이네……. 왜 그랬지?"

쳉은 파의 질문에 대답하는 대신(사실 대답할 말도 없었다.) 다른 말을 꺼냈다.

"미가 걱정이군. 이 사건에 어떻게 관련이 되어 있을까."

"언니가?"

쳉은 주위를 더 꼼꼼하게 살폈다. 무거운 편자가 밟고 지나간 자취는 찾기 쉽다. 풀이 파헤쳐진 것을 보면 어느 정도의 거리에서 격돌했는지도 대충 짐작할 수 있다. 하지만 도대체 몇 명이 이 자리에 있었는지는 도저히 자신할 수가 없었다. 먼저 이 남자와, 이 남자를 죽인 사람. 그런데 대단히 큰 발자국이 다른 발자국들을 뭉개놓은 것이 여러 개 보인다. 그리고 죽은 남자의 말은 어디로 간 것일까? 죽은 남자의 복장으로 보건대 승마용 말을 타고 다닐 사람은 아니었다. 하지만 훈련받은 전투마라면 주인을 버려두고 떠나지 않는다. 그렇다면 이 남자를 죽인 자가 남자의 말을 끌고 간 것이리라.

그리고 미가 만일 이 살해 장면에 관계되어 있다면……. 쳉은 아달탄의 발자국은 찾아내지 못했다. 하지만 키타나 하운드들은 이런 초원에 발자국을 남길 정도로 둔하지 않다. 쳉은 불길한 기분을 느꼈다.

"가자. 바이서스제 살인자가 돌아다니는 대평원은 미가 있어야 할 장소가 아니야. 빨리 찾아내야겠어."

대신 헤게모니아제 감정 결핍증이 그녀를 상처 입히는 것은 괜찮고? 파는 다시 한번 입 속으로 질문했다. 달빛에 비친 파의 얼굴을 보던 쳉은 미소를 지었고 그러자 파는 당황했다. 쳉은 쾌활하게 말했다.

"불안해하지 마. 언니는 아무 일 없을 거야."

"……고마워."

사흘 후, 쳉은 자신의 말에 대해 의심하기 시작했다.

그들이 미를 추적하고 있다는 것에 대해서는 이제 의심의 여지가 없었다. 그들이 발견하게 되는 야영터는 항상 양치기들이 자주 찾아드는 장소였다. 게다가 모닥불 주위에서는 물을 버린 흔적도 발견되었다.

따라서 파는 마음속 깊은 곳에서 설명하기 힘든 무엇이 꿈틀거리는 것을 느꼈다.

그런데 미는 혼자가 아니었다. 사흘을 추적했는데 따라잡지 못했다는 것은 미 역시 말을 타고 있다는 뜻이다. 게다가 야영터에서는 미의 발자국 외에도 최소 둘 이상의 다른 발자국이 발견되었다. 묵직한 롱부츠 특유의 발자국. 쳉은 사람들의 발자국보다는 편자들의 자취에서 확신에 가까운 결론을 얻을 수 있었다. 최소한 네 필 이상의 말이다. 절대로 그 이하는 아니다.

그렇다면 미는 대평원 어디에서 세 사람 이상의 동행을 찾아냈다는 뜻이 된다. 희귀한 일이긴 하지만 이해 못할 일은 아니다. 야외에서는 뭉치는 편이 수월하니까. 대평원에서 동행을 쉽게 찾아낸다는 점이 좀 의외였지만.

하지만 쳉으로 하여금 불안에 빠지게 만드는 것은 미의 일행 중 하나가 몹시 좋은 칼솜씨를 가지고 있다는 점이었다. 게다가 그 칼솜씨라는 것이 요리사의 덕목에 해당하는 종류의 칼솜씨는 아니었다. 혹시 살해 장면을 목격했다는 이유 때문에 강제로 끌려가고 있는 것일까? 쳉은 그런 의문을 드러냈다가 파에게 비웃음을 샀다.

"물 버린 거 보면 몰라? 자유롭게 물그릇 들여다보고 있다는 말이잖아."

"강제로 시킬 수는……"

"그건 강제로 되는 게 아니야. 주위에서 고요히 있어줘야 되는데 협박당하는 분위기에서는 절대로 안 될걸. 쳉은 누가 협박한다는 이유로 딸꾹질할 수 있어?"

"그래? 그럼 뭐냐, 미는 지금 정신적으로 평온한 상태라는 건가?"
"그럴 거야. 걱정 안 해도 돼. 무엇보다도, 아달탄이 가만 있을까?"
"아, 그렇군. 맞아."

그 시점에서, 쳉은 갈등을 시작했다.

이미 상단과의 약속일은 넘겨버렸다. 지금부터 되돌아간다고 하면 아무리 빨리 달리더라도 툰가드까지는 내려가야 상단을 따라잡을 수 있을 것이다. 고용 무사의 자리를 너무 오래 비우는 것이다. 물론 견실하다는 평가가 훼손될 염려는 없다. 원래 그런 평가는 받고 있지 않으니까. 그러나 보스는 화를 낼 것이다.

그리고 느닷없이 가출해 버린 미는 지금 태평하게 여행 중이다. 쳉은 방랑자로서 여행이 나쁘다는 말에는 동의할 수 없다. 그리고 미가 나쁘다는 말에는 주먹을 날릴 것이다(먼저 상대의 싸움 실력을 가늠해보겠지만, 결국 주먹은 날아갈 것이다.).

그러나 미 V. 그라시엘과 여행이 합쳐지면 쳉은 몹시 불안해졌다. 거기에 덧붙여, 미의 여행 동료 중 하나는 깔끔한 칼솜씨에서 약간의 품위까지도 느껴지는 칼잡이다. 그런데 미는 그런 작자와 함께 있으면서도 아무런 불안 없이 물그릇을 들여다보고 있다. 즉, 걱정을 못 이겨 그녀의 뒤를 추적하고 있는 사람들을 바보로 만들어버리고 있었다.

쳉은 눈을 가늘게 뜨고서는 드라일 산맥의 음영 속을 바라보았다.

"음……, 파, 물어볼게. 그럼 넌 지금 언니에 대해 걱정을 하고 있어?"

파는 '설마?'라고 대답할 수는 없었다.

"당연하지."

"그런데 말이야. 만일 그 칼잡이가 미에게 호의를 보이고 있다면, 난 미에 대해 별로 걱정하지 않아도 될 것 같다는 생각이 들어. 사실 여행 동료라는 것은 성격을 보고 고르는 것보다는 솜씨를 보고 고르는 것이 항상 낫지. 성격은 언제나 믿을 수는 없지만 솜씨는 항상 믿을 수 있으니까. 그런데 난 그 작자를 보지 못했으니 성격에 대해서는 모르겠지만, 그 솜씨에 대해서는 높은 점수를 주고 싶거든?"

파는 눈살을 찌푸린 채 쳉을 바라보았다. 그녀가 막 입을 열려고 할 때 쳉이 먼저 말했다.

"'이 감정 결핍증아!'라고 고함치려는 거지?"

"안 해도 되겠네. 뭐야? 전혀 걱정이 안 된다는 거야?"

"전혀 안 된다고 할 수는 없지만."

파는 쳉의 반응이 미적지근하다고 느꼈다. 그리고 파는 그런 것을 싫어한다.

"그래서? 어디로 갈지, 뭘 만날지도 모르지만 그냥 가보라는 거야? 그래? 도대체 쳉은 언니 친구 맞아?"

"바로 그게 문제인데……"

"웅얼거리지 말고 똑바로 말해!"

"어디로 갈지, 뭘 만날지도 모른다는 부분 말이야. 우리는 모르지만, 그래서 불안하지만 말이야. 미는 알고 있지 않을까?"

"무슨 말이야?"

쳉은 턱을 만지작거리며 대답했다.

"미는 미래를 보잖아. 내일 죽을지 몰라서 불안한 사람과는 다르잖아."

파는 말문이 막혀버렸다.

"'미래를 보니까 여행에 대해 전혀 걱정이 없는 거였구나……'라는군."

"예? 무슨 말인데요?"

미는 다시 운차이를 바라보았고 그러자 운차이는 네리아에게 그 말을 바이서스 어로 옮겨주었다. 그러자 네리아는 손을 허공에 휘저으며 흥분한 목소리로 말했다. 그러나 운차이는 냉랭한 어투로 통역했다.

"만일 다른 사람이 북해로 가겠다면 미친 짓이라고 하겠지만, 미래를 볼 수 있는 사람이니까 그 여행이 틀림없이 성공한다는 것을 안 상태에서 출발한 것 아니냐는군. 정말 좋겠다고 말하는데."

"좋다? 글쎄요. 좋은 건지 모르겠어요."

"왜 그렇지?"

미는 고개를 숙여 레이븐의 말갈기를 내려다보았다. 일행은 말 달리기 좋은 시간인 오전 동안 대평원의 풀들을 뒤로 날리며 상당 거리를 질주했다. 그리고 작열하는 태양이 대평원을 향초 깔린 프라이팬으로 만들어버리는 시간이 되자 천천히 느긋한 걸음으로 걷고 있었다. 말과 기수 모두 더위를 느꼈지만 아달탄만은 더위가 뭔지 모르는 생명체인 양 단단한 걸음걸이로 일행의 옆을 걷고 있었다.

미는 시선을 조금 들었다. 그러나 광막한 지평선에 초점을 맞추는 것은 어려운 일이다. 그래서 미는 레이븐의 귀에 초점을 맞춘 채 말했다.

"미가 여섯 살 때였어요. 세수를 하려다가 물그릇 속에서 아버지가 죽는 모습을 보았죠. 미는 그게 바로 그날의 일이라는 것도 알았어요."

네리아가 궁금한 표정으로 바라보고 있었지만 운차이는 잠시 기다렸다. 미는 조용히 말을 이어나갔다.

"여동생을 끌어안고 펑펑 울었어요. 어릴 때는 그렇잖아요? 미의 여동생은 이유도 묻지 않고 덩달아 펑펑 울었어요. 어릴 때는 그렇잖아요? 어머니는 미소를 지으시며 우리들을 다독거렸지요. 마지막엔 미도 왜 울고 있는지 모르게 되어버렸어요. 그냥 목놓아 울다가 '왜 울더라?' 하게 되는 것. 어릴 때는 그렇잖아요?"

운차이는 웬지 입을 열고 싶지 않았다. 미 역시 잠시 말을 멈추기는 했지만 운차이의 대답을 기다리는 것은 아니었다. 북받치는 감정 때문도 아니었다. 미에게는 그냥 호흡을 조절하는 여상스러움밖에 없었다.

"그날 하루는 참 길고 이상한 하루였어요. 자줏빛 먼지들이 바람에 휩싸여 대평원 위를 흘러갔고, 햇빛은 완전히 미쳐버렸어요. 이 넓은 하늘에서, 간혹 눈을 잘못 돌리면 해를 발견하기 어려울 때도 있지요. 그날이 그랬어요. 하지만 동시에 참 평범한 하루이기도 했지요. 미는 언제나 그랬듯이 아침에 입었던 옷을 점심 식사 시간도 되기 전에 더럽혔고, 벌로 저녁이 될 때까지 그 옷을 입고 있어야 했어요. 그때는 그게 왜 벌인지도 몰랐지만 벌을 받았다는 것 자체에서 수치심을 느꼈죠. 부끄러웠어요. 더러운 옷을 입고 있다는 것이 부끄럽다기보다는 미가 벌을 받고 있다는 것이 부끄러운 거죠. 밖으로 나가면 모든 아이들이 미가 벌을 받고 있다는 것을 가지고 놀릴 것 같았어요."

미는 잠시 눈을 돌려 드라일 산맥을 바라보았다.

"그래서 미는 방구석에 쪼그려 앉은 채 몹시 울었어요. 점심을 먹고 나서 아이들이 찾아와서 미를 불러도 나가지 않겠다고 앙탈을 부렸어요.

미의 어머니는 화를 냈지만 변덕을 부리고 있는 여섯 살 꼬마의 시중을 들기에는 너무 어른이었죠. 모든 부모들이 그렇듯이 말이에요. 그들의 생에 갑자기 뛰어든, 도저히 그 사고방식을 이해할 수 없는 기묘한 생물이라는 것은 모든 부모들에게 너무 큰 당혹감이에요. 미의 어머니도 그러셨던 거지요.

그날 저녁 아버지는 일찌감치 집에 돌아오셨지요. 베란 의식이 있는 날이었거든요. 그래서 아버지는 저녁 식사를 일찍 드시고는 깨끗한 옷을 입고 나가셔야 했어요. 저녁 식사 시간에 아버지는 화가 나 있는 미를 보시고는 웃으면서 거래를 제안했어요. 베란 과자 한 상자 대 착한 아이가 되는 것. 지금 생각해 보면 거의 도둑 심보나 다름없는 제안이었지만 그래도 깨끗한 흥정 기술이었고, 아버지에겐 유리한 점도 있었지요. 아버지는 흔히들 딸들이 저항할 수 없는 매력을 가지는 법이잖아요. 그리고 미는 그렇게 희한한 딸도 아니었거든요. 베란 과자는 너무 매력적이었어요."

미는 다시 말을 멈추었다. 그녀는 골똘한 시선으로 레이븐의 귀를 노려볼 뿐이었다. 미와 마찬가지로 말의 귀를 노려다보고 있던 운차이는 한참 동안이나 미가 다시 말할 것인지 아닌지를 놓고 고민하다가 결국 입을 열고 말았다.

"그래서?"

미는 말을 시작했다. 마치 멈췄던 적이 없는 것처럼 곧장 튀어나오는 식의 말이었다.

"베란 의식 도중에 공회당에 불이 났어요. 의식에 참가했던 사람들은 전부 조금씩 다쳤지만 빠져나올 수 있었어요. 딱 한 사람만 죽었지요. 그 사람은 술을 너무 많이 마셔서 나오지 못했던 거지요. 귀여운 두 딸에 대해 자랑하다가 술이 과했다나 봐요. 그래서 미는 아마도 별로 고통스럽지 않게 돌아가셨을 거라고 믿어요. 간혹 그때의 공회당을 볼까 하는 생각이 들긴 하지만, 좀 끔찍스럽더라고요."

운차이는 이번에는 미의 말이 정말 멈췄을 거라고 믿었다. 그래서 뭔가 위로가 될 만한 단어를 헤게모니아 어로 떠올려 보기 시작했다. 하지만 미는 계속 말했다.

"미는 지금도 아버지에게 '베란 과자 따위 먹지 않아도 되니 상심한 미와 함께 있어요.'라고 말했다면 어떨까 하고 생각해요. 20년 동안 계속해서."

20년. 운차이는 20년 동안의 후회에 대해 생각해 보려고 노력하지는 않았다. 쓸모없는 짓이니까.

"미래를 볼 수 있는 재능을 가진 것이 후회스럽소?"

"예? 왜요? 전혀 그렇지 않아요."

그럴 것 같았어. 그래서 운차이는 네리아에게 들려줄 말을 묻기로 했다.

"그럼 말이오, 이거 하나 물읍시다. 당신은 당신 여행의 성패를 알고 있소?"

"운차이 씨 좋을 대로 생각하세요."

운차이는 그 상황이 싫었다. 그 상황이란, 네리아가 궁금함 때문에 반쯤 미쳐버린 듯한 눈길로 그를 쏘아보고 있는데도 들려줄 만한 대답이 없는 상황이었다. 그래서 운차이는 자신이 들은 이야기를 최대한 과장하고 비극적인 무엇으로 바꿔서 들려줄 수밖에 없었다. 그리고 그 과정에서 운차이는 미가 들려준 이야기에는 겉보기와는 달리 쓸 만한 내용이 하나도 없다는 사실을 깨달을 수 있었다.

운차이의 대략적인 이야기를 듣고 난 네리아는 새삼 감탄한 눈으로 미를 바라보고는 다시 운차이를 보며 말했다.

"음, 음. 말하지 않는다는 것은 뭘까? 미는 자기 여행이 성공할지 실패할지 말하지 않았지만, 실패로 돌아갈 여행을 출발하지는 않았겠지? 그렇잖아, 운차이?"

"바보."

"자학하지 마."

운차이는 한숨을 쉬었다. 하지만 오랫동안 한숨을 쉴 자유는 가지지 못했다. 하늘을 바라보는 그의 얼굴을 네리아가 매섭게 노려보고 있었기 때문이다. 그래서 운차이는 바이서스 어로 독백하듯이 말했다.

"미가 북해의 빙판에서 얼어 죽는 자신의 모습을 봤다면?"

"뭐?"

"그랬다면? 미는 북해에 있지 않아. 그 미래가 사실로 진행되려면 미는 북해에 가야 돼."

네리아는 눈을 동그랗게 떴다.

"자살하러 간다는 말이야?"

"그럴 수도 있다는 말이다, 미래를 본다면. 따라서 그녀에게 성패를 묻는 것은 무의미하다고 보는데."

"무의미? 왜? 어째서?"

"그녀에겐 미래가 불확실하지 않으니까."

"무슨 말이야, 도대체? 바이서스 어 맞아?"

"바보. 그리고 네게 하는 말이야."

"헤에에엥!"

원하지 않았지만 세 사람의 대화를 모두 알아들을 수 있었기 때문에, 그란은 그 모든 대화를 주의 깊게 들었다. 그리고 그란은 생각에 잠겼다.

"미래를 본다는 것 때문에 언니는 바보짓을 할지도 몰라."

파는 낮은 목소리로 말했다. 쳉은 고개를 갸웃거리며 파의 얼굴을 살피려 했지만 파는 고개를 숙이고 있었다.

"무슨 말이야?"

파는 고개를 들지 않은 채 안장을 내려다보며 말했다.

"언니는 그래……. 이건 언니와 나만 아는 이야기인데, 언니는 아빠의 죽음을 내버려뒀어."

"……자세히 말해 봐."

"언니가 어릴 때였어. 언니는 세수를 하려다가 수면에 떠오른 아빠의 모습을 보았지. 아빠가 죽는 모습이었지. 그리고 그날 밤, 우리 아빠는 베란 축제가 벌어지던 공회당에 화재가 나서 돌아가시게 되었어."

"그날 하루 종일, 미는 그 사실을 말하지 않았던 것이군."

쳉은 특별히 잔혹하게 말할 의도는 없었지만 파에게는 잔혹했다. 파는 천천히 고개를 끄덕였다.

"그래. 맞아. 언니는 미래를 보지만 보는 것뿐이야. 사실 나는 상상도 못하겠어. 내일의 내가 어떻게 될지 알고 있다는 것이 도대체 무엇인지 모르겠어. 하지만 언니는 분명히 그날 하루 종일 그 이야기에 대해 말하지 않았어. 자기가 본 것을 믿지 않았던 건지……. 어쨌든, 언니에게서 그 이야기를 듣게 된 건 아버지가 돌아가시고도 4년인가가 지났을 때였어. 그것도 지나가는 말로 한 말이었지. 내가 더 캐물었지만 언니는 대답하지 않았어."

쳉은 주의 깊게 생각에 잠겼다. 그 태도는 확실히 주의 깊어 보였지만 머릿속에 떠오르는 것은 없었다. 파는 한숨을 내쉬며 말했다.

"모르겠어. 만일 언니가 들판에서 죽는 자신의 모습을 봤다면?"

"뭐야?"

"만일 바다에 빠져죽는 자기 모습을 봤다면? 만일 맹수에게 잡아먹히는 자기 모습을 봤다면? 사이들랜드에서는 일부러 그렇게 되려고 해도 안 되는 일들이야. 그렇다면?"

"무슨 말이야, 도대체?"

"언니는 사이들랜드를 떠났을 거야. 언니는 그렇게 할 것 같아. 아빠의 죽음을 내버려뒀으니, 자기의 죽음도 내버려둘 거야. 그럴 거라고!"

파는 이제 목소리를 높이기 시작했고 그런 자매애의 표출은 감정결핍증 환자를 당황하게 만들었다.

"언니는 말했어. 미래에 어떤 안 좋은 일이 있다고. 따라서 언니가 나서야 된다고 말했어!"

"미, 미래가?"

"그래! 그런데, 그런데 그 안 좋은 미래라는 것이 뭘까? 언니는 아빠가 죽는 것도 내버려뒀어. 미래를 보지만 거기에 뭔가 손질을 하려고 한 적은 한 번도 없었단 말이야! 그런데 언니가 나서다니, 그게 말이 돼? 말도 안 돼. 제기랄! 왜 그걸 깨닫지 못했을까? 그건 절대로 말이 안 돼!"

"좀 천천히 하자, 응? 그러니까, 네 말은 미가 자신이 본 미래를 완성시키러 떠났을 거라는 말이니?"

"어? 어, 그러니까……"

쳉은 고개를 가로저었다.

"그렇다면 네 걱정은 무의미해. 만일 미가 물그릇 속에서 이런 걸……, 그러니까 고스빌쯤에서 누군가를 구하는 자신의 모습을 보았다면? 그렇다면 미는 어떻게 행동할까?"

파는 입을 딱 벌렸다.

"쳉 맞아?"

"칭찬하려는 의도는 아니겠지만 넘어가지. 만일 내 가정이 맞다면 우리들은 지금 괜한 소동을 일으키고 있는 것이다. 그렇지?"

"내 가정이 맞을 수도 있잖아!"

"그리고 전혀 엉뚱한 일일 수도 있고. 어쨌든 미는 자신이 본 어떤 미래를 완성시키러 떠난 것이라는 데에는 동의해?"

"그럴…… 수 있겠지. 하지만 말이야. 언니는 이렇게 말했어."

"뭐라고?"

"다시는 돌아오지 못할 수도 있다고."

말을 끝낸 파는 갑자기 벼락이 친 것이 아닌가 의심했다. 하지만 그 느닷없는 섬광은 쳉의 눈에서 번뜩인 것이었다. 쳉은 파에게 돌진하려다가 파의 놀란 눈을 보고는 자신을 가누었다. 캐시헌터의 고삐를 꽉 쥔 채 쳉은 낮은 목소리로 말했다.

"왜 그 이야기를 하지 않았어?"

"몰라. 급해서……, 그리고……"

"제기랄, 아무리 급해도 그 이야기는 했어야지! 다시는 돌아오지 못할 수도 있다니, 그런 불확실한 말을 했다는 말이야?"

"어, 뭐, 불확실?"

쳉은 이를 북북 갈면서 다시 전방을 주시했다. 그에겐 미를 삼켜버린 지평선의 모습이 오늘따라 음흉하게 보인다. 지평선을 주시하던 쳉은 낮게 외쳤다.

"……가자!"

파는 쳉의 갑작스러운 출발에 당황했다. 그녀가 쳉의 뒤를 따라 출발했을 때 쳉은 이미 100큐빗 정도 앞서 달리고 있었다. 파는 온 힘을 다해 달리면서 외쳤다.

"갑자기, 왜 그래! 설명은, 해야, 되잖아!"

쳉은 마치 달리고 있지 않은 사람처럼 말했다.

"네 언니는 돌아온다거나 돌아오지 않는다거나 둘 중의 하나로만 말하는 사람이야. 어떻게 될 건지 다 알고 있으니까! 너를 괜히 놀라게 하려는 것이 아니라면 그런 말을 했을 리가 없어. 그건 돌아오지 못한다는 이야기였을 거야."

"아!"

"제길, 다시는 돌아오지 않는다고? 절대로 그렇게 되도록 놔두진 않겠어. 빨리! 서둘러!"

쨍그랑. 파는 세계가 깨졌다는 느낌을 받았다. 하지만 깨어진 것은 그녀의 가슴속에 있는 무엇이었다. 그녀의 손놀림이 흐트러지며 화이트풋의 걸음도 조금 늦춰졌다. 하지만 쳉은 뒤돌아보지도 않은 채 달려갔고, 그래서 파는 이를 악물면서 쳉의 뒤를 쫓았다.

하지만 쳉의 이런 얼굴, 이런 모습은 12년 동안 한 번도 본 적이 없는 것이었다. 감정 결핍증 환자에게서는 도저히 볼 수 없을 것이라 믿었던 표정. 쳉의 얼굴에 떠오른 것은 여러 가지였다. 분노, 허탈감, 결의, 기타 등등. 그러나 파를 놀래게 만든 것은 그중 가장 미약하지만 가장 강렬한 것이었다.

그것은 그리움이었다. 그리고 그것은 파로 하여금 모종의 결심을 하게 만들었다.

5

 사이들랜드 대평원이 느닷없이 끝나는 장소에 위치한 고스빌은 그 특수한 위치 때문에 여러 가지 지형과 기후대의 대회전(大回戰) 같은 느낌을 주는 장소다.

 서쪽으로는 한없이 펼쳐진 사이들랜드 대평원이 물밀듯이 밀려온다. 북으로는 드라일 산맥이 대륙의 늙은 얼굴에 달린 고집스러운 굵은 눈썹처럼 뻗어 있다. 남으로는 절대로 정복되지 않는 영원의 숲의 최북단이 고스빌을 위협한다. 그리고 동으로는……, 아이가 걸음마보다 헤엄을 먼저 배운다는 이야기로 유명한 마시랜드가 있다. 헤엄치는 자가 뛰어가는 자보다 목적지에 더 빨리 도달할 수 있는 유일한 땅이라는 속설도 따라다니는 이 마시랜드는, 정확하게 말해서 77개의 호수와 14개의 하천이 얼기설기 뒤얽혀 있는 땅이었다. 그럼에도 마시랜드의 익사자 숫자는 다른 지방보다 훨씬 낮다.

"이유는?"

"수달이 익사한다면 우습겠지요?"

"아아."

"마시랜드의 주민들은 모두 헤엄을 잘 치니까요. 그래서 그쪽 사람들의 별명은 스플래시맨이지요."

미의 설명은 운차이의 낮은 목소리를 통해 네리아에게 전달되었고 그 퉁명스러운 통역은 네리아의 머릿속에 해괴한 상상을 불러일으켰다.

"그 사람들은 왜 아무데서나 침을 뱉는데요?"

네리아의 질문을 전해들은 미는 잠시 당황해 버렸다. 일행의 후미에서 소리 없이 낄낄거리던 그란은 고스빌의 시내를 둘러보며 말했다.

"그래서 이렇게 이상한 도시란 말이지."

그란은 기이한 주위의 풍경에 감탄했다. 아랫도리만 대충 가린 채 어깨엔 생선을 꿴 밧줄을 메고 맨발로 걸어가는 소년은 아마도 그 마시랜드에서 온 소년일 것이다. 그리고 두툼한 털옷을 입고 롱부츠까지 신은 채 그 소년을 향해 반가운 손짓을 하며 걸어가고 있는 소녀는 아마도 드라일 산맥의 산등성이에서 내려온 소녀인가 보다. 그 소년과 소녀의 반가운 대화는 그란을 당혹스럽게 만들었다. 대화 자체야 아무것도 이상할 것이 없지만, 도대체 저렇게 어울리지 않는 옷차림들이라니. 그란은 그 감상을 이렇게 표현했다.

"우리 일행 같은 마을이군."

운차이는 그란을 한번 흘겨보고는 곧장 가장 가까운 주점을 향해 걸어갔다.

사라진 시인의 추모곡 171

길가에서 조금 들어간 공터에는 여행객들을 위한 몇 개의 테이블과 벤치들이 준비되어 있었고 그 위로는 나뭇가지들이 푸른 지붕처럼 드리워져 있었다. 그 뒤로 주점 건물이 자리하고 있었는데 입구 위에는 '파타로 주점'이라고 멋지게 흘려 쓴 간판이 보였다.

테이블에는 많은 사람들이 앉아서 떠들고 노래하고 술 마시고 있었고 그 사람들의 다종다양한 옷차림은 그란과 네리아를 다시 감탄시켰다. 하지만 미에게는 익숙한 광경이었고 운차이는 벗지만 않는다면 어떤 옷이든 상관이 없다는 표정으로(설사 벗고 다니더라도 크게 상관치는 않을 태도였다) 곧장 빈 테이블을 골라 앉았다. 그가 테이블을 고르는 방식은 미를 놀래게 만들었는데, 먼저 말뚝에 말을 묶고는 안장을 풀어내어 어깨에 멘 다음 커다란 테이블을 혼자서 차지하고 있는 사내에게 걸어가 아무 말 없이 매섭게 쏘아보기 시작한 것이었다.

잠시 후 사내는 술병과 잔을 들고는 황급히 다른 자리로 옮겨갔고 운차이는 당연하다는 듯이 테이블 옆에 안장을 집어던지고 벤치에 털썩 주저앉았다. 주위가 갑자기 고요해졌지만 운차이는 별로 느끼지 못하는 얼굴이었다.

"과격하시군요."

미의 말에 잠시 고개를 돌렸던 운차이는 다시 고개를 돌려 주점 입구를 쏘아보며 말했다.

"셋을 셀 때까지 누군가 나타나지 않는다면 더 과격해질 거요. 하나, 둘."

"어서 오십시오!"

스스로 파타로 주점의 꿈나무라고 주장하는 종업원 데브는 자신이 원래 손님 접대를 빨리 하는 착실한 성격이라고 주장하는 듯한 얼굴로 나타났고 그 모습에 미는 미소를 지었다. 실제로 파타로 주점의 데브는 손님이 세 번쯤 고함을 지르기 전에는 절대 나타나지 않는 성격이었다. 데브는 어깨에 걸쳤던 수건을 움켜쥐고 마치 대패질을 하듯이 테이블을 닦은 다음 운차이를 바라보았다.

운차이는 턱으로 옆의 테이블의 사내를 가리키며 말했다.

"도대체 저게 뭐야?"

운차이는 퉁명스럽게 말하려는 의도는 아니었다. 단지 '맥주'에 해당하는 헤게모니아 어가 갑자기 기억나지 않았다는 것 때문에 어쩔 수 없이 그렇게 말했을 뿐이다. 하지만 데브는 당황해 버렸고, 그래서 미가 대신 말했다.

"맥주……들 드시겠지요? 네. 맥주 넷 부탁해요."

운차이에게 시선을 고정시키고 있던 데브는 그제서야 미를 발견하고는 반갑게 외쳤다.

"미! 오래간만이군요. 고스빌에는 웬일입니까? 누가 미래를 걸겠다고 했습니까? 어이쿠, 아달탄. 오래간만이네."

아달탄은 데브를 무시해 버렸지만 미는 상냥하게 웃으며 대답했다.

"안녕하세요. 데브. 퓨처 워킹은 아니에요. 미는 그저 여행 중이에요."

"여행이라고요?"

데브는 조금 더 질문할 것이 무척 많았지만 그때 운차이의 시선을 느꼈다. 그리고 그 시선은 왠지 빠른 속도로 맥주 네 잔을 대령하지 않으면 상상하기 힘든 일이 벌어지고 말 것만 같은 분위기를 자아내고 있었다. 그래서 데브는 두말없이 건물 쪽으로 달려갔다. 자신은 원래 걷는 것보다는 뛰어다니기를 좋아하는 성격이라고 주장하는 듯한 얼굴을 한 채.

네리아는 벤치에 앉자마자 운차이를 구박하기 시작했다. 주로 더불어 사는 사람들 간의 예절에 대한 매우 교훈적인 내용이었지만 그것은 전부 바이서스 어였고 그래서 미는 네리아가 운차이를 협박하고 있다고밖에 상상하지 못했다. 그것은 주위에서 놀란 눈으로 네리아와 운차이를 바라보던 고스빌 시민들 역시 마찬가지였다. 그란은 그 모습을 보며 고개를 가로젓더니 의자에 앉는 미를 향해 말했다.

"내가 알고 싶은 퓨처 워킹은 뭔가?"

"'퓨처 워킹이 뭔지 알고 싶다'라고 하시는 거예요. 그건 미래를 보는 것을 말해요."

"물그릇?"

"예. 그거예요. 그런데 미도 묻고 싶은 것이 있는데요."

그란은 기다렸다. 미는 심호흡을 하고는 사람이 많은 장소로 올 때까지 섣불리 던지지 못했던 질문을, 그러나 주위 사람들에게는 들리지 않을 정도의 낮은 목소리로 꺼냈다.

"저, 세 분은 바이서스의 반역자를 뒤쫓고 있다고 하셨지요?"

네리아와 악다구니를 나누던 운차이는 천천히 고개를 돌려 미를 바라보았고 그러자 네리아 역시 고개를 돌려서 미를 바라보기 시작했다. 그란은 고개를 끄덕이며 말했다.

"그렇소."

"그런데……, 미는 바이서스에 대해서 잘 알지는 못하지만요, 세 분의 모습은 관리나 병사의 모습으로는 보이지 않아요."

"하는 동안 비밀이니까."

"그래요? 으음. 뭔가 증명할 수 있는 것이 있을까요?"

"증명?"

미는 되도록 미소 띤 얼굴로 말하려 애썼다.

"예. 아무런 증명이 없다면, 미는 그란 씨에 대해 사이들랜드에서 누군가를 죽인 살인자라는 것밖에 알지 못하거든요. 오해라는 것은 간단히 생길 수 있는 것이잖아요? 어쩌면 미는 세 분이 바로 그 쫓기고 있는 바이서스의 반역자라고 오해해 버릴 수도 있을 테고요."

그란은 고개를 끄덕였다. 그럴 수 있겠군. 그란은 미의 의심이 합당하다고 느꼈다. 그러나 운차이는 그렇게 느끼지 못했다.

"이거 보시오, 미 양."

"예?"

"왜 쓸모없는 질문으로 우리를 불쾌하게 만드는 거요? 보면 될 거 아니오."

"본다고요?"

"우리 과거 말이오. 당신은 원하는 시간을 볼 수 있다면서? 우리의 과거를 보면 될 거라고 생각되는데."

그란은 다시 고개를 끄덕였다. 운차이의 질문이 합당하다고 느꼈기 때문이다. 그러나 미는 눈을 동그랗게 떴다.

"여러분의 과거요? 봐도 상관없나요?"

"상관이라고?"

"조금 전 그란 씨는 비밀리에 하는 일이라고 말씀하셨어요. 그런데 미가 여러분의 비밀을 마음대로 봐도 되는 건가요? 이상하네요."

미의 말이 합당하다고 생각한 그란은 어쩔 수 없이, 부득이하게도, 돌이킬 수 없이, 세 번째로 고개를 끄덕였다. 왠지 하루 종일 고개만 끄덕일지도 모른다는 불길한 예감 속에서 그란은 운차이를 바라보았다. 이번에는 어떤 합당한 말을 할 거지?

그란은 배신감을 느꼈다. 운차이는 합당한 말을 하는 대신 품 속에서 파이프와 부싯돌을 꺼냈다.

운차이는 생각을 정리할 시간을 얻기 위해 한참 동안 파이프를 빨았다. 그가 입에 물고 있는 것은 대륙 전체를 통틀어서도 다섯 손가락 안에 들어갈 정도로 진귀한 파이프였다. 대륙의 모든 드워프들 중에서 가장 발언권이 높은 드워프를 뜻하는 노커(물론, 드워프들이므로 가장 발언권이 낮은 드워프라 하더라도 노커의 의견을 묵살해 버릴 수 있다. 하지만 또한 드워프들이므로 타인의 의견을 묵살하는 데서는 별 쾌감을 얻지 못한다.)인 엑셀핸드 아인델프가 선물한 파이프였으니까. 엑셀핸드 쪽에서야 선물했다고 느끼고 있을지 미지수이지만 어쨌든 운차이는 선물 받았다고 여기고 있었다. 그는 잠시 가장 위대한 드워프와 함께 여행했던 추억에 잠겼다.

"죄송해요. 미의 질문은 대답하기 어려운 것이었나요?"

운차이가 눈을 들자 테이블 반대편에는 다리가 긴 북부 미녀가 앉아 있었다. 사실 북부엔 안 예쁜 여자가 없지. 운차이는 허공을 향해 담배 연기 고리를 몇 개 날려 보낸 다음 천천히 말했다.

"좋아, 과거를 볼 필요는 없소. 그런데 몹시 복잡한 이야기 좋아하시오?"

"이야기라면 보통 복잡한가 하는 것보다는 재미있는가에 더 중점을 둬요."

운차이는 싸늘한 표정으로 말했다.

"재미는 별로 없을 거요. 안 들을 거요?"

"차갑게 말씀하시네요. 미는 운차이 씨의 이야기에서 재미를 느껴볼 게요. 들려주세요."

운차이는 다시 파이프를 던져 넣듯 입에 물었다. 그러고는 불분명한 발음으로 말했다.

"당신은 미래를 보는 사람이지. 나는 정원에 심진 잡초였소."

"스파이셨어요?"

그 얼굴에는 아무 변화가 없었지만 운차이와 그란은 놀라버렸다. 운차이는 미의 얼굴을 뚫어지게 바라보았고 그러자 미는 어깨를 으쓱였다.

"정원은 나라를 말하는 것이고 잡초는 숨어서 자라나는 스파이 아닌가요?"

"그냥 짐작한 거요?"

"그랬다면 즐겁겠지만, 미의 남자 친구가 들려준 이야기예요."

"당신 남자 친구는 뭐하는 사람이기에?"

"상단의 고용 무사예요. 상단을 따라 국경 지대, 면세 지대 따위를 돌다 보면 간첩이나 밀입국자들과 함께 술 마시게 될 때도 있다던데요."

"그런가. 어쨌든 나는 자이펀의 스파이였소."

미는 눈을 동그랗게 떴다. 운차이는 반대로 눈을 찌푸리더니 말했다.

"왜 그런 눈으로 쳐다보는 거요? 자이펀 인이라고 해서 괴물은 아니오."

"아, 죄송해요. 하지만 바이서스라면 몰라도 자이펀은……. 미는 자이펀 인을 만날 수 있을 거라고는 생각해 본 적이 없어요. 거리가 워낙 멀잖아요. 미는 대륙 북단에 살고 있고 자이펀은……"

"그래 봐야 바이서스 하나가 사이에 끼여 있을 뿐이오. 어쨌든 나는 간첩으로 바이서스에 침투했다가 체포되었소. 죽기 싫어서 전향했지. 전향 간첩으로 반역자를 추적하게 하는 것은 어울리는 일 아니겠소? 어차피 신뢰받기 어려우니 신뢰성과 별 상관이 없어도 되는 일을 맡게 된 거요."

"아, 그런가요. 그래서……"

"그래서?"

미는 고개를 끄덕이며 말했다.

"전향하셔서……, 그래서 자이펀 분이신 데도 여자와 이야기를 하실 수 있는 것이군요."

자이펀 인은 아내 아닌 여자와는 이야기를 나누지 않을 뿐더러 방 안에 함께 있지도 않는다. 운차이는 고개를 끄덕이며 말했다.

"그렇소. 그리고 여기 그란 녀석은 그 반역자에게 원한을 가지고 있고. 그래서 나와 함께 다니게 된 것이오. 따라서 우리들에게 뭔가 증명할 것이 없는 것은 어쩔 수 없는 일이오. 나는 전직 간첩이었고, 그란은 원한으로 추적하고 있는 것이니까. 따라서……"

운차이의 말이 갑자기 멎었다. 그의 말이 이어지기를 기다리던 미와 그란은 의아함을 느끼며 고개를 돌렸고, 운차이의 시선이 향하고 있는 곳이 네리아의 얼굴임을 알 수 있었다.

네리아는 무관심한 시선으로 주위를 둘러보고 있었다. 그 시선은 단조로웠고 그란은 다시 한번 이상한 기분을 느꼈다. 운차이는 왜 미와의 대화를 멈추면서까지 네리아를 바라본 거지? 운차이와 미의 말을 알아듣지 못하는 네리아가 저렇게 딴청을 피우고 있는 것은 이상할 것이 없는데. 그때 한 손으로 맥주잔 네 개를 솜씨 좋게 든 데브가 그들의 테이블로 다가왔다.

데브는 멋들어진 동작으로 맥주잔을 내려놓았다. 미는 기쁜 표정으로 맥주잔을 들었지만 운차이는 맥주잔을 거들떠보지도 않았고, 그래서 그란은 더욱 당황스러워졌다. 운차이는 여전히 네리아만을 바라보고 있었다. 도대체 뭐지?

그때 네리아가 이상한 행동을 시작했다.

네리아는 천천히 손가락을 맥주잔으로 가져갔다. 그리고 잔 가장자리로 끓어 넘치고 있는 거품을 살짝 들어내듯이 퍼 올렸다. 맥주 거품이 묻은 그녀의 손가락은 그대로 잔을 타고 아래로 내려왔다. 즉, 네리아는 맥주 거품으로 맥주잔에 수직선을 그어 보인 것이다. 그란은 갑자기 동상이라도 걸린 듯한 기분을 느꼈다. 차가워지며 동시에 뜨거워지는.

운차이는 이미 예상했던 것, 그리고 그란은 이제서야 알아차린 것, 그리고 미는 그때까지도 짐작하지 못했던 일이 벌어졌다. 경쾌한 옷차림을 한 남자 하나가 일행이 앉아 있는 테이블로 다가왔다. 건장한 체구의 남자는 긴 갈색 머리를 목쯤에서 땋아 내리고 있었다. 그는 다가와선 그대로 의자를 빼고 앉았고 미는 당황해 버렸다.

"이미 늦었지만, 합석해도 되냐고 물어봐 주시겠어요?"

미는 어처구니없어하며 제안했지만 남자는 미 쪽은 쳐다보지도 않았다. 남자는 네리아를 바라보며 물었다.

"어디서 왔소?"

네리아는 방긋 웃으며 말했다.

"야, 당신 헤어스타일 마음에 든다. 어머니가 땋아줬어?"

남자와 네리아는 각자 헤게모니아 어와 바이서스 어로 말했고 그래서 운차이와 그란만이 씁쓸한 미소를 지었다. 남자는 고개를 갸웃거리더니 말했다.

"외국인인가? 우리나라 말 몰라요?"

네리아는 운차이를 쳐다보며 말했다.

"바이서스에서 왔다고 말해 줘."

운차이는 그대로 전했고 그러자 남자는 고개를 끄덕이더니 역시 운차이를 향해 말했다.

"당신 손가락 사이에는 어떤 바람이 불지요?"

"바람은 일곱 갈래. 세 번째 바람은 슬프죠."
"네 번째 새끼 돼지가 죽을 때는 어떤 조문객이 옵니까?"
"이마에 푸른 띠를 매고 왼발로만 걷는 문상객이 와요."
"당신은 어떤 일이 있어도 비밀을 지키는 재수 없는 타입이오?"
"뜨거운 감자 수프와 시든 아스파라거스의 명예에 걸고, 나는 비밀을 지켜요."

운차이는 품격이 대폭 추락하는 기분을 느끼면서도 으르렁거리는 목소리로 양자의 대화를 통역해 주었다. 그 으르렁거림은 대화를 나누는 양자보다는 주로 자기 자신의 한심한 처지에 대한 것이었다.

그리고 미와 그란은 눈을 커다랗게 떴다. 비록 두 사람 모두 그 말의 숨은 의미는 알지 못했지만 그래도 네리아와 남자가 지금 무엇을 하고 있는지는 대충 알아차릴 수 있었다.

남자는 나이트호크였던 것이다. 고스빌의 나이트호크는 고개를 끄덕이더니 자신의 가슴을 가리키며 말했다.

"코렐."
"네리아."

코렐은 담담한 어투로 말했다.

"희한하군요. 난 이런 농담을 외워두기는 했지만 오늘 처음 써보는 거요. 간신히 떠올렸어. 물론 다른 나라에 오려면 알고 있어야 되기는 하겠지만, 어떻게 이런 오래된 농담을 알고 있는 거요?"

농담은 아마도 '암호'를 말하는 거겠지. 그란은 그 정도는 추측할 수 있었다. 운차이의 통역을 통해서 코렐의 말을 전해들은 네리아는 상냥하게 웃으며 말했다.

"나는 바이서스에서는 제법 깃발 날리거든요. 그리고 당신 말마따나 외국에 왔으니 그런 농담도 할 줄 알아야 되고."

"아아, 그래요. 내 농담이 정확했는지 궁금한데."

"한 군데만 빼놓고는 정확해요. 조문객은 왼쪽 눈을 찌푸리고 말하는 거예요."

"음. 그렇군요. 고마워요. 어쨌든 오래된 농담도 알고 있고 신호도 정확했으니 당신은 내 오랜 친구요. 도와주겠습니다. 물론 아까의 농담에서도 나왔지만 오랜 친구답게 너무 과중한 것을 요구하지는 않겠지요? 원하는 것이 뭡니까?"

네리아는 잠시 말을 멈추었고 그래서 양자의 말을 통역하던 운차이는 간신히 맥주 한 모금을 마실 기회를 얻었다. 네리아는 묻는 듯한 시선으로 그란과 운차이를 번갈아 쳐다보았다. 그러자 그란은 헤게모니아 어로 코렐에게 직접 질문했다.

"보여진 근래의 사람은 이상한가?"

코렐은 눈을 크게 끔뻑거렸다. 그리고 그때까지 끼어들지 못하고 있던 미는 재빨리 말했다.

"근래에 이상한 사람 본 적이 없냐는 질문이세요. 이 분은 헤게모니아 어가 서툴거든요. 그리고 저는 미예요."

"아, 그래요? 이상한 사람이라면……, 당신들이 제일 이상하다고밖에 말할 수 없겠는데."

"이상한 일은 특별하게 없어지는가?"

"'……특별히 이상한 일은 없다는 말인가?'라는 질문일 거예요."

코렐은 그만 피식 웃었다.

"뭐야? 여기 이분은 저 네리아 양의 통역이고 미 양은 저 남자분의 통역인 거요? 참 재미있는 일행이군."

네리아는 상반된 평가를 동시에 받고 있는 바이서스의 나이트호크였다. 고금을 막론하고 그 실력의 우수함에 있어 비할 데가 없다는 그녀 자신의 평가와, 그럭저럭 바보짓은 하지 않겠지만 감옥 탈출법에 대해서는 익혀두는 것이 좋을 정도의 실력이라는 다른 사람들의 평가. 그녀는 후자의 의견에 분개하며 바이서스의 반역자를 헤게모니아까지 추적한 나이트호크라면 그 우수성은 이미 증명되지 않았냐고 반문했다. 하지만 운차이는 그 반문에 대해 차가운 시선만을 보냈고, 그란은 일고의 가치도 없다는 표정으로 주위를 둘러보았다.

배의 오래된 목재에서 묘한 냄새가 흘러나왔다. 그리고 좌우로 천천히 삐걱이는 느낌은 그란을 불안하게 만들었다.

고스빌의 나이트호크인 코렐의 안내를 받아 일행이 찾아간 곳은 고스빌 교외를 따라 흐르는 네인 강의 한적한 나루터 한쪽에 정박 중인 폐선이었다. 겉보기에는 폐선처럼 보였고 내부로 들어가면 수장용 관에 들어온 기분을 느끼게 해주는 물건. 햇살은 뱃전에 달린 작은 창보다 천장의 목재들 틈 사이로 더 많이 쏟아져 들어와 코렐의 얼굴에 세로 줄무늬를 만들고 있었다.

"그런데, 미 양이라고 했던가요? 그래도 같은 나라 사람이 끼여 있으니 좋군요."

코렐은 선실 구석의 궤짝에서 꺼낸 술잔을 미에게 건네주고는 색깔이 매우 짙은 술을 부어주었다. 미는 선실을 이리저리 세로로 가르는 햇살 속으로 술잔을 잠시 들어올렸다. 그녀는 피식 웃으며 말했다.

"밤하늘색이네요."

코렐은 빙긋 웃었다.

"좋은 표현이군요. 아, 그거 색깔은 좀 그렇지만 좋은 술입니다. 시시한 밀주 나부랭이와는 비교도 안 되지요. 고급이라고요, 고급."

미는 '어딘가에서 슬쩍한'이라는 말이 따라 나오기를 기다렸지만 코렐은 그런 말은 하지 않았다. 대신 코렐은 바이서스 일행들에게도 잔을 돌리면서 말했다.

"그런데 미 양은 어쩌다가 바이서스 사람들과 같이 다니게 된 거죠? 정말 내 짐작대로 그란 씨의 통역인 겁니까?"

"아, 어쩌다가……. 그냥 야외에서 만났고 방향이 같아서 함께 다니는 거죠."

코렐은 당황해 버렸다. 그 점은 그란이 작게 불평한 것에서 증명된다. 왜냐하면 코렐은 부어주던 술을 그란의 무릎에 흘리고 말았으니까.

"뭐요? 그럼 그냥 길동무라는 말입니까? 동료가 아니고?"

"그래요."

코렐은 고개를 획 돌려서는 날카로운 표정으로 네리아를 바라보았다. 하지만 헤게모니아 어가 서툰 네리아는 무슨 영문인지 몰라 멍한 얼굴로 코렐을 마주보았고, 그러자 코렐은 운차이에게 말했다.

"어찌된 거요? 그럼 저 미 양은 나이트호크가 아니란 말이오?"
"아니오. 그리고 그 점에서라면 나나 저기 술 좀 흘렸다고 토라져 있는 녀석도 마찬가지고."
그란은 차갑게 웃었지만 코렐은 이제 화가 나기 시작했다.
"뭐야? 그럼 저 여자만 나이트호크란 말이야?"
"그렇지."
"어떻게 된 거야? 제길, 이봐!"
코렐은 네리아를 향해 버럭 고함을 질렀지만 트롤을 향해 고함을 지르는 것이나 마찬가지였다. 네리아는 아무 영문도 모른 채 그저 코렐의 험악한 표정과 목소리에 대한 그녀 나름대로의 반응을 취했다. 즉 마주 으르렁거리기 시작했다. 코렐은 한심한 기분 반, 분노 반으로 운차이에게 고개를 돌렸다.
"좋아. 아주 긴 설명이 있어야 될 거야. 하지만 나는 긴 것을 싫어하니까 간단하게 말해. 어떻게 저 네리아라는 여자는 너처럼 나이트호크가 아닌 녀석 앞에서 나이트호크들의 옛농담을 한 거지?"
운차이는 참으로 불쌍하다는 듯한 눈으로 코렐을 바라보고는 그의 부탁대로 짧게 말했다.
"내가 통역이니까."
코렐은 목 근육을 부르르 떨고 나서야 조금 침착을 되찾을 수 있었다.
"장난치지 마라. 나이트호크의 둥지에 들어와서 장난이 통할 것 같나? 여기 나 혼자 있는 줄 아는 모양인데, 내가 한마디만 하면 곧장 뛰어나올 내 친구들이 배 곳곳에 숨어 있지."

미는 곧 놀란 눈으로 주위를 둘러보기 시작했고 그란은 찌푸린 표정으로 손을 검 손잡이 쪽으로 가져갔다. 말을 알아듣지 못하는 네리아는 분위기를 감지하고 몸을 긴장시켰다. 그러나 운차이는 태평하게 말했다.

"자네 친구들의 취향은 좀 이상하군."

"뭐라고?"

"자네가 한마디만 하면 곧장 튀어나온다는 자네 친구들 말이야. 모두 입이 길고 나무를 갉는 취미가 있군. 자네들 사이의 우정의 기반이 뭔지 궁금해지는데."

코렐은 당황했지만 내색하지는 않았다. 대신 더욱 사나운 얼굴로 무시무시하게 말했다.

"내 말이 믿기지 않는 모양이군. 잘못된 판단으로 죽음을 재촉한 건 네 실수야."

코렐의 살벌한 태도는 미를 겁나게 만들었지만 운차이를 겁주는 데는 실패했다. 운차이는 특별한 말 없이 싸늘한 시선으로 코렐의 얼굴을 똑바로 바라보기 시작했다.

잠시 후 코렐은 아무 일도 당하지 않았는데 비명을 지르는 것이 합당한 것인가 의심하기 시작했다. 하지만 그로서는 비명을 지르고만 싶었다. 어두운 선실 속에서 희미하게 번득이는 운차이의 눈은 허공에 뚫린 두 개의 구멍처럼 보였다. 이를 악물고 참던 코렐은 간신히 다음과 같이 말했다.

"꾸르르륵."

"헤게모니아 어에는 희한한 말이 있군."

털썩. 코렐은 선실 바닥에 주저앉고 말았고 미는 당황한 눈으로 운차이와 코렐을 바라보았다. 그란은 침착한 태도로 조용히 말했다.

"저 눈에서부터 자이편 남자의 살기를 느낀 너의 무서움이 이유다."

그란은 말을 끝내고 나서 갑자기 불안한 기분을 느끼며 고개를 돌렸다. 그러자 어두운 선실 한구석에서 그를 바라보고 있는 미의 멍한 얼굴을 볼 수 있었다. 잠시 후, 미는 손뼉을 딱 치며 말했다.

"아! '네가 무서운 이유는 저 자이편 남자의 눈에서 나오는 살기를 느꼈기 때문이다.'라고 말씀하시는 거예요. 그런데 살기가 뭐죠?"

그란은 뭐라고 대답하려다가 피식 웃어버리고 말았다. 코렐이 바닥에 주저앉은 시점으로부터 운차이는 술잔에 관심을 돌렸고 그래서 코렐은 주로 그란에게서 설명을 들어야 했다.

"길게 말하지 않겠다. 알다시피 우리들은 바이서스에서 왔고 헤게모니아의 나이트호크에게 어떤 해코지를 하고 싶어 할 까닭은 없다. 당신이 나이트호크들 사이의 의리에 따라 우리들에게 유용한 정보만 제공해 준다면 그걸로 끝이다. 그리고 원하지 않는다면 정보 제공을 거절해도 상관없다. 우리는 당신을 고발한다거나 할 이유는 없다. 왜냐하면 우리 임무는 급하고 도둑 길드로부터 추격을 받는 것은 우리 임무의 수행에 도움 될 것이 하나도 없으니까."

그란은 대략 위의 의미에 해당하는 그리 길지 않은 말을 전달하는 동안 미의 무수한 친절을 받게 되었다.

"고맙소, 미."

"천만에요."

덱체어를 끌어와 앉아서는 그란의 말을 경청하던 코렐은 잇사이로 바람 새는 소리를 내었다.

"스우우웁. 쩝. 좋아. 원하는 것이 도대체 뭐지?"

"우리는 어떤 사람을 추적하고 있다. 근래에 헤게모니아에 들어온 누군가에 대한 정보가 없을까."

그란은 미의 도움을 받아 질문을 하면서도 별다른 기대는 하지 않았다. 어쨌든 이곳은 헤게모니아에서도 북부에 위치한 고스빌이다. 물론 영원의 숲 때문에 거의 절단되다시피 한 헤게모니아에서 이 도시가 양쪽을 이어주는 회랑에 해당한다는 이점은 있지만, 그렇더라도 수도는 아니다.

그란은 코렐이 쓸 만한 정보를 가졌으리라고 믿기는 어려웠다. 그 스스로도 옛 농담을 사용해 본 것이 생전 처음이라고 하지 않았는가. 과연 코렐은 턱을 쓸어 만지며 불평스럽게 말했다.

"글쎄. 근래 헤게모니아에 들어온 누군가라는 것은 너무 막막하잖아? 내가 국경 경비 대원인 것도 아니고."

"아무거나 생각나는 대로 들려줬으면 좋겠는데. 어쩌면 우리에겐 유용할지도 모르니까."

잠시 생각에 잠겼던 코렐은 갑자기 엉뚱한 말을 꺼냈다.

"글쎄……, 신스라이프의 문제를 아나?"

"신스라이프의 문제? 그게 뭔데?"

그란은 고개를 갸웃하며 질문했고 그 대답은 바이서스 어와 헤게모니아 어로 동시에 들려왔다.

"66년 동안 풀리지 않은 문제야."

그란과 운차이, 그리고 코렐은 동시에 대답한 두 여자를 바라보았고 두 여자들도 서로를 바라보기 시작했다. 미는 고개를 옆으로 살짝 꺾으며 말했다.

"네리아 양이 말하세요. 코렐 씨와 미는 그 이야기를 아니까 바이서스 어로 설명하는 것이 낫겠군요."

네리아는 고개를 끄덕이고는 운차이와 그란을 향해 바이서스어로 말했다.

"응……, 그러니까 그건 문제야. 아마 턴빌일 텐데, 여기서 조금 남쪽으로 내려간 곳에 턴빌이라는 도시가 있어. 옛날 그 도시에 살았던 어떤 부자가 죽기 전에 유언을 남겼거든. 그 유언에 의하면 자기가 남긴 문제를 푸는 사람에게, 그 사람이 누구이든 간에 모든 재산을 넘겨준다고 되어 있어."

운차이가 날카로운 표정으로 질문했다.

"잠깐, 조금 전에 66년이라고 했던 것 같은데."

"맞아. 66년 동안 그 문제는 풀리지 않았고 그래서 아직도 그 재산은 그대로 있어."

"어떻게 그게 가능하지? 재산이 어떻게 66년 동안 남겨질 수 있는 거야?"

"음……, 그러니까 신탁 관리 같은 거지. 턴빌 시청이 신탁 관리인으로서 그 재산을 관리하며 거기서 발생하는 이익금을 시 재정으로 사용하는 거지."

"그렇군. 재미있는 이야기인데."

그란은 다시 고개를 돌려 코렐을 바라보며 헤게모니아 어로 말했다.

"그런데 그게 왜?"

"그 문제를 풀겠다면서 남쪽에서 올라온 친구들이 있거든."

그란은 눈살을 찌푸렸다. 돈에 미친 모험가들에 대한 정보가 과연 그들에게 유용할지 알 수가 없었던 것이다. 그란보다 더 서슴없는 성격을 자랑하는 운차이가 헤게모니아 어로 질문했다.

"돈에 미친 모험가들은 발길에 차이는데. 그게 뭐 특별할 것이 있단 말이지?"

필사적인 표정으로 알아들어 보려고 애쓰고 있음에도 대화의 많은 부분을 알아듣지 못하고 있던 네리아를 제외하고, 코렐과 미가 보여준 반응은 운차이와 그란을 의아하게 만들었다. 미는 새실새실 웃기만 했고 코렐이 대신 설명했다.

"당신들은 바이서스 인이니까 모를 수도 있겠지. 이봐, 돈은 생활을 쾌적하게 만들기 위한 것이라고. 죽고 나면 돈 따위 쓰지도 못해."

"무슨 말이지?"

운차이는 코렐의 얼굴을 뚫어지게 바라보았다. 코렐은 한참 동안 킬킬거리며 뜸을 들인 다음 설명했다.

"그 문제에 도전하기 위해선 목숨을 걸어야 해. 만일 도전하고도 풀지 못하면 턴빌 시청의 주관 하에 사형을 당하게 돼."

"뭐라고?"

운차이의 얼굴에 의혹을 떠올리게 만든 것은 코렐에게 꽤 기쁨을 주었다. 이 녀석, 이제서야 좀 인간 같은 표정을 짓는군. 코렐은 으스스한 목소리로 설명했다.

66년 전, 턴빌 시에는 한 노인이 있었다. 죽음의 공포에 시달리고 있다는 점에서는 그 노인도 다른 노인들과 큰 차이가 없었다. 하지만 이 노인에게는 다른 노인에게서 찾아볼 수 없는 독특한 점이 두 가지 있었다.

첫 번째 특성은 그렇게 희귀한 것은 아니지만 대부분의 사람들이 고개를 가로젓는 것이었다. 노인은 죽음의 공포에 체념하지 않고 그에 대해 정면 대결하기로 결심한 것이다. 그리고 두 번째 특성은 정말 독특하다. 노인에게는 그런 액수를 한번 흘긋 볼 수 있다는 것만으로도 1년은 악몽에 시달릴 정도의 막대한 재산이 있었던 것이다. 실제로 세무 공부를 하던 한 야심찬 젊은이가 노인의 재산에 대해 감사를 시작했다가 과로로 사망한 적이 있다고 한다. 그래서 죽음을 부르는 재산이라는 웃기지도 않는 별명도 붙어 있었다.

하지만 그 별명이 사실이 되고 말 것은 아무도 짐작하지 못했다.

신스라이프의 사후 치러진 장례식은 화려한 것이긴 했지만 결국 장례식이었고, 조문객들도 충실히 자신의 역할을 수행할 수 있었다. 하지만 신스라이프의 유언 집행자로 선임된 사람들은 그렇지 못했다. 그들은 유언장을 개봉하곤 그 내용에 아연했다. 별로 친하지도 않았던 지인들에게 보내는 가식적인 감사의 말과 듣자마자 잊어버리고 말 교훈적인 내용, 그리고 길고 복잡한 인용구와 법률 용어를 배제하고 단순히 말하자면 신스라이프의 유언은 다음과 같았다. '내가 남겨둔 문제를 푸는 자에게 나의 모든 재산을 무조건적으로 증여한다. 그러나 그 문제에 도전하고자 하는 자는 목숨을 걸어야 한다. 잘해봐.'

코렐의 기나긴 설명을 듣는 동안 계속 이맛살을 찌푸리고 있던 운차이는 설명이 끝나자마자 곧장 질문했다.

"그게 그것과 무슨 상관이지? 그 친구가 죽기 싫어했다는 것과 그 유언 사이에 어떤 상관관계가 있다는 거지?"

운차이의 질문은 합당했고 그래서 그란은 머리를 끄덕여야 했다. 코렐은 의도적으로 대수롭잖은 어투로 말했다.

"아아, 그건 말이야, 형이상학적으로 말할 때 유피넬의 저울대에 올려질 또 다른 추를 찾아내는 것이지. 더 간단하게 말하자면 다른 사람들의 죽음을 통해 부활하시겠다는 뜻이고."

몹시 당황한 그란은 그만 바이서스 어로 말해 버리고 말았다.

"부활이라고?"

운차이는 아무말도 하지 않았지만 대신 무서운 눈길로 코렐을 쏘아보기 시작했다. 대부분의 이야기꾼과 마찬가지로 코렐은 듣는 사람들의 긴장과 경악 속에서 행복했다.

"그래, 부활. 누구도 풀 수 없는 문제를 내놓고, 그 문제를 풀지 못한 자는 목숨을 내놓게 한 거지. 그런 식으로 죽은 자들의 영혼은 신스라이프의 부활에 대한 대가가 되는 것이고."

그란은 간신히 흥분을 가라앉히고 헤게모니아 어로 말했다.

"말을 도대체 하는 것이 뭐냐!"

그리고 곧장 미가 통역했다.

"'도대체 무슨 말을 하는 거냐?'는 질문이실 거예요."

코렐은 즐겁게 킥킥거린 다음 무시무시해 보이는 표정으로 말을 이어나갔다.

"고양이와 꿈의 콜리에 대해 들어본 적이 있어?"

운차이는 고개를 갸웃했지만 그란은 고개를 끄덕였다. 답답한 표정으로 대화를 바라보던 네리아가 입을 열었다.

"그란, 쟤가 도대체 뭐라고 그러는 거야? 그리고 왜 분위기가 이렇게 화끈화끈한 거지?"

네리아의 맑은 목소리가 들려오자 선실의 어두운 조명과 코렐의 어두운 어투 속에 억눌렸던 그란은 간신히 바짝 마른 입술을 축일 정도의 여유를 되찾았다. 고양이와 꿈의 콜리라. 그렇다면 대충 이해할 수 있다. 하지만 또 다른 의문이 생긴다. 그러나 그가 의문을 피력하기도 전에 운차이가 질문했다.

"고양이와 꿈이라니, 난 그런 신의 이름은 듣지 못했다. 그리고 그 신이 거론되는 이유는 더 더욱 짐작하기 어렵고 말이야. 아마 이 선실 내에 있는 누군가가 내게 설명해 줄 것 같은데."

그란은 천천히 바이서스 어로 설명했다.

"고양이와 꿈의 콜리의 신앙은 고대 종교야. 그리고 그 신전은 모조리 파괴되었어. 그러니까 바이서스의 제4대 에리네드 대왕의 북방 정벌 당시 고양이와 꿈의 콜리의 종단은 북방의 호족들과 연합해서 대왕에게 반항했다. 그리고 그들 전부는 완전히 궤멸되었지. 무지개의 솔로처가 그들을 싹 쓸어버렸어. 그래서 네가 모르는 것이야. 그런데 고양이와 꿈의 콜리라면……"

그란은 말꼬리를 흐리며 코렐을 바라보며 다시 헤게모니아 어로 말했다.

"지금까지 몇 명이지?"

"일곱 명."

그란의 얼굴이 더욱 어두워졌다. 운차이는 다시 그란을 쏘아보기 시작했고, 그란은 테이블 위에 놓인 술잔을 노려보며 느리게 말했다.

"고양이는 목숨이 아홉 개지."

"뭐? 그게 무슨 말이야?"

"콜리의 프리스트들은 여덟 명의 생명을 대가로 죽은 사람을 부활시킬 수 있었다고 들었어. 물론 부활은 대단히 고명한 프리스트라면 자연사가 아닌 경우에 한해서 사용할 수 있는 권능이지만, 콜리의 프리스트들의 경우는……, 여덟 명의 생명을 대가로 지불할 경우 자연사한 사람도 부활시킨다. 그리고 여덟 명이 아니라 아홉 명의 생명을 이용할 경우에는……"

그란의 말은 늘어졌고 그 점은 운차이의 신경에 거슬렸다. 그가 알기로 그란은 쓸데없이 말을 늘어뜨리는 성격이 아니다. 운차이는 약간 사나운 목소리로 물었다.

"아홉 명일 경우에는?"

"영생을 부여할 수 있다고 들었다."

운차이는 파이프를 깨물어 기괴한 마찰음을 내고 말았다.
"영생이라고?"

파는 화이트풋을 멈춰 세우고는 힘없는 목소리로 말했다.
"쉬었다 가……. 나 힘들어서 더 못 가겠어."
쳉은 미간을 찌푸렸지만 부드러운 목소리로 말했다.
"파, 아직 해가 많이 남았잖아. 부지런히 달리면 셀레나가 떠오를 때쯤이면 고스빌에 닿을 수 있어."
"셀레나? 그럼 네 시간은 더 달려야 된다는 말이잖아? 도저히 그렇게는 못하겠어. 이런 식으로 달렸다간 오늘 안에 고스빌에 도착할 수 있을지는 몰라도 내일 고스빌을 떠나기는 어려울 거라고오오!"
"너 무척 건강하다고 알고 있었는데, 잘못 알았나 보군."
"그래도 우리 언니보단 내가 훨씬 건강해."
"그리고 너희 언니가 너보단 훨씬 다리가 길지. 동생이 못 쫓아갈 정도군."
파는 불끈해서 뭐라고 말하려 했지만 그 전에 쳉이 먼저 고개를 돌렸다. 그는 멀리 지평선 쪽을 바라보며 고민에 잠겼다. 하지만 그답게 고민의 시간은 짧았고 결정도 빨랐다. 그리고 말도 빨랐다.
"좋아. 내가 먼저 갈 테니 넌 천천히 따라와. 아무래도 지금쯤은 미가 고스빌에 있을 것 같다. 어젯저녁의 야영 흔적으로 볼 때 오늘은 거기 있을 거야. 내가 먼저 가서 미를 붙잡아 놓고 있을 테니 파 너는 천천히 뒤를 따라오도록 해."

"뭐야? 싫어!"

쳉은 깜짝 놀라면서 고개를 돌렸고 역시 깜짝 놀라고 있는 파의 얼굴을 볼 수 있게 되었다. 파는 비정상적으로 높은 자신의 외침 소리에 질겁해서는 멍한 얼굴로 쳉을 바라보고 있었다.

"뭐지?"

"뭐?"

파는 쳉의 질문을 이해하지 못한 것처럼 반문해 왔고 그래서 쳉은 또박또박 천천히 말했다.

"뭐가 싫다는 거지?"

"혼자 남는 것은 싫어."

"파, 파! 내 말 이해하지 못했어? 난 미가 오늘 밤 고스빌에 있을 거라는 것을 상당한 확신을 담아 말할 수 있단 말이야. 하지만 내일까지도 거기 있을지는 모르겠어. 그러니까 오늘 밤 내에 고스빌에 도착해서 미를 찾아봐야 한단 말이야."

"이……, 하지만 혼자는 싫다고!"

"그럼 날더러 어쩌라는 거야?"

"잠시만 쉬었다가 같이 가. 응? 쳉 말마따나 언니가 오늘 밤 고스빌에 있다면 내일 아침까지도 거기 있을 테잖아. 그럼 내일 아침까지만 도착하면 돼. 잠시만 쉬었다 가도 안 늦잖아?"

"하지만 찾아볼 시간은? 사람들이 다 침대에 들어가고 나면 물어볼 수도 없어. 집집마다 돌아다니며 사람들을 깨워서 물어봐야 된단 말이야?"

"뭐? 으음. 차라리 말이야, 내일 아침에 찾는 것이 더 나을 거야. 고스빌에 여관이라고 해봐야 몇 개 되지도 않잖아. 언니는 꽤 많은 말 탄 사람과 같이 있잖아? 발견하기 쉬울 거라고."

"……아침에?"

"그래, 아침에! 아니, 새벽에. 아주 간단해. 고스빌 중앙 우물터만 지키고 있으면 된다고. 그럼 파타로 주점의 데브나 선셋 여관의 미키 같은 녀석들이 물 뜨러 오겠지? 그럼 그때 그 녀석들을 붙잡고 물어보면 되잖아. 새벽에 도착하려면 차라리 여기서 잠시 눈 붙였다가 출발하는 편이 낫지 않겠어?"

쳉은 턱을 만지작거리기 시작했다. 며칠 동안 면도를 못한 턱의 수염이 까칠까칠했다.

"으음……, 중앙 우물에, 새벽에 말이지. 괜찮은데."

"그래. 그러자고. 나 너무너무 피곤해. 제발 날 좀 생각해줘, 응?"

"좋아. 알았어. 그럼 잠시 눈 붙였다가 루미너스가 질 무렵에 떠나기로 하지."

파는 크게 한숨을 내쉬고는 말에서 내렸다. 쳉이 커다란 돌멩이를 찾아 말의 고삐들을 매어두는 동안 파는 모포를 꺼내어 대충 몸에 두르고는 그대로 옆으로 쓰러졌다. 그 모습을 보던 쳉은 피식 웃었다.

"뭐라도 좀 먹고 자는 것이 낫지 않겠어?"

"아니……, 생각 없어. 피곤해. 쳉도…… 어서 눕지 그래? 뭐 먹고 잘 거야?"

"아니. 귀찮군."

쳉은 캐시헌터의 안장에 매어둔 주머니에서 작은 수통을 꺼내들고서는 드러누운 파 곁에 앉았다. 쳉이 수통의 마개를 열자 헤센빌의 면세 지역에서 구입한 바이서스 특산품 '드래곤의 숨결'의 짜릿한 향취가 파의 코를 간질였다.

"술이야?"

쳉은 고개를 끄덕이고는 수통 뚜껑에 술을 따라 천천히 마시기 시작했다. 누운 채 쳉을 올려다보던 파는 몸에 감고 있던 모포를 턱까지 끌어올리며 낮은 목소리로 말했다.

"그러고 보니 쳉이 술 마시는 것 처음 보는 것 같네."

"별로 즐기지는 않아."

"그런데 왜 가지고 다니는 거야?"

쳉은 밤하늘과 구분할 수 없이 무한으로 사라져가는 지평선을 바라보며 말했다.

"가끔은 쓸모 있거든. 마음이 착잡할 때나 쓸데없이 조바심이 날 때."

조바심. 파는 그 단어의 의미가 싫었다. 목이 조금 답답해져오는 듯한 느낌을 애써 참으며 파는 말했다.

"쓸데없이 조바심 내지 마. 언니는 잘 있을 거라고. 쳉이 조바심한다고 해서 언니가 더 안전해지고 유쾌해지는 거 아니야. 그러니까 그럴 시간이 있으면 잠이나 자둬."

"응? 아아, 그렇잖아도 잠이 잘 올 것 같지 않아서 마시는 거야. 빨리 자야 내일 아침 일찍 떠나지."

쳉은 말을 마치는 것과 동시에 뚜껑도 비워버렸다. 입 안을 뜨겁게 달구는 드래곤의 숨결의 감각 속에서 쳉은 잠시 눈을 감았다. 감긴 눈꺼풀 속에 별들이 떠다녔다. 그 별들 사이로 미의 모습이 잠시 스쳐 지나간 것은 쳉에게 묘한 기분이 들게 만들었다.

쳉이 눕는 모습을 보며, 파는 가슴속 쌉싸름한 감정을 느끼면서도 잠시 감탄했다. 며칠 동안 함께 다니면서 보아온 모습이지만 여전히 낯선 모습이다. 그녀와는 전혀 다른 물질로 만들어진 듯한, 투박하고도 느릿하며 딱딱한 동작으로 눕는 쳉의 모습은 생경스러우며 야만스러웠다.

방금 전설을 만들고 돌아온 남자든 아니면 방금 멋진 밭고랑을 만들고 돌아온 남자든, 남자의 눕는 모습은 모두 동질감을 가진다. 그것은 이룩된 성취 속에서 그 성취를 깨끗이 잊어버리고 모든 것을 무로 돌리는 행위다. 파에게는 그렇게 느껴졌고, 그래서 파는 마음껏 감탄했다.

그리고 초조한 한 시간이 지나고 나서 파는 천천히 몸을 일으켰다.

천천히, 손가락 하나를 움직일 때도 모든 신경을 곤두세워 쳉의 숨결을 감시하며 파는 일어나 앉았다. 거의 5분이나 걸려서 간신히 일어나 앉은 파는 조용히 한숨을 내쉬었다. 그리고 파는 제자리에 앉아서 꼼짝도 하지 않은 채 쳉의 잠든 얼굴을 바라보기 시작했다.

12년 동안 보아온 얼굴이지만 잠든 얼굴을 볼 수 있게 된 것은 이

것이 처음이다. 그대로 터져나갈 듯이 쿵쾅거리는 가슴을 부여잡은 채 파는 쳉의 굵은 눈썹과 얇은 입술, 그리고 약간 두드러진 광대뼈까지 꼼꼼히 관찰했다. 그의 왼쪽 볼에 있는 희미한 흉터를 바라보며 파는 안타까움을 느꼈다. 까슬까슬한 수염을 바라볼 때 파는 손이 뻗어나 가려는 것을 억누르기가 퍽 힘들었다. 그리고 두드러져 나온 목울대의 모습은 신기했다. 파는 쳉의 목울대를 보며 자신의 목을 쓸어내리다가 자신의 목이 땀에 흠뻑 젖어 있는 것을 깨닫고는 깜짝 놀랐다. 그때 쳉이 몸을 움직였다.

"으음……"

심장이 그대로 멎는 느낌을 받으며 파는 굳어버리고 말았다.

'만일 지금 쳉이 눈을 뜨면 내 심장은 그대로 딸깍 멎어버릴 테고 나는 쓰러지기도 전에 죽고 말 거야. 쳉은 몹시 놀랄 테고 그 다음에는 슬퍼해 주겠지. 고스빌이 가까우니까 아마 풍장을 하지 않고 정식으로 매장해 줄 거야. 그리고 쳉은 매년 하절기 여행 때 평소의 경로를 잠시 벗어나 내 무덤에 찾아와 주겠지. 내 무덤에 뿌려진 꽃은 자줏빛 코스네위.'

번갯불이 번득이는 속도보다 더 빠르게 파의 머릿속으로 이런 말도 안 되는 생각들이 스쳐 지나갔다. 쳉은 뒤척거리다가 옆으로 몸을 돌려 파에게 등을 보였고 파는 그 등을 돌리는 모습이 야속하다고 생각하는 자신에 당황했다.

그리고 10분 후, 파는 소리 없이 쳉의 주위를 돌아서 반대편으로 와서 앉았다. 사이들랜드에는 밤새의 울음이나 밤짐승의 울음 같은 것은 없다. 들려오는 것은 오로지 대평원의 노래뿐. 혼을 부르는 대평원의 감미로운 허밍 속에서 파는 숨소리도 없이 쳉의 얼굴을 내려다보고 있었다. 사방을 아무리 둘러봐도 자신의 무릎보다 더 높은 장애물은 없는 이 완벽하게 개방된 공간 속에서 외로운 여자가 잠든 남자를 내려다보고 있었다.

깊은 어둠 속에서, 파의 볼을 타고 흐르는 별 조각이 한번 반짝였을 뿐이다. '이랴아!' 하고 고함지르지는 않았다. 하지만 파는 조용하면서도 날렵한 동작으로 말을 달렸다. 오늘 낮 동안 늑장을 부리고 엄살을 피우면서 말의 힘을 비축시켜 둔 파의 계획성은 칭찬받아 마땅할 것이다. 화이트풋은 사이들랜드의 밤바람에게 허락된 속도보다 훨씬 더 빠르게 고스빌을 향해 달렸다.

마상에서 뚜렷하게 반복되고 있는 생각은 어둡고 날카로운 것이었다.

6

 미는 담배 연기에 작게 콜록거렸지만 운차이는 원래가 꽤 과격한 성격이기 때문에 미의 반응을 무시해 버렸다. 파이프를 깊이 빤 운차이는 담배 연기와 말을 뒤섞어 내뱉었다. 그래서 그의 말은 허공을 떠도는 것처럼 들렸다.
 "영생이란 말이지."
 운차이는 단조롭게 말했다. 상대방으로 하여금 자신이 엄청난 거짓말쟁이인 것처럼 느끼게 만들고, 그래서 뭔가 부연 설명을 꽤 많이 해야 될 것만 같은 기분이 들게 만드는 어투였다. 그래서 그란은 부연 설명을 했다.
 "그래. 영생이라고. 다른 말로는 영원히 산다는 의미지."
 운차이는 이번엔 눈빛만으로 상대로 하여금 자신이 바보인 것처럼 느끼게 만들 수도 있다는 것을 보여주었다. 그란은 조금 당황하며 말했다.

"내가 궁성 수비 대원이었을 때 대장님과 한담하다가 들은 이야기야."

"대장님이라면, 임펠리아의 그 마법사 조나단 아프나이델 말인가."

그란은 천천히 고개를 끄덕였다. 그란의 고향인 바이서스에는 재미있는 전통이 내려오고 있었다. 국왕이 거처하는 궁성의 수비대 대장은 항상 마법사다. 300여 년 전 드래곤 슬레이어 루트에리노 대왕과 함께 바이서스를 건국한 대마법사 핸드레이크의 업적을 기리기 위한 전통으로, 바이서스에는 항상 대마법사의 가호가 함께한다는 의미가 있다.

"그래. 솔로처에 대한 이야기를 나누다가 들었다."

"마법사가 말한 것을 50퍼센트 이상 믿는 녀석은 바보라던데."

운차이는 농담이라도 하듯 말했지만 그란은 얼굴을 딱딱하게 굳혔다.

"말 조심해……. 그분은 나와 내 딸의 은인이시다."

운차이는 가볍게 고개를 끄덕일 뿐 별말을 하지 않았고 그란도 더 이상 말꼬리를 붙잡지는 않았다. 동그래진 눈으로 두 사람의 대화를 지켜보던 네리아가 말했다.

"말이 한 가지면 좋겠는데. 히잉. 나 지금 무슨 말이 오가는지 전혀 모르겠다고."

네리아가 지적한 대로 그란과 운차이는 바이서스 어와 헤게모니아 어를 번갈아 사용하며 대화를 나누고 있었다. 그리고 두 사람 모두 '자상'이라든가 '상냥'이라고 하는 덕목과는 관계가 소원한지라 네리아에 대한 배려를 하기보다는 코렐에게 고개를 돌려버렸다. 네리아의 눈썹이 몹시 곤두섰지만 운차이는 무뚝뚝하게 말했다.

"좋아. 잘 알았다, 코렐. 그런데 이상하군."

"뭐가?"

"일곱 명이라면, 지금까지 그 악취미한 문제에 도전했다가 죽은 사람이 일곱 명이라는 말이지?"

코렐은 고개를 끄덕였다. 그러자 운차이는 얼굴 주위를 감도는 담배 연기 사이로 코렐을 바라보며 말했다.

"어떻게 그런 숫자가 나오는 거지? 66년이라는 건 긴 시간이다. 그 기간 동안 일곱 명이 사망했다면 대략 9년에 한 명꼴로 그 문제에 도전했다는 말이 되는데, 내 생각이긴 하지만 세상에 자기 목숨과 일확천금의 꿈 사이에서 균형을 잘 잡지 못하는 녀석은 꽤 많을 것 같단 말이야."

코렐은 씩 웃으며 말했다.

"옳은 말이야. 물론 사망한 녀석만 일곱 명이라는 말이지. 문제에 도전했다가 실패한 후 그대로 달아나 버린 녀석들도 꽤 많지. 턴빌 시에서는 문제 풀이에 실패한 죄수들을 사형시키는 데 그다지 열성적이지 않았거든. 실제로는 그 세 배쯤 되는 숫자일 거야. 대략 2, 3년에 한 번씩 그런 미친 녀석들이 나타나지."

운차이는 가늘게 뜬 눈으로 코렐을 바라보며 말했다.

"그럼 이번에 남쪽에서 나타났다는 녀석도 2, 3년 만에 나타난 미치광이인가 보군. 그런데 남쪽에서 왔다는 것은 무슨 뜻이지?"

남쪽이라면 바이서스 방향이다. 그란은 운차이의 질문에 눈을 번뜩이며 코렐을 바라보았다. 코렐은 천천히 고개를 끄덕였다.

"바이서스에서 온 것 같아. 자네들과 비슷한 문제점을 가지고 있다던데. 우리나라 말이 서툴러."

"좀더 정확한 정보는 없겠나?"

코렐은 대답하는 대신 조용히 듣고 있던, 듣고 있는 척하고 있을 뿐 알아듣지도 못하는 이야기 때문에 몹시 우울한 표정을 하고 있으며 동시에 불친절한 남자 동료들 때문에 화가 나 있는 네리아를 흘끗 보았다. 네리아는 다시 눈을 동그랗게 떴고 그러자 운차이는 바이서스 어로 네리아에게 말했다.

"이 녀석에게 좀 더 좋은 정보가 없겠냐고 물어보니 너를 쳐다보는군. 나이트호크들 사이의 에티켓에 관련된 뭐라도 있는 건가?"

"두 사람 미워."

"알았어. 미워해. 그런데 뭐라고 말하면 돼?"

네리아는 체념하는 표정을 지을 수밖에 없었다.

"어후후후……. 성숙한 내가 참아야지. 흥. 이렇게 말해 줘라. '물 마시고 소화 불량에 걸린 모든 성자들의 이름에 걸고 알고 싶다'고."

"……정확하게 그거 맞아?"

"맞아."

네리아는 새침한 표정으로 대답했고 그러자 운차이는 참담한 얼굴로 코렐을 돌아보며 헤게모니아 어로 진지하게 말했다. "물 마시고 소화 불량에 걸린 모든 성자들의 이름에 걸고, 좀더 나은 정보를 알고 싶은데……"

그란은 애써 침착한 표정을 지었지만 미는 그냥 웃었다. "으힛!" 그리고 코렐은 눈썹을 꿈틀거렸다.

"이거 참……, 좋아. 오늘은 돈 안 되는 운수가 내 발등을 때리는 날이군. 좋아, 좋아. 그 작자들의 인원은 네 명인 것 같다. 그리고 나흘 전 턴빌 시에 나타났고, 그 문제를 풀기 위해 턴빌 시청에 신청서를 내 둔 상태야. 믿을 수 있는 턴빌 시민 세 명을 공증인으로 세우는 작업인데 이게 시간이 좀 걸리는 모양이더군. 하지만 그것도 곧 끝날 거야."

"어떻게 그렇게 잘 알지?"

코렐은 조금 불만스러운 표정으로 운차이를 마주보며 말했다.

"턴빌 시청에 잡초가 하나 있거든. 아마 이번 주말이면 서류 통과가 끝날 테고 일요일쯤에 시작될 거야."

"시작되다니? 뭐가?"

"뭐긴, 문제 풀이지. 그거 턴빌 시에서는 좋은 구경거리거든. 완전 잔치판이지. 턴빌 녀석들은 도시락 바구니 싸들고 가서 구경할걸. 나도 가서 구경해 볼까 생각중이야."

운차이는 문득 코렐의 전문가적 소양은 혹 소매치기 쪽으로 발달된 것이 아닌가 하는 생각을 해보았다. 수많은 사람들이 모인 곳이라면 소매치기에게는 좋은 작업 환경일 것이다. 코렐은 계속 말했다.

"그 사람들의 이름은 대충 알고 있지만 알려줄 필요는 없을 것 같군. 가명임에 틀림없는 이름들이야."

"가명이라……"

운차이는 담배 연기를 깊숙이 빨아들였다. 거의 파이프 째로 삼켜버릴 듯한 진지한 모습이었다. 바이서스에서 왔고, 가명을 사용하는 사람들이라. 운차이는 왠지 즐거운 예감이 들었다. 그 때 코렐이 손가락을 딱 튕기며 말했다.

"아! 그렇지. 우리 잡초 중 하나가 그중 한 녀석의 이름을 알아냈어. 일행 중 누군가가 그 녀석을 이렇게 불렀다던데. 자무엘이라던가?"

"사무엘!"

멍하니 듣고 있던 네리아가 갑자기 고함을 질러서 미는 꽤나 놀랐다. 운차이는 기어코 파이프를 입에서 떼더니 그란을 바라보았다. 그란은 천천히 고개를 끄덕이며 차가운 미소를 지었다.

"사무엘 드라이첵이군. 녀석들이었어."

하오의 햇살이 뱃전에 부서진다.

도대체 누가 나무를 가리켜 투박하다고 말할 수 있는지 모르겠지만, 지금 네인 강에 떠 있는 작은 폐선의 뱃전은 그야말로 금속성의 반사광으로 번쩍이고 있었다. 뱃전에 박힌 리벳과 못대가리에서 뿜어져 나오는 빛, 그리고 강물 위로 떠다니고 있는 빛의 편린들. 이물에 놓인 낡은 그물더미는 눈을 멀어버리게 만들 지경이었다. 말라붙은 그물에서 반짝이는 빛의 구름…….

선실 입구 옆에 기대앉아 파이프를 피우고 있던 운차이는 배가 쿵쿵거리는 소리를 듣고 누군가가 계단을 올라오고 있다는 것을 알아차렸다. 그리고 그 발걸음 소리만으로 배후의 인물이 누구인지도 알았다. 곧 등 뒤에서 듣기 좋은 목소리가 들려왔다.

"운차이 씨."

"맞소."

"예?"

"그게 내 이름이 맞다고. 무슨 일이오, 미 양?"

운차이의 왼쪽 선실 문에서 나타난 미는 해죽 웃으며 뱃전을 가로질렀다. 그러고는 운차이의 앞쪽, 이물의 난간에 걸터앉았다. 몸을 뒤로 기울이면 그대로 강물에 빠져버릴지도 모르는 위치였기에 운차이는 약간 조바심을 느껴야 했다. 게다가 미는 몸을 배 밖으로 조금 기울여 강변을 바라보기까지 했다.

약간 떨어진 강변 쪽에는 그들의 말이 묶인 채 한가롭게 서성이고 있었다. 나무들이 주욱 늘어선 뒤쪽으로 건물들의 지붕이 석양을 받아 빛나고 있었다. 미는 다시 고개를 돌려 운차이를 바라보면서 낭랑한 목소리로 말했다.

"도대체 뭐가 어떻게 된 거냐는 식의 질문은 참 이상해요."

"뭐가 이상하오?"

"그 질문은 사실 아무것도 묻고 있지 않아요. 그 질문의 의미는 아마도 내게 들려주고 싶은 말이 있으면 해보라는 말일 거예요. 즉 뭔가를 들려줘서 납득시키고 싶고 확인받고 싶다면 그렇게 해도 좋다는 허락일 거예요."

"······나는 들려주고 싶은 말이 없소. 그리고 당신에게 내 목적이나 이유 같은 것을 들려줘서 당신을 납득시켜야 될 필요성을 느끼지도 못하고."

"그러실 것 같았어요. 당신에게는 그런 분위기가 있어요. 혼자 걷고 혼자 생각하고 혼자 해결하고, 해결이 안 되면 혼자 아파하고. 미에게도 비슷한 친구가 있어서 이해할 수 있어요. 사이들랜드에는 당신 같은 사람을 표현하는 말이 있어요. 당신 같은 사람을 가리켜 '누구보다도 날씨에 대해 잘 알지만 정작 날씨 이야기를 하는 경우는 거의 없는 사람'이라고 하지요."

"무슨 말이오?"

미는 뱃전의 목재를 만지작거렸다.

"당신은 주위의 사람들을 보기보다는 혼자 하늘을 볼 때가 더 많아요. 그래서 날씨에 대해서는 잘 아실 테죠. 하지만 날씨 이야기는 거의 하시지 않을 거예요. 보통 사람들은 어떻게든 이야기를 이어나가야 된다는 강박 관념을 느낄 때 흔히 날씨 이야기를 하게 되지요. 하지만 당신은 아마도 할 말이 없으면 그냥 입을 닫아버리는 성격일 거예요. 맞나요?"

운차이는 피식 웃었다.

"그렇소. 친구로 삼기엔 피곤한 타입이지."

"미에게 설명해 주셨으면 좋겠어요. 아까 여러분들의 얼굴이 몹시 밝아지던데, 뭐 좋은 일이 있나요?"

운차이는 잠시 대답을 보류한 채 뱃전에 앉아 있는 미를 바라보았다. 네인 강은 고요했고 뱃전에는 작은 흔들림도 없어 마치 육상에 앉아 있는 것 같았다. 하지만 미의 모습은 왠지 흔들려 보였다.

"거래 좋아하시오?"

"공정할 경우에 한해서."

"당신이 한 번 묻고 그 다음 내가 한 번 묻는 식은 어떻소?"

"좋아요. 먼저 하시겠어요?"

"당신 먼저. 아직 질문이 정리되지 않았소."

"알았어요. 당신들에게는 어떤 좋은 일이 있나요?"

"조금 전 코렐이 말했던 턴빌에 나타난 모험가들이 우리가 쫓고 있는 그 바이서스의 반역자라는 확신을 얻었소. 우리가 쫓고 있는 사람은 한때 바이서스의 후작이었소. 이 점은 반역이란 상류 사회의 풍습임을 증명하는 좋은 예가 될 거요. 어쨌든 그 후작에게는 사병이 있었고, 후작이 바이서스에서 도망쳤을 때 꽤 많은 사병들이 함께 사라졌소. 그중 하나의 이름이 사무엘 드라이첵이었소. 마상 무예가 퍽 뛰어난 녀석이었지."

"아아……, 그렇군요. 그럼 이제 턴빌로 가셔서 그 사람을 체포할 건가요?"

"아니. 체포하지는 않을 거요."

"예? 그게 무슨 말씀이죠?"

운차이는 어떻게 설명해 주면 미의 머리가 아프지 않을까 고민하다가 자신의 머리부터 아파오는 것을 느꼈다. 그래서 대충 말해 버렸다.

"간단히 말하면 증거가 없다는 말이오. 그 친구의 반역 음모에 대한 증거는 모두 객관성이 떨어지는 종류의 것들이오. 그런 경우가 있다는 것은 알고 있겠지요? 죄가 있는 것은 뻔히 알지만 공식적으로 단죄할 방법은 없는 경우 말이오. 그렇소. 체포할 수가 없지. 게다가 원래 후작이었기 때문에 체포하면 사회적 반향도 심각하고. 그래서 우리는 그 친구를 일종의 실종 상태로 만들 생각이오."

"실종이오?"

"그렇소. 다행히도 외국에 나와 있지 않소. 그래서 고국에 절대로 돌아오지 못하게 방해할 생각이오. 어떤 사람에게도 연락하지 못하고, 어떤 도시에도 나타나지 못하고, 누구도 그를 만나지 못하고……. 그런 상태로 만들어줄 작정이오. 우리가 처음 만났던 날의 그 친구 기억하시오? 당신 말의 원래 주인."

"아, 예."

"그 남자도 사무엘 드라이첵과 마찬가지로 후작의 부하요. 훈트라는 이름이었지. 우리는 그 훈트가 후작이 누군가에게 보내는 밀서를 가지고 있을 거라고 생각했지. 아마도 평소의 지인인 누군가에게 도움을 요청하는 밀서일 것이고, 그런 것을 가로채거나 해버리면 후작을 점점 외롭게 만들어줄 수 있다고 생각했기 때문에 그 친구를 덮친 거요. 우리 세 명으로는 후작에 대한 정면 공격이 어려우니까 그를 약화시키기 위해 그런 수단을 동원해 본 거요. 하지만 실패했어."

"실패요?"

"그 친구는 미끼였소. 우리들을 다른 곳으로 유인하기 위한."

"아아……, 그렇게 된 것이군요. 이제 대충 이해한 것 같아요."

미가 고개를 끄덕이는 모습을 보던 운차이는 턱으로 선실을 가리키며 말했다.

"우리가 지금 당장 부리나케 턴빌로 출발하지 않는 것도 그 때문이오. 우리는 그 작자가 어디에 있는지만 정확하게 알고 있으면 만족이거 든. 그리고 뭔가 활동을 계획하고 있는 것 같으면 충심으로 그 활동에 재를 뿌려줄 작정이오. 현재 우리들의 최대 야망은 후작이 히스테리를 부리다가 심장 발작으로 죽어주는 것이지."

농담할 때 미소라도 좀 짓지. 까르르 웃으려다가 운차이의 냉정한 얼굴 때문에 머쓱하게 웃음을 멈춰야 했던 미는 속으로 투덜거렸다. 그리고 미의 질문에 대답하면서 머릿속으로 질문거리를 정리하던 운차이는 미를 똑바로 바라보며 말했다.

"이제 내가 묻겠소. 당신은 북해로 간다고 했는데, 거기에 왜 가는 거요?"

미는 잠시 당황한 얼굴로 운차이를 바라보았다. 운차이와는 달리 그녀는 대답할 말을 정리해 두지 않았던 것이다.

"음음. 거짓말을 지어내기 어렵군요. 사실대로 말하자면 미는 말하고 싶지 않아요."

운차이는 물끄러미 미의 얼굴을 바라보았다. 적어도 그는 '약속했지 않소?'라고 재촉할 정도의 인격은 아니었지만 그렇다고 해서 만사태평이 행복의 지름길인 호인도 아니었다. 그래서 운차이는 낮은 목소리로 말했다.

"거짓말이라도 지어내 보시오. 사기 당했다는 기분은 느끼지 않아도 되게."

미는 겁먹은 눈으로 운차이를 바라보았지만 운차이는 그저 태평한 얼굴로 지루한 오후의 마지막을 장식할 재미있는 이야기를 기다리는 사람의 표정을 구사할 뿐이었다. 미는 안심했다.

"미는 음식 재료를 구하러 북해에 가요."

운차이는 물끄러미 미의 얼굴을 바라보다가 고개를 깊이 끄덕였다.

"알았소. 절대 누설하지 않을 테니 걱정 마시오."

"고마워요."

운차이는 가볍게 몸을 일으켰다. 그는 파이프에 담긴 재를 강물에 털면서 약간 어렵게 말했다.

"해가 지는군. 내려가서 코렐이 저녁 식사를 어떻게 대접하는지 봅시다."

"워, 워. 조용히, 화이트풋."

파와 화이트풋의 앞쪽으로 드라일 산맥의 발 아래 아늑하게 자리 잡은 고스빌의 모습이 펼쳐졌다. 화이트풋은 잠자리와 맛있는 풀을 생각하며 푸르릉거렸지만 파는 화이트풋의 갈기를 쓸어내리면서 주위를 둘러보았다.

사이들랜드 근방의 도시들이 대부분 그러하듯 이 도시에도 도시를 둘러싸는 목책이나 야경꾼, 경비 대원의 모습 같은 것은 없다. 그것은 보다 덜 신비로운 땅의 모습이며, 고스빌은 꽤 신비로운 땅의 언저리에 위치한 도시인 것이다. 그래서 화이트풋이 소란을 떨었지만서도 그들을 바라보는 시선은 느껴지지 않았다. 파는 꽤 늦은 시간에 도착했고 예상대로 대부분의 사람들은 잠자리에 든 지 오래였다.

파는 천천히 고스빌 내로 들어섰다.

딸깍거리는 말발굽 소리가 대로에 울렸지만 깊이 잠든 사람들은 깨어나지 않았다. 하지만 고스빌의 시내 지리를 잘 알고 있는 파는 특별히 길을 물어볼 사람이 필요하지 않았다. 파는 익숙한 골목과 광장을 지났다.

이윽고 파와 화이트풋이 멈춰 선 장소는 지금껏 지나왔던 다른 곳과 특별한 차이가 없는 장소였다. 밤이라 잘 드러나지는 않지만 적당히 더러운 데다가 적당히 냄새나는 평범한 건물들이 평범한 모습으로 늘어선 거리였다. 파는 그중 한 평범한 건물을 향해 걸어갔다. 입구 옆에 있는 평범한 말뚝에 고삐를 묶은 파는 그 건물의 평범한 문을 평범하지 않게 노크했다.

딱, 따다닥, 딱딱.

건물 안에서는 역시 평범하지 않은 대답이 들려왔다.

"암호는?"

"시끄러워, 스테드. 꼭 이런 짓거리를 해야 되는 거야?"

문이 열리며 갑자기 쏟아져나온 빛에 파는 얼굴을 찌푸렸다. 누군가가 램프를 들어올려 파의 얼굴을 확인하고 있었다. 잠시 후 램프가 아래로 내려간 다음 어둠 속에서 젊은이의 재미있어하는 목소리가 들려왔다.

"그래도 명색이 비밀 도박장이잖아."

"비밀 같은 소리 하고 있네. 그 암호 모르는 사람이 어디 있는데?

옷가게 노라 아주머니도 그 멍청한 암호는 알고 있더라."

"아아. 사장 고집이니 불쌍한 문지기에게 떠들어 봐야 소용없어. 그런데 파, 여기는 웬일로 온 거지? 내가 보고 싶어서? 아니면 도박하고 싶어서?"

"둘 다 관심 없어. 파타로 주점의 그 얼간이, 또 여기에 죽치고 있지?"

"데브? 물론이지. 개구리가 연못을 떠나면……, 아니, 잠깐! 그 데브 녀석이 내 연적이었어?"

"저녁에 도대체 뭘 먹은 거얏! 왜 헛소리를 주절대?"

"어, 파?"

스테드로서는 몹시 당황스러운 상황이었다. 가벼운 농담일 뿐이잖은가? 이런 지루한 밤에 도박장 입구에 주저앉아서 멍청한 암호 따위나 물어야 되는 문지기가, 만날 것이라고는 전혀 생각지 않았던 미인 친구를 만났다면 당연히 건넬 수 있는 그런 농담. 그러나 파는 그런 농담에는 상당히 어울리지 않는 눈길을 보내왔고 스테드는 꽁무니를 빼기로 결심했다.

"아, 좋아, 좋아. 뭐 기분 좋잖은 일이라도 있나 보군. 데브는 확실히 여기 있어. 뭐 말이라도 전해 줄까?"

"여기서 기다릴 테니 불러내."

스테드는 파의 요구를 들어주기 위해 즉각 몸을 돌리지는 않았다. 대신 비실비실 웃으며 미안한 듯이 말했다.

"이것 보라고, 파. 도박 도중에 여자를 만나면 패가 무지 더럽게 나온단 말이야."

파는 거기까지를 오늘의 한계로 설정했다.

5분 후, 파는 지하 도박장의 길고 비좁은 통로를 지나면서 통로 양쪽에 달린 문들을 하나씩 벌컥벌컥 열어젖히고 있었다. 파가 문을 열 때마다 안에서 터져나오는 비명 소리(?)는 처절했다.

"뭐야? 어떤 새끼야!"

"뭐가 이리 시끄러워? 어라? 이런, 맙소사! 여자 아냐?"

"이런, 빌어먹을. 야야, 패 엎어! 제길. 재수 옴 붙었다. 다시 돌려!"

"니기미, 개소리 하지 말고 카드 다시 잡아! 난 이 패 포기 못해!"

파는 안에서 들려오는 험악한 대사들에는 전혀 관심을 두지 않은 채 그 작업을 계속했다. 다섯 번째 문을 열어젖혔을 때 파는 찾고 있던 인물을 발견했다. 손에 가득 쥔 카드 뒤에서 파를 바라보고 있는 데브의 얼빠진 얼굴을 보며 파는 배부른 미소를 지었다.

데브는 당황하면서, 그러나 다른 사람에게 보이지 않도록 조심스럽게 카드를 테이블에 엎어놓으며 말했다.

"어? 파?"

"여기 있었군. 이리 나와."

그때였다. 상당히 거친 손길이 파의 어깨를 잡아채었다. 파는 휘청하면서 몸을 돌렸고, 눈을 부라린 채 그녀를 쏘아보고 있는 키 큰 남자를 발견하게 되었다. 남자는 으르렁거리듯이 말했다.

"나가."

"나는 저기 데브 녀석에게 볼일이⋯⋯"

"나가!"

파를 거칠게 돌려세운 남자는 레이저라고 불리는 사나이였고, 그의 직업은 도박사였으며, 그의 속은 뒤집어지기 일보 직전이었다. 조금 전 레이저는 소지금의 3분의 2를 베팅한 상태였다. 그러나 문을 열어젖힌 여자를 보자마자 그는 패를 집어던지고 통로로 달려 나왔다. 이 여자를 빨리 내보내지 않으면 다른 미친 녀석들이 이 여자에게 처녀에게는 일어나서는 안 되는 종류의 일을 저질러버릴 것이 불을 보듯 뻔하기 때문이었다. 도대체 이 밤중에 단신으로 도박장에 뛰어든 여자라니. 그런데 이 여자는 남의 뒤집어지는 속도 모른 채(레이저의 패는 정말 기가 막혔다.) 눈을 홉뜬 채로 그를 올려다보는 것이다.

이제는 늦었다. 레이저는 등 뒤로 들려오는 욕지거리와 구둣발 소리를 들을 수 있었다. 자포자기 하는 심정으로 달려 나왔기에 레이저는 통로 한가운데를 점하고 뒤의 남자들과 이 미친 여자 사이를 가로막을 수 있었다. 하지만 레이저의 등 뒤쪽 분위기는 계속 험악해지고 있었고 이제 이 여자가 통로의 끝까지 걸어가기란 트롤과 춤추기보다 더 어렵게 느껴졌다. 레이저는 결심할 수밖에 없었다.

'제길. 엘프와 순결의 그랑엘베르, 나 좀 먹고 살게 해주시오. 당신 오늘 내게 빚지게 되었어. 다음에 기필코 아까 쥐었던 패와 같은 패를 보내주셔야 됩니다?'

그랑엘베르에 대한 공갈을 끝낸 레이저는 곧장 파의 팔을 잡아채었다. 파는 뿌리치려고 했지만 곧이어 들려온 레이저의 말에 얼이 빠지고 말았다.

"이리 나와! 이 망할 여편네야. 집에서 애나 보고 있지 미쳤다고 여기까지 찾아와? 내가 너 때문에 늙는다, 늙어! 그래, 잘못했다, 잘못했어! 마지막으로 딱 한 번만 할 생각이었단 말이다. 어이구, 이런 개망신이 있나!"

으르렁거리며 달려들려던 남자들은 주춤하고 말았으며 레이저는 파의 팔을 거머쥔 채 남자들 사이를 재빨리 빠져나갔다. 남자들은 비웃음이 담긴 시선으로 레이저와 파를 쏘아보고 있을 뿐 제지하지 않았고, 그래서 레이저는 파를 잡아끌면서 단숨에 통로의 반대쪽 끝까지 달려 나왔다. 통로의 끝에 이른 레이저는 문으로 통하는 계단 옆의 벽에 기대앉아 있는 남자를 보았지만 그에 괘념치 않고 단숨에 계단을 뛰어올랐다. 건물 밖으로 뛰쳐나온 레이저는 무릎에 손을 짚은 채 숨을 몰아쉬기 시작했다.

"헉헉헉!"

운동 부족이야. 제길. 레이저는 곧장 이 도박장에서 최대한 멀어져야 된다고 느끼면서도 허리를 펴지 못한 채 땅을 향해 헉헉거리고 있었다. 매일 저녁 술 마시고 눈이 시뻘개지도록 카드나 들여다보는 녀석의 평균 수명이란 빤한 거지. 너라고 별다를 줄 알아, 레이저? 헉헉헉. 앞으로 몇 년이야. 재수 없으면 이번 한 철도 못 버티고 등에 칼 맞을지도 모르지.

겨우 숨을 돌린 레이저는 감사의 인사를 듣기 위해 그가 구해온 처녀에게로 고개를 돌렸다. 그리고 의아해져 버렸다.

"그 표정은 뭐야? 그런 해괴한 얼굴로 감사의 표시를 하는 것이 가풍인가?"

파는 헝클어진 머리를 짜증스럽게 헤집으며 말했다.

"당신에게 감사하다고 말해야 된다는 건가요?"

"고맙다고 해도 돼."

"내가 왜요? 나 저 안의 한 멍청이에게 볼일이 있어요. 나야말로 당신 멋대로 날 끌고 나와서 날 방해한 것에 대해 사과를 받아야 한다고요."

레이저는 무지무지 화가 날 경우 씩 웃는다. 그리고 레이저는 파를 향해서 씩 웃었다.

"이봐, 꼬마. 빅뉴스가 있는데, 나는 너 때문에 60셀을 포기했어."

파는 경멸에 찬 웃음을 지어 보였다.

"바보군요. 6셀만 있어도 나보다 훨씬 그럴듯한 여자 세 명은 살 수 있을 텐데."

파의 말은 레이저에게 일종의 반칙성 타격의 효과를 발휘했다. 급소를 가격당한 기분을 느끼며 레이저는 얼굴을 찌푸렸다.

"치마끈이 짧은 여자였나? 이런, 제기랄. 내 눈도 이제 갈 데까지 갔군."

"치마끈 같은 소리 하시네. 내가 어디가 거리의 여자로 보여요?"

"아냐? 오오, 역시 내 눈은 정확해. 그럼, 꼬마야, 지금부터 내가 하는 말에 화내지 말거라. 너 미쳤지?"

"가끔은 그런 것 같아요."

파의 말은 다시 한번 같은 효과를 나타내었다. 레이저는 가쁜 숨을 몰아쉬면서도 점점 유쾌한 기분을 느끼기 시작했다.

"하하하! 재미있는 꼬마군. 그래. 이 밤중에 도박장에 뛰어들고서도 네가 안전할 거라고 생각했어?"

파는 고개를 가로저었다. 한심한 남자 같으니라고. 그 의도가 좋았다는 것이 당신 행운이야. 그렇잖았다면 오래 전에 거기 길게 누워 있게 되었을걸. 파가 여기까지 아무 반항 없이 얌전히 끌려나온 이유는 레이저와 같았다.

"이봐요. 멍청한 도움이었지만 어쨌든 당신 도움에 감사는 해드리지요. 그러니 나를 두 번째로 방해해서는 안 돼요. 알았죠?"

레이저는 뭔가 대답하려고 했지만 그 전에 이미 파는 몸을 돌려 방금 그들이 뛰쳐나온 문을 향해 걸어가고 있었다. 이제 이 남자는 안전하니 파는 자신의 볼일을 볼 생각이었다. 레이저는 당황하며 파의 어깨를 붙잡았다.

"이 미친 꼬마가……"

"두 번째는 용서 안 해!"

퍽! 레이저는 어디를 맞았는지도 제대로 파악하지 못한 채 고꾸라지고 말았다. 평생토록 이런 식으로 맞았던 기억이 또 있던가? 혼미해지는 정신 가운데 레이저는 계단 옆 벽에 기대앉아 있던 사내를 떠올렸다. 잠깐, 그 녀석 자세가 좀 이상했던 것 같은데? 입에서 침을 길게 흘리고 있지 않았나……? 해답을 떠올리지 못한 채 레이저는 흔히들 졸도라고 부르는 상태로 직행했다.

코렐은 몸을 일으켰다. 그 자신조차 자신이 몸을 일으키는 것인지 분간할 수 없는 조용한 동작이었다.

선실 안은 어둡고 고요했다. 코렐은 잠들기 전에 보았던 광경을 떠올리며 그란과 운차이가 어느 쪽에 누워 있을지를 추측할 수 있었다. 그 빨강머리 나이트호크와 맹한 여자는 옆 선실에서 세상모르고 잠들어 있을 것이다. 코렐은 천천히 일어섰다.

창문으로 비춰드는 달빛은 어둠을 서서히 푸른색으로 물들였다. 코렐은 벽 쪽으로 몸을 붙였다. 그는 벽을 따라 걸으면서 바닥에 대충 쓰러져 잠들어 있는 그란과 운차이의 몸을 피했다. 선실 문을 열 때 낮은 삐걱 소리가 났지만 코렐은 그다지 놀라지 않았다. 저녁 식사에 섞어둔 수면제는 지금쯤 최고조의 효과를 나타내고 있을 것이다.

선실을 빠져나온 코렐은 어둠 속에서 히죽 웃었다. 그 남자가 제시한 금액은 꽤나 단위수가 높았다. 그런데 이렇게 쉬운 일일 줄이야. 코렐은 저녁 식사 시간 동안 그 빨강머리 나이트호크를 가장 주의 깊게 살폈다. 그녀 역시 나이트호크였고, 따라서 요리에서 뭔가 이상한 맛을 느낄 가능성이 높았다. 하지만 이 괴상한 일행은 저녁 식사 동안 끊임없이 서로 싸워대느라 음식이 코로 들어가는지 입으로 들어가는지조차 모르는 모습이었다. 그러고는 이렇게 세상모르고 잠들어 있는 것이다. 코렐은 크게 웃고 싶었지만 입을 다문 채 조용히 복도를 빠져나갔다.

갑판으로 통하는 승강구를 올라가자 달빛이 휘영청한 네인 강이 모습을 드러내었다. 그 남자는 고스빌 시내에서 기다리고 있겠다고 했지. 좋은 달빛이군.

코렐은 갑자기 이 밤중에 시내까지 가야 된다는 사실이 귀찮아졌다. 이럴 줄 알았다면 그냥 나루터 근처에서 기다리고 있으라고 할걸. 괜한 조심이었군. 저렇게 멍청한 녀석들에게 그 비싼 수면제까지 사용했단 말이지? 으음. 코렐은 고개를 가로저으며 갑판에 올라섰다.

그리고 앞으로 고꾸라졌다. 콰당!

정신을 잃을 지경이었다. 눈앞에 온갖 해괴한 색깔들이 가물거렸고 갑판에 대책 없이 부딪힌 이마와 코는 떨어져나갈 듯이 아팠다. 이 찝찔한 맛은, 퉤! 이런 제기랄! 혀를 깨물었나?

"우리나라 속담에 집에서 새는 주머니 밖에서도 샌다는 말이 있다."

등 뒤에서 들려온 싸늘한 목소리는 그냥 목소리였을 뿐이다. 당황과 경악 속에서 코렐은 그 말이 무슨 뜻인지 헤아려보지도 못했다. 코렐은 재빨리 몸을 굴려서는 뒤를 돌아보며 일어났다. 일어선 그의 손에는 나이프가 들렸고, 그의 눈은 믿을 수 없다는 시선으로 운차이를 바라보았다.

운차이는 한 손에 롱 소드를 든 채 문 옆에 길게 기대어 서 있었다. 네인 강에 쏟아지던 달빛의 일부가 그의 얼굴에 쏟아지며 그의 인상 전체를 몹시 이질적이면서도 냉혹해 보이게 만들었다.

"집 안에서 조심할 줄 모르는 나이트호크는 집 밖에서도 별 볼일 없지."

운차이는 그렇게 말하며 천천히 롱 소드를 뽑아들고서는 칼집을 옆으로 던졌다. 뎅그렁. 코렐은 자세를 낮추며 나이프를 눈앞으로 들어올렸다. 빠르게 열린 코렐의 입에서 흘러나온 목소리는 운차이와 마찬가지로 나직했다.

"줄은 언제 묶었지?"

운차이는 대답하지 않았지만 코렐은 그 대답을 깨달을 수 있었다. 오후에 갑판에 올라가서 파이프 피울 때였겠지. 그때 이 남자는 갑판으로 통하는 승강 계단 입구에 철사를 장치해 놓은 것이다. 승강 계단에 장식이 부족하다고 생각한 걸까? 코렐은 싱긋 웃었다.

"자기 집 안에서 함정에 걸리는 바보가 있을 거라고는 믿지 않았는데, 내가 그 꼴이 날 줄은 몰랐군."

"칼 치워."

"달빛도 좋은데 이야기나 좀더 나누고 나서. 왜 수면제가 통하지 않은 거지?"

운차이는 조금 전 선실을 빠져나오기 전에 들었던 그란의 무지막지한 콧소리를 떠올리며 고개를 끄덕였다.

"수면제를 탔나? 칼 치워."

"저녁 식사에 조미료가 좀 부족한 것 같아서. 그런데 넌……?"

"체질이 그래. 칼 치워."

"아, 그래? 놀라운데! 망할 약재상 녀석. 오거도 때려눕힐 수면제니 어쩌니 하더니. 그럼 말이야, 어떻게 해서 나를 의심하게 된 건지도 물어봐도 될까?"

"너무 친절하더군. 칼 치워."

"타인의 친절을 의심하다니! 역시 생긴 대로 삭막하게 사는 친구였군?"

"칼 치우지 않으면 그 팔 잘라버린다."

운차이는 지금까지 목소리를 전혀 높이지 않은 상태였다. 하지만 그 눈빛은 점점 사나워지고 있었다. 그 눈빛과 그의 마지막 말을 결부시켜 본 코렐은 상황이 몹시 지저분하다는 결론을 내렸다. 코렐은 절망적으로 미소 지었다. 그리고 그 미소와 함께 운차이에게 나이프를 선물했다. 휘익!

운차이는 고개를 살짝 돌려 날아오는 나이프를 피했다. 퍽! 나이프는 선체에 꽂히며 둔한 소리를 냈고 코렐은 배 바깥으로 뛰어내렸다. 쿠당! 운차이는 미끄러지듯 갑판을 움직여 뱃전으로 다가갔다. 부두로 뛰어내린 코렐은 이미 나루터 저편을 향해 맹렬히 달려가고 있었다. 운차이는 뱃전을 걷어차며 배 바깥으로 몸을 날렸다. 그러고는 코렐의 등을 향해 낮고 강하게 외쳤다.

"너 붙잡은 다음에 도망친 발걸음 수만큼 때려준다. 알겠지? 마음대로 달아나 봐."

코렐은 휘청할 뻔했지만 간신히 균형을 잡았다. 정말 삭막한 녀석이군.

"이봐요. 정신 차려요."

레이저는 자신의 뺨을 톡톡 두드리는 손길이 꽤나 감미롭다고 느꼈다. 그리고 이대로 조금 더 눈을 감고 기절한 척하고 있으면 이 손길을 좀더 즐길 수 있을 것이라는 생각까지도 떠올렸다. 하지만 등에서 느껴지는 냉기와 허리 쪽을 찌르는 돌멩이의 감각은 아무리 과장하더라도 안락하다고는 말하기 어려운 것이었다. 그래서 레이저는 눈을 떠 자신을 내려다보고 있는 여자의 얼굴을 보았다.

둥근 얼굴. 어쩐지 바라보고 있는 사람을 나른하게 만드는 얼굴이다. 달처럼 창백한 이마 아래 눈은 깊다. 그리고 깊은 만큼 반짝인다. 레이저는 눈을 몇 번 끔뻑였다.

"꼬마구나……"

한쪽 무릎을 꿇은 채 레이저를 내려다보고 있던 파는 그의 눈빛에 싱긋 웃었다.

"됐네요. 어서 일어나서 좀더 따뜻한 잠자리를 찾아봐요. 한데서 자면 감기 들어요."

레이저는 거의 고맙다고 말할 뻔했다.

"병 주고 약 주냐? 으윽. 창자가 끊어지는군."

"일으켜 세워줘요?"

"좋지."

파는 고개를 가로젓고는 레이저의 팔을 붙잡아 일으켰다. 레이저는 간신히 일어섰지만 그러고서도 한참 동안 허리를 펴지 못했다. 복부를 부여잡은 채 레이저는 침울한 눈으로 파를 쏘아보았다.
"주먹이 참 맵더구나, 꼬마야."
파는 허리에 손을 얹은 채 레이저를 바라보며 말했다.
"당신 참 불쌍하군요. 벌써 자신이 남자로서는 별 볼일 없는 나이가 되었다고 생각하는 거예요?"
레이저는 얼빠진 얼굴로 파를 바라볼 수밖에 없었다.
"도대체……, 무슨 말이니?"
"그렇지 않다면 나 정도 나이의 여자에게 그렇게 말할 리가 없잖아요. 당신보다 훨씬 나이 먹은 남자들도 나를 아가씨라고 불러요, 아니면 레이디라거나. 어쨌든 꼬마라고 부르는 사람은 처음 보겠군요. 자신이 도저히 젊은 여자를 넘볼 만한 나이가 아니라고 생각하는 건가요?"
레이저는 이제 기막힌 표정을 지은 채 눈앞의 당당한 레이디를 바라보았다. 그 당당한 레이디는 재빨리 레이저의 위아래를 훑어보고서는 고개를 갸웃했다.
"30대 후반은 넘기지 않았죠?"
"그래요, 누나."
"귀엽구나. 착한 어른이 되어야 돼. 누나는 이만 가봐야겠어."
파는 귀찮다는 표정으로 대답한 다음 화이트풋을 묶어둔 장소로 걸어갔다. 그 뒷모습을 보면서 레이저는 함박웃음을 지었다.
"하하하! 이봐, 꼬마 아가씨! 이름이 뭐야? 그리고 괜찮다면 나이도 좀 말해 줄래?"

"파 L. 그라시엘. 23년 전에는 세상에 없었던 여자랍니다."

"좋아. 나는 레이저라고 하지. 남자들이 얼굴에 문지르는 거. 다시는 서른두 번째 생일을 맞이하지 않을 거야."

파는 화이트풋에 올라탄 다음 레이저를 향해 걸어왔다. 그가 대로를 가로막듯이 한 채 서 있었기 때문에 어쩔 수 없었다.

"좋은 여행 되세요, 늙다리 아저씨. 그리고 좀 비켜줘요."

레이저는 옆으로 비키는 대신 손을 뻗어 화이트풋의 고삐를 붙잡았고 파의 눈썹은 위로 조금 올라갔다.

"질문 몇 가지만 하고. 이 도시에 살아?"

"아니오. 그리고 질문이 많다면 한꺼번에 물어줘요."

레이저는 파의 요구를 무시한 채 하나씩 질문했다.

"그럼 말이야. 이 아저씨가 꼬마 아가씨가 보고 싶어질 땐 어떤 바람을 타면 되지?"

"어떤 바람이든 아저씨를 태우면 바스락바스락 말라붙어 버릴 테죠."

"왜 이래. 첫인상은 어땠는지 모르지만 나도 알고 보면 습기 찬 우수를 가진 남자라고."

파는 멀거니 레이저의 얼굴을 내려다보았다. 남자들이란 정말 못 말릴 족속들이군. 조금만 기분을 맞춰주면 자신이 천하에 둘도 없는 바람둥이나 되는 것처럼 행동한다니까.

쳉은 그렇지 않은데.

"이봐요, 늙다리 아저씨. 나 오늘 저녁에는 인내심을 그다지 많이 발휘하진 못했어요. 그렇다고 해서 남아도는 인내심 아저씨에게 쓰고 싶은 생각도 없어요. 아까 아저씨 마음 씀씀이가 고와서 지금까지 참은 거네요. 그러니 이제 나를 그만 귀찮게 하고 당장 비켜요. 그렇잖으면 남자도 하혈할 수 있다는 것을 가르쳐드리지요."

파의 말은 단조로웠고 그 마지막 말에 대한 레이저의 당황은 좀 늦었다.

"……남자가 어떻게?"

"방광 있는 부분을 짧게 끊어치면 돼요. 소변에 피가 섞여 나오게 해드릴 수 있는데, 어때요?"

레이저는 그냥 웃어버리려고 했다. 하지만 웃음이 잘 나오지 않았다. 그는 다시 계단에 쓰러져 있던 남자를 떠올렸다. 그리고 조금 전 그가 기절할 때 눈앞의 이 꼬마 아가씨는 도박장으로 들어갔던 것을 기억해 냈다. 그런데 지금 아무렇지도 않은 모습으로 나와 있으면서 그를 향해 몹시 꺼림칙한 제안을 하고 있다.

레이저는 자신도 모르게 옆으로 비켜섰다.

그를 내려다보던 파의 얼굴에 살짝 미소가 떠올랐다. 레이저는 문득 이 꼬마 레이디의 입술이 달빛 아래 굉장히 매력적으로 보인다는 사실을 깨달았다. 파는 천천히 고삐를 틀어쥐고는 레이저를 향해 고개를 까닥였다.

"좋은 선택이에요. 헬카네스가 당신 손길을 보살피길 기원드리죠. 이랴!"

파는 그대로 푸른 달빛을 부서뜨리며 대로의 저편을 향해 달려갔다. 남겨진 레이저는 멍한 얼굴로 그 뒷모습을 바라보았다. 문득, 레이저는 조금 전 파에게 맞은 곳이 명치 쪽이었다는 것을 깨달았다. 무의식중에 명치께를 쓰다듬던 레이저는 비명을 지를 뻔했다. 으악! 사람 살려! 비명도 제대로 나오지 않는 고통 속에서 레이저는 조심스럽게 심호흡을 했다. 이마엔 이미 땀이 흠뻑 배어 있었다.

레이저는 이마를 닦은 다음 조심스러운 발걸음으로 도박장 쪽을 향해 걸어갔다.

계단에 주저앉아 있던 녀석은 이제 모로 쓰러진 상태였다. 입가에서 침을 질질 흘리며 기절해 있는 스테드를 조심스럽게 넘어서 레이저는 아래로 내려갔다. 그리고 잠시 한숨을 쉰 다음, 각 방마다 돌아다니며 테이블 위에 흩어져 있는 돈들 중에서 정확히 3분의 1씩을 꼼꼼하게 쓸어 모으기 시작했다. 남자들은 레이저의 행동에 대해 화를 내지는 않았다. 기절한 자들은 주위에 대해 관대한 법이니까. 레이저는 맞으면 기절할 정도로 아플 만한 부위만 골라 맞고서는 뒤죽박죽으로 쓰러져 있는 남자들을 향해 진한 동지애를 느꼈다.

도박장 한켠에서 발견한 주머니에 돈을 쓸어 넣은 레이저는 기절한 사내들을 향해 돈주머니를 익살스럽게 흔들어보였다. '이봐, 도박판에서는 원래 따는 사람은 아무도 없는 법이야. 내 말에 대해 어떻게 생각해?' 기절한 남자들은 무언의 긍정을 보내왔고 레이저는 휘파람이라도 불고 싶어졌다. 참 좋은 밤이었다.

"이천 걸음."

"이 자식아! 그렇게 말하면 진짜 세고 있는 것 같잖아!"

"이천열 걸음."

"……독한 놈! 재수없는 놈! 삭막한 놈! 몸서리쳐지는 놈! 으아아, 뭐 저런 녀석이 다 있어!"

"이천스무 걸음."

코렐은 그만 몸을 돌려 운차이를 향해 달려가고 싶은 강한 욕망을 느꼈다. 틀림없어. 저놈은 일부러 날 보내주고 있어. 제기랄! 코렐은 이제 말도 되지 않는 상상을 할 정도까지 되어버렸다. 만일 저놈이 원한다면 지금 당장이라도 날 붙잡을 수 있을 거야. 하지만 저놈은 더 많이 때리기 위해서 나를 일부러 달아나게 내버려두는 거야. 저놈은 순종 사디스트야. 그건 저 녀석의 가문에 내려오는 전통일 거야. 저놈 핏줄에는 혹시 오크의 피가 흐르는 것 아닐까? 코렐은 그 점을 확인하기로 결심했다.

"이 자식아! 네 조상 중에 오크가 섞여든 건 몇 째의 일이냐?"

나루터와 고스빌 시내를 잇는 오솔길은 고요했다. 밤이 펼치는 암흑의 그물은 대기 중에 흩어진 빛의 파편들을 남김없이 거두어들였다. 그러나 물처럼 스며드는 달빛만은 이곳에서도 마찬가지로 푸르게 빛나고 있었다. 그리고 코렐이 멈춰 선 곳은 오솔길이 끝나고 고스빌 시의 건물들이 눈앞으로 바싹 다가서는 위치였다.

코렐은 몸 곳곳에서 나이프를 꺼내어 양손에 하나씩 들고, 혁대에 세 개를 찔러둔 채 운차이를 쏘아보기 시작했다. 나루터에서 이곳까지 코렐을 뒤쫓아 오면서 그를 반쯤 미치게 만들던 운차이는 천천히 멈춰서서는 롱 소드를 들어올렸다.

"전부 이천서른두 걸음. 내 조상 중에는 오크가 없다."

"거짓말! 나는 믿지 않아. 네놈은 틀림없이 오크의 피를 타고 태어난 놈이야!"

운차이는 화를 내지는 않았다. 오히려 곰곰이 생각에 잠기는 표정을 지었다.

"아니……, 우리 가계에 오크에게 붙잡혔던 여자는 없었다. 음. 글쎄. 어쩌면 우리 가계에 머맨의 피가 흐르고 있을지는 몰라. 하지만 오크의 피는 아마 없을 거야."

코렐은 화를 낼 기운도 없어졌다.

"머맨? 인어 말이야? 젠장, 농담은 좀 농담 같이 말하는 것이 듣는 사람도 편한……"

"농담이 아니다. 졸란에 사시는 내 고모님께서 고모부님과 함께 해변을 거닐다가 머맨에게 붙잡혀 갔던 적이 있지. 몹시 아름다운 분이셨거든. 고모님은 다행히 도망치셨고, 신차이라 불리는 내 사촌 형을 낳았지. 그리고 사람들은 그가 머맨의 피를 타고 태어났다는, 약간은 낭만적이지만 악취미한 농담을 하곤 하지. 물론 내 사촌 형 면전에 대고 그렇게 말하는 간 큰 녀석은 없지만. 음……, 잠깐. 그러고 보니 내 외가 쪽으로 맨티코어에게 붙잡혀 갔던 아주머니가 한 분 계시는 것 같은데. 기억을 좀더 떠올려 보지. 어쩌면 오크도 있을지 모르겠는데."

달빛은 푸르고, 운차이는 추억에 잠겨들었고, 코렐은 입에서 거품을 뽀글뽀글 뿜어내고 싶어졌다. 그러나 그러는 대신 코렐은 오른손을 뒤로 당겼다.

추억에 잠겨들었던 운차이의 눈이 날카로워졌다.

옆으로 달리는 코렐에 맞춰 운차이의 몸도 스르르 미끄러졌다. 그리고 그 순간 코렐의 몸 전체에서 매우 긴박하고 드라마틱한 움직임이 시작되었다. 대지에 닿는 발에서 전달된 신호는 해석의 과정을 뛰어넘어 결론을 이끌었고 그 결론은 코렐의 다리를 즉각 제어했다. 자세 제어는 반사적으로 이루어진다. 운차이의 움직임과 자신의 움직임을 한꺼번에 고려한 눈길은 무섭도록 빠르게 움직인다. 한껏 이완되었던 오른팔의 이두근은 팽팽하게 수축된다.

어깨로 던진다. 손목으로 던지면 스냅이 들어가니까. 하지만 그 급박한 순간순간마다 허파는 노력을 다해 호흡을 부드럽게 이어나간다.

코렐의 나이프는 빗나갔다.

운차이는 코렐을 향해 육박해 들어갔다. 코렐은 왼손에 남아 있던 나이프를 막기 까다로운 각도로 던진다. 남은 평생 동안 한 번 더 이렇게 던질 수 있을까? 무섭게 날아오는 나이프를 보며 운차이는 씁쓸함을 느낀다. 묘기를 시도해야 된다는 것은, 멍청한 상황에 몸을 던져 넣었다는 증거. 운차이는 자신의 무릎이 충분히 부드럽기를 바란다.

스르륵.

마치 눈앞을 가로지르는 나뭇가지를 피해 가듯, 운차이는 머리를 살짝 숙이며 날아오는 나이프의 아래쪽을 지나친다. 운차이의 머리카락들이 나이프의 궤도에 휘말리며 진저리친다. 혁대 쪽으로 움직이는 코렐의 손은 그의 좌절을 담아 느렸고, 운차이는 발을 내뻗어 그 손 바로 위를 주의 깊게 찬다. 손등과 복부를 한꺼번에 걷어차인 코렐은 뒤로 쓰러진다. 곧장 아래로 내리꽂히는 운차이의 롱 소드. 쉬시식.

롱 소드의 끝은 정확히 코렐의 목젖 앞에서 멈춘다. 두 사람의 움직임이 동시에 밤의 고요를 닮아버린다. 떠도는 바람의 결을 타며 운차이의 목소리가 흘러나온다.

"누구지?"

롱 소드의 끝뿐만 아니라 운차이의 몸 어느 부분에서도 움직임은 찾아볼 수 없다. 운차이는 입술만 움직여서 질문했다. 그리고 땅에 쓰러진 코렐은 '코렐이야'라고 대답하면 몹시 위험한 일이 생길 것 같은 기분을 느끼며 씁쓸히 웃었다.

"몰라."

"몇 놈이지?"

"내가 본 건 두 명."

"얼마 받기로 했지?"

"300셀."

"좋아. 나는 3셀이야. 만나기로 한 장소는 어디지?"

코렐은 겨우 100분의 1에 해당하는 금액으로 배신을 요구하는 운차이에게 화를 낼 수 없었다. 그 요구를 거부할 경우 운차이의 롱 소드는 앞에 있는 장애물에 구애됨이 없이 뻗어 나올 것이 분명했으니까.

그런데 그 장애물이라는 것이 코렐에게는 꽤 소중한 것이었다. 밥도 먹고, 술도 마시고, 노래도 부르고…… 누설도 할 수 있다.

"고스빌 시내 중앙 광장에서 2층에 불 켜진 창을 찾으면 돼."

운차이는 고개를 끄덕이고는 코렐의 목에 롱 소드를 겨눈 채 그의 몸을 뒤지기 시작했다. 코렐은 입술을 꾹 깨문 채 하나만이라도 들키지 않기를 기원했지만 운차이는 야속하게도 모든 나이프와 블로건, 다트들을 다 뒤져내었다. 코렐의 무장을 모조리 해제한 운차이는 아무 미련 없이 몸을 돌렸다. 자신에게 엄격한 사나이답게 코렐에게 동전 세 개를 던져준 다음.

달빛 고요히 쏟아지는 오솔길에 주저앉은 채, 코렐은 배 쪽으로 사라져가는 운차이의 뒷모습을 넋 잃은 얼굴로 바라보았다. 여름을 부르는 벌레들의 울음소리가 간신히 그의 의식을 현실에 비끄러매었고, 그제서야 코렐은 깊은 한숨을 내쉬며 고개를 떨어뜨렸다. 고개를 숙인 코렐의 눈에 길바닥에 떨어진 동전들의 반짝임이 들어왔다. 코렐은 동전을 노려보다가 쓰게 웃어버렸다.

"망할 놈……"

운차이와 그 자신 중 누구를 가리키는 말인지 구분하기 어려운 말을 한 다음, 코렐은 그대로 주저앉은 채 내일의 해가 뜨자마자 해야 될 일에 대해 생각해 보기 시작했다. 이대로 고스빌을 떠버릴까? 밥 먹고 살기에는 좋은 동네였는데. 에라, 턴빌에서 적당히 한 탕한 다음 잠시 나이트호크 영업 쉬면서 여름 한철 모험이라도 다녀보는 것이 가장 괜찮겠는데. 그런데 지금 당장은 어쩐다? 배로 돌아가기도 그렇고 시내로 간다 해도 별 볼일이 없겠군. 잠시 고민하던 코렐은 시내의 비밀 도박장에 가서 개평이나 뜯어보자는 결론을 내렸다. 그리고 내일 아침 사태를 관찰한 다음 거취를 명확히 하기로 결정했다. 스스로의 결정에 어쩔 수 없이 승복하면서 코렐은 운차이가 던지고 간 동전들을 주워 올렸다. 손바닥에 놓인 세 개의 동전을 바라보던 코렐은 다시 한번 쓰게 웃으며 짐짓 쾌활하게 말했다.

"뭐, 이 정도면 오늘밤 보낼 밑천은 되겠는데? 하하하!"

코렐은 손바닥의 동전들을 위로 튕겨 올렸다. 달빛을 받은 동전들이 예리한 빛을 뿜었다. 마땅히도 동전들은 코렐의 손바닥에 떨어져야 되지만, 그러나 그렇게 되지는 못했다.

동전들은 바닥에 떨어져 데굴데굴 굴러갔다.

한때 코렐의 꿈을 꿈꾸고 코렐의 즐거움에 즐거워하던 몸뚱이는 천천히 기울어갔다. 풀썩. 땅에 닿는 순간까지 코렐은 의식을 지니고 있었다. 더럽게 아팠다. 그리고 허락된다면 한번만 더 일어나서 휘파람을 길게 불어보고 싶었다. 아무도 듣지 않아도 좋으니, 구슬픈 음색으로 흩어져가는 휘파람을.

신기했다. 코렐은 자신의 마지막 호흡을 깨달을 수 있었다. 이게 내 최후의 호흡이구나. 평생 동안 아무 생각 없이 하던 호흡이 이 순간 한 번만 더 해보고 싶은 소중한 것이 될 줄은 몰랐어.

코렐은 죽었다.

허공에서 내려온 발이 코렐의 등을 밟았다. 그리고 뒤따라 나타난 손은 코렐의 등에 꽂힌 대거를 틀어쥐었다. 대거가 뽑히면서 코렐의 몸이 꿈틀거렸지만 그의 등을 무자비하게 밟고 있는 발은 꼼짝도 하지 않았다. 대거를 쥔 손은 코렐의 옷에 대거의 피를 닦기 시작했다. 그리고 그 손 조금 위쪽에서 차가운 목소리가 들려왔다.

"배로 갔는데, 어떻게 하지?"

뒤이어 다른 목소리가 대답했다.

"배로 가서 다른 녀석들을 데리고 오겠지."

"뒤따라가서 혼자 있을 때 치는 것은 어떨까."

"좋지 않아. 저 자이펀 녀석은 상대하고 싶지 않은데."

단조로운 목소리로 단조롭지 않은 대화를 나누고 있는 남자는 두 명이었다. 평범한 옷차림들이었지만 웬만한 문에서는 약간 비좁은 기분을 느낄 만한 체구의 사나이들이었다. 투구를 많이 써서 시원하게 벗겨진 이마 아래 쭉 찢어진 눈들은 장미 향기보다는 피 냄새 쪽에서 안정감을 느낄 남자들임을 확실히 깨닫게 해주고 있었다. 운차이가 사라져간 방향을 지그시 바라보던 남자들 중 하나가 체념한 목소리로 말했다.

"아무래도 이 마을을 떠나야겠다."

"음."

코렐을 찌른 남자가 대거를 회수하자 두 사람은 지체하지 않고 곧장 발걸음을 떼었다. 그들은 조금 전 운차이가 사라져간 방향과 반대 방향, 즉 고스빌 시내를 향해 걸어갔다. 그들의 등 뒤로 남겨진 코렐의 시체에는 희푸른 달빛만이 떨어져내렸다.

파는 떨리는 손으로 눈물을 닦아냈다.

잘 떨어지지 않는 발걸음을 떼면서 파는 코렐에게 다가갔다. 코렐은 바닥 가득히 깔린 달빛의 웅덩이 속에 외롭게 떠 있었다. 파는 진저리를 치며 입을 틀어막았다. 쳉, 이게 어떻게 익숙해질 수 있는 거니? 이 못된 감정 결핍증 환자 녀석아.

그대로 부서져나갈 듯이 떨리는 손을 간신히 뻗어, 파는 코렐의 이마에 손을 가져갔다.

손가락이 닿은 순간 끔찍한 기분이 들었을 뿐 눈꺼풀을 감겨주는 것은 간단했다. 파는 그 옆에 무릎을 꿇은 채 한참 동안 하늘을 올려다보았다. 윙윙거리는 귓속으로는 자신의 맥박 소리도 제대로 들리지 않았다. 그때였다.

"죽은 거야?"

등 뒤에서 들려온 목소리에 기겁하며 파는 재빨리 몸을 돌렸다. 이마 가득히 푸른 달빛을 받으며 어이없는 표정을 짓고 있는 남자가 있었다. 남자는 코렐의 시체를 내려다보다가 짓눌린 목소리로 말했다.

"그 남자, 네가 죽인 거냐? 아, 아니군. 칼을 맞은 거지?"

파는 멍청한 얼굴로 남자를 올려다보다가 간신히 입을 열었다.

"레이저 씨?"

레이저는 시체를 흘끔흘끔 바라보다가 힘들게 미소를 지어 보였다.

"그래. 네가 발견한 거야? 이런. 이 친구는 왜 이 밤중에 이런 오솔길에서 칼에 맞아 죽어 있는 거지. 이 친구가 네가 찾는다는 그 나이트호크야?"

"어떻게 아는 거죠?"

"데브가 안부 전해 달라더군. 이를 꽤 갈던데."

"왜 따라온 거죠?"

말을 마친 파는 이미 똑바로 일어서 있었다. 그녀는 도발적인 표정을 담은 얼굴을 옆으로 약간 기울인 채 레이저를 올려다보았고 레이저는 다시 한번 별로 매력이 없는 미소를 지었다.

"아아. 꼬마 아가씨는 자기가 받아야 될 돈을 챙기지 않았더라고. 그래서 내가 대신 챙겨 왔지."

"돈…… 이라고요? 무슨 돈이오?"

레이저는 히죽 웃으며 품속에서 돈 주머니를 꺼내들었다. 그리고 의아한 표정으로 바라보고 있는 파의 얼굴 앞으로 주머니를 흔들며 익살맞은 목소리로 말했다.

"아가씨는 도박장을 휩쓸었잖아. 비록 도박으로 휩쓴 것은 아니지만, 어쨌든 휩쓴 건 휩쓴 거지. 그러니 그 돈은 아가씨 거야."

파는 이제 어처구니없는 표정을 지었다.

"설마, 당신? 그 도박꾼들이 기절한 사이에 돈을 챙긴 건가요?"

"기절시킨 건 꼬마 아가씨지. 이 아저씨는 돈만 챙겼고."

파는 기막힌 표정으로 레이저를 쏘아보다가 두말없이 몸을 홱 돌렸다. 파는 땅에 쓰러진 코렐을 바라보지 않으려 주의하면서 그대로 화이트풋을 묶어둔 장소로 걸어가기 시작했다. 레이저는 당황해서 말했다.

"어? 이봐. 파. 돈 가져가라고."

"기절시킨 건 나고 돈을 챙긴 것은 당신이잖아요. 그러니 그 돈은 당신이나 챙겨요."

"뭐가 그렇게 급한 거야? 언니가 도대체 무슨 사고라도 만난 거야?"

"당신 알 바 아니에요."

파는 화이트풋에 올라탔으며 레이저는 다시 한번 파를 놓치게 될 것 같다고 생각했다. 그것은 좋지 않았다. 그래서 레이저는 재빨리 화이트풋의 앞을 가로막았다. 파의 눈이 가늘어지며 동시에 레이저의 눈은 미소를 짓기 시작했다.

"꼬마 아가씨. 하혈이니 뭐니 하는 끔찍한 소리는 하지 마시고, 에, 또. 이 아저씨가 꼬마 아가씨를 도와줄 수 있지 않을까? 아가씨는 뭔가 매우 위험한 일에 뛰어들려고 하는 것 같단 말이야. 저 시체를 봐도 그렇고."

"엘프 나무 찍는 소리하고 있다고 말해 드리겠어요. 비켜요."

파는 앞에 레이저가 없다면 그대로 달려 나갈 태세였다. 그리고 레이저에게 있어 더 인상적인 것은, 파는 앞에 레이저가 계속 서 있을 경우 밟고 지나갈 태세였다는 점이다. 그래서 레이저는 다급하게 말했다.

"파 L. 그라시엘! 당신은 주먹도 세고 배짱도 충분해. 여자에게 이런 칭찬을 해본 것은 처음이군. 하지만 아가씨에게는 뭔지 모르게……, 젠장. 아가씨를 보면 누구나 도와주고 싶어질 거야! 꼬마, 너에겐 그런 분위기가 있단 말이야. 내버려두면 다 타버릴 불꽃같은. 그게 이 아저씨를 자꾸 자극하는데."

마지막 말은 '그냥 달려 나갈 경우 레이저가 알아서 피하겠지.' 정도로 생각하고 있던 파를 멈추게 만들었다. 파는 미심쩍은 눈으로 레이저를 내려다보았다.

"무슨 뜻이죠?"

"아가씨는 원하지 않는 것을 향해 숨이 끊어져라 달려가고 있는 것처럼 보인단 말이야."

파는 고삐 든 손을 내렸다. 완전히 확신하기에는 조금 모자란 동작이지만 어느 정도 안정을 느낄 수는 있었다. 그래서 레이저는 조금 천천히 말하기 시작했다.

"데브 말이야. 그 녀석은 아가씨가 왜 그랬는지 모르겠다고 말하더라고. 이건 그대로 전하는 말이야. 괄괄하긴 하지만 시원스러운 애인데 왜 저렇게 뒤가 없는 사람처럼 구는 건지 모르겠다더군."

파는 아직껏 입을 열지 않았다. 레이저는 힘겨움을 느끼며 말을 이어나갔다.

"도대체 무슨 일이지? 이건 모르는 사람의 일에 대해 보통 사람이 던지는 의문으론 좀 이상하게 보일 거야. 하지만 아가씨의 분위기가 그러니까……, 도대체 아가씨를 채근하는 것은 뭐지?"

"죽여버리고 싶은 사람에 대한 사랑."

파는 레이저의 놀란 얼굴을 보고 나서야 자신의 입에서 흘러나온 말을 제대로 알아들을 수 있었다. 레이저는 고개를 갸웃거리더니 갑자기 고개를 들었다.

하늘의 비탈을 거슬러 올라가는 달의 수레의 궤적이 레이저의 눈에 가득 들어왔다.

오로라와 망각의 이사는 오로라를 짜내는 그의 처녀들의 탄원을 받아들여 하늘에 있는 빛 중 태양의 광휘를 제외한 모든 빛을 날실로 허락했다. 콧등에 떨어지는 달빛을 보던 레이저는 오늘 밤의 달빛은 화렌차의 세 기사 중 의미의 기사의 망토를 짜는 데 사용하면 멋있으리라는 생각을 떠올렸다.

"뭐, 그럴 수도 있어. 복수도 의미와 같이 다니기 싫어하는 것들 중의 하나니까."

"복수 아니에요."

"의미가 없다면, 복수가 아니라는 거야? 음. 그런데 꼬마 아가씨, 너는 말했잖아. 죽여버리고 싶은 사람에 대한 사랑이라니. 그럼 그건 아주 희귀한 종류의 의미를 가져다붙여야 되겠는데. 그 죽여버리고 싶은 사람이 언니야? 언니를 사랑하는데, 죽여버리고 싶다고?" 레이저는 점잖지 못하다. "언니의 애인이라도 사랑하는 거야?"

"그럼 안 되나요?"

이런 대답은 예상하지 못했던 레이저는 고개를 내려 파를 바라보았다. 그러고는 뒤로 두 걸음 물러나며 자신도 모르게 이를 악물 수밖에 없었다. 레이저가 본 것은 이사의 가장 큰 은혜가 있다 해도 잊을 수 없는 그런 종류의 얼굴이었다.

서늘한 파의 눈빛 속에서 예리하게 번뜩이는 것은 무엇이었을까. 레이저는 파의 굳은 입술이(아까는 저 입술이 매력적이라고 생각했는데) 움직이는 것을 느끼지 못했다. 하지만 그녀의 목소리만은 레이저를 향해 아프게 날아왔다.

"그럼 안 되냐고 물었는데, 레이저 씨."

파의 얼굴을 보며 뒷걸음질 치던 레이저는 땅에 쓰러져 있던 코렐의 시체에 발이 걸리고 말았다.

"어, 으어엇!"

뒤로 나동그라진 레이저는 코렐의 시체 위를 뒹굴게 되었다. 아직 근육 경직이 일어나지 않은 코렐의 팔은 기묘하게 꿈틀거리다가 레이저의 얼굴을 때렸고 레이저는 지독한 감정을 맛봐야 했다.

"끄아아아악!"

레이저는 소스라쳐 코렐의 팔을 밀어버리며 일어났다. 하지만 다리가 꼬여버린 레이저는 절반쯤 일어나다가 다시 쓰러졌다. 탄력이 사라져가는 코렐의 시체는 레이저의 몸 아래에서 다시 한번 상상조차 하기 어려운 모습으로 출렁거렸다. 레이저는 미쳐버리고 싶어졌다. 그리고 파는 시체와 나뒹굴고 있는 레이저의 모습을 싸늘하게 내려다보고 있었다. 다음 순간.

휘이익. 파는 코렐의 시체와 뒤엉켜 있던 레이저의 몸 위로 날아올랐다. 화이트풋의 거대한 동체가 밤하늘을 모조리 가리는 순간 발광하고 있던 레이저는 숨이 딱 멎는 느낌을 받으며 멈춰버렸다. 가장 짧은 순간에 가장 긴 비행. 코렐의 몸 위에 드러누운 채 레이저는 입을 쩍 벌리고서 파를 바라보았다.

레이저가 정신을 수습해 뒤를 돌아보았을 때 화이트풋의 모습은 이미 오솔길 저편의 어둠 속으로 사라진 후였다. 다그닥다그닥. 맑은 밤공기를 때리는 말발굽 소리만 규칙적으로 들려왔다. 레이저는 한숨을 내쉬며 말했다.

"제엔장. 저 계집애는 아무래도 일세인이 현신한 모습일 거야."

쳉은 얼굴을 간질이는 뭔가의 느낌을 받았다. 미세한 느낌. 벌레인가? 쳉은 오른손을 얼굴 쪽으로 휘둘렀다. 그러나 쳉의 손길에 닿는 것은 매우 부드러운 어떤 것이었다. 쳉은 눈을 떴다.

"파?"

"일어났어? 미안해. 잠 깨웠구나."

"뭔데?"

파는 고개를 돌리며 대답했다.

"아, 얼굴에 뭐가 붙은 것 같아서 떼어주려고."

쳉은 일어났고, 여전히 파의 귀를 바라보며 말했다.

"늦었나? 음. 지금 달이 어디쯤이지?"

지평선에 둘러싸인 밤은 둥글고 넓다. 방랑자들의 고질병, 매일 눈을 뜰 때 뭔가 잘못된 장소에서 깨어난다는 느낌을 이번에도 받으며 쳉은 머리를 휘둘렀다. 주위는 새벽 직전의 가장 어두운 공기였고 쳉은 그 속에서 풍겨오는 온갖 것들의 냄새를 가슴 깊이 빨아들였다.

땀 냄새? 이상하군. 기지개를 켜던 쳉은 손을 내리며 의아한 눈초리로 주위를 둘러보았다. 파는 여전히 등을 보여준 채 고스빌 쪽을 향해 앉아 있었다. 말들을 보던 쳉은 화이트풋이 약간 땀에 젖어 있는 것을 발견했다. 저 말이 왜 저래? 그러나 쳉은 대수롭잖게 생각하고는 더 급한 일을 떠올렸다.

"자, 가자. 늦겠어. 아무래도 세수와 아침 식사 등은 고스빌에 도착한 다음으로 미루지."

파는 등을 돌린 채 낮게 말했다. 웅얼거리는 것 같았다.

"피곤하지 않아?"

"괜찮아. 그런데 넌 졸리니?"

"가."

파의 그림자가 스르륵 일어났다. 부지불식간에 쳉의 눈길을 붙잡아 두는 몸놀림이었고, 그래서 파에게 뭐라고 말을 걸려던 쳉은 입을 다물고 말았다. 어두운 파의 음영은 그대로 일어서더니 몸을 돌려 말을 향해 걸어갔다. 쳉 쪽은 바라보지 않았다.

새벽의 어둠 속에 희미하게 보이는 파의 모습은 신비로웠다. 언뜻언뜻 드러나는 옆얼굴. 그리고 하얀 손. 무릎과 팔꿈치가 잠시 어둠 위로 드러났다가 뒤로 사라지며, 파는 말 위에 올라 있었다.

"어서 타. 빨리 가야지?"

"응? 아, 그래."

쳉은 화급히 모닥불에 남은 불씨를 밟아버리고는 캐시헌터에 올랐다. 쳉이 말에 오르자 파는 그대로 아무 말 없이 달려 나갔다. 쳉은 그 뒷모습을 잠시 바라보다가 파의 머리 위 희미한 다크 블루로 물드는 새벽하늘을 바라보았다. "이랴!" 쳉은 파의 뒤를 따라 달려가기 시작했다.

두 사람이 출발하고 남겨진 모닥불에서는 가느다란 연기가 피어올랐다. 평원의 바람을 탄 연기는 희미하게 갈라져 사라지며 사라진 시인 파하스의 추모곡을 부르기 시작했다.

ㅎㅎㅎㅎㅎㅎㅇ.

제2장
시인의 귀환

1

"그렇게 잘 되고 있지는 못합니다. 레니 양이 돌아와 주었으면 좋겠군요."

루미너스의 달빛을 바라보며 칼은 중얼거렸다. 그의 등 뒤에서 낮고 날카로운 목소리가 대답했다.

"레니가 돌아오길 바란다고?"

칼은 빙긋 웃으며 몸을 돌렸다. 달빛이 쏟아지는 테라스 난간에 기댄 칼은 어두운 방 쪽을 바라보았다. 그가 서 있는 위치에서는 달빛에 드러난 두 개의 발과 의자 다리, 그리고 그 위의 로브 약간밖에 보이지 않았다. 나머지는 방의 어둠 속에 숨겨져 있었다. 칼은 그 어둠 속에 앉아 있는 자를 향해 말했다.

"레니 양이 돌아오면 당신도 오게 되는 것 아닙니까, 위대하신 분이여."

"그녀는 고향에서 얻을 수 없는 것에는 관심이 없다."

"당신은 어떠십니까."

"나의 라자 곁에 있는 것이 좋아. 그녀는 생선 요리를 잘하지."

"생선 요리요? 음……, 요즘은 어디에 기거하고 계십니까?"

"델하파의 앞바다."

"허어, 선원들이 난리가 났겠군요? 아니, 온 일스가 난리 아닙니까?"

"아니. 그들은 아직 모르고 있다."

"흐음. 폴리모프 하신 채로 지내십니까?"

"녀석들은 내가 퇴직한 공무원 정도인 걸로 생각하고 있지."

"설마……, 낚시질을 하고 계신 겁니까?"

"재미있더군."

칼은 빙긋 웃을 수밖에 없었다. 델하파의 방파제에 앉아서 낚싯바늘에 미끼를 끼우고 있는 블루 드래곤이라니. 그가 정체를 드러내는 순간 심장 마비로 쓰러져버릴지도 모르는 뱃사람들의 인사를 받으며 말이지? 허허, 참.

"그런가요. 그녀가 마음에 드십니까, 지골레이드?"

칼의 질문은 앞쪽의 질문에 그대로 이어지듯이 나왔고, 그래서 기습적이었다. 어둠 속의 지골레이드는 잠시 말을 잊은 채 앉아 있었다. 칼은 속으로 숫자를 세기 시작했고, 대략 열대여섯쯤 세었을 때 지골레이드의 대답이 들려왔다.

"드래곤과 드래곤 라자의 관계는 호오를 뛰어넘는 것이다. 칼. 너는 네 오른팔과 왼팔 중 어느 것이 마음에 들지?"

비록 평범한 목소리였지만 지골레이드의 말은 삼엄했다. 블루 드래곤다운 맹포함이 미미하게 배어나오는 목소리를 들으며 칼은 어깨를 움츠렸다.

"질문이 잘못되었군요. 죄송합니다. 글쎄요. 저는 단지 당신의 슬픔이 그녀로 인해 조금 희석되었으면 좋겠다고 생각하는지라……"

"칼."

칼은 고개를 들어올리다가 조금 전 보았던 위치에서 지골레이드의 발이 사라진 것을 깨닫고는 당황했다. 거기에는 이제 빈 의자만이 남아 있을 뿐이었다. 어디로 간 거지? 그때 날카롭고도 나직한 목소리가 그에게 날아왔다.

"크라드메서를 죽인 것은 나다." 칼은 이를 악물었다. "그러므로 나는 그에게 부채를 지고 있는 셈이지. 내가 그를 죽였으므로, 나는 그가 이루지 못한 것들을 이뤄야 할 의무를 가진다고 할 수 있다. 그게 드래곤다운 일이지. 이해하겠는가?"

칼은 꼼짝도 하지 않은 채 생각에 잠겼다. 최강의 이그누스 드래곤이 이룩하지 못했던 것? 그가 그 비탄스러운 죽음의 순간에 바랐던 것……, 바이서스의 멸망. 칼의 목소리는 떨리지 않았다. 떨릴 수조차 없었으니까.

"하실 겁니까?"

"나의 라자가 싫어할 거야."

털썩 소리가 들리며, 칼은 다시 의자에 앉은 지골레이드의 발을 볼 수 있었다. 하지만 조금 전 그의 왼쪽 귀 바로 옆에서 들려왔던 낮은 목소리는 아직껏 여운을 남기며 주위를 맴돌고 있었다. 칼은 쿵쾅거리는 심장을 천천히 억제했다.

지골레이드는 피로한 목소리로 말했다.

"본론을 말하지. 내일 아침까지는 일스로 돌아가야 하니 밤을 틈타 날아갈 생각이네. 이미 루미너스의 눈길이 서쪽을 향하는군."

칼은 이를 악물었다. 빠르게 평정을 되찾은 칼은 이제까지와 같은 목소리로 말했다.

"델하파의 앞바다에 계신다고 하셨지요?"

"응."

"그렇다면……, 루펠만 해변 앞의 항로에 대해 들어보셨는지요."

"그건 알고 있다만. 자이편의 뱃사람들이 많이 이용하는 항로지."

"그 항로가 막힌다면 어떻겠습니까?" 지골레이드는 칼을 뚫어지게 바라보았다. "솔직하게 말씀드리겠습니다. 당신을 이용해서 이 쓸모없는 전쟁을 중단하고 싶습니다. 하지만 이쪽에서만 발을 뺄 수는 없지요. 휴전을 제안할 상황으로 만들고 싶습니다."

지골레이드는 피식 웃었다.

"웃기는군. 내가 널 도와야 할 이유를 다섯 가지만 말해 봐."

"다섯 가지? 예. 첫째, 중도를 지키는 이그누스 드래곤의 이름으로 부탁하겠습니다. 그리고……"

"뭘 하면 되지?"

이번엔 칼이 웃을 차례였다.

이틀 뒤, 루펠만 해안 앞 4펜큐빗 해상. 이 계절에는 보기 힘든 강렬한 폭풍이 해원을 할퀴고 있었다. 파도의 끄트머리에서 피어올라 비산하는 포말은 허공에 시린 은선을 그어대었고(꽈아아앙!), 먼 수평선에 그려지는 벼락들은 회색 하늘을 극채색으로 물들이고 있었다. 그리고 꼼꼼한 장인의 손으로 그려진 듯한 무수한 동심원들 사이로 가라앉는 배의 모습은 낙뢰의 기괴한 은광 속에 예리한 윤곽으로 드러나고 있었다.

요란한 천둥소리에 묻혀버린 비명은 모두 자이펀 어였다. 그러나 그 소리를 듣지 않아도 노련한 뱃사람이라면 수평선 위로 이상한 각도를 그린 채 번득이고 있는 마스트만 보고도 이 배가 자이펀 바크임을 알아볼 수 있을 것이다. 삼장범선(三檣帆船)이며, 원양 항해에서도 발군의 성능을 나타내는 자이펀의 무역선이다. 어쨌든 웬만한 폭풍은 쉽사리 견뎌내는 배다. 하지만 이 '바다를 떠도는 금고'라 할 만한 배는 이 세계의 것이 아닌 것만 같은 위력적인 공격 앞에 비참할 만큼 무력한 모습으로 가라앉고 있었다.

꽈루루룽! 다시 한번 몰아친 파도는 배의 옆구리를 통째로 뜯어낼 듯했다. 벼락에 물든 하늘은 이제 초절적인 보랏빛으로 번득이고 있었고 군데군데 불타고 있는 배의 갑판에서는 지독한 연기가 피어올랐다. 그 불타는 갑판 위로 선원들은 보트를 내리기 위해 안간힘을 쓰고 있었다. 그러나 엉켜버린 밧줄과 뒤흔들리는 갑판은 선원들의 필사적인 노력을 무위로 돌아가게 만들었다. 튜르룽! 몰아쳐온 파도에 다시 나동그라진 선원들은 절망적인 눈으로 포마스트 쪽을 바라보았다. 포마스트 아래쪽에서는 한 사나이가 돛줄을 움켜쥔 채 고래고래 고함지르고 있었다.

군데군데 그을려 있긴 했지만 입고 있는 옷은 선장의 옷이었다. 몰아치는 광풍과 파도가 배를 가랑잎처럼 뒤흔들고 있었기에 선장은 당장이라도 쓰러질 것만 같았다. 하지만 돛줄을 움켜쥔 선장은 비틀거리면서도 쓰러지지 않았다. 분노가 그를 쓰러지지 못하도록 만들고 있었던 것이다.

선장은 핏발선 눈으로 허공을 응시하며 외쳤다.

"언젠가, 언젠가 반드시!"

꽈웅, 튜르르릉! 뱃전을 넘어선 파도가 선장의 몸 위로 거센 물보라를 쏟아놓았다. 거의 돛줄을 놓칠 뻔했지만, 그러나 선장은 쓰러지지 않았다. 물에 젖어 달라붙은 머리카락 사이로 선장의 눈은 시퍼렇게 불타오르고 있었다. 선장은 목이 터져라 외쳤다.

"반드시, 나의 아들이나 손자, 그 손자의 손자라도! 나의 후예가 기필코 너의 그 악독한 심장에 검을 꽂아넣을 것이다! 너의 피를 받아낼 것이다!"

"선장님! 빨리 보트에 오르십시오!"

뒤에서 달려든 갑판장이 선장의 팔을 거칠게 잡아당겼지만 선장은 갑판장의 팔을 뿌리치며 미친 듯이 외쳤다.

"비켜라! 배가 선장을 떠날 수는 있어도, 선장이 배를 떠나는 법은 없다! 나는 배와 함께……"

선장의 외침은 중간에서 끊어져버렸다. 다음 순간 하늘로부터 엄습해 들어오는 거대한 그림자가 선장의 입을 막히게 만든 것이다. 몰아치는 광풍을 찢어발기며 무서운 속도로 날아든 것은 선장의 시야 전체를 가혹하게 유린했다.

"캬아아아아악!"

거센 포효 소리에 폭풍마저 잠시 숨을 멈추는 것 같았다. 어떻게든 보트를 내려보려고 안간힘을 쓰던 선원들은 이제 손을 놓아버린 채 하늘을 올려다보았다. 그곳에는 이 배를 불태워 침몰시키고 있는 존재가 거대한 날개로 하늘을 가리며 날아들고 있었다. 번득이는 번갯불은 그 날개를 희게 물들였고 쏟아지는 빗발에 번들거리는 동체는 현란한 푸른빛으로 빛나고 있었다.

선원들은 처절한 절망 속에서 모든 것을 포기한 채 하늘을 올려다보았다. 선장을 이끌던 갑판장도 부지불식간에 선장을 놓고서 하늘을 응시했다. 그때였다. 선장은 갑자기 돛줄을 놓고 달려가기 시작했다.

"서, 선장님?"

한 자루 단검을 품고 적진으로 뛰어드는 암살자의 몸놀림으로, 선장은 뒤흔들리는 갑판 위를 날듯이 달려갔다. 앞갑판을 단숨에 가로지른 선장은 이물로 뛰어올랐고 서 있기조차 힘든 선원들은 망연히 그 모습을 바라보기만 했다. 이윽고 포마스트 앞 선수루에 이른 선장은 얼굴을 가리는 물기를 닦아내고는 다시 하늘을 쏘아보았다.

선장은 몰아치는 비바람 속에서 두 팔을 벌렸다.

번쩍이는 번개 속에 선장의 모습이 이물 위로 하얗게 솟아올랐다. 결연히 펼친 두 팔은 마치 배를 향해 날아드는 드래곤을 멈춰 세우기라도 할 듯한 모습이었다. 선원들은 모두 눈을 부릅뜬 채 그 모습을 바라보았다. 선장은 목이 터져라 외쳤다.

"가져가라! 그러나 너 역시 네가 가져간 것을 내놓아야 할 것이다!"

"캬아아아악!"

잠시 후, 블루 드래곤이 토해 놓은 벼락의 폭포는 침몰하는 배를 두 동강내 놓았다.

바이서스의 이파실 시는 질병과 까마귀의 게덴의 성지이다.

사우스그레이드의 중심에 해당하는 이파실 시는 게덴의 사자인 두 머리 까마귀 체로이의 둥지가 있는 곳이며 대륙의 모든 질병이 시작되는 곳, 동시에 모든 질병의 치료약을 찾을 수 있는 곳이다. 질병이 시작되는 곳에 치료의 수단이 가장 잘 발달하는 것은 당연하다.

"그러니까 저 못된 녀석의 Demunizairo를 치료할 약도 있어야 될 거 아냐."

이파실 시의 한적한 펍에 앉아 있는 드워프가 텁텁한 목소리가 말을 꺼냈다. 테이블 맞은편에 앉아 있던 젊은 프리스트는 고개를 갸웃했다. 엑셀핸드가 인용한 단어를 알아들을 수 없었던 제레인트는 고개를 돌려 의자에 깊숙이 앉아 있는 갸름한 얼굴의 마법사를 바라보았다.

마법사 아프나이델은 쓰게 웃으며 말했다.

"뭐……, 지랄병이라고 번역하면 되겠군요. 드워프 어입니다."

제레인트는 웃음을 터뜨리기 직전의 표정으로 말했다.

"하하, 엑셀핸드. 성격은 병이 아닙니다."

엑셀핸드는 굵은 눈썹을 한쪽은 찌푸리고 다른 쪽은 위로 올리며 제레인트를 바라보았다.

"글쎄. 저 녀석이나 네 녀석의 경우를 보면 성격도 병이 될 수 있는 것 같은데."

"예? 제 성격이 어때서요?"

"관두지."

액셀핸드는 드워프답지 않게 대답을 회피하며 맥주잔을 들어올렸다. 제레인트나 아프나이델이 1파인트짜리 맥주잔을 앞에 놓고 그것을 관상용으로 바꿔버린 것에 비해 볼 때, 엑셀핸드는 드워프에겐 지나치게 커 보이는 2파인트짜리 잔을 들고 아무렇지도 않게 맥주를 마시고 있었다. 굵은 팔꿈치로 턱수염을 닦아내던 엑셀핸드는 다시 눈이 거의 보이지 않을 정도로 눈썹을 찌푸리며 카운터 쪽을 바라보았다.

"오빠, 오빠! 오빠 너무 멋있어. 응? 그런 말 많이 듣지? 안 그래요?"

카운터 뒤에 앉아 있던, 덥수룩한 수염은 능히 빗자루질이라도 가능할 듯하며 얼굴 가득한 주름살로 능히 사포질이라도 해낼 수 있을 것 같은 풍모의 주인장은 기막힌 표정으로 카운터 앞의 소녀를 쳐다보았다. 열대여섯 살쯤으로 보이는 소녀는 카운터에 기대선 채 치렁치렁한 금발머리를 이마 뒤로 쓸어넘기며 고혹적인 표정을 짓고 있었다.

노인장은 치근이 부실한 이를 드러내며 카랑카랑하게 말했다.

"너 지금 뭐하는 거냐?"

"너하고 사귀어보려는 거예요. 제 속엔 너무 많은 외로움이 있거든."

엑셀핸드는 테이블 옆에 놓여 있던 거대한 배틀 액스를 발작적으로 움켜쥐었다. 엑셀핸드가 소녀를 향해 배틀 액스를 집어던지기 직전에 그의 팔을 부여잡은 제레인트는 황급하게 말했다.

"엑셀핸드, 엑셀핸드! 참아요. 여긴 시내라고요!"

오른손이 붙들린 엑셀핸드는 아무 대답 없이 재빨리 배틀 액스를 왼손으로 바꿔쥐었다. 바람처럼 날아든 아프나이델의 손이 그의 왼손을 붙들자 엑셀핸드는 끔찍한 신음을 뱉어내었다. "끄으으응! 이거 놔!" 엑셀핸드가 맹렬하게 일어나는 통에 하마터면 집어던져질 뻔했던 프리스트와 마법사는 이제 결사적으로 엑셀핸드의 팔에 매달렸다. 그러자 엑셀핸드는 양팔에 매달린 두 젊은이를 휘두르기 시작했다.

"우와아아앗! 하늘을 나는 기분이야!"

"제, 제레인트. 저, 정말 날고 있는 겁니다만, 으으아아아!"

그러나 금발의 소녀는 홀 한쪽에서 벌어지고 있는 이 묘기(신력과 마력을 양손에 쥐고 흔드는 드워프의 모습은 모험가들의 전설이 아무리 길었다 한들 이것이 최초일 것이다.)는 거들떠보지도 않은 채 촉촉이 젖은 입술을 꿈틀거리며 말하고 있었다.

"세상엔 정이 없어. 정이 많은 이 동생이 기댈 어깨가 없어요. 오빠 어깨는 참 넓어 보이네요. 그리고 네 눈은 정말 예뻐. 그런 눈은 처음 봤어요."

달그락. 노인장이 입을 쩍 벌리자 그 입에 불안하게 걸려 있던 파이프가 카운터로 떨어졌다. 숨 막히는 표정으로 그 광경을 바라보고 있던 다른 손님들 역시 입을 쩍 벌렸다. 노인장은 황급히 파이프를 주워 올리고 카운터에 흩어진 재를 닦아내며 외쳤다.

"이 못된 계집애! 무슨 봄날 망아지 흉내를 내는……"

금발 소녀는 아무렇지도 않은 표정으로 고개를 끄덕였다.

"맞아요. 전 못된 계집애야. 그래서 못된 짓도 할 수 있다고요. 기대되지 않니? 너 해달라는 대로 해드릴 수 있는데. (입술을 앞으로 조금 내밀며) 상상하기 어려운 일까지 말이에요."

노인장은 기어코 폭발했다. 그러나 노인장이 노성을 지르기 직전 굉장한 소리가 나며 무언가가 날아들었다. 엑셀핸드가 배틀 액스를 집어던지기를 포기한 대신 아프나이델을 집어던져 버린 것이다.

"으아아악! 비켜, 아일페사스!"

아프나이델은 사지를 휘두르며 날아들었다. 하지만 소녀는 당황하는 기색도 없이 살풋 몸을 틀었고 그러자 아프나이델은 카운터에 부딪히고는 나가떨어졌다. 허리를 한 번 뒤트는 것만으로 날아드는 마법사를 피해 낸 소녀는 한심스럽다는 표정으로 쓰러진 아프나이델을 내려다보았다.

"나이드, 나이드. 제 이름을 그렇게 부르지 말라고 했잖아. 왜 제 말을 안 들어요?"

아프나이델은 격렬한 통증에 몸을 뒤틀면서도 간신히 미소를 지었다.

"아일페사스……, 제발 부탁이니 지금 하고 있는 해괴한 짓 좀 멈추고……"

"머리가 나쁜 것은 용서가 되어도 노력까지 안 하는 것은 용서가 안 되잖아요, 나이드. 몇 번이나 말했잖니. 그런 퀴퀴한 분위기 나는 이름으로 부르지 말라고. 그러니까······"

그때 아프나이델보다는 완력이 조금 낫다는 이유 때문에 아직껏 휘둘리고 있던 제레인트가 펍이 떠나갈 듯한 목소리로 외쳤다.

"펫시! 달아나!"

아일페사스는 시익 웃으며 엉덩이 뒤로 두 손을 모으곤 제레인트에게 허리를 숙여 보였다. 모르는 사람이 보면 꽤나 귀엽다고 생각할 만한 동작이었다.

"착한 제리. 역시 제리뿐이야. 음······, 엑스 오빠가 좀 취한 거 같네요. 저 먼저 가볼 테니 여관에서 만나, 알았지? 미안해요. 눈이 예쁜 오빠. 제 동행들이 질투하나 봐. 아쉽지만 다음날을 기약하자꾸나. 그때까지 다른 여자에게 한눈 팔면 안 돼요?"

노인장은 기어코 졸도하는 표정이 되었다. "끄어어······" 그리고 엑셀핸드는 제레인트를 몽둥이 휘두르듯 휘두르며 달리기 시작했다. "어딜 달아나! 게 섰거라!" 만일 아일페사스가 그대로 서 있었다면 틀림없이 매우 신성한 몽둥이 찜질을 당했을 것이다. 프리스트로 맞는 것이니까. 하지만 아일페사스는 미소만 남겨두고는 재빨리 펍의 입구를 통해 사라져버렸다.

결국 아프나이델이 펍의 주인장과 다른 손님들에게 몇 번씩이나 사죄를 하고 나서야 세 사람은 펍을 나올 수 있었다. 엑셀핸드는 아직까지도 수염을 꼿꼿하게 곤두세운 채 으르렁거리고 있었고, 뜻하지 않은 중노동에 시달린 두 사람은 지친 표정으로 그 뒤를 따라 걸었다. 따라서 세 사람의 모습은 이파실 시의 별 특색 없는 대로에 매우 이채로운 모습으로 자리하고 있었다.

아프나이델은 힘없는 동작으로 옷매무새를 가다듬으며 말했다.

"후우. 그냥 인상적이어서 그랬을 겁니다, 엑셀핸드. 그 애한테는 작부의 모습이 희한했을 테지요. 그리고 작부들이 그렇게 말하면 남자들이 빙긋빙긋 웃는 것을 보고서는 그게 좋은 건 줄 알았던 것일 겝니다."

제레인트는 주위에서 쳐다보는 사람들을 향해 으르렁거리고 있던 엑셀핸드를 말리며 말했다.

"맞아요. 착한 아이니까요."

"착, 한, 아, 이?"

"엑셀핸드. 그렇게 끊어 말하면 입 아프지 않아요?"

"제에엔장. 관두자고. 그건 그렇고 도대체 얼마나 더 있어야 되는 거야? 아일페사스가 점점 이상한 버릇만 들지 않는가! 벌써 사흘째야!"

엑셀핸드는 두 팔을 허리에 얹으며 제레인트를 똑바로 올려다보았다. 제레인트는 뒷머리를 벅벅 긁으며 계면쩍게 말했다.

"글쎄요······. 정말 너무 늦는군요."

"젠장. 더 못 기다리겠어. 오늘 밤에도 연락이 없으면 그냥 떠나자고!"

아프나이델이 고개를 갸웃거리며 말했다.

"하지만 엑셀핸드, 일부러 이 도시를 지정했으니 여기에서 기다리는 것이 좋지 않겠습니까?"

"이렇게 오래 기다려야 된다는 말은 없지 않았나!"

제레인트는 빙글거리다가 말했다.

"그렇지. 저랑 내기하시겠습니까, 엑셀핸드? 저는 오늘 밤에는 연락이 올 거라는 데 걸겠습니다."

엑셀핸드는 기막힌 표정으로 제레인트를 바라보았지만 뭐라 반박하지는 못했다. 어느새 세 사람은 숙소로 돌아와 있었던 것이다. 이파실 시의 외곽에 위치한 그렇고 그런 여관 중 하나인 '몰리스 인'이 그들의 숙소였다. 여관 입구로 들어선 엑셀핸드는 홀 가운데 테이블에 앉아서 종업원을 향해 추파를 던지고 있는 아일페사스의 모습을 보고는 그만 분통을 못 이겨 까무러치고 말았다.

"술을 안 주겠다면, 난 사랑을 할 거예요!"

아일페사스는 당당하게 선언했다.

제레인트는 환호를 지르며 박수를 쳤고 아프나이델은 마시던 맥주의 절반가량을 입으로, 그리고 나머지 절반가량은 코로 뿜어내었다. 아프나이델이 주위의 모든 사람에게 동시에 사과를 보내며 발갛게 된 얼굴을 손수건으로 가릴 때 엑셀핸드는 파이프를 짓씹으며 말했다.

"뭘 하겠다고?"

박수를 치던 제레인트가 얼떨결에 손을 공중에서 딱 멈춰버릴 정도로 냉랭한 목소리였다. 그러나 아일페사스는 자기 나이프와 포크를 접시에 아무렇게나 던지며 당돌하게 말했다.

"사랑. 지고지순하며, 거기에 약간의 성적인 의미도 몰래 덧붙이고, 대개 연애라는 활동을 통해 증진 발전되는 총체적 감정의 흐름을 표현하는 것인, 그런 보통 사랑 말이야."

엑셀핸드는 크르렁 거리며 말했다.

"어째 협박치고는 이상하군. 게다가 저녁 식사 직후에 나오는 말 치고는 괴상할 정도다. 소화에 도움이 전혀 안 되는걸."

"말 돌리지 말아요, 엑스 오빠."

"오빠라고 부르지 맛! 나는 네가 지금까지 본 일몰의 숫자만큼의 첫눈을 본 드워프다!"

아일페사스는 말문이 막혀버렸다. 그래서 그녀는 팔짱을 끼고는 허리를 꼿꼿이 폈다. 의자에 푹 파묻힐 정도로 작은 체구가 약간이나마 거대하게 보이도록 애쓰며 아일페사스는 말했다.

"아빠."

"네 아버님은 드래곤 로드지!"

"할아버지."

"뭐야? 할아버지?"

"마이 달링."

그제서야 아일페사스의 눈을 똑바로 들여다본 엑셀핸드는 그 눈이 장난기로 번득이고 있다는 것을 알아차렸다. 엑셀핸드는 아일페사스를 잡아먹는 대신 맥주잔을 잡아먹기로 결심했다. 제레인트는 엑셀핸드가 술 마시는 모습을 감동 어린 눈길로 바라보다가 아일페사스에게 고개를 돌렸다.

"그래, 펫시, 술을 안 주면 사랑을 하겠다고?"

"예."

아일페사스는 제레인트의 대답에 당황했다. 제레인트는 이렇게 말했다.

"좋은 결심이야. 훌륭해! 내가 뭐 도와줄 것 없겠어? 누구를 노리고 있는 거지?"

"내가 알 게 뭐람?"

아일페사스의 대답은 다른 사람이 예상했던 것보다는 세 배쯤, 그리고 본인이 예상했던 것보다는 두 배쯤 냉랭했다. 제레인트는 당황한 표정으로 아일페사스를 바라보았으나 아일페사스는 스스로 당황한 채 멍한 눈으로 제레인트를 마주보았다.

"펫시, 왜?"

"어, 씨. 알 게 뭐야! 남자도 없는데!"

"그래?"

"그렇긴 뭐가 그래요? 젠장! 재미도 없네!"

제레인트가 완전히 넋나간 표정으로 바라보는 가운데 아일페사스는 의자에서 와라락 일어났다. 거칠게 일어서던 아일페사스는 그만 테이블 다리를 걷어차고 말았다. 접시와 나이프, 포크들이 요란한 소리를 냈으며 아프나이델의 맥주잔은 옆으로 쓰러졌다. 제레인트는 입을 쩍 벌렸고 아프나이델은 입가를 닦던 손수건을 멈춘 채 아일페사스를 바라보았다. 아일페사스는 창백한 표정으로 테이블을 바라보다가 고함을 질렀다.

"익! 테이블이 왜 이래? 엉터리야!"

"아일페사스?"

"바보 같은 테이블! 젠장이잖아요! 에엑!"

아일페사스는 고함을 지르면서 몸을 돌렸다. 그래서 크게 꾸짖으려던 엑셀핸드는 그만 시기를 놓쳐버렸다. 아일페사스는 바람 같은 동작으로 2층 계단으로 사라져버렸고 제레인트는 멍한 얼굴로 계단참을 바라보았다.

아프나이델은 손수건을 주머니에 우겨넣으며 얼굴에 떠오르는 표정도 속으로 우겨넣었다. 이 노릇을 어찌한다. 엑셀핸드는 눈썹을 몹시 곤두세운 채 말했다.

"도대체 저 애가 왜 저래?"

제레인트는 아직껏 당황에서 빠져나오지 못한 표정으로 고개를 갸웃거렸다.

"그, 글쎄요? 내가 뭘 잘못 말했나? 그리고 보니 요즘 들어 정말 이상하군요."

"이상하다니, 뭐가 말이야?"

"펫시 말입니다. 처음에 우리랑 함께 여행을 떠나게 되었을 때는 참 즐거워했다고요. 처음 보는 인간 세상의 것들에 대해서도 순진하게 재미있어했고요. 그런데 요즘 들어 점점 이상한 것들을 찾게 되고……. 아까 낮에도 그렇잖습니까? 저는 펫시가 작부의 행동에 흥미를 느낀다는 것이 사실은 이해되질 않아요. 그리고 며칠 전에 대로에서 저지른 짓도 그렇고……"

엑셀핸드는 파이프를 깊이 빨아들이며 고개를 끄덕였다.
"음, 듣고 보니 그렇군. 혹시 병에 걸린 것 아닐까?"
"병이오? 어, 병이라니? 어디가 아프다는 말인가요?"
두 사람의 대화를 듣고 있던 아프나이델은 씁쓸한 표정으로 먼저 주위의 사람들에게 사과를 보냈다. 그러고는 열과 성을 다해 당황하고 있는 동료들을 구제하기 시작했다.
"제레인트, 엑셀핸드. 우리가 잘못 생각하고 있는 것 아닐까요?"
아프나이델은 스스로의 말에 고개를 끄덕였다. 의외로 단순한 상황이다. 다른 두 일행은 그렇게 생각하고 있지 않지만 아프나이델만은 조금씩 느끼고 있던 것이 무자비하게 표면에 떠오른 것이다. 즉, 그들은 아일페사스를 드래곤 로드의 자손으로 보고 있었지만……
"사실 아일페사스는 아직은 정서의 균형이 잘 잡히지 않은 틴에이저로 봐야 되는 거 아닐까요?"
엑셀핸드는 아프나이델의 말에 눈을 동그랗게 떴다. 그리고 제레인트는 반대로 눈을 가늘게 떴다.
"틴에이저라고요?"
엑셀핸드는 흥분해서 파이프를 휘두르려다가 간신히 참으며 말했다.
"이봐! 아일페사스는 드래곤이라고. 비록 폴리모프했지만 어떻게 자네가 저 아일 인간으로 착각하나? 10대 소녀라니, 원 참! 드래곤 로드께서 그 말을 들었다간 기절하실지도 모르겠군."
아프나이델은 어두운 표정으로 고개를 가로저었다.
"아니오, 엑셀핸드. 아일페사스는 인간 소녀 쪽으로 보는 것이 차라리 낫겠습니다."

"뭐야?"

"생각해 보십시오. 그녀의 경험 중 가장 강력하고 중요한 것들은 저희들과 함께 여행하면서부터 겪은 일일 겁니다. 즉 인간 세상의 일들이지요. 그 전의 그녀에게 어떤 성격을 규정지을 수 있을 정도의 경험과 학습이 있을지는 미지수입니다."

"말도 안 되는 소리 말게. 두더지를 물 속에서 키운다고 물쥐가 되던가?"

"글쎄요……. 엑셀핸드, 그랜드스톰의 프리스티스 에델린의 경우를 생각해 보시겠습니까?"

엑셀핸드는 말문이 막혀버리고 말았다. 아프나이델이 거론하는 에델린은 미드그레이드에서 '치료하는 손'으로 알려진 상당히 명망 높은 프리스티스이다. 미드그레이드 전역을 주유하며 병든 자를 치료하고 굶주린 자에게 은사를 베풀고 도움이 필요한 모든 이들에게 자신을 바치기에 거의 성녀로 추앙받는 유명한 인물이지만, 그녀는 인간이 아니다. 사실 그녀는 트롤이었으며, 그것은 그녀의 명성에서 더욱 커다란 부분을 차지하는 것이었다. 트롤 토벌대의 병사에게 붙잡혀 우여 곡절 끝에 대폭풍의 신전 그랜드스톰에서 자라난 그녀의 과거가 현재의 그녀를 설명한다. 즉, 지금 아프나이델은 원래 사람 잡아먹는 몬스터인 트롤도 인간 세계에서 자라나면 신을 노래하며 인간에게 봉사할 수 있음을 지적한 것이다. 그렇다면 드래곤의 경우는?

"드래곤은 무한히 현명합니다만, 신은 아니겠지요. 그들도 어릴 때에는 어리석을 수 있으며 번민할 수도 있겠지요. 아일페사스같이 명민한 소녀라도 다가올 날에 비할 때 지나온 날들이 보잘것없는 시점에서라면 마찬가지 아닐까요?"

"쉽게 말해, 쉽게! 그러니까 뭐야, 지금은 철없는 나이다 이 말 아냐?"

"그렇게 이해하시면 되겠습니다."

"나 원 참. 이런 엘프 나무 찍는 소리가 다 있나."

아프나이델은 어깨를 움츠리며 싱긋 웃었다.

"그래서 말입니다만……, 여기서 우리는 중대한 문제에 봉착하게 됩니다."

제레인트는 동그래진 눈으로 아프나이델을 바라보며 역시 어깨를 움츠렸다.

"그게 뭔가요?"

"우리 중에는 10대 소녀의 감수성에 동조할 만한 사람이 없다는 것이죠."

지금 아일페사스는 답답한 자기 마음을 다스리지 못하고 일행에 대해 짜증을 부리고 있는 것이다. 왜냐하면 그 일행이라는 사람들이 프리스트에, 마법사에, 드워프인 것이다. 프리스트는 신에게 다가가는 사람이다. 지상의 욕망에 대해서는 아예 처음부터 담을 쌓은 사람인 것이다. 그리고 마법사는 서커스를 볼 바에는 책이나 한 줄 더 읽고 촛불이 일렁이는 근사하고 멋진 식탁보다는 냄새 나고 기괴한 마법 재료를 찾아 헤맬 사람이다. 게다가 드워프는 가슴속의 번민과 소화 불량의 거북함 사이에서 차이를 느끼지 못하는 종족이다.

"뭐야? 그게 무슨 뜻이야?"

"일종의 비유니까 신경 쓰지 마십시오. 어쨌든 제가 말하고 싶은 바는, 우리들 중에는 틴에이저의 꿈을 이해하고 들어줄 만한 사람이 없다는 뜻입니다."

제레인트는 고개를 열심히 끄덕였다.

"그것 참……. 정말 그렇군요."

"제 생각에는 말입니다, 지금 아일페사스에게 필요한 것은 친구가 아닐까요?"

"친구? 우리가 그 애의 친구잖아."

"그렇긴 합니다만, 글쎄요. 제 생각에는 청소년에게 있어 신성한 프리스트나 음험한 마법사, 혹은 고귀한 드워프의 노커라는 것은 이해하기도 귀찮고 꺼려지는 것이 아닐까 합니다. 아일페사스에게는 그보다는 더 대하기 쉽고 이해하기도 쉬운 존재, 그러니까 동년배라고 해도 좋고 또래라고 할 수도 있겠지요, 그런 사람이……, 사람이 아니라도 좋으니 어쨌든 그런 존재가 필요할 것 같습니다."

엑셀핸드는 다시 한번 파이프를 깊이 빨아들이려다가 담배를 모두 태운 것을 발견했다. 엑셀핸드는 그 굵은 손가락을 보기 좋게 놀려 다시 담배를 채워 넣으며 떨떠름한 목소리로 말했다.

"그 말 잘하던 꼬마 녀석 같은?"

"아아, 예, 네드발 백작 말입니까? 하하, 예. 그런 유쾌한 친구가 있다면 좋겠지요."

"갑자기 녀석의 팬케이크가 그리워지는군……. 흐음. 어쨌든 무슨 말인지 이해하겠어. 응? 그 눈길들은 뭐야? 내가 이해했다는 말이 믿어지지 않는다는 거야?"

제레인트와 아프나이델은 동시에 쑥스러운 미소를 지었고 엑셀핸드는 불편한 기침 소리를 내었다. 그리고 나서 엑셀핸드는 진지한 어투로 말했다.

"하지만 무슨 수로 그런 친구를 만들어준다는 거지?"

"고민해 봐야 될 일 같습니다."

아프나이델은 그렇게 말한 다음 마치 생각하는 데 방해되는 것을 치우듯이 손을 허공으로 휘저었다. 그들의 테이블에 놓여 있던 식기들이 춤추듯 우쭐거리며 떠오르더니 차곡차곡 겹쳐지기 시작했다. 겹쳐진 식기 위로 포크와 나이프, 스푼 등이 쌓아올려지고 나서 식기들은 둥지를 향해 날아가는 새처럼 주방 쪽을 향해 휘익 날아갔다.

홀 안의 다른 손님들이 모두 감탄의 눈길을 보내왔지만 아프나이델은 그저 깨끗하게 치워진 테이블 위로 팔꿈치를 올리고는 턱을 괸 채 생각에 잠겼다. 엑셀핸드는 테이블 위의 촛불을 이용하여 파이프에 불을 붙인 다음 팔짱을 끼고는 땅바닥에 닿지 않는 그 다리를 앞뒤로 흔들기 시작했고 제레인트는 의자에 몸을 턱 기대고 다리를 쭉 뻗은 채 앞머리를 꼬기 시작했다. 즉 세 사람은 떨어지는 낙엽이 슬픈 이유를 백 가지는 댈 수 있는 시기에 들어간 드래곤의 공동 보호자로서 반드시 맞이해야 되는, 그러나 몹시 거북스러운 상황에 대해 엄숙하게 대처하기 시작한 것이었다. 그래서 여관 주인 몰리는 감히 '물 드시겠어요?'라는 말도 꺼내지 못한 채 물주전자와 컵을 들고는 매우 어색하게 서 있을 수밖에 없었다.

바이서스와 자이펀의 두 주점 주인이 같은 시각에 똑같이 곤경에 처해 있다는 점은, 어떻게 보면 그다지 대수로울 것이 없는 사건일지도 모른다. 주점이라는 것이 원래 다른 모든 곳에서 해결되지 못한 고민들이 모여들어 더 더욱 심각한 고민거리로 승화되는 곳이라는 점을 인정한다면 오히려 당연하다고까지 할 수 있다.

하지만 자이펀의 남쪽 아름다운 항구 도시 졸란 시의 외곽 언덕배기에 위치한, 그래서 밤낮을 가리지 않고 항상 기막힌 전경을 자랑하는 주점 '다이퍼스'의 테라스에서 벌어지는 사건은 최소한 주점 주인의 일상에 속하는 사건은 아니었다. 그래서 다이퍼스의 주인 다이퍼는 어쩔 도리 없이, 그래선 안 되는 것임에도 불구하고, 자포자기에 가까운 심정으로, 헛기침을 했다.

"으흠."

테라스 곳곳의 귀퉁이에 무릎을 꿇고 앉아 있던 노예들의 얼굴은 파랗게 질려버리고 말았다. 그리고 테라스의 이곳저곳에 놓여있는 테이블에 앉아서 졸란의 야경을 감상하던 손님들은 못 3파운드 정도를 삼키는 기분을 느끼고 말았다. 주점의 주인이 헛기침을 하다니! 결국 노예 우두머리는 그 지위에 어울리는 날렵하고도 정교한 수화를 던지기 시작했다.

'주인님, 이 개탄스러운 상황은 어떤 악마의 노릇함인지! 어찌할까요?'

다이퍼는 무표정한 얼굴로 역시 빠르게 수화를 했다. 이 전무후무한 상황에도 단련된 수화에는 흐트러짐이 없었다.

'정화의 힘을 나에게로. 현관의 깃발 중 붉은 기를 들고 가라.'

노예 우두머리는 거의 목소리를 낼 뻔했다. 그의 손놀림이 몹시 흐트러진 모습은 그의 당황을 여실히 나타내 보이고 있었다.

'부, 붉은 기입니까?'

'그렇다. 빨리!'

노예 우두머리는 혼절할 듯한 정신 속에서도 역시 그 지위에 어울리는 민첩한 몸놀림으로 스르륵 사라졌다. 벽의 무늬와 흔들리는 촛불의 그림자, 그리고 사람들의 등 뒤를 이용하여 눈에 띄지 않게 오가는 자이펀 노예들의 재주를 십분 발휘한 노예 우두머리의 종적은 그 누구에게도 감지당하지 않았다. 최고로 단련된 자이펀 검사라 할지라도 자이펀 노예의 이 이동법에는 두 수를 접어야 된다는 절묘한 재주. 원래 하탄의 궁전에서 시작된 예법으로 지금은 모든 자이펀의 주점들이 채택하고 있는 예법, 즉 손님들에게 절대로 인기척을 내지 않고 봉사한다는 정신이 극도로 발전하게 되었을 때 이 신묘한 재주는 탄생했다. 그 점에서 볼 때, 손님들의 테이블 위로 깨끗하게 잘린 주점 주인의 머리가 올라온다 해도 주점 주인이 헛기침을 한 사건보다 더 놀라울 수는 없다. 다이퍼는 그 사실을 씁쓸하게 인정했지만 어쩔 도리가 없었다.

노예 우두머리가 사라지고 나서 다이퍼는 다시 찌푸린 얼굴로 테라스 한켠의 테이블을 바라보았다.

테이블을 가운데 두고 앉아 있는 두 남자는 모두 태평한 얼굴이었다. 표정을 바꾸는 것은 두 남자들의 자존심이 허락하지 않았으니까.

남자들 중 하나가 혼잣말처럼 말했다.

"주인이 있었군."

말을 꺼낸 남자의 용모는 턱수염을 기른 것이 강인한 분위기를 풍겼다. 그 턱수염이 군데군데 희게 변한 것은 사내를 더욱 노회해 보이게 만들 뿐 노쇠해 보이게 만들지는 않았다. 남자의 말은 다이퍼가 헛기침을 함으로써 인기척을 낼 수밖에 없었던 상황을 조용히 인정하며 미안하게 생각한다는 의미이다.

반대쪽의 남자는 가볍게 고개를 끄덕이고는 고개를 들어 졸란 앞바다로 떨어지는 별빛을 바라보았다.

"자네의 취소는 그를 평화롭게 만들겠지."

"아니, 그는 누군가에게 최후의 자리를 제공할 영예를 누리게 될 걸세."

"……내 복수는 내 아들이 맡게 될 것이네, 신차이."

"알았어. 그리고 내겐 처자가 없네. 자네는 복수에서 자유로울 것임을 선언하네."

마지막 확인의 말까지 끝나자, 신차이는 상대방을 따라 밤바다로 떨어지는 별빛의 소나기를 바라보았다.

졸란의 앞바다에 떠 있는 많은 배들의 마스트는 검은 밤바다 위로 솟아오른 은빛 숲처럼 보였다. 간혹 밤 늦게까지 하역 작업이나 그 외의 작업을 하는 배들 주위로 횃불의 빛이 타올라 숲의 모습을 더욱 아름답게 물들였다. 그리고 그 너머의 수평선은 루미너스의 빛을 받아 은실처럼 반짝인다.

밤바다에서 불어온 미풍이 신차이의 볼을 간질였다. 신차이는 눈을 천천히 감았다가, 매우 빠르게 떴다.

"시작하세, 라울."

테이블 맞은편의 라울은 천천히 몸을 일으켰다. 순간 다이퍼스의 넓은 테라스 전체는 잘 정리된 고요함 속으로 빠져들었다. 모든 손님들은 기품 있는 정적으로 그들을 무시했다. 그리고 다이퍼스의 다이퍼는 지독한 감정 속에 노예 우두머리를 저주했다. 이 멍청이는 도대체 왜 이렇게 안 오는 거야! 다이퍼는 시 정화대 건물이 이 주점에서 달려서도 5분이 걸리는 거리에 있다는 사실을 무시하고 있었다.

신차이와 라울이 일어나자 노예들은 머뭇거리며 다이퍼를 바라보았다. 테라스 한 귀퉁이의 어두운 곳에 서 있던 다이퍼는 차마 내키지 않는 동작으로 수화를 보냈고 그러자 노예들은 소리가 나지 않도록 주의하며 테이블과 의자를 옆으로 치웠다. 신차이와 라울을 위해 공간이 준비되자, 노예들은 그들이 치워버린 테이블과 의자들처럼 보이지 않는 곳으로 사라졌다.

까드드득. 라울은 손가락을 꺾으며 짐짓 유쾌한 어조로 말했다.

"이봐, 선장. 그 검이 바닷바람에 얼마나 녹슬었는지 볼까?"

신차이는 피식 웃었다. 입고 있던 긴 가브론을 벗어 옆으로 던지자 신차이의 허리에 걸려 있던 기다란 목검이 드러났다. 신차이는 목검을 틀어쥐면서 말했다.

"녹슬지 않는다네, 내 검은."

"이런, 이런……. 아직도 그런 것을 가지고 다니나. 선조들께서 처음으로 파도에 배를 띄울 때 사용하던 것 아니었나. 그런 것으로 나를 찌를 수 있을 성싶은가?"

"글쎄, 나는 이 검으로 자네를 찌를 생각은 없네."

"살기로 찌르겠다는 말인가? 우문현답일세, 신차이."

살기가 적을 꿰뚫으면, 손에 쥔 것이 검이든 활이든 똑같은 법. 라울은 빙긋 웃으며 역시 가브론을 벗어 옆으로 팽개쳤다. 어둠 속에서 나타난 노예들의 손이 신차이와 라울의 가브론을 조용히 수거했다. 드러난 라울의 손목에는 둔한 빛을 뿜어내는 쇠뭉치가 매달려 있었다. 라울은 두 손을 천천히 뒤틀었다. 철컹! 라울의 손목에 매달려 있던 쇠뭉치는 길고 날카로운 클로로 변했다.

신차이는 고개를 끄덕였다. 그의 발이 천천히 움직이기 시작하면서 허리는 묵직하게 가라앉았다. 그의 손에 쥐어진 목검은 세월처럼 떠올라 과거처럼 고정되었다. 약간 끌어당긴 턱 위에 날카로운 두 개의 안광은 곧추세운 검 끝을 지나 라울의 눈을 향해 쏟아졌다.

라울은 허리를 끌어올렸다. 두 팔을 아무렇게나 뒤로 던진 자세로 턱을 내민 라울은 자신의 콧등을 이용하여 신차이를 겨냥했다. 두 남자의 자세는 완전히 반대였다. 언뜻 보기에 라울은 신차이의 검 끝에 가슴을 내민 자세로 서 있었다.

발자국이나 기합, 숨소리는 없었다.

들려온 것은 끔찍스럽고도 극히 짧은 소리. 손님들은 잔을 움켜쥐었다. 털썩. 반듯하게 깔린 테라스의 포석 위로 피가, 마치 번개가 치는 모양처럼 기하학적으로 번져나갔다.

다이퍼는 신음 소리를 낼 뻔하다가 입술을 사리물었다. 두 번은 절대 안 돼. 그래서 다이퍼는 테라스에 서 있는 한 개의 석상이 되어 각기 다른 자세로 있는 두 남자를 바라보았다.

신차이는 찢어진 어깨를 내버려둔 채 조용히 숨결을 가누고 있었다. 흘러내린 피가 얇은 겉옷 위로 빠르게 번져나가는 것 외에는 어떤 움직임도 찾아볼 수 없었다. 그리고 라울 역시 하늘을 바라보며 숨을 가누고 있었다. 부러진 클로의 조각들이 주위에 흩어져 예리한 빛을 뿜어냈다.

"……"

라울은 입을 열었으나 그의 입에서는 아무 말도 나오지 않았다. 그의 얼굴 근육이 파르르 떨렸다. 잠시 후, 라울은 다시 시도했고 이번에는 목소리가 나왔다.

"라울 트리그로스는 하늘의 뜻을 수용한다. 트리그로스의 나무는 신차이 발탄의 손으로……"

신차이는 떨리는 손으로 목검을 회수했다.

"트리그로스의 나무는 오늘로 그 뿌리를 대지 위로 드러낸다. 잘 가게, 라울."

테라스의 한켠 어둠 속에 서 있던 다이퍼는 주먹을 꽉 움켜쥐었다. 탁탁탁탁. 테라스로 통하는 계단에서 거친 발걸음 소리가 들려왔던 것이다. 이미 늦었어. 다이퍼는 입술을 깨물었다. 이윽고 졸란 시의 정화 대원들이 테라스에 그 모습을 드러내었다.

권위의 상징인 노란 제복을 입은 정화 대원들의 선두에는 붉은 깃발을 든 우두머리가 있었다. 주인의 요청을 의미하는 붉은 기를 든 이상 이들은 주점의 어떤 예법에도 구애됨이 없이 자유로이 들어올 수 있었다. 그러나 그들의 도착은 늦은 바 되었다. 급하게 입을 열려던 우두머리는 테라스의 광경을 보고서는 입을 다물었다. 상황은 이미 이야기를 전하는 신성한 바람의 손에 넘겨진 후였다.

정화 대원들의 우두머리 사라스는 다이퍼에게 가벼운 눈인사를 보내고는 곧장 쓰러진 라울에게 걸어갔다. 신차이에게는 눈짓도 보내지 않은 채, 사라스는 라울 곁에 한쪽 무릎을 꿇고 그의 안색을 살폈다. 신차이는 그 모습을 보다가 몸을 돌려 사라졌다.

라울은 힘겹게 입술을 열었다.

"사라스 왔는가."

"라울 님."

"내 어머님의 지우의 아들이여. 자네를 보고 갈 수 있다는 것은 좋은 일이로군."

사라스는 아무 말도 하지 않았다. 더 이상의 말을 꺼낼 수가 없었다. 그래서 사라스는 조용히 라울의 마지막 숨결을 지켰다. 라울은 진저리를 치고서는 고요히 숨을 거두었다. 한참 후에야, 사라스는 몸을 일으켰다.

그는 아무 말 없이 손을 휘저어 정화 대원들로 하여금 테라스를 떠나게 했다. 다이퍼가 붉은 기를 동원할 수밖에 없었던 상황이었건만 자신들은 아무런 도움이 되지 못했으니, 최소한 예의만이라도 충분히 갖추어야 될 것이다. 정화 대원들은 극도의 정숙을 유지한 채 테라스에서 물러났다. 다시 테라스는 손님들의 한담과 조용히 잔을 들어올리는 소리로 가득 찼다. 조금 전의 결투는 있지도 않은 사건처럼 신속히 잊혀졌다. 물론 노예들의 민첩한 손놀림에 의해 라울의 몸과 그 핏자국들은 어느새 사라져 있었다.

정화 대원들을 모두 물러나게 만든 사라스는 다이퍼에게 다가섰다. 다이퍼와 사라스는 서로의 팔꿈치를 가볍게 쥔 채 볼을 부딪쳐 재빨리 인사를 나누었다. 그리고 최대한 낮춘 목소리의 대화가 오갔다.

"늦어서 죄송합니다."

"거리가 있으니까요. 안타까운 일입니다."

"그는 어디에 있습니까?"

"별실에서 치료를 받고 있습니다. 따라오시죠."

다이퍼의 안내를 받아서 사라스는 다이퍼스의 은밀한 곳에 마련된 별실로 찾아갔다. 육중한 문을 열자 그 안에서 노예들의 손에 치료를 받고 있는 신차이의 모습을 볼 수 있었다.

신차이는 웃옷을 벗은 채 바닥의 쿠션에 정좌해 있었다. 그리고 그 주위로는 서너 명의 건장한 노예들이 숨소리마저 낮춘 채 신차이의 상처를 돌보고 있었다. 붕대를 끊어내는 소리마저도 허용되지 않는 분위기였다. 사라스는 먼저 자신의 검을 풀어 테이블에 놓고는 신차이의 맞은편에 앉았다. 신차이는 가벼운 어투로 말했다.

"몸이 이런지라."

"괘념치 마시오."

사라스는 인사를 나눌 기분도 아니라는 말이 하고 싶었지만 그냥 입을 다물었다. 그가 앉기 직전 어디선가 나타난 노예의 손이 쿠션을 준비했다는 것은 당연한 일이므로 사라스는 거의 신경 쓰지 않았다. 사라스는 곧장 본론으로 들어갔다.

"당신은 도대체 어떤 사람이오."

신차이는 고개를 들어 흘끗 사라스를 바라보고는 다시 고개를 숙였다.

"당신과 나 사이에 구축된 감정으로 당신과 나를 격리시키고 있는 보통 사람일 따름이오."

저음인 신차이의 목소리 속엔 피로가 담겨 있었다. 사라스는 세 호흡 가량은 참을 수 있었다. 하지만 네 번째 호흡에서 사라스는 참을 수 없는 감정으로 토로했다.

"이젠 트리그로스 가문까지 끝장내는 것이오?"

신차이는 아무 말도 하지 않았다. 사라스는 침통한 목소리로 말했다.

"하심의 푸른 날개를 꺾고, 그리거스의 아흔아홉 꽃잎을 흩어버리는 것은, 그것까지는 용납될 수 있소. 하지만 트리그로스의 나무의 뿌리를 파헤치다니. 도저히 이해할 수 없소. 왜 그러신 거요? ……그는 좋은 사람이오."

"훌륭한 검사지요."

"그렇소이다. 라울 님은 우리 마음의 정화에 닿아 계시는 존경받는 분이오. 그분께 이런 최후가 다가올 줄은 졸란도, 아니 전 자이편도 상상할 수 없었을 거요. 그런데 왜?"

신차이는 대답하지 않았다. 대신 노예가 건네는 깨끗한 윗옷을 받아 입을 뿐이었다. 사라스는 짓씹듯 말했다.

"다음은 어디요? 코다슈 가문? 팔자익 가문? 다키다스 가문? 자이펀의 명문이라는 명문은 모조리 끝장낼 작정인 거요?"

신차이는 허리띠를 단정하게 묶고 나서야 조용히 대답했다.

"그런 가문이 명가라면 자이편은 당장 멸망해도 좋은 나라일 테지요."

노예는 없는 것이나 다름없다. 그래서 신차이는 아무 거리낌 없이 이런 말을 꺼냈다. 사라스 역시 노예들이 있는 데서 이런 말이 나왔다는 점에는 아무 신경도 쓰지 않았다. 다만 그 자신 앞에서 이런 말이 나왔다는 사실에 매우 경악했다.

"뭐, 뭐라고 한 거요?"

신차이는 자신이 한 말을 다시 반복하는 대신 음울한 눈으로 사라스를 바라보았다.

"술 한 잔 하시겠소?"

"선장!"

사라스의 울부짖음에도 아랑곳없이 신차이는 고요히 손을 들었다. 사라스는 무릎 위에 놓인 두 손을 꽉 움켜쥐다가 문득 자신이 매우 경직해 있음을 깨달았다. 졸란의 정화 대장 사라스는 이를 갈았다. 말을 시키려면 다른 도리가 없겠군.

잠시 후 그들 두 사람 사이로 작은 쟁반이 내려왔다. 한쪽 팔이 불편한 신차이 대신 사라스가 술병과 잔을 들어 두 개의 잔을 채워놓았다. 신차이는 유려한 동작으로 잔을 들어올려 입가로 가져갔다. 신차이가 천천히 술을 한 모금 머금은 것에 비해볼 때 사라스는 단숨에 잔을 비움으로써 자신의 심경이 불편하다는 것을 명확하게 했다.

신차이는 사라스의 태도를 모른 척하고 유유자적하게 잔을 비웠다. 잔을 내려놓은 신차이는 고개를 조금 숙이며 말했다.

"카레한 탑에 가보신 적이 있소, 사라스?"

"당신보다는 더 자주 가봤을 거요, 선장."

"그렇겠지. 카레한 탑의 3층 인간의 층에는 많은 석상들이 있소. 그중 이름 없는 명가의 상을 아시오?"

사라스는 얼굴을 찌푸렸다.

"물론 잘 알고 있소만?"

신차이는 사라스의 대답을 무시한 채 설명을 시작했다.

"굳센 오른팔로 하탄을 섬기고 곧은 왼팔로는 심장을 가리고 있지. 부릅뜬 눈은 경계하고 경계하는 정신을 나타내며 굳게 다문 입은 살기를 갈무리한 그 마음을 드러내고 있지."

사라스는 이런 초보적인 교양에 대해 논하는 신차이 선장의 화법이 마음에 들지 않았다. 하지만 그로서는 조금 전 자이편의 가장 유서 깊은 명가 중 하나를 결딴낸 사나이의 심정이 어떨지를 도저히 짐작할 수 없었고, 그래서 잠자코 듣고 있었다. 신차이는 울림이 적은 목소리로 말했다.

"내가 알고 있는 명가란, 그 이름 없는 명가의 상의 모습뿐이오."

"선장. 그건 모든 가문의 지향하는 바 아니오?"

"틀렸소!"

신차이는 낮고 강하게 외쳤다. 사라스는 고개를 들기 전 먼저 신차이 선장의 살기를 감지했다. 사라스는 숨을 들이마시며 재빨리 기감을 약화시켰다. 세련된 예의를 사용해서 나쁠 것은 없겠지. 사라스는 신차이 선장의 살기에 대항하지 않는 겸손한 자세를 취하며 그의 눈을 들여다보았다.

"선장. 무슨 말을 하시려는 건지 내 모르나……"

"모든 가문의 지향하는 바라고 하셨소? 그래서 발탄 가문이 끝장났단 말이오? 발탄 가문의 최후의 적손이 영영 돌아오지 못할 길로 가야 했던 것은 모든 명가가 그 참람된 몸을 사렸기 때문 아니오."

사라스는 다시 고개를 숙일 수밖에 없었다. 조금 전에 본 신차이의 눈을 잊기 위해선 술 한 잔이 필요하겠는걸. 사라스는 짧은 생각 하나를 떠올렸다. 신차이에게는 정말 머맨의 피가 흐르는 것이 아닐까?

"알고 계시었소?"

"바다에 나가 있다고 해서 나를 없는 사람 취급한 것은 그 가문들의 실수였소!"

신차이는 거칠게 말을 맺고는 술잔을 탁 소리나게 내려놓았다. 그는 방 한쪽 구석을 바라보았고, 그러자 곧 담배가 가득 채워진 해포석 파이프가 공손한 노예의 손길에 의해 그의 입으로 다가왔다. 신차이는 파이프를 받아들고는 깊이 빨아들였다. 문득, 상처 입은 신차이의 어깨가 미미하게 떨렸다.

사라스는 마음속으로 몇 가지 말들을 빠르게 정리해 보고는 그중 어느 것도 적당하지 못하다는 결론을 내릴 수밖에 없었다. 그래서 사라스는 내키지 않는 어투로 말했다.

"말씀하시는 바에 일리가 없지는 않소만……"

"그건 다른 말이 필요 없는 야합이오."

"……과격하게 단정하고 싶으시다면, 그렇소. 야합이라고도 할 수 있겠지. 하지만 전통이 요구하는 바를 무시해서는 안 되는 것입니다. 선장, 당신의 행동은 우리의 전통을 흔들고 있단 말이오."

으드득.

사라스는 신차이 선장이 파이프를 물어 깨뜨리는 모습을 보며 아연해지고 말았다. 신차이는 부서진 파이프를 옆으로 집어던졌고 바닥에 이마를 대고 있던 노예들의 얼굴에서는 핏기가 빠져나가기 시작했다. 신차이는 낮게 으르렁거렸다.

"대가를 치른 거래에 다시 대가를 요구하는 것이 자랑스러운 전통이란 말이오?"

사라스는 입을 다물고 말았다. 그 역시 신차이 선장이 발탄 가문의 계승권을 포기하고 바다로 나가버린 것을 모르지는 않았다.

모든 이들이 다 그 부모된 자의 축복을 받으며 태어나지 못한다는 것은, 인간들이 그 자식에게 가지는 유별난 애정을 생각해 볼 때 기괴한 일이라 하지 않을 수 없다.

발탄 가문의 미녀와 라이브스 가문 호남아의 결합은 모든 이들의 축복이 함께한 경사스러운 일이었다. 물론 남의 아내된 여자에겐 곁눈길도 주지 못하는 자이편의 풍습에 수많은 남자들이 오장 육부를 끊어내는 아픔을 느꼈다는 것은 논외로 치도록 하자. 그 축복된 결합의 산물이 이 기박한 운명의 남자라니.

신혼의 꿈이 무르익을 대로 무르익은 어느 날, 아름다운 신부는 신랑과 함께 라이브스 가문의 해변을 걸었다. 주위에 어떤 눈도 없었기에 신부는 자유롭게 얼굴을 드러냈으며, 그 자신만을 위해 지상에 잠시 모습을 드러낸 이 기적을 보며 신랑은 행복했다.

하지만 두 사람만 있었기에, 라이브스의 바람을 계승한 신랑도 머맨의 습격으로부터 신부를 지키지는 못했다.

광포한 파도, 바람이 바람을 찢어발기는 극도의 혼돈. 휘몰아치는 백사장의 모래는 이미 흉기들의 난무나 다름없었다. 신랑은 용감했다. 라이브스의 바람은 그 앞에 자랑스러울 것이다. 그러나…….

미쳐버린 신랑의 소문이 온 졸란을 어둡게 만들었을 때 신부는 돌아왔다. 성미 급한 자들은 이 기적에 기뻐했지만 사려 깊은 자들은 고개를 가로저었다. 의심은 부질없는 것, 그러나 치명적인 것. 태어난 아기는 인간의 모습을 하고 있었지만, 글쎄. 신랑은 그에게 라이브스의 이름을 허락하지 않았다. 우는 아기에게 젖을 물리며 신부는 피가 빠져나가는 기분을 느꼈으리라. 결국 신차이는 거친 밧줄에 손바닥이 다치지 않을 정도의 나이가 되자 두 가문의 불행을 일신에 짊어진 채 표표히 바다로 떠났다.

그리고 14년이 흘렀다.

담배 담당 노예는 모든 용기를 짜내어 자신이 할 수 있는 최선의 일을 했다. 신차이는 부들부들 떨면서 다가오는 새 파이프를 낚아챘고 노예는 죽다 살아난 기분을 느꼈다. 파이프를 입에 물며 신차이는 불분명한 목소리로 말했다.

"14년이 흘렀다 해서……" 신차이의 목소리에는 14년의 피로 속에서 울려나오는 고독이 스며 있었다. "발탄에 사람이 없는 것처럼 여겼단 말이오? 그 적손을 사지에 몰아넣어도 아무 소리 못할 만만한 가문으로 보였단 말이오?"

그렇다. 이건 명가들의 실수다. 사라스는 마음속으로 고개를 끄덕였다. 왜 그들은 발탄의 또 다른 핏줄인 이 남자를 떠올리지 못했던 것일까. 독자(獨子)는 보호했어야 옳았다. 운차이로 하여금 발탄의 이름을 계승하도록, 이 아름다운 땅에서 행복을 추구하도록 내버려두었어야 했다. 하지만 발탄은 명가가 아니었기에……. 저 바다의 어두운 손길이 닿은 이후로 발탄은 더 이상 명가일 수 없었다. 신차이 선장이 그 모든 것을 짊어지고 떠났다 해도 기억은 남는 법이다.

사라스는 일어났다.

신차이는 고개를 들지 않은 채 파이프만 태웠다. 사라스는 갈라지려는 목소리를 애써 가다듬으며 말했다.

"선장. 당신의 감정이나 이유 같은 것에 대해서는 더 이상 말하고 싶지 않소. 내가 듣는다 해도 당신의 반만큼이나 이해할 수 있을지 모르는 것들이니까. 따라서 나는 졸란의 정화 대장으로 말하겠소. 지금 하고 있는 행동을 중지하시오. 이런 무모한 행동은 당신의 안위에도 별 도움이 되지는 않을 것이오."

신차이는 술잔을 들어올릴 뿐 대답하지 않았다.

사라스는 한 번 더 말하려다가 포기했다. 그리고 사라스는 그 숫자를 짐작할 수도 없는 그림자 속의 노예들 사이에 신차이를 남겨둔 채 떠났다. 덜컹. 홀로 남겨진 신차이는 두 다리를 쭉 펴고 고개를 들었다.

'그래. 쓸모없는 짓이지. 하지만……'

신차이는 별실 천장에 뚫려 있는 채광창을 통해 사라지는 담배 연기를 바라보았다. 담배 연기는 루미너스의 얼굴을 살짝 가리는 베일이 되어 밤하늘로 번져나갔다.

2

 미는 눈을 뜨더니 누운 채로 질문했다.
 "미는 어디에 있나요?"
 운차이는 그 질문이 기이하다고 느꼈다. 미 본인의 입에서 나온 질문이기에 그렇다. 그러나 잠시 후 운차이는 그것이 여기가 어디냐는 질문임을 알아차렸다. 그래서 운차이는 팔을 들어 안개 사이로 보이는 산등성이 아래쪽의 도시를 가리켰다.
 "턴빌이오."
 "턴빌……? 아아, 머리 아파. 도대체 왜 이렇게 머리가 아픈 건지."
 미는 일어나 앉더니 두 손으로 양쪽 관자놀이를 짚었다. 컹! 갑자기 들려온 소리에 미는 깜짝 놀랐지만 곧 그녀의 무릎에 몸을 누이며 얼굴을 핥는 거대한 짐승의 습격에 웃음을 터뜨렸다. 운차이는 까르륵거리며 비명을 지르는 미의 모습을 무표정하게 바라보다가 모닥불에서 주전자를 내려 차 한 잔을 따라서 미 앞에 내려놓고는 말했다.

"수면제요."

아달탄의 머리를 쥐고 흔들던 미는 깜짝 놀란 표정으로 운차이를 바라보았다.

"수면제요? 어머나……, 미한테 그런 걸 왜 먹이셨어요?"

"내가 아니고 그 나이트호크였소."

"예? 코렐 씨 말인가요? 그분이 왜?"

"우리가 쫓는 작자의 사주를 받은 녀석이었어."

"예에?"

미는 당황해 버렸다. 사이들랜드의 양치기 처녀에게는, 그녀가 아무리 미래를 보는 무녀라 하더라도 이건 너무 놀라운 사건이다. 미가 암투에 휘말려서 수면제를 먹었다니! 미는 쳉에게 이 이야기를 자랑해야겠다고 마음먹고는 곧 다시는 쳉을 만나지 못할지도 모른다는 생각까지 떠올렸다.

미는 아달탄의 목을 와락 끌어안았고, 아달탄은 미의 뺨을 핥았다.

머릿속에 떠오른 생각을 지워버리기 위해 미는 고개를 돌렸다. 옆에는 네리아가 두 팔 두 다리 다 벌린 완전한 무방비 상태로 잠들어 있었다. 반대쪽으로 고개를 돌려보자 칼집을 단단히 품에 안은 채 웅크리고 잠들어 있는 그란의 모습이 보였다.

"에고고, 무거워라."

미는 아달탄의 머리를 옆으로 치우고는 마지막으로 운차이를 바라보았다. 운차이는 약간 떨어진 바위에 앉은 채 모닥불을 뒤적이고 있었다. 실처럼 가늘게 피어오르는 파르스름한 연기는 주위를 감싸고 있는 희뿌연 안개 속에서 유난히 두드러졌다. 미는 차 한 모금을 힘들게 마신 다음 헛기침을 몇 번 하고서 말했다.

"그럼, 어떻게 된 거예요? 당신은 수면제를 안 먹었어요?"

"먹었소."

"예? 그런데 왜……"

"소화를 잘하니까."

지나치게 짧은 대답에 미는 버거움을 느꼈다. 하지만 운차이는 질리지도 않고 계속해서 질문하는 미에게 감명을 받지 않을 수 없었다. 오랜 시간의 노력 끝에 미는 한두 마디로 이루어진 운차이의 대답들을 끌어모아 간신히 그젯밤의 사건을 재구성할 수 있었다.

"그젯밤이라고요? 그럼 운차이 씨는 어제 하루 종일 잠든 사람들을 데리고 다니신 거예요?"

"녀석은 수면제를 지나치게 많이 썼어. 거의 마취제로 써도 될 만한 분량을 쓴 것 같더군."

"고생이 많으셨겠네요."

"별로."

운차이는 바위에서 일어나 몸을 돌려버리는 것으로 대화를 일방적으로 끝냈다. 뭔가 더 물어볼 것이 많던 미는 산 아래를 굽어보는 운차이의 뒷모습을 물끄러미 바라보다가 아달탄의 목을 간질이며 생각에 잠겼다. 턴빌이라. 그때 운차이는 몸을 돌린 채 말했다.

"미안하게 됐군. 당신은 탄느완으로 간다고 했지? 하지만 잠들어 있어서 놔두고 올 수도 없었소. 그리고……"
"예? 아아, 괜찮아요. 많이 어긋나는 것도 아닌 걸요."
"내 말은 끝나지 않았소만."
"예? 아, 죄송해요. 말씀하세요."
미는 어째서 자신이 사과해야 되는지에 대해 생각해 보려 했지만 곧 이어진 운차이의 말에 그런 생각은 자취도 없이 사라져버렸다.
"당신은 우리와 같이 있어야겠소."
"예?"
운차이는 천천히 몸을 돌렸다. 그는 잠든 동료들을 한 번씩 바라보고는 미를 똑바로 쳐다보았다.
"할슈타일 후작은 우리 일행이 하나 늘었다는 것을 알게 되었을 테니까."
"할슈타일 후작은, 그러니까, 여러분이 쫓고 있는 사람이지요?"
"그렇소. 코렐은 말했을 거요. 코렐 이외에도 고스빌의 시민들 중 많은 수가 당신이 우리들과 같이 있는 모습을 보았소. 후작은 틀림없이 당신에 대해 알게 되었을 거요. 그렇다면 당신이 우리와 헤어지는 순간 그가 당신을 노리게 된다는 것은 미루어 짐작하기 간단한 일이지."
"미를 노린다고요? 음……, 그럴까요."
미는 전혀 당황하지 않았고 그래서 운차이가 오히려 약간의 당혹을 느꼈다.
"그럴 거요. 따라서 미안한 일이지만, 당신이 안전하려면 우리와 함께 있는 것이 좋겠소."

미는 방긋 웃었고 그 표정은 운차이가 생전 처음 보는 종류의 표정이었다. 미는 뭐라고 말하려다가 입을 다물고는 대신 고개를 돌려 짐을 찾기 시작했다. 자신의 배낭을 찾아낸 미는 배낭을 뒤지며 운차이에게 말했다.

"물 있나요?"

운차이는 아무 말 하지 않고 물통을 찾아서는 미에게 건네었다. 자신이 바보 같은 조언을 꺼냈다는 사실을 인정하는 것보다는 그게 편했으니까. 미는 배낭에서 물그릇을 꺼내면서 운차이에게 말을 걸었다.

"그런데 왜 턴빌로 오신 거죠?"

"코렐이 말하길 녀석들이 이곳에 있다고 했으니까."

"그분은 저쪽의 사주를 받았다고 하셨잖아요? 그런데 그 말을 믿나요?"

"믿소. 그 친구도 누굴 속일 땐 사실을 말하는 것이 가장 낫다는 것쯤은 알고 있을 테니."

"아, 그런가요. 어렵네요. 자, 다 됐어요. 죄송하지만 조용히……"

운차이는 파이프를 피워 물면서 말했다.

"입 다물고 있겠소."

잠시 후, 운차이가 파이프 속에 담긴 하얀 재를 비울 때쯤 해서 미는 정성스럽게 물을 버리고는 가면을 벗었다. 그때까지도 운차이나 미 두 사람 모두 아무 말도 하지 않았다. 미는 물그릇을 깨끗이 닦아서 배낭 안에 넣어둔 다음에야 천천히 일어났다.

"배가 고파요."

운차이 역시 파이프를 윗옷 주머니에 던져 넣으며 말했다.

"턴빌로 내려가서 식사를 하면 될 거요. 그런데 뭐가 보였소?"

미는 대답하지 않았다. 대신 그녀는 아달탄을 데리고 놀기 시작했다. 땅바닥을 뒹구는 미와 아달탄의 모습은 누가 보더라도 키타나 하운드가 무녀를 잡아먹으려 든다고 여기기에 안성맞춤이었다. 운차이는 물끄러미 그 모습을 바라보다가 지나가는 말처럼 물었다.

"우리와 같이 있을 거요?"

"까르륵! 하지 마! 너 목욕 좀 해야겠어! 예. 하지 마, 하지 마! 에이! 침이다, 침!"

운차이는 날렵한 검사였고, 그래서 비명처럼 내지른 미의 말 가운데서 자신의 질문에 대한 대답을 찾아내는 데 특별한 어려움은 없었다. 그래서 그는 동료들이 깨어나길 기다리며 조금 전의 상황을 곰곰이 생각해 보기 시작했다. 몸을 돌려 안개가 걷혀가는 하늘을 바라보며.

그래서 운차이는 미가 아달탄의 목에 얼굴을 푹 파묻은 채 소리 없이 눈물을 삼키고 있다는 것은 전혀 알아차리지 못했다. 주의를 집중하고 있더라도 눈치 채기 어려운 모습이었던 데다가, 원래 운차이는 여자에게 주의를 많이 보내지 않는 자이펀 검사였다.

미는 아달탄의 거친 털을 눈물로 적시며 낮게 되뇌고 있었다. 오로지 비정상적으로 우수한 키타나 하운드의 청각으로만 알아차릴 수 있는 목소리였다.

"어쩌지······. 아달탄, 어떡하면 좋을지 모르겠어······. 윽. 흐윽······.

이젠 그것마저……"

파타로 주점의 테이블들은 소란스럽기 짝이 없었다. 어젯밤에 일어난 해괴한 사건들은 적어도 3년 동안은 계속해서 흥분되는 이야깃거리로 남겨질 모양이다. 하지만 어젯밤에 일어났다는 그 해괴한 사건에 대해 알지 못하는 쳉으로서는 설명이 필요했다. 그래서 쳉은 미간을 찌푸렸다.

"뭐야? 좀 알아듣게 말해 봐."

쳉에게 붙잡혀서 테이블 맞은편에 앉게 된 데브는 먼저 컵을 들어 올리더니 입에서 떼지도 않은 채 물 한 그릇을 비워버렸다. 그러고는 숨을 몰아쉬면서 말했다.

"후아, 후아. 정말 그런 건 처음 봤어. 어, 그러니까 말할 테니 잘 들으라고요. 으으, 그 발. 그러니까, 에, 미는 어제 오전에 처음 보는 세 사람과 함께 나타났어요. 두 명은 남자였고 하나는 여자였어요. 헤엑. 남자 중 하나는 정말 무시무시하던걸요! 그리고 여자가 탄 말은, 맙소사, 난 그런 말은 처음 봤어요. 그런데 그 네 사람은 말이죠, 그러니까 처음 보는 세 사람과 미는 여기서 코렐 씨와 무슨 이야기를 하더라고요. 그러더니 코렐 씨와 함께 그 사람의 집으로 갔어요. 코렐 씨의 집은 네인 강에 있는 폐선이에요. 그런데 오늘 아침, 나루터 가까운 곳에서 코렐 씨의 시체가 발견되었다고요. 그리고 네 사람은 온데간데없고요. 나 조금 전에 그 시체 보고 오는 길이에요. 우와, 세상에!"

"아, 좋아. 이해했어. ……그런데 그게 무슨 말이야?"

데브는 기가 막힌 표정으로 쳉을 바라보다가 그의 등 뒤에 서 있는 파를 바라보았다. 그러나 파는 사나운 눈길로 데브를 쏘아보며 고개를 가로저었다.

'말하면 죽어.'

데브는 침을 꼴깍 삼키다가 사레가 들려서 콜록거렸다. 그 모습을 보던 쳉은 측은한 표정으로 말했다.

"원 녀석도. 물을 그렇게 급하게 마시니까 그렇지."

데브의 어처구니없음과 억울함에 대한 상세한 설명은 불가능할 것이다. 어쨌든 데브가 간신히 숨을 고르고 뭐라 말하기 직전, 파는 재빨리 쳉의 어깨를 툭 쳤다.

"저 녀석은 시체를 봐서 지금 제정신이 아냐. 너완 다르잖아, 아마추어 장의사 씨. 그리고 우리는 여기서 보낼 시간이 없고."

"그런가. 알았어, 데브. 고마워. 그 시체라는 걸 좀 봐야겠군."

쳉은 테이블에서 일어났고 데브는 아직껏 콜록거리느라 대답도 못한 채 고개만 끄덕였다. 쳉은 그대로 말을 묶어둔 장소로 걸어갔으며 파는 그 뒤를 따라 걸어가다가 데브에게 살짝 고개를 돌렸다. 파의 눈빛이 데브를 똑바로 향하자 데브는 움찔하더니 입을 틀어막는 시늉을 해보였다. 단단히 입을 가린 두 손 위로 그의 눈은 불신감과 불안감을 담은 채 파를 바라보고 있었다. 파는 씩 웃는 그대로 몸을 돌렸다.

쳉은 캐시헌터의 고삐를 쥔 채 생각에 잠겨 있었다. 파는 그 얼굴을 물끄러미 바라보다가 말을 걸었다.

"뭐 생각해?"

"자취에 대해서."

"자취?"

쳉은 갑자기 손을 들어올리더니 머리를 벅벅 긁기 시작했다. 그는 짜증과 분노가 가득 묻어나는 목소리로 말했다.

"도대체 뭐가 어떻게 된 거야. 미가 만난 녀석들은 뭐하는 녀석들이기에 계속해서 시체를 남겨놓고 사라지는 거지? 그놈들은 왜 그렇게 사람을 죽여대는 거지? 그리고 미는 왜 그런 녀석들과 계속해서 같이 다니는 거지? 이 모든 자취들을 명쾌하게 설명할 수 있는 해답이 없어. 제기랄! 마음에 안 드는데……. 왜 그렇게 처다보고 있는 거지, 파?"

파는 흠칫했다.

"쳉 같은 감정 결핍증도…… 감정을 표현할 때가 있네."

쳉의 눈엔 파의 모습이 더 이상하게 보였다. 어쨌든 그 언니가 지금 살인귀들과 어울려 돌아다니고 있는 동생의 모습으로 보기에는 너무 침착해 보였던 것이다. 쳉은 수염이 까슬까슬한 턱을 만지작거리다가 빠른 동작으로 말에 올랐다.

"가자. 일단은 그 시체를 좀 봐야겠어. 조금 전에 발견되었다고? 늦으면 경비 대원들이 치워버리겠군."

파는 고개를 끄덕이며 역시 화이트풋에 올랐다. 이미 보았던 시체지만 또 본다니 끔찍스러워. 파는 우울한 얼굴을 한 채 쳉을 뒤따랐다. 두 사람이 고스빌의 시민들에게 물어가며 코렐의 시체가 있는 곳에 도착했을 때는 이미 고스빌의 경비 대원들이 가득 모여서 시체를 조사하고 있었다. 몰려드는 구경꾼들을 제지하던 경비 대원들은 미심쩍은 시선으로 쳉과 파를 바라보았다. 그리고 쳉이 말에서 내려서 똑바로 걸어오자 미심쩍은 시선은 이제 분노 섞인 의심으로 바뀌었다. 그러나 쳉은 그 표정들에 아랑곳하지 않고 코렐의 시체 쪽으로 걸어갔다. 결국 경비 대원들 중 하나가 삼엄한 표정으로 쳉을 가로막았다.

"이봐! 접근 금지다."

"조금만 봅시다. 난 POG 상단의 호위 무사 쳉입니다. 근처에서 시체가 발견되었다고 해서, 도와줄 수 있을 것 같아 찾아오는 길입니다만."

"아!"

둘러선 구경꾼들 사이에서 탄성이 일어났다. 상단의 호위 무사라는 이 낭만적인 이름이 가지는 뉘앙스가 고스빌의 시민들을 자극시켰던 것이다. 하지만 경비 대원은 얼굴을 더욱 딱딱하게 만들며 말했다.

"POG 상단? 아아, 그 상단 말인가. 그런데 호위 무사가 왜 혼자 이곳에 있는 거지?"

"사정이 좀 있습니다. 그런데 보여줄 거요, 말 거요?"

경비 대원은 쳉과 똑같은 감정을 느꼈다. 즉 상대의 말투가 별로 마음에 들지 않았다. 그러나 경비 대원은 옆으로 비켜났다. 어쨌든 노련한 호위 무사는 마나를 쓰지 않는 마법사인 것이다. 쳉은 간단히 고개를 끄덕인 다음 길 한가운데 놓인 시체로 다가섰다.

그는 손은 대지 않은 채 시체를 꼼꼼히 관찰했다. 구경꾼들 뒤에 서 있던 파는 고개를 돌려 외면하고 있었다. 시체의 관찰을 끝낸 쳉은 그 주위의 땅을 면밀히 관찰하기 시작했다. 하지만 단단한 오솔길에 발자국 같은 것은 남아 있지 않았다. 쳉은 고개를 가로젓고는 눈을 가늘게 뜨고 주위를 살폈다. 그 동안 구경꾼들은 모두 숨을 죽인 채 쳉을 바라보았고 경비 대원들 역시 기대감이 섞인 얼굴로 쳉을 바라보았다.

이윽고 쳉은 천천히 일어나서는 코렐의 옆에 똑바로 섰다.

"오크와 복수의 화렌차의 이름을 걸고, 당신의 억울한 죽음은 대가를 치를 것입니다. 편히 잠드시길."

쳉은 그렇게 말한 다음 몸을 돌려 경비 대원을 바라보았다. 그의 입이 빠르게 열렸다.

"방해해서 미안합니다. 수고들 하시길."

쳉이 살해자의 수효, 칼을 쓰는 버릇, 어쩌면 살해자의 고향이나 머리카락 색깔, 심지어 그 이름이나 그의 어린 시절의 아픈 추억까지도 말해 줄지 모른다고 기대하고 있던 구경꾼들에게 쳉의 발언은 충격적이었다. 경비 대원들 역시 입을 딱 벌린 채 쳉을 바라보았지만 쳉은 가볍게 고개만 숙여 보이고는 곧장 파에게로 돌아왔다. 쳉이 캐시헌터에 올라타고 나서야 경비 대원들은 불평을 터뜨렸다. 하지만 쳉은 살해자에 대해 말해 주겠다고 약속한 바가 없었기 때문에 그들의 불평은 처음부터 목적을 잃은 셈이었다. 그때 쳉은 가볍게 말했다.

"저쪽 나무에 꽂힌 나이프는 그 친구의 것일 거요. 유품을 원하는 사람에게 전해 주십시오."

경비 대원들은 완전히 당황해 버렸다.

"무슨 나이프요?"

쳉은 손으로 약간 떨어진 나무를 가리켰다. 경비 대원들은 의아한 표정으로 쳉이 가리키는 방향으로 걸어갔고, 그제서야 나무에 꽂힌 코렐의 나이프를 발견했다. 구경꾼들은 탄성을 질렀고 먼저 와서 조사했던 주제에 나이프를 발견하지 못했던 경비 대원들은 얼굴을 붉혔다. 그러나 그들이 뭐라고 말을 걸려 했을 때 쳉은 이미 살해 현장에서 멀리 떠난 후였다.

쳉은 말을 돌려 그대로 시내 쪽으로 돌아왔다. 파는 그 뒤를 천천히 따라가다가 살해 현장에서 꽤 멀어지고 나서야 쳉에게 말을 걸었다.

"아무것도 모르겠어?"

쳉은 고삐를 내려다보며 대답했다.

"아니. 너무 많이 알았어."

"뭐?"

쳉은 살해 현장 쪽으로 머리를 휙 돌렸다. 한동안 씁쓸한 표정으로 그쪽을 바라보던 그는 다시 시선을 거두어 안장을 내려다보며 말했다.

"저 친구는 죽기 전에 누군가와 싸웠어. 목에 말라붙은 소금 자국은 저 친구에게 상당한 운동량이 있었다는 것을 가르쳐주는데, 나무에 꽂힌 나이프는 그 운동이 싸움이라는 것을 증명하지. 하지만 그 싸움 때문에 저 친구가 죽은 것은 아니야. 싸움과 살해는 별개야. 살해자는 제3자지."

파는 그만 소스라쳤지만 그것을 쳉의 추리에 대한 놀라움으로 바꾸면서 말했다.

"우와……, 어째서?"

쳉은 느릿하면서도 약간 신경질적인 목소리로 말했다.

"싸움 도중에 그렇게 등을 찌를 수 있다는 것은 말이 안 되거든. 게다가 나이프를 던졌으니까 저 친구는 그 싸움의 상대를 보고 있었다는 의미야. 그런 상황에서 등 뒤를 그렇게 찌를 수는 없지. 그건 완벽한 불의의 일격이었으니까. 싸움은 어떻게든 끝났어. 다른 핏자국이 없는 걸로 봐서는 상대가 이긴 것 같다. 어려운 추리지만, 상대는 저 친구를 제압하고는 그냥 떠났다고 봐야겠어. 그리고 싸움이 끝나고 긴장이 풀린 상태에서 뒤에서 다가온 누군가가 저 친구를 찔렀지. 그런데 상황이 꽤 복잡해."

"복잡해?"

"응. 왜냐하면 살해자가 떠난 후 또 다른 사람이 저 시체에게 찾아왔어. 적어도 명복을 빌어주려는 목적은 아닌 사람이. 그 사람은 말을 타고 있었어. 시체를 뛰어넘을 때 날린 털이 낮은 나뭇가지에 붙어 있더군. 다갈색 털이었어."

파는 굳어버렸다. 쳉의 말보다는 그의 행동 때문이었다. 쳉은 어느새 캐시헌터를 뒤로 돌려세워 파를 정면으로 바라보고 있었다. 파는 고개를 떨궈 화이트풋의 다갈색 갈기를 내려다보았다.

"고개 들어."

파는 고개를 들어올렸다. 쳉은 눈빛으로 파를 잡아놓고 있었고 그래서 파는 고개를 돌리지 못한 채 하얗게 된 얼굴로 쳉을 마주보았다.

"따라와."

쳉은 말에서 내려서는 고삐를 쥔 채 오솔길 옆의 공터로 걸어가기 시작했다. 오솔길에서 충분히 멀어지고 나서 쳉은 고삐를 나뭇가지에 묶었다. 파는 아무 말 없이 쳉의 동작을 따라했다. 쳉은 나무에 등을 기댄 채 앉았고 파는 쳉에게서 조금 떨어진 위치에 앉아서 땅을 내려다보기 시작했다. 쳉은 그런 파를 바라보다가 고개를 들어 하늘을 보았다.

구름은 빠른 속력으로 흘러가고 있었다. 상공에는 굉장한 바람이 부는 모양이다. 하지만 고스빌 교외의 이 숲에는 아무런 바람도 불지 않았다. 들리는 것은 그 의미를 알 수 없는 숲의 신음 소리뿐, 사위는 고요했다. 쳉은 자신의 등이 나무에 비벼지며 들려오는 소리에 귀를 기울이며 입을 열었다.

"나는 오늘 아침 네게서 땀 냄새를 맡았지. 그리고 화이트풋의 발굽에 묻은 흙은 초원의 것이 아니었어. 어젯밤에 여기 왔지?"

"응."

그래서 초원에서 쉬자고 주장했군. 쳉은 씁쓸한 기분을 느끼며 말했다.

"왜 혼자 먼저 온 거지?"

파는 대답이 없었다. 고개를 돌려보자 파는 여전히 무릎을 모은 채 앉아서는 땅바닥만 내려다보고 있었다.

"파."

파는 갑자기 고개를 들었다. 그녀가 할 수 있는 한 최대로 잔인해지기로 결정한 후였다.

"먼저 말할 게 있어. 언니는 쳉이 돌아온다는 것을 알고 있었어. 언니는 물을 들여다봤고, 쳉이 상단을 떠나서 스카니아로 돌아오고 있는 모습을 봤어. 그리고 쳉이 도착하기 전에 먼저 떠났던 거야."

쳉은 아무 대답도, 어떤 몸짓도 보여주지 않은 채 나무를 닮은 모습으로 앉아 있었다. 파는 하늘을 바라보는 쳉의 모습을 흘긋 바라보고서는 다시 고개를 숙이며 말했다.

"그러니까, 그러니까 언니는 쳉을 만나길 원하지 않았어."

"아아."

"내 말 이해한 거야?"

"음."

파는 의아쩍은 눈으로 쳉을 바라보았다. 쳉의 모습에는 여전히 아무런 변화가 없었다. 초점 없는 눈은 그대로 하늘을 향해 있었고 무릎 위에 던져진 두 팔은 누가 버리고 간 것처럼 거기 있었다. 질문하지 않아. 되묻지 않아. 왜 그럴까? 파는 온갖 의심과 의혹을 느끼면서 말했다.

"그래, 좋아. 나는 언니에게 말해 주고 싶었어. 쳉보다 먼저 언니를 만난 다음 쳉이 언니를 쫓아가고 있다는 사실을 말해 주고 싶었어."

쳉의 목소리는 단조로웠다.

"그래서, 또다시 달아나게 만들려고? 나와 미가 만나지 못하게?"

"그렇게 말하지 마! 이 감정 결핍아! 난, 나는 그냥, 그러니까, 어, 언니 마음을 정확하게 알고 싶었던 거야. 쳉은 언니를 사랑하지? 그렇잖아. 하지만 언니는 그냥 떠났다고. 알겠어? 그래서, 그래서 나는 쳉이 없는 자리에서 언니와 이야기해 보고 싶었던 거야. 그거야. 그러니까……"

"알았어. 미를 봤어?"

뺨을 맞은 기분을 느꼈지만, 파는 현실적으로 10큐빗도 넘게 떨어진 거리에 앉아 있는 쳉이 자신의 뺨을 때릴 수는 없다는 것을 떠올렸다. 파는 피가 나도록 입술을 깨문 채 쳉을 노려보았지만 쳉은 꼼짝도 하지 않은 채 하늘만 바라보고 있었다.

"언니는 쳉을 만나고 싶어 하지 않는다고! 그러니까 쳉은 헛된 추적을 하고 있단 말이야!"

"조금 전에 말한 거야. 미를 봤어?"

"못 봤어!"

"알았어. 그럼 다시 원점이군."

쳉은 부스스 일어났고 파는 제자리에 앉은 채 그 모습을 바라보았다. 쳉은 천천히 고개를 돌려 파를 보고 낮게 말했다.

"빨리 가자. 언니를 찾아야지."

"언니를 찾을 거야? 언니가 쳉을 만나고 싶어 하지 않는데?"

"그거? 거짓말이잖아. 빨리 일어나."

파는 입을 딱 벌린 채 쳉을 바라보았지만 쳉은 어느새 캐시헌터의 등에 올라앉아 있었다. 말 위에 앉아서 파를 내려다보고 있던 쳉은 잠시 후 파로서는 거부할 수 없는 명령을 내렸다.

"가자, 파."

파는 일어나서 화이트풋에 올랐다. 쳉은 아무 말도 하지 않은 채 출발했고 파 역시 아무 말 없이 그 뒤를 따랐다.

3

 바이서스 임펠의 거리는 아무래도 익숙하지 않다. 단단한 포석 위로 울려퍼지는 자신의 구두 소리에 귀 기울이며, 샌슨 퍼시발은 불편한 심정으로 거리를 걸었다. 이 화려한 거리는 마주할 때마다 그 자신이 시골뜨기임을 확인시켜 주고 있었다.
 칼 헬턴트를 따라 수도에 거주하게 된 지도 이미 오래되었다. 왕좌를 걷어차고 궁성을 나가버린 '폐태자' 길시언이 최강의 드래곤 크라드메서를 쓰러뜨렸을 때 칼과 샌슨은 그와 함께 있었다. 길시언은 루트에리노 대왕에 이어 바이서스 왕가의 두 번째 드래곤 슬레이어가 되었으며, 그 싸움의 끄트머리에서 장렬하게 사망함으로써 300년 전 사망한 루트에리노 대왕과 완벽한 공통점을 이루고 말았다. 죽은 드래곤 슬레이어가 된 것이다.
 비교적 짧지만 어떤 기나긴 모험보다도 더 강렬한 모험을 거친 두 사람은 성대한 환영을 받으며 수도로 들어서게 되었다. 사람들은 새로운 드래곤 슬레이어의 탄생에 환호했으며, 그와 함께 호흡했고 그의 마지막을 함께했으며 그의 전설의 산 증인인 두 사람에게도 환호를 보냈다. 그리고 그 환호를 등에 진 채 두 사람은 정치권의 핵심부를 향해 느리지만 확실한 걸음을 내딛게 되었다. 그리고 아무도 알지 못하는 길시언의 유언을 조용히 실천하고 있었다.

지금 바이서스라는 한 나라의 구조를 재편하려는 야심가이기는 하지만 아무런 입지도 세력도 배경도 갖추지 못한 칼에 비해 볼 때, 샌슨은 단 한 가지 나은 점이 있었다. 그는 칼에게 기댈 수가 있다. 두 사람은 맨손으로 길시언의 유지를 잇고 있는 것이다.

샌슨은 자신의 아이덴티티에 대해 고민해 본 적이 없으며, 야심이라는 면에 대해서는 담백한 편이었다. 칼이 걷고 있는 길을 이해했지만 그것을 평가해 본 적은 없다. 칼과 함께 바이서스를 개조하는 일에 매달려 있지만 그것을 일생의 목표라든가 숭고한 가치로 여겨본 적도 없다. 샌슨은 오로지 친구인 길시언의 뜻을 존중하고 동향인 칼을 돕고 있을 뿐이었다. 비교적 단순하지만 그만큼 매력적인 사내인 샌슨은, 그러나 오늘 바이서스 임펠의 번화가에서 괴로웠다. 바이서스의 수도이자 마법사 길드가 있는 명실상부한 대륙 최대 번화가를 걷고 있는 시골 출신 청년이 당연히 느낄 만한 불편함에 덧붙여 또 다른 괴로움이 그를 자극하고 있었던 것이다.

"여어! 퍼시발 씨. 좋은 날이군요. 그런데 왜 가짜 수염을 붙이셨습니까?"

"예. 아, 뭐……"

"어머, 샌슨 씨! 까르르! 왜 안대를 하셨어요? 눈에 뭐가 나셨나요?"

"아아, 그냥……"

"어라, 샌슨 아닌가? 그런데 왜 그렇게 절뚝거리며 걷고 있는 건가? 다리가 아픈 건가? 괜찮다면 내 마차에 타게나."

"신경통이 조금……"

잠시 후 샌슨은 넌덜머리를 내며 지나가는 거지에게 자신의 변장 도구 일체를 줘버린 다음 허리를 펴고 걷기 시작했다. 그토록이나 완벽한 변장이었는데 어떻게 사람들이 자신을 알아보는지에 대해 퍽이나 신기해하며. 잠시 후, 샌슨은 대로에서 조금 들어선 위치에 있는 가게의 입구에 당도했다.

가게는 그렇게 큰 편은 아니었다. 하지만 행인들의 시선을 확 끌어당길 수 있는 물건들을 늘어놓고 있어서 매우 인상적이었다. 가게 앞의 판매대와 상자들에는 각양각색의 과일들이 즐비했다. 이 계절 이 지방에서는 구경도 하기 힘든 굉장한 과일들의 모습은 바라보는 사람들을 얼빠지게 만들 만했다. 그리고 가게 뒤로는 상당히 거대한 창고가 붙어 있었으며, 샌슨이 바라보는 중에도 수많은 수레들이 창고로 들락거렸다. 샌슨은 수레마다 실려 있는 각종 과일들에 순박하게 감탄하며 가게로 들어섰다.

작은 가게 안은 책상 하나와 의자 하나를 놓을 자리를 제외하고는 모두 과일들에 의해 점령당해 있었다. 의자에는 의외로 젊은 주인이 방만한 자세로 앉아 있었다. 샌슨은 파인애플과 사과 사이를 지나치며 바나나 상자 뒤의 책상에 앉아 있는 가게 주인에게 인사했다.

"여어, 나 왔다."

"아아."

주인은 간단하게 아는 척하는 것으로 대답을 대신했지만 샌슨은 아직도 자신의 신비한 경험 때문에 흥분해 있는 상태였다. 그래서 샌슨은 주인의 책상에 엉덩이를 걸치자마자 오면서 있었던 일을 장황하게 이야기했다.

잠자코 이야기를 듣고 있던 과일 가게 주인 자크는 샌슨에게 사과 하나를 던져주며 말했다.

"오거가 변장한다고 엘프가 될 리 있소?"

"내가 엘프로 변장한 거냐? 사람으로 변장했지."

"……관둡시다. 다음부터는 변장하지 말고 그냥 찾아와요. 샌슨이 나 만나는 거 모르는 녀석이 어디 있다고."

"다 안다고?"

샌슨은 경악한 표정으로 자크를 마주보았고 자크는 이제 두 눈을 질끈 감은 채 고개를 뒤로 젖혔다. 의자를 비스듬하게 뒤로 기울인 자크는 복숭아 상자 위에 두 다리를 얹어놓고는 옆의 책상에서 장부를 집어들며 말했다.

"댁이 과일 사러 여기까지 온다고 믿을 바보가 세상에 어디 있겠소?"

"큰일이군. 빨리 칼에게 말해야겠어."

"쳇. 칼은 이미 알 거요."

자크는 심드렁하게 대답하며 펜을 들어 장부에 뭔가를 끼적거리기 시작했다. 자크가 글을 쓰기 시작하자 샌슨은 즉시 입을 다물고는 자두가 가득 쌓여 있는 판매대 쪽으로 걸어갔다. 그 순간 가게의 입구로 젊은이 한 명이 들어섰다.

"자크 사장님, 저 왔습니다."

자크는 그제서야 알아차렸다는 듯이 고개를 들어 젊은이를 흘긋 쳐다보았다.

"아아, 됐어, 클라크. 오늘은 부탁할 것 없네."

"그래요? 그럼……"

"오늘은 노는 날이라는 말이지. 속으로는 박수를 치면서 그런 칙칙한 표정 짓지 마라. 어서 가봐. 대신 내일은 좀 많을 것 같으니 일찌감치 와."

"예, 사장님. 그럼 내일 뵙겠습니다."

클라크라는 젊은이는 얌전히 몸을 돌렸지만 자크의 말마따나 속으로 박수를 치고 있는 모양이다. 걸어가는 발걸음이 그렇게 가벼울 수가 없었다. 클라크가 사라지고 나자 샌슨은 다시 자크에게 다가서며 말했다.

"저건 누구야?"

"빛의 탑에서 파견 나온 견습생이지요."

"견습생? 소방서에서 화재 점검이라도 나온 거야? 하지만 과일 가게에 무슨 불날 일이 있다고……"

바이서스 임펠에 소재한 마법사들의 길드 '빛의 탑'은, 마법사를 목표로 하는 젊은이들에게 있어서는 최고의 교육 기관이기도 하다. 이 길드의 교육 과정에는 수련생들의 소방서 파견 근무가 있는데, 수련생들은 실제로 마법을 응용해 볼 수 있고 소방서로서는 상당한 도움을 얻는 셈이다.

자크는 고개를 가로저었다.

"아니, 내가 쓰는 애지요."

"응? 네가 마법사는 뭐하러?"

"차게 보관해야 되는 과일들 때문에. 저 녀석이 와서 과일 창고의 온도를 떨어뜨려 놓는 대신 나는 빛의 탑에 과일 몇 상자씩 납품하고."

"히야, 그래? 너 장사 잘하는데?"

'댁보다야 낫겠지, 오거 선생'이라고 대답하는 대신 자크는 피식 웃었다. 샌슨은 고개를 끄덕이며 말했다.

"너 나이트호크였잖아. 장사는 언제부터 배운 거냐? 원래부터 소질이 있었어?"

자크는 장부를 덮고는 의자에서 일어섰다.

"잡소리 그만하고 일어섭시다. 조금 있으면 귀족가에서 저녁 디저트거리 사려고 몰려들 시간이란 말입니다. 요즘은 우리 가게 때문에 귀족가에 딸기 케이크 열풍이 불고 있지요."

"으윽. 어쩐지 요즘은 들르는 곳마다 지겹도록 딸기 케이크를 내놓더라. 이유가 그거였군."

샌슨의 웅얼거림을 뒤로 한 채 자크는 가게 한구석의 문을 열었다. 문을 나서자 작은 마당이었고 저편으로는 창고의 정문이 보였다. 샌슨은 뒤를 돌아보며 말했다.

"어, 가게 비워둬도 돼?"

"뭐, 먹고 싶어서 가져가는 사람이라면 상관없어요. 가져가 봐야 얼마나 가져가겠어. 기껏해야 주머니에 몇 개 채워가겠지. 과일은 부피가 큰 물건이거든."

아무 흥미가 없다는 듯한 자크의 태도에 샌슨은 매우 감동을 받았다. 샌슨의 감동은 아랑곳하지 않은 채 자크는 줄지어 서 있는 수레들 사이로 휘적휘적 걸어갔다. 샌슨이 얼핏 세기에 뒷마당에는 열한 대의 수레가 입고를 기다리며 늘어서 있었고, 열한 명의 수레꾼들이 각자의 수레 위에 앉아 지루한 표정으로 하늘을 바라보고 있었다.

수레 사이로 걸어가던 자크는 갑자기 생각난 것처럼 한 대의 수레 옆에 멈춰 섰다. 수레꾼은 뭐라고 인사를 하려 했지만 자크는 아무 말 없이 수레의 포장을 들췄다. 강렬한 오렌지 향이 훅 풍겨나왔다. 샌슨은 눈이 휘둥그레진 채 그 황금빛으로 불타오르는 과일을 바라보았다.

자크는 오렌지들을 하나씩 집어보며 상자의 아랫부분까지 검사했다. 자크가 검사하는 동안 수레꾼은 득의양양한 표정으로 그 모습을 바라보았다. 잠시 후 자크는 고개를 끄덕이며 다시 포장을 내렸다.

"많이 썩히지는 않았군."

수레꾼은 기세 좋게 말했다.

"예, 자크 사장님! 눈썹이 빠져라고 달려온 겁니다요. 한번 다 꺼내

보세요! 썩은 놈은 열 개도 안 될 겁니다."

"그래? 제법이군. 수고했네. 다음에도 이렇게 해주게나."

자크는 마주 웃어준 다음 창고로 걸어갔다. 샌슨은 잠시 애타는 눈으로 수레 위에 실린 오렌지 상자를 바라봄으로써 수레꾼에게 경계의 태도를 취하게 만든 다음 허탈한 표정으로 자크의 뒤를 따랐다. 창고 정문 앞에서 기다리던 자크는 피식 웃으며 말했다.

"돌아갈 때 좀 싸줄 테니 가져가요."

"정말?"

"아아, 인심 쓰지 뭐. 보통은 반 정도는 썩어서 버려야 되는데 요즘은 희한하게 썩어서 버리는 것이 별로 없어서 말이야."

"이런, 녀석. 말하는 것 봐라. 버릴 것이어서 준다는 뜻이잖아."

"말이 어쨌든 안 가져갈 것은 아니잖아요."

"쳇."

자크는 빙긋 웃으며 창고의 문을 열었다.

어두컴컴한 창고의 안쪽은 상당히 넓었다. 거의 반대쪽이 보이지 않을 정도의 깊이인 데다가 3층 높이는 될 만한 곳에 천장이 있었다. 창고 안은 곳곳에 늘어선 계단과 선반으로 이루어져 있었으며 일꾼들은 수레에서 과일 상자를 내려서는 계단 위로 가지고 올라가거나 선반 위로 쌓아올리거나 하고 있었다. 자크는 아무 어려움 없이 그 사이로 걸어갔지만 샌슨의 경우에는 고문당하는 기분을 느꼈다. 어두운 창고 안에서 샌슨의 후각은 예민해졌고, 그래서 사방에서 풍겨나오는 과일 향기에 생침을 삼켜야 했던 것이다. 꼴깍.

잠시 후, 자크는 창고의 거의 끝까지 걸어가서 멈춰 섰다. 거기에 있는 것은 거의 견과류의 과일들이었다. 자크는 그중 한 상자에 다가서더니 상자의 뚜껑을 열었다.

안에는 야자열매가 들어 있었다. 자크는 야자 몇 개를 들어 올리더니 그중 하나를 고르며 말했다.

"나도 아직 보진 않았어요. 당신이 오면 같이 보려고……. 이거 봐요! 사람이 말할 때는 좀 쳐다보라고, 콧구멍 좀 그만 벌름거리고."

"응? 아아. 어, 그거야?"

자크는 허리춤에서 나이프를 뽑아들더니 세심하게 야자를 살폈다. 잠시 후 자크는 나이프를 거꾸로 쥐고서는 야자에 꽂아 넣었다. 이 남부의 신비한 과일에 대해 잘 알지 못하는 샌슨이었기에 아무렇지 않은 표정으로 바라보았지만, 실제로 야자는 나이프에 베어지는 물건이 아니다. 하지만 자크는 간단하게 나이프를 꽂아 넣고는 힘을 주었으며, 그러자 야자는 양쪽으로 쩌억 벌어지며 텅 비어 있는 내부를 공개했다.

속이 빈 야자 안에는 여러 번 접혀서 우겨넣어진 서류 뭉치가 나왔다. 자크는 그것을 꺼내 샌슨에게 건넸다. 샌슨은 종이의 주름을 펴기는 했지만 그것을 살펴보지는 않은 채 그대로 품안에 쑤셔넣었다.

"아, 됐어. 칼에게 가져다주지."

샌슨은 다시 속을 쩍 벌린 야자를 기특하다는 듯이 내려다보았다.

"하하, 그거 신기하군. 요런 식으로 서류가 오가다니 말이야."

"별게 다 신기하군요."

자크는 시큰둥한 표정으로 말했다. 샌슨은 미심쩍은 듯 자크를 바라보다가 말했다.

"뭐야? 왜 그래?"

"예?"

"왜 그렇게 이상한 표정을 하고 있는 거야? 꼭 오리 알을 낳은 닭 같은 표정을 하고 있군. 서류 한번 보자는 말도 안 하네."

"흐음……"

자크는 턱을 긁적이더니 나이프를 다시 허리춤에 꽂아 넣으며 말했다.

"오렌지."

"뭐?"

"아까 그 오렌지 말이오. 나는 오렌지에 대해 생각하고 있수. 솔직히 그 생각 때문에 그 서류엔 관심이 잘 안 가는데."

"장사꾼 다 되었군 그래, 나이트호크가 정보에 관심이 없다니 말이야. 왜? 그 오렌지가 어때서?"

자크는 근심스러운 표정으로 창고의 천장을 바라보며 말했다.

"썩은 것이 별로 없어."

샌슨은 하마터면 '큰일이군'이라고 맞장구칠 뻔했다. 간신히 자크의 말을 이해한 샌슨은 이번에는 자크를 이해하지 못하게 되었다. 샌슨은 떨떠름하게 말했다.

"그 수레꾼이 자기 말대로 열심히 달려왔나 보지."

자크는 콧방귀를 뀌면서 말했다.

"수레꾼이? 웃기지 마쇼. 저 치들은 말 풀 먹일 시간은 없어도 주점에서 술 마실 시간은 비워두는 녀석들이야. 물론 그 짓이라도 하지 않으면 몬스터와 강도가 우글거리는 이 땅을 왔다 갔다 하면서 수레꾼 노릇 해먹지는 못하지."

"그래? 그럼 뭐 그 오렌지가 워낙 품종이 좋다거나……, 아냐, 잠깐. 썩은 것이 별로 없으면 좋아해야 되는 거 아냐. 그런데 왜 그런 표정이야. 뭐야, 장사가 너무 잘되어서 불만이냐?"

자크는 어깨를 으쓱였다. 실제로 장사꾼이라면 이런 행운에 대해 즐거워해야겠지. 하지만 자크에게 있어 과일 장사는 눈가림일 뿐이다. 그래서 자크는 근래 들어 계속되는 행운을 냉정하게 관찰할 수 있었다.

"요즘 들어 부쩍 이래. 이상하단 말이야. 요즘 날씨가 특별히 이상한 것도 아닌데 과일들이 도통 썩지를 않아. 계속 이런 식이라면 나는 바이서스 임펠에서 과일 장사로 성공한 첫 번째 장사꾼이 될지도 모른단 말이오."

"무슨 말이야. 과일 장사가 그렇게 어려운 거냐?"

"수레꾼들 다루는 거나 과일 보관하는 것은 어려워. 나만큼 대규모로 이 짓하는 사람은 처음일걸. 하필이면 그 전무후무한 장사꾼이 과일 파는 일에는 아무 관심도 없는 나이트호크라는 것이 아이로니컬하지만."

"왜? 도둑 길드보다는 과일 장사 쪽이 건전하잖아. 그냥 도둑 길드 쪽을 부업으로 바꾸면 안 되냐?"

바이서스 임펠의 도둑 길드 마스터 자크는 자신의 앞날에 대한 이 조언에 대해 다음과 같이 반응했다.

"그래볼까 봐. 계속 이렇게 과일이 썩지도 않는다면."

샌슨은 바구니를 꼭 끌어안은 채 싱글벙글하면서 대로를 걸어갔다. 바이서스 임펠의 아름다운 대로에 넘쳐나는 격조와 품위가 비명을 질러대며 동반 자살해 버리는 순간이었다.

(해설: 신장 4큐빗에 웬만한 문에서는 비좁음을 느낄 만한 어깨를 소지한 사나이가 바구니를 꼭 끌어안고 가끔 거기에 코를 들이박으며 헤벌레 웃음을 짓다가, 마치 세상은 살아볼 만한 것이라고 주장하는 듯한 얼굴로 거리를 오가는 사람들에게 무차별적인 미소를 보내고 있다.)

슬금슬금 피하는 사람들 사이를 부지런히 걸어가며 샌슨은 생각했다.

'이 오렌지를 다 먹고 나서 씨는 데미 공주에게 선물해야지.' 보통 사람에게라면 자기 먹을 것 다 먹고 못 먹는 부위를 선물한다면 상당히 불쾌스러운 선물 방식이 되겠지만, 데미 공주에게라면 가장 훌륭한 선물이 될 것이다. 국왕의 여동생이자 구출해 줄 만한 왕자가 없어서 아직껏 드래곤에게 잡혀가지 않았다는 농담을 하곤 하는 데미 공주는 왕자보다는 원예에 더 관심이 많기 때문이다. '왕자에게는 물을 줄 수 없잖아요.' 그리고 데미 공주라면 이 땅에 오렌지를 자라나게 하는 말도 안 되는 일을 충분히 성공시킬 수도 있을 것이다.

'임펠리아에 오렌지 향이 번지게 되면 그곳에서 낮잠을 자야지.'

샌슨은 이런 공상을 하며 부지런히 걸어갔다. 하늘은 맑고, 세상은 평화롭고, 샌슨은 행복했다. 그래서 샌슨은 맞은편에서 오던 젊은이가 환한 표정을 지으며 손을 들어올렸을 때 이유도 모른 채 덩달아 손을 흔들어줄 뻔했다.

젊은이는 더할 수 없이 매력적인 웃음을 지으며 샌슨의 정강이를 걷어찼다. "어억!" 불의의 일격을 받은 샌슨은 앞으로 휘청했고 젊은이는 재빨리 샌슨에게서 오렌지 바구니를 낚아챘다. 아무리 생각해 보아도 대신 들어주겠다는 의미는 아닌 것 같았다. 왜냐하면 젊은이는 그대로 몸을 돌려 줄행랑을 쳤기 때문이다. 샌슨은 멍한 얼굴로 젊은이의 뒤를, 정확하게는 칼과 함께 먹을 오렌지와 데미 공주에게 선물할 오렌지 씨와 임펠리아를 짜릿한 향기로 물들일 오렌지 나무가 사라져 가는 것을 바라보다가 단호하게 외쳤다.

"그거 내 거야!"

'아, 그러세요? 죄송합니다. 제 것인 줄 알았어요.' 샌슨도 사람인지라 이런 것을 기대하지는 않았다. 그리고 젊은이 역시 사람이었는지 샌슨이 젊은이에게 자신의 소유권을 이해시키려는 안타까운 노력을 기울이는 가운데도 쉼 없이 달려가고 있었다. 인간적인, 너무나 인간적인 상황의 끄트머리에서 샌슨은 바구니 도둑의 뒤를 추격하기 시작했다.

"서라!"

젊은이는 멈춰 섰다. 그래서 이 인간적인 상황에 슬슬 적응하고 있던 샌슨은 큰 충격을 받았다.

"서란다고 정말 서냐?"

"설 리가 없다고 믿었다면 왜 서라고 외쳤는데?"

젊은이는 당당하게 되물어 왔고 샌슨은 말이 곤궁해지는 것을 느꼈다. 이런 질문에라면 칼도 대답하지 못했을걸. 샌슨은 그렇게 생각하며 주위를 둘러보았다.

어느새 샌슨과 오렌지 바구니 강탈범은 대로에서 많이 들어선 골목길에 서 있었다. 주위로는 그 흔한 문이나 창문 하나 보이지 않는 완벽한 벽뿐, 하루 종일 기다려도 사람 하나 오갈 것 같지 않은 골목이었다. 샌슨은 곧 젊은이가 의도적으로 이 골목으로 도망쳤음을 깨달았다. 그리고 그 결론은 샌슨의 등 뒤에서 날아온 몽둥이에 의해 확인되었다. 퍽!

"왜 때려!"

이건 괴물이잖아. 몽둥이를 들고 있던 사내는 기막힌 표정으로 물러나며 생각했다. 샌슨은 재빨리 뒷걸음질 쳐서 등을 벽에 붙였다. 골목 어귀로부터 세 명의 사내가 나타나서 바구니 도둑 및 샌슨을 때린 남자와 합류했을 때 샌슨은 행복함을 느껴야 했다. 우스꽝스럽고 이해 불가능하던 상황들이 아귀가 맞아 돌아가기 시작했던 것이다. 그러나 그 행복감은 씁쓸한 것이었다.

"쳐!"

곧장 한 개의 몽둥이와 두 개의 메이스, 그리고 두 개의 주먹이 동시에 샌슨을 향해 날아들기 시작했다. 샌슨은 무슨 말인지도 모를 말을 외치며 가장 가까이 있던 사내의 허리를 향해 돌진했다. 퍽, 퍼벅! 등이 부러지는 느낌이 왔지만 샌슨은 사내의 허리를 잡아 반대쪽 벽에 밀어붙이는 데 성공했다. 허리를 붙잡힌 사내는 반항을 시도하는 대신 들고 있던 메이스 자루로 샌슨의 뒤통수를 내리쪘었다. 머릿속으로 불이 번쩍했지만, 샌슨은 간신히 까무러치지 않고 허리를 뒤틀며 정수리로 사내의 턱을 받아올렸다.

뻐직.

턱이 깨진 사내는 짙푸른 창공을 향해 하얀 이빨을 뿜어 올리며 혼절해 버렸다. 샌슨은 '정의로운 사내가 이 불공평한 상황에 분노를 느껴서 자신에게 메이스를 건네주고 싶었지만 기절해 버리느라 그 말을 하지 못했다.'고 믿는 것처럼 잽싸게 메이스를 집어들고 기절한 사내의 몸 위를 굴렀다.

"고마워, 친구! 난. 항상 네가 좋았어!"

다시 일어서는 샌슨을 향해 겁 없이 몽둥이를 휘두른 사내는 기막힌 꼴을 당했다. 샌슨은 오른손에 쥔 메이스를 내버려둔 채 왼쪽 팔뚝으로 몽둥이를 막아내었다. "그럼 메이스는 왜 들었는데?" 샌슨은 메이스를 올려쳐 사내의 낭심을 후려갈김으로써 대답을 갈음하며 외쳤다.

"일자무식이라는 거다, 인마!"

아직 태어나지 않은 내 자손들이여!

사내는 고환이 박살나는 충격 속에서 오열했다. 그러나 세 번째 사내는 냉정했다. 그는 자손들의 억울한 죽음(?)에 비감해하는 남자를 그대로 앞으로 밀어버렸다. 샌슨은 욕지거리를 뱉어내며 피하려 했지만 앞으로 쓰러져온 남자와 함께 나뒹굴고 말았다.

쓰러진 샌슨을 향해 발길질과 메이스가 흉포성을 아낌없이 과시하며 날아들었다. 잠시 후 샌슨은 잘 두드려 맞은 빨래 더미처럼 되어 골목 구석에 처박혔다. 그러나 샌슨의 입에서 흐르는 피는 자신의 피가 아니었다. 용감하게도 머리 쪽을 걷어차다가 발목을 물어뜯긴 사내는 미친 듯이 화를 내며 대거를 뽑아들었다. 리더인 듯한 사내가 재빨리 대거를 쥔 팔을 낚아채지 않았다면 샌슨은 상당히 불규칙적으로 해체 당했을 것이다.

"죽이면 안 돼."

"제길, 저 미친개 같은 놈이 해놓은 꼴 좀 봐!"

리더는 주위를 돌아보며 사내의 말에 동감했다. 턱이 쪼개진 남자는 당장 프리스트에게 찾아가지 않으면 평생 동안 수프보다 단단한 것은 먹기 어려울 듯했다. 낭심을 붙잡고 뒹구는 사내에 이르러서는 비장미도 퇴색해 버린다. 그리고 발목을 물어뜯긴 사내라니. 리더는 한숨을 내쉬며 말했다.

"젠장, 죽이면 안 된다고 했단 말이야! 대거 집어넣어!"

사내는 대거를 집어넣는 대신 쓰러진 샌슨을 다시 한번 걷어찼다(물론 머리 쪽을 걷어차지는 않았다.). 사내를 말린 리더는 쓰러진 샌슨을 뒤집어 놓은 다음 재빨리 그의 품을 뒤졌다.

조금 후, 리더는 서류 뭉치 같은 것을 꺼내들고서 고개를 끄덕였다.

"됐어, 가자."

리더는 턱이 박살난 사내를 들쳐 업었다. 오렌지 바구니를 들고 있던 젊은 강도는 샌슨을 향해 바구니를 집어던지고는 자손을 잃은 사내를 부축했다. 따라서 발목을 물어뜯긴 사내는 자기 힘으로 걸어야 했다. 사내는 험한 표정으로 샌슨을 쏘아보다가 몸을 돌려서는 절뚝거리며 걸어갔다. 사내는 분풀이 삼아 바구니에서 굴러 나온 오렌지를 짓밟으며 걸었다.

태양은 서쪽을 향해 데굴데굴 굴러갔다.

째그르르.

샌슨은 참새 소리에 간신히 정신을 차렸다.

"으으음."

샌슨은 신음을 토하며 몸을 일으켰다. 피와 오렌지 즙으로 얼룩진 골목에 널브러진 그의 모습은 비참하다는 말로도 표현을 다 못할 지경이었다. 몰려 앉아서 오렌지 조각들을 쪼아 먹고 있던 참새들은 샌슨의 인기척에 질겁하며 날아올랐다. 포로롱. 참새들은 저무는 황혼을 향해 검은 점이 되어 날아갔다. 골목 안은 이미 붉은 석양빛으로 가득 물들어 있었다.

'꽤 오랫동안 기절했나 보지.'

샌슨은 입가를 쓱 닦고는 몸에 충격을 주지 않으려 노력하며 천천히 일어났다. 그리고 멍한 표정으로 주위를 둘러보았다. 잠시 동안 샌슨은 얻어맞은 자신보다는 짓밟힌 오렌지들을 더 애타는 눈으로 쳐다보았다.

'정신 차려야지.'

샌슨은 비참한 심정으로 몸을 굽혀 더럽혀진 오렌지들을 주워들었다. 그래도 개중 나은 것들을 골라 든 샌슨은 서글픈 표정으로 주위를 둘러보았다. 이걸 어떻게 들고 가지? 그러다가 샌슨은 석양의 그림자 속을 뒹굴고 있는 바구니를 발견하고는 몸의 아픔도 잊은 채 환한 얼굴이 되었다.

샌슨은 힘들게 바구니를 주워들었다. 마치 가을걷이가 끝난 밭에서 이삭을 줍는 아낙네들처럼 샌슨은 꾸물거리며 놀빛에 붉게 타오르는 오렌지를 주워 담았다. 고요하고 쓸쓸한 오후였다. 샌슨은 이를 악문 채 생각했다.

'빛의 탑일까, 귀족원일까.'

그 클라크라는 견습생 녀석일 것이다. 그렇기 때문에 이 일에 개입한 것이 마법사들인지 귀족들인지 판단을 내리기가 어려웠다. 칼에게 이 문제를 던져주자. 마음껏 고민해 보라지. 그리고 이런 개고생을 한 대가는 받아내야 돼. 샌슨은 휘청거리는 무릎을 다잡으며 단호하게 결심했다. 무조건적으로, 이유 붙일 필요 없이, 이 오렌지는 전부 내 거야. 아무렴!

오렌지 바구니 밑바닥에 든 서류야 먹지도 못할 것, 칼이 가져가라지. 샌슨은 자신도 모르게 빙그레 웃다가 입술이 갈라지는 아픔에 비명을 지를 뻔했다. 아이고!

이루릴은 천천히 몸을 일으켜 나무에서 내려왔다. 나뭇가지에는 거의 손도 대지 않는 날렵한 동작이었다.

평지를 걷는 듯한 수월한 몸놀림으로 나무 아래 내려선 이루릴은 내려오자마자 그대로 앞으로 걸어가기 시작했다. 자세를 되찾거나 중심을 잡거나 하는 일체의 동작 없이 그냥 걸어갔다. 만일 인간이 이

간단한 동작들을 흉내내 보려고 했다면 그 동작들이 눈에 보이는 것만큼 간단한 것이 아니라는 사실을 깨달음과 동시에 목뼈가 부러지는 아픔도 느껴야 했을 것이다. 하지만 이루릴은 엘프였으며, 엘프에겐 단순한 일이었다. 이루릴이 걸어가는 방향 앞에는 숲을 가로질러 흐르는 개울이 있었다. 그리고 그 개울 옆에서는 거대한 형체가 초조하게 주위를 둘러보고 있었다.

그 동작은 어쩐지 보는 사람을 유쾌하게 만드는 데가 있었다. 도저히 상상할 수 없을 정도로 거대한 그 몸에서 당연히 느껴져야 할 중량감이 없었다. 정신없이 좌우로 움직이고 있기 때문이다.

이루릴은 걸어가는 것을 멈추지 않고 그대로 손을 들어올렸다.

"여기예요, 에델린."

좌우의 숲을 둘러보고 있던 에델린은 소리가 들려온 쪽을 향해 몸을 돌렸다. 그리고 다음 순간 에델린의 입에서는 무시무시한 이빨이 번득였다. 미소를 지은 것이다.

"아아, 이루릴. 오래간만이에요. 많이 기다렸나요?"

"예."

에델린은 잠시 당황했지만 상대가 엘프임을 깨닫고는 다시 으르렁거리는 듯한 미소를 지어 보였다. 그 둘의 모습은 꽤나 언밸런스한 듯하면서도 동시에 꽤 어울리는 커플이었다. 기막힌 용모의 엘프와, 역시 기막힌(?) 용모의 트롤 프리스티스가 인사를 나누는 광경에는 파하스가 되살아나도 어울리는 말을 찾기 어려울 것이다. 에델린은 상대가 엘프임을 다시 한번 확인해 보기로 했다.

"많이 기다리셔서 화났나요?"

"예? 무슨 말씀이신지."

에델린은 대답 없이 고개만 끄덕였다. 어째 인사말 하나도 의미가 전혀 다르게 사용되어야 할 것 같군.

"너무 늦어서 당신이 가버리지 않았는지 걱정했답니다. 하지만 당신에겐 쓸모없는 걱정이었군요."

"시간……의 문제를 말씀하시는 건가요. 예, 제게는 많은 시간이 있습니다. 조급하지는 않지요."

에델린은 고개를 가로저었다.

"영원히 조급해할 필요가 없을지도 모르겠습니다."

"무슨 말씀인가요."

에델린은 본론으로 들어가기에 앞서 상대의 안색을 주의 깊게 관찰했다. 만일 엘프가 거짓말을 해야 된다면 그 얼굴에는 어떤 표정이 떠오를까. 그러나 이루릴의 얼굴에는 아무런 변화가 없었다. 심지어 조금 전 에델린이 말한 뜬금없는 내용에 대한 의아함도 떠오르지 않았다.

에델린은 단어를 주의 깊게 선택하려 애쓰면서 말했다.

"의논해 보아야 할 중요한 문제가 있습니다. 저기 남부에 계시는 제레인트 씨 일행에게도 연락을 드릴 작정이었습니다만 그 전에 당신을 먼저 만나봐야 된다는 결론을 내렸습니다."

이루릴은 잠자코 기다리고 있었다. 인간이었다면 한숨을 내쉬었을 테지만 그런 표정이 그다지 편하지는 않은 에델린은 대신 우아하게 말했다.

"이야기가 길어질 테니, 앉으시겠습니까?"

"아, 네."

이루릴은 앉기 전에 먼저 고개를 숙여 아래를 내려다보았다. 누구나 앉기 전에 그러하듯이. 아무런 의심도 없는 동작이었고, 그런 모습은 에델린을 죄의식에 젖어들게 만들었다. 그러나 가슴속에 피어나는 죄의식에 시달리는 대신 에델린은 곧장 앞으로 몸을 날렸다.

트롤의 무시무시한 주먹이 이루릴의 복부를 파고들었다. 이루릴의 입장에서라면 차라리 발리스타에 맞는 편이 나았을 것이다. 짧고 잔인한 소리가 울려퍼지며 이루릴은 그대로 에델린의 팔 안으로 쓰러졌다.

힘없이 무너지는 이루릴을 가볍게 받쳐든 에델린은 그 하얀 얼굴을 내려다보았다. 힘없이 벌어진 입술, 가볍게 감긴 눈꺼풀. 그 어디에도 조금 전에 당한 불의의 습격에 대한 공포나 불신의 감정은 없었다. 마치 조용히 잠든 것 같은 얼굴이었다.

"왔습니다. 우핫하하! 엑셀핸드, 내가 이겼다고요!"

제레인트는 침대에 누운 채 웃기 시작했다. 그다지 깨끗하지는 않지만 그렇다고 딱 집어서 뭐라 단점을 잡기도 곤란한 여관 침대에 누운 채 낄낄거리고 있는 프리스트의 모습에서도 신성함을 느낄 수는 있었다. 그 프리스트는 고요히 눈을 감은 채 먼 곳으로 그 정신을 보내고 있었으므로. 아프나이델은 이를 박박 갈아대고 있는 엑셀핸드를 다독거린 다음 말했다.

"에델린 님이십니까?"

"예. 내가 뭐랬어요, 엑셀핸드. 오늘 밤에는 연락이 올 것 같다고 하지 않았어요?"

파이프에 담배를 채워넣고 있던 엑셀핸드는 빽 고함을 질렀다.

"시끄럽다! 너 혹시 테페리의 권능을 사용한 거 아냐?"

"천만에요. 아, 에델린, 미안합니다. 우리끼리 내기를 했거든요. 나는 오늘 밤에는 당신의 연락이 올 거라는 데 걸었답니다. 그래서 바야흐로……. 예? 아일페사스 말입니까? 잘 있습니다."

대화의 한쪽밖에 들을 수 없는 엑셀핸드는 수염을 비비 꼬아대고 있었다. 아프나이델은 침대 옆의 의자에 앉은 채 조용히 이 재미있는 대화에 대해 생각해 보았다.

신앙을 가진 자는 어느 장소에 있든지 신에게 자신의 의지를 전달할 수 있다. 골방에서 기도를 하더라도 신은 듣는 것이다. 거꾸로 말하면, 신은 자신의 의지를 전달함에 있어 그 신도의 위치에 구애되지 않는다고 할 수 있다.

따라서 신의 지팡이인 프리스트들은 신을 통해서 서로에게 의지를 전달할 수 있다.

'마치 우리 마법사처럼.'

아프나이델은 생각했다. 우리 마법사들은 마나를 느낄 수 있다. 그러므로 우리들은 세상에 편재된 마나를 이용하여 또 다른 마나 디텍터인 마법사에게 자신의 의사를 전달할 수 있지. 그리고 프리스트들은 신을 매개체로 서로의 의사를 나눌 수 있는 것이다.

물론 양자가 똑같다고 볼 수는 없다. 마나를 다루는 것이 잘 단련된 테크닉에 해당한다면, 프리스트의 이 대화는 올곧고 진실한 신앙의 문제니까. 곧은 마음으로 신께 자신의 의사를 전달할 수 없는 프리스트는 다른 프리스트에게도 자신의 의사를 전달할 수 없다.

생각의 끄트머리에서, 아프나이델은 침대에 드러누운 채 낄낄거리고 있는 제레인트를 보며 미소를 지었다. 신실한 신앙인의 모습이라. 일반인들이 당연하다고 믿는 상식들 중 얼마나 많은 것이 엉터리던가.

"무슨 헛소립니까!"

제레인트의 느닷없는 시비조의 말투는 아프나이델을 크게 당황하게 만들었다. 아프나이델은 드러누운 제레인트의 얼굴을 유심히 바라보았고, 그 쾌활한 프리스트가 관자놀이에 주름살이 생기도록 이를 악물고 있는 것을 보고는 더욱 놀라버렸다.

"도대체 이게 트림이오, 딸꾹질이오? 아무래도 말은 아닌데. 이봐요. 지금 그 말을 믿으라고 하는 거요? 내가 알고 있는 당신이라면 틀림없이 어떤 이유가 있을 것인데, 그 이유를 한번 들려주시지. 아니, 당신이 가진 변명거리가 이사의 처녀들의 베틀에 걸린 날실만큼 많다고 해도 난 그 변명을 받아들일 수 없을 것 같군 그래. 도대체 무슨 짓을 한 거요?"

엑셀핸드는 그만 파이프를 발등에 떨어뜨리고 말았다. "으앗, 뜨거!" 아프나이델은 황급히 파이프를 집어주면서도 눈으로는 제레인트를 뚫어져라 바라보았다. 도대체 왜 저렇게 혼란스러워하는 거지? 그래서 아프나이델은 하마터면 파이프 부리를 엑셀핸드의 콧구멍에 꽂아줄 뻔했다.

제레인트는 거친 숨소리만 내면서 그녀의 말을 듣고 있었다. 한참 후에야 그는 씩씩거리며 말했다.

"뭐라고? 설명할 말이 없는 것은 당연하겠군요. 그런 말도 되지 않는 짓이니. 알았소. 직접 만나서 이야기합시다. 어디라고? 아, 예. 알았소. 그랜드스톰? 그럼 거기서. 늦어도 열흘 내에는 도착할 거요. 제기랄, 내가 왜 그것까지 걱정해야 된단 말이야! 당신이 저지른 일이니 당신이 알아서 하시오. 열흘 뒤!"

제레인트는 넌덜머리를 내면서 상체를 일으켰다. 침대에 앉은 제레인트는 두 손으로 머리를 감싸 쥔 채 조금 전의 충격을 억누르기 위해 애썼다. 문득 주위의 시선을 느낀 제레인트는 손을 치우고 고개를 돌렸으며, 거기서 입을 쩍 벌린 채 자신을 바라보고 있는 드워프와 마법사의 얼굴을 보게 되었다.

의자에 주저앉은 채 짧은 다리를 힘겹게 끌어당겨 발등을 주무르고 있던 엑셀핸드가 먼저 입을 열었다.

"너와 결혼하자더냐?"

"……그랬다고 해도 이처럼 놀라지는 않았을 겁니다."

아프나이델은 근심이 뚝뚝 떨어지는 목소리로 물었다.

"도대체 무슨 일입니까? 왠지 듣기가 무서울 지경입니다만."

"프리스티스 에델린이 우리를 좀 보잡니다. 원, 기가 막혀서!"

아프나이델은 이 두 개의 문장이 어떻게 이어지는지 이해할 수가 없었다. 그래서 그는 조심스럽게 되물었다.

"에델린 양이 기막힌 미모이긴 합니다만."

"농담할 기분이 아닙니다!"

제레인트는 씩씩거렸고 별로 어울리지도 않은 농담을 꺼냈던 아프나이델은 정중하게 사과했다. 제레인트는 한참 후에야 마음을 좀 가라앉히고서 말했다.

"에델린 양은…… 어떤 포로를 데리고 있는 모양입니다."

"포로요?"

"죄수라고 해야 할지……. 어쨌든 그녀는 누군가를 억류하고 있습니다. 그러니 포로라고 불러야 될지, 음. 적절한 단어가 안 떠오르는데요."

제레인트는 매우 그답지 않은 방식으로 말했다. 즉 느릿느릿하면서도 모호하게 말하고 있었다. 아프나이델은 그 점에 주의했다. 제레인트는 콧등을 긁적거리면서 어눌하게 말했다.

"어쨌든……, 그녀 혼자서는 그 죄수를 감당하기 어려울 듯해서 우리들과 합류하기를 원하는 모양입니다."

"뭐야?"

엑셀핸드는 다시 한번 파이프를 떨어뜨릴 뻔했다. 아프나이델도 고개를 갸웃하며 말했다.

"이상하군요. 그녀가 누군가를 억류하고 있다는 것도 이상하거니와, 그랜드스톰의 치료하는 손 에델린이 억제할 수 없는 사람이 도대체 누구일지도 짐작하기 어렵군요. 트롤의 완력과 덕망 높은 프리스티스의 디바인 파워도 감당할 수 없는 사람이…… 혹시 시오네입니까?"

제레인트는 한참 동안 대답을 하지 않았고 그 침묵의 시간은 드워프와 마법사를 점점 불쾌하게 만들었다. 그래서 제레인트가 씹어뱉듯이 말했을 때 엑셀핸드와 아프나이델의 경악은 더욱 컸다.

"아니오. 이루릴 세레니얼 양입니다."

"예?"

　　　　　　　　　　🚶

옅은 붉은빛 하늘 아래 황갈색 바람이 불고 있었다. 그리고 제단 위의 낙타는 고요했다.

몰려든 군중들은 고요했지만, 그렇다고 해서 낙타까지 고요할 필요는 없다. 설사 옅은 붉은빛 하늘 아래 황갈색 바람이 아니라 무지개색 바람이 불지언정 낙타가 고요할 필요는 전혀 없다. 그러나 낙타는 고요했다. 그래서 레드 서펀트 호의 일등 항해사 이시도 사이록은 짜증스럽게 말했다.

"춘분제의 낙타가 이렇게 과묵한 것은 생전 처음 보겠군."

춘분제. 낮과 밤의 길이가 같으며, 이후부터는 추분이 돌아올 때까지 헬카네스의 힘이 세상을 지배한다. 잘 보여둘 필요가 있다. 그래서 자이펀 인들은 헬카네스에게 낙타를 바친다. 그런데 여기에는 서로 상반된 세 가지 입장이 존재한다. 첫째, 자이펀 인들은 낙타를 좋아한다. 둘째, 헬카네스가 낙타를 좋아하는지는 알 수 없다(그러나 그럴 것이라고 믿는 편이 낫다.). 셋째, 대개의 낙타들은 헬카네스에게 잘 보이고 싶은 생각이 없을 뿐더러 자이편 인에게 잘 보이고 싶은 생각도 없다.

따라서 낙타들은 이 순간에 거친 반항을 시도하게 된다. 저 엄청난 동물이 반항을 시도하는 것은 예삿일이 아니다. 실제로 낙타가 제단에서 뛰어내려 고요한 군중 속으로 뛰어드는 일도 있다. 하지만 그것은 제사장이 미숙할 경우의 일이며 자이편의 춘분제에서는 일어나지 않아야 되는 일이기도 하다.

낙타가 마지막 발악을 시도할 때, 제사장의 날렵한 검은 그 어떤 바람에도 비교할 수 없는 날렵한 속도로써 낙타의 거센 반항의 한가운데를 민첩하게 파고들어 짧고 가는 공격으로 그 목을 딴다. 나비가 꽃잎에 앉을 때보다 더 가벼운 손놀림, 태풍이 나무를 꺾을 때보다 강력한 일격. 이후에 낙타가 목에서 피를 흘리며 군중 속으로 뛰어드는 일은 그렇게 드문 일은 아니다. 어쨌든, 춘분제의 하이라이트는 주위의 아무런 도움도 없이 날뛰는 낙타의 목을 순식간에 따버리는 제사장의 일격에 있다고 해도 과언이 아니다. 그것은 춘분제가 치르는 값어치인 것이며 신의 면전에서 떠는 재롱이다.

그런데 올해의 낙타는 너무 고요했다. 제사를 치르기도 전에 이미 죽어버린 듯한 모습인지라 산 제물을 바친다는 기분이 전혀 나질 않았다. 그래서인지 제단 주위를 둘러싼 군중들 역시 풀이 죽은 모습이었다. 그들이 유별나게 잔인한 것은 아니다. 이건 전통의 문제인 것이다.

선원들과 함께 군중들 틈에 섞여서 그 광경을 바라보고 있던 이시도는 무의식중에 혀를 찼다. 결과적으로 턱이 꽤 아팠다. 이시도는 아픈 턱을 움켜쥐면서 불분명한 목소리로 말했다.

"약을 너무 많이 썼어. 저게 무슨 몰골이람. 동맥을 따기도 전에 다 죽어버린 모습이잖아. 이게 어떻게 된 일이야?"

이시도의 곁에 있던 늙은 선원 하나가 못마땅한 목소리로 대답했다.

"아마 제사장이 자신이 없어서 약을 많이 쓰게 한 모양입니다, 이시도 씨."

"자신이 없어서?"

"그래요. 아마 품계가 높은 제사장들은 모두 바이서스 전선으로 나갔나 봅니다. 저 애송이 녀석 칼 잡은 손 좀 보십시오."

늙은 선원은 턱을 들어 제단 위에 서 있는 제사장의 손을 가리켰고 주위의 선원들은 동시에 혀를 찼다. 제사장의 엄격한 얼굴에 비해 볼 때 그 손은 안타까울 만큼 떨리고 있었다.

"요즘은 어딜 가나 뭘 제대로 하는 친구들을 못 보겠군요."

이시도는 턱의 아픔에 신경을 쓰고 있느라 고개도 돌리지 않은 채 퉁명스럽게 대답했다.

"그렇게 생각하나? 그건 어느 시대의 누구나 하는 말이잖나."

"우리들에게는 보입니다."

대답은 진지했고 그래서 이시도는 고개를 돌려 선원을 바라보았다. 거친 얼굴 깊숙한 곳에 위치한 눈을 반짝이며 선원은 말했다.

"우리는 땅에 자주 오르지 않기 때문에 변화를 더 잘 볼 수 있습니다. 그렇잖습니까? 확실히 다릅니다. 이시도 씨야말로 어젯밤의 일을 생각해 보십시오."

이시도는 얼굴을 조금 붉히며 턱을 만지작거리던 손을 내렸다. 어젯밤 졸란 항구의 단골 술집에 들렀던 이시도는 10년 동안 마셔오던 술맛이 바뀐 것을 깨닫고는 그만 난동을 부리고 말았다. 같이 있던 레드 서펀트의 선원들이 간신히 그를 구해 나왔을 때 이시도는 한 손에는 의자나 테이블의 다리로 짐작되는 나무토막을 쥐고 다른 손에는 쿠션을 든 채 자신이 새로운 검술을 만들어냈다고 주장하고 있었다. '사이록의 수평선'이라는 거창한 이름을 붙이고야 말겠다는 이시도를 말리기 위해 늙은 선원은 정중하게 이시도의 턱을 깨버렸던 것이다.

늙은 선원은 측은한 눈으로 이시도의 턱을 바라보며 말했다.

"술맛도 변했어요. 여자도 볼 것 없고. 제사도 정말 재미없군요. 이 빌어먹을 전쟁 때문에 모든 것이 엉망이군요. 아들놈이 왜 춘분제를 안 보겠다고 말했는지 의아하게 여겼습니다만, 이젠 그 녀석의 말을 이해하겠습니다."

"당신 아들은 이제 슬슬 이런 데 대한 관심이 사그라들 나이 아닌가. 벌써 20세가 넘었지, 아마?"

"그렇긴 합니다만."

"아, 그런데 이번에는 아들의 얼굴을 안 잊어먹었나?"

이시도의 질문에 늙은 선원은 비죽 웃으며 대답했다.

"말씀하셨다시피 20세가 넘지 않았습니까. 항해에서 돌아왔을 때 아들의 얼굴을 못 알아보는 일도 이젠 끝이지요. 녀석도 이젠 자신의 얼굴에 책임을 져야 될 나이니까."

"흐음, 그래."

이시도는 고개를 끄덕이다가 다시 제단 위를 바라보고 또 다시 못마땅한 표정을 지었다.

"젠장!"

지금이 바로 그 순간이다. 이제 『해가름의 서』 3장의 봉독이 끝나고 제사장이 거침없이 낙타에게 다가가야 할 순간이다. 그런데 제사장은 머뭇거리고 있었다. 성질을 참지 못한 이시도는 고함을 지르려 했다.

'야, 이 빌어먹을 녀석아. 그렇게 약을 먹여놓은 낙타가 일어나서 네 자지라도 걷어찰 거 같냐? 꾸물거리지 말고 어서 칼을 들어! 아니, 그 낙타보다는 차라리 네 녀석을 묶어서 제단에 올리는 편이 더 낫겠다!'

대충 이에 해당하는 말들이 이시도의 입에서 나오지 않은 것은 늙은 선원이 이시도의 어깨를 잡아당겼기 때문이다.

"제사장이 뭘 보고 있는 거지요? 저는 눈이 어두워서."

그제서야 제사장이 뭔가를 뚫어지게 바라보고 있다는 것을 알아챈 이시도는 고개를 갸웃거리며 제사장의 시선을 따라 시선을 움직였다. 광장을 가득 메운 구경꾼들과 선원들도 당혹해하며 제사장의 시선을 따라갔다. 춘분제의 제사장이 제사를 잊고서 바라보고 있는 것이 도대체 무엇인가?

살기다.

이시도는 고개를 끝까지 돌리기도 전에 제사장이 느낀 것이 무엇인지를 깨달았다. 고도로 정신을 집중하고 있던 제사장이었기에 가장 먼저 느낄 수 있었으리라. 이시도는 고개를 돌리는 동작과 동시에 허리를 낮추기 시작했다. 눈꺼풀이 한번 깜빡일 정도의 시간 후, 이시도는 방어 태세를 갖춘 채 광장 한구석에서 살기를 퍼뜨리고 있는 작자를 찾아내었다.

"선장님?"

다음 순간 레드 서펀트 호 선원들의 움직임은 눈부실 정도였다. 이 시도를 선두로 해서 선원들은 '어이쿠, 미안합니다.', '이런 실례가', '괜찮으신지' 등등의 말은 한마디도 꺼내지 않은 채 몰려든 인파를 밀어붙이며 자기들의 선장을 향해 달려가기 시작했다. 곧 광장에서는 욕설과 고함, 비명 소리가 터져나왔다.

"이거 뭐야? 미쳤어! 으아!"

"선장님! 선장님! 제기랄, 이거 놔! 선장님!"

"맙소사, 지금 제사중이라는 거 모르냐, 이 막돼먹은 뱃놈들아!"

"말 다 했냐!"

"으악!"

이시도는 자신의 멱살을 잡아당긴 사나이의 얼굴을 들이받으며 춘분제의 낙타만큼이나 시끄럽게 꽥꽥거리고 있었다. 다른 선원들의 사정도 비슷비슷했다. 그러나 춘분제를 가득 메운 사람들은 그대로 벽이나 다름없었고, 바닷바람으로 단련된 사나운 선원들의 돌격에도 그들과 그들의 선장 사이의 거리는 쉽게 좁혀지지 않고 있었다.

신차이 선장은 잠시 고개를 돌려 우울한 눈으로 그의 선원들이 일으키고 있는 소란을 바라보았다. 맞은편에 서 있던 남자 역시 신차이를 따라 고개를 돌리더니 가볍게 미소 지었다.

"좋은 선원들이오, 선장. 마치 아버지를 부르는 자식들의 모습으로

군. 나도 한때는 저런 선원들을 데리고 대양을 누볐던 적이 있지. 즐거워해야 될 일이니 웃으시오."

신차이는 고개를 약간 기울여 상대를 바라보았다.

"감사합니다. 그러나 당신의 장례일에 함부로 웃는 것이 당신에게 무례가 되지 않을까 걱정됩니다."

상대는 웃어버렸다.

"당신의 선원들이 지금 누구 걱정을 하고 있는 거요?"

신차이는 대답하지 않았다. 지금 그의 선원들이 저렇게 달려오려 애쓰고 있는 이유는 선장이 결투를 하려 들고 있음을 깨달았기 때문만은 아니다. 그 결투의 상대가 코다슈의 불의 계승자 베이론 코다슈인 것을 알아차렸기 때문이다.

코다슈의 불. 명가 중의 명가이며 수천 필의 낙타를 마음대로 다루는 거상일 뿐만 아니라 한 자루 팔치온을 다루는 데 있어서는 꽃잎을 희롱하는 바람이나 미풍을 타고 넘는 갈매기보다 유려한 검법을 자랑한다. 게다가 어찌나 명가인지 얹혀사는 식객만 해도 기백 명, 졸란의 거지들을 다 먹여 살릴 지경이라고 한다.

신차이는 옷자락을 젖히고는 목검을 뽑아들었다. 베이론의 눈이 잠깐 가늘어졌으나 신차이는 그가 말할 기회를 주지 않고 말했다.

"시작합시다, 베이론."

"……당신은 식솔이 없지요?"

"그렇습니다."

베이론은 잠시 하늘을 올려다보았다. 그 동안에도 선원들의 필사적인 질주와 그에서 파생되는 고함 소리로 광장의 상황은 극도의 혼란으로 치달아 갔지만, 명가의 수장 베이론은 담담한 표정으로 진홍빛 하늘을 바라보고 있었다. 갑자기 고개를 내린 베이론은 빠르게 말했다.

"당신도 알겠지만 내겐 복수의 책무를 이어받을 가권이 백 명도 넘소. 당신에겐 불리한 결투니만큼, 내 복수의 전승 권리는 모두 포기하겠소. 그 어떤 자도 내 죽음에 대해 복수할 권리가 없음을 선언하오."

이 세련된 기만은 신차이의 입가에 쓴 미소를 떠올렸다. 상대의 입장을 배려하는 듯하면서 동시에 기만하는 베이론의 이 말을 저 바이서스나 헤게모니아의 어투를 빌려 번역해 본다면 이렇게 될 것이다. '죽는 것은 네 녀석이니 난 내 관 모양이 어떨 것인가, 또는 누구에게 내 복수를 맡길 것인가에는 신경 쓰지 않는다.'

"공정한 제안입니다. 운차이 역시 그의 불행한 운명에 대해 복수해줄 사람도 없이 사지로 떠났으니, 당신도 그러해야 마땅하겠지요."

운차이의 이름이 거론되자 베이론의 얼굴이 조금 창백해졌다. 베이론은 가까스로 어이없다는 표정을 지어 보이며 말했다.

"무슨 말이오? 운차이 역시 자이펀 인이며, 명가의 후손으로서 하탄의 영광을 실천한 것이오. 그것이 불행이라는 말이오?"

"발탄 가문이 실천한 하탄의 영광을 말한다면, 코다슈의 불은 어떠하오?"

"우리 가문 역시 하탄께 자식을 바쳤소!"

"아아, 그 사생아 말이군. 설마 고귀하신 코다슈 가문에서 하녀를 건드리지는 않았을 테니, 그렇다면 그 자손이라는 것은 당신 가문에 넘쳐나는 낙타와 관계해서 낳은 자손이오?"

야비한 것은 대개 조야한 법이다. 하지만 빠르다. 신차이의 경우에는 야비함을 통해 비로소 원하던 상황을 얻을 수 있었다. 코다슈의 불을 계승한 베이론 코다슈는 알아들을 수 없는 괴성을 지르며 팔치온을 앞으로 뻗은 채 달려오기 시작한 것이다.

그리고 잠시 후, 베이론은 자신이 다시는 춘분제를 볼 수 없게 되었음을 깨달았다.

신차이가 내뻗은 목검은 베이론의 목을 꿰뚫어 둥글고 치명적인 구멍을 만들어놓았고 그 구멍에서는 코다슈의 불의 마지막 피가 흘러내리고 있었다. 뎅그렁. 제사장은 기어코 단검을 떨어뜨리고 말았지만 낙타 이외에는 아무도 거기 관심을 쏟지 않았다. 이시도는 난동을 부리다가 찢어진 옷차림으로 그 자리에 도달해 바닥에 흘러내리고 있는 춘분제의 피를, 하지만 아무도 예상치 못했던 제물의 피를 바라보다가 이윽고 그의 선장을 올려다보았다. 그의 입이 힘없이 열리며 고요해진 군중들 덕분에 간신히 들리는 목소리가 새어나왔다.

"선장님? 괜찮으십니까?"

신차이는 이시도의 질문에 대답하지 않았다. 그는 무표정한 얼굴로 목검을 갈무리하고서는 하늘을 올려다보았다. 하늘은 어느새 검붉은 색으로 바뀌어 신차이의 하늘에 핏빛 석양을 던지고 있었다.

4

하탄의 궁전. 궁전은 하나의 집이지만 집이 아니다. 좋은 집이 가져야 될 요건은 당연히 그 거주자의 보호와 안락한 생활의 제공일 것이다. 그러나 하탄의 궁전은 하탄을 보호하거나 하탄에게 안락한 생활을 제공하는 장소가 아니다. 하탄은 하탄이자 궁전이자 자이펀이며 세계이고 우주이며 아무것도 아니다. 그러므로 하탄의 집인 하탄의 궁전 역시 집이라고 부르기는 좀 쑥스러운 점이 많다. 하탄의 궁전은, 하탄이 그곳에서 잠을 자고 식사를 하고 숭배자들을 만나고 그 외 일상생활을 하는 '장소'일 뿐이다. 하탄에겐 집이 없다(대자연의 집은 무엇인가?).

그래서, 지금 하탄의 궁전 2층 흑옥의 방에서 노성을 지르고 있는 내무 대신 무라스는 절대로 하탄의 집에서 소란을 부리는 무례를 범하고 있는 것은 아니다.

"더 이상 참을 수 없소! 이토록 방자할 수가 있단 말이오?"

내무 대신 무라스. 전임 내무 대신 알리가 전선 시찰 중 간악한 바이서스 레인저들에게 붙잡혀 자결하지도 못한 채 포로가 되어버렸기에 그의 빈자리를 인수하게 된 전 내무 고등관, 즉 완전한 '공무원'이다. 따라서 명가들이 득시글득시글한 궁전에서 불가피하게 부족한 입지를 완고한 보수성과 툭 튀어나온 턱으로 메워보려 애쓰는 인물이다. 지금도 무라스는 턱을 불쑥 내민 채 고래고래 고함지르고 있었다.

"지금 이 나라가 어떤 상황이오? 만민이 하나 되어 하탄의 영광 아래 온 국민이 옥쇄할 각오로 싸워도 오히려 부족한 바가 있소! 그런데 전선의 전사들을 뒷바라지하지는 못할망정 해괴한 결투 놀음으로 명가들의 후손을 도륙하여 민심을 흉흉케 만들다니, 세상에 이런 불측한 짓이 어디 있단 말이오? 지금 당장 신차이 발탄을 체포, 능지처참에 처할 것을 요구……"

"무라스 내무 대신. 이 자리는 국무 회의 자리이지 죄를 논하고 벌을 정하는 재판소가 아닙니다. 국무 회의란 나라의 중요한 일을 논의하는 자리요."

본인에겐 그럴 의도가 없었을지 모르나, 통상 대신 클라이의 말은 통상 대신의 말이나 국무 회의의 일원의 말이라기보다는 다키다스의 벼락의 계승자의 말처럼 들렸다. 국무 회의의 신참자인 무라스는 불편한 표정으로 클라이를 바라보다가 곧 쓴 미소를 지으며 말했다.

"죄송합니다. 하지만 그 방자한 자의 행동을 보십시오."

"그게 이 자리에서 검토될 만한 사안이라고 보시는 거요?"

무라스는 고개를 조금 돌려 그 억세 보이는 턱을 국방 대신 함과 외무 대신 리라마인의 중간쯤을 향하게 놓으면서 말했다.

"저는 그자가 명가의 후계자들과 결투를 벌이고 있다는 점을 중시하고 싶습니다. 예를 들자면……, 다키다스의 벼락을 흠모하지 않는 자는 없겠지만 그 같은 광인도 다키다스의 벼락을 경외할지 의심스럽군요."

클라이의 입술이 조금 뒤틀렸다. 아주 조금. 하지만 다음 순간 외무 대신 리라마인의 말이 없었다면 클라이가 폭언을 퍼부어 대었을 것은 짐작하기 쉬운 일일 것이다.

"두 분 다 진정하십시오."

리라마인은 재빨리 말을 이어나갔다.

"이 자리의 중대성을 말씀하시는 통상 대신의 말씀도 옳습니다만, 그자가 저지르고 다니는 일을 지나치게 가벼이 보는 것도 경솔한 일일 것 같습니다. 두루두루 살피는 것이 해로운 경우는 없는 법이니까요. 제가 알기로 그자는 라이브스의 자손이지만 발탄의 성을 사용하게 되었다고 들었습니다만. 맞습니까, 가다론 님?"

교육 대신 가다론을 대화로 끌어들임으로써 국무 회의장의 최고령 대신의 위엄을 빌리는 리라마인 외무 대신의 작전은 적절했다. 약간 길어지고 있는 회의 때문에 쿠션에 반쯤 기댄 자세를 취하고 있던 대신들은 모두 자세를 바로하며 예의 있는 태도로 가다론의 말을 기다렸다. 가다론 교육 대신은 한껏 침중한 표정을 지으며 말했다.

"그러하오. 불미스러운 일이지만."

"당시 그 일에 관여되셨다고 들었는데요."
 전시의 국무 회의에서 교육 대신이 발언권을 가지는 경우는 적기에 가다론은 적이 만족했지만, 여전히 진지한 표정을 유지하며 말했다.
 "맞소. 내가 그자의 아버지 로발을 달래어 아내를 내치지 못하게 했지. 로발 라이브스, 라이브스의 바람이 자이편에 바친 무수한 무사 가운데 그만한 자는 없었소. 어찌하여 헬카네스는 그에게 그런 시련을 주었던지. 그것도 신혼의 단꿈에서 채 빠져나오기도 전에. 들은 분들도 있고 듣지 못한 분들도 있겠지만, 그 신차이가 라이브스의 이름을 계승하지 못한 것은 그자의 어머니가 머맨에게 납치되었다가 돌아온 후에 낳은 아이이기 때문이오. 의심이란 무서운 것이오. 한 인간의 일생을 파탄으로 몰고 갈 만큼."
 "그렇다면 그자에겐 머맨의 피가 흐른다는 이야기가 사실입니까?"
 누구의 질문인지 확인하기도 전에 가다론 교육 대신의 이맛살이 심하게 찌푸려졌다.
 "누가 알겠소? 하지만 내 의견을 묻는다면 그때 로발에게 들려주었던 이야기와 마찬가지요. 로발은 들은 척도 하지 않았지만, 인간과 머맨의 혼혈이 가능하다는 이야기는 그 어떤 책에도 없었소. 그 둘은 완전히 다른 종족이란 말이오. 그래, 말과 소가 서로 교접하는 것이 가능키나 하오?"
 "말과 당나귀는 가능하지요."
 대신들은 모두 무의식중에 실소를 머금었다. 가다론은 말을 꺼낸 사람, 즉 무라스 내무 대신을 매섭게 바라보며 말했다.

"그건 그렇소. 허나 내무 대신도 알겠지만 노새는 말과도 다르고 당나귀와도 다르오. 그러나 신차이는 엄연한 사람의 모습을 하고 있소. 그 모습이 바로 그의 내력의 결백함을 증명하는 증거요."

"저희 족장님께 들은 이야기입니다만, 머메이드가 뭍에 올라와 남자들을 유혹할 때는 인간과 같은 모습을 취한다고 하던데요."

무라스는 여전히 굽히지 않겠다는 태도를 취하고 있었다. 가다론이 대갈하려고 마음먹었을 때 조용히 좌중을 정돈시키는 말이 들려왔다.

"논의의 방향이 조금 어지러워지는 듯합니다."

국방 대신 함이었다. 꼿꼿이 가부좌를 틀고 앉은 자세는 군인의 풍모를 한껏 보여주고 있었지만 그의 눈은 상당한 피로에 젖어 있었다. 그는 피로한 눈을 조금 깜빡거리며 좌중을 둘러보다가 말했다.

"죄송합니다만 저는 국무 회의에 참석하라는 전갈을 엊그제 저녁에 전해 듣고는 전선에서 이틀 동안 밤을 새워 달려왔습니다. 지금 전선의 후방에서 난동을 부리고 있는 부랑자에 대해 논의하는 것도 좋겠지만, 제가 듣고서 전선의 운용에 가치 있게 쓸 수 있는 논의 사항이 있었으면 더 좋겠다는 생각이 드는 것도 사실입니다."

언젠가 하탄이 가인(歌人)이 되었어야 할 인물이라 평했던 사람답게, 국방 대신 함의 말투는 무사의 말투라기보다는 사막의 황혼을 노래하는 문인의 말투 같았다. 하지만 억센 턱과 재단사를 애먹이는 장대한 어깨는 그의 말투에 박력을 부여하고 있었다. 심지어 무라스마저도 그에게 살짝 고개를 숙여 보였을 정도였다. 함은 몸을 조금 돌려 법무 대신 라브다하를 바라보았다.

"그 신차이라는 선장이 문제를 일으키고 있다면 정화 대원들로 하여금 그를 체포, 처벌하게 하면 되는 것 아닙니까?"

업무를 보다가 펜이 무디면 그 시선으로 펜끝을 깎아서 쓴다는 농담이 따라다니는 법무 대신 라브다하는, 그 살기 어린 눈빛과는 달리 온화한 인물이다. 그러나 라브다하가 카랑카랑한 목소리로 말을 시작했을 때 대신들 중 그 누구도 오늘 라브다하 법무 대신의 심사가 좋을 거라고는 믿지 않게 되었다.

"그 사나이에겐 원칙적으로 범법 사실이 전혀 없소. 만일 자이편 내의 어떤 세력일지라도 그를 체포, 혹은 구금하겠다면 그것이야말로 자이편의 사법 정의에 대한 정면 도전으로 간주하겠소."

평소의 법무 대신답지 않은 강경한 말투를 들은 함은 고개를 갸웃하다가 다른 대신들이 모두 시선을 회피하는 것을 깨달았다. 뭔가 있군. 국방 대신 함은 다른 대신들의 반응을 살필 겸 되도록 느릿한 목소리로 질문했다.

"범법 사실이 없다고요?"

"신차이 발탄이 죽인 모든 명가의 자손들은 그 사나이와의 결투에 동의했소."

"전부 공식적인 결투였습니까?"

"그렇소."

"그렇다면 이상하군요. 결투의 대상이 그렇게 많다니, 그렇다면 그 자는 결투를 취미 삼아 한다는 말입니까? 아니, 공식적인 결투라면 분명히 이유가 있어야 될 것입니다. 그런데 동시에 그렇게 많은 사람들과 원한을 가지게 되는 것이 가능한지……. 지금까지 몇 건의 결투가 있었습니까?"

"네 건이오."

함은 휘파람을 불려다가 이곳이 전선이 아니라 국무 회의장임을 깨닫고는 자신을 억눌렀다.

"대단하군요. 무적의 무사로군요! 전부 명가라고 하셨지요?"

"하심, 그리거스, 트리그로스, 코다슈의 수장들이오. 그 가문들이 명가인지 아닌지는 국방 대신께서 판단하시오."

함은 잠시 고민해 보았다. 만일 그라면 하심의 시미터나 그리거스의 롱 파이크, 트리그로스의 클로, 코다슈의 팔치온과 연속으로 싸워 살아남을 수 있을 것인가? 대답은 부정적이었다. 아니, 그보다 저렇게 많은 가문들과 동시에 원한을 가지게 되는 것이 가능한가?

"결투의 이유는 무엇입니까?"

"우습군. 국방 대신께서 그것을 내게 묻다니. 그래, 국방 대신께서는 라센 법을 모른단 말이오?"

함은 다시 의아해졌다. 이야기의 방향이 헝클어지고 있는 것이다.

"라센 법……, 그건 알고 있습니다. 독자인 경우나 같은 가문에서 이미 병역을 수행하고 있는 사람이 있을 경우에는 병역에서 제외된다는 내용 아닙니까?"

법무 대신은 갑자기 번득이는 눈으로 주위를 둘러보았다. 함은 대신들이 라브다하의 시선을 피하는 것을 보고서는 다시 한번 의아함을 느껴야 했다. 잠시 후 라브다하는 이글거리는 눈으로 함을 바라보며 물었다.

"발탄 가문의 운차이에 대해서는 아시오, 국방 대신?"

"예? 잘 모릅니다만."

"발탄 가문은 한때 유력한 명가였소. 조금 전 거론된 신차이 선장의 출생이 있기 전까지는 그랬지. 그 사건 이후, 발탄 가문은 세인의 손가락질을 받게 되었소. 웃기는 짓거리지. 그래서 국방 대신도 그 명가의 이름을 모르는 것일 게고."

젊은 국방 대신 함으로서는 처음 듣는 이야기들이었다. 라브다하는 목이 메말라 오는지 생침을 삼키며 말했다.

"어쨌든 발탄 가문은 쇠락했소. 그런데 그 가문을 이을 마지막 자손으로 운차이 발탄이라는 자가 있었소. 독자였지. 영특한 아이였소."

함은 잠시 당황한 눈으로 법무 대신 라브다하를 바라보았다.

"친척 되십니까?"

라브다하는 무거운 목소리로 대답했다.

"외손자요."

다시 주위를 둘러본 함은 라브다하의 외손자가 분명히 뭔가 좋지 않은 일에 휘말렸음을, 그리고 거기에는 이 자리에 있는 대신들 중 많은 수가 관계되었음을 간파했다. 그리고 라센 법이라, 그렇다면.

"독자였다면, 그자는 당연히 징병되지 않았겠군요?"

"아니, 징병되었소. 영광스럽게도 닐림의 날개에 들어갔지."

함은 숨을 들이켰다. 닐림의 날개라니.

"불가능합니다. 닐림의 날개에 어떻게 독자가 들어간단 말입니까?"

그때 리라마인 외무 대신이 가볍게 헛기침을 하면서 대화에 끼어들었다.

"저, 법무 대신님. 그는 독자가 아닙니다만."

라브다하가 눈을 돌려 바라보았을 때 자이펀의 외무 대신은 한기를 느껴야 했다. 정말 눈빛으로 펜을 깎을지도 모르겠군.

"아아, 물론이오. 독자가 아니지. 독자가 닐림의 날개에 들어갈 리는 없지. 절대로!"

함은 라브다하의 목이 가볍게 떨리고 있는 점을 주목했다.

"독자가 아니라고요? 무슨 말씀이십니까?"

"신차이 선장이 있으니까."

함은 그제서야 진실에 도달할 수 있었다. 가문 살해로군.

한 사내의 아내에 대한 의심이 이토록 오랜 세월에 걸쳐 악영향을 이끌어내고 있었던 것이군. 함은 입맛이 써오는 것을 느꼈다. 쿠션에 몸을 깊이 파묻으며 함은 대신들의 얼굴을 주욱 둘러보았다. 저들 중 누가 영광스러운 독배를 피하기 위해 하나의 명가를 파탄시킬 결심을 한 것일까? 알 수 없는 노릇. 그래서 함은 자신의 관심을 신차이라는 그자에게로 옮겨갔다. 호기심이 가는 작자인데.

함은 지그시 눈을 내리감았다.

국방 대신 함이 국무 회의를 빠져나온 것은 늦은 밤이었다. 대신들은 그때까지도 열과 성을 다해 자이펀에 대한 그들의 충정을 불사르고 있었지만 함은 매우 피로하다는 점을 들어 정중하게 회의장을 빠져나왔다.

흑옥의 방의 거대한 문을 빠져나온 함은 잠시 제자리에 서서 기다렸다. 곧 어디선가 나타난 노예의 손이 망토를 입혀주자 함은 그대로 하탄의 궁의 복잡한 복도를 걷기 시작했다. 잠시 후, 함은 정원으로 나와 졸란의 밤하늘을 바라보고 있었다.

졸란의 밤하늘은 기괴할 정도로 검은 밤바다 때문에 오히려 밝게 보였다. 그 청회색 밤하늘을 가로지르는 달을 바라보던 함은 뒤쪽에서 누군가의 인기척을 느꼈다.

함은 잠시 이맛살을 찌푸렸다. 아직 예법에 익숙지 못한 어린 노예인가? 내일 당장 노예의 목이 달아나게 만들 수도 있지만, 함은 조용히 그 인기척을 무시함으로써 노예의 목숨을 구하기로 결심했다. 그래서 그는 그대로 정문을 향해 걸어갔다. 그때였다.

"둔하시군, 함."

여인의 목소리. 함이 느낀 경악을 설명하기란 쉽지 않다. 그의 경악은 총 세 가지 놀라운 상황에서 비롯되었기 때문이다. 첫째 노예(아닐지도 모른다.)가 말을 걸었으며, 둘째 여자(이건 확실하다.)가 말을 걸었으며, 셋째 국방 대신 함의 둔감함을 질책하고 있었다.

그랬기에 함은 그 목소리가 아는 목소리임을 깨닫는 데 약간의 시간을 필요로 했다. 그리고 그 지체되는 시간은 여인으로 하여금 함의 둔감함을 보다 확실하게 느끼게 만들어주었다.

"이거 봐, 함. 못 본 사이에 가는귀라도 먹었나?"

함은 천천히 몸을 돌렸다. 그곳에서는 온통 칠흑으로 감싸인 여자가 짜증스러운 표정으로 그를 바라보고 있었다. 검은 머리, 검은 망토, 검은 로브. 핏기 없는 얼굴마저도 회색에 가까운 그녀의 모습은 밤 가운데 또 하나의 밤이었다. 함은 약간 어눌하게 말했다.

"시오네인가."

시오네는 아무런 대답 없이 싸늘한 눈으로 함을 마주볼 뿐이었다. 함은 다시 말하기에 앞서 주위를 둘러보았다. 아무리 그녀가 인간이 아니라지만 국방 대신 함이 여성과 이야기를 나누고 있는 것을 보여서 좋을 것은 없다. 게다가 이곳은 아무도 그 수효를 모르는 노예들이 숨어서 오가는 하탄의 궁전 아닌가.

시오네는 그런 함의 모습을 보다가 빙긋 웃었다.

"아무도 없으니 걱정 마. 이 주위의 노예들은 다 조용히 있도록 만들어놓고 널 기다린 것이니."

함은 움찔하면서 시오네의 얼굴을 바라보았다. 자신도 모르게 시오네의 입가를 유심히 살피던 함은 곧 고개를 가로저었다.

"노예를 마셨나."

"무슨 상관이람. 아무도 몇 명이나 되는지 모르는 하탄의 노예잖아."

"……시체는 잘 치웠나?"

"도대체 무슨 말을 하는 거야!"

시오네의 약간 날카로운 고함 소리를 듣고서야 함은 자신이 실언을 내뱉었다는 것을 깨달았다. 이곳은 하탄의 궁전이다. 노예가 죽어 넘어진 것은 아무런 문제도 되지 않으며, 그것보다는 하탄의 궁전에서 시체 썩는 냄새가 나는 것이 더 큰일이다. 따라서 노예들은 동료 노예의 의문스러운 죽음 따위에 대해 고민하기보다는 그것을 재빨리 치우는 데 더 많은 관심을 보였을 것이다. 틀림없이 밤의 암흑에서 나타난 손이 시체들을 치웠을 것이다. 끔찍한 소문이 좀 나겠지만, 노예들의 소문에 귀를 기울이는 점잖지 못한 사람은 아무도 없을 것이다."

함은 찌푸린 눈으로 시오네를 바라보며 말했다.

"그러고 보니 이곳은 너 같은 암흑의 딸에게는 다시없는 연회장이겠군. 몇 명을 마시든 아무도 신경 쓰지 않고 뒤처리까지 말끔하게 해주는 장소이니. 혹시 평소에도 이곳을 자주 이용하는 것인가?"

"그렇지는 않아. 하탄의 노예들은 워낙 흔적 없이 움직이기 때문에 붙잡기도 귀찮거든."

시오네는 별 어조의 변화도 없이 대답했지만 함으로써는 불쾌해지는 대답이었다. 감정을 억누른 함은 턱을 조금 들며 말했다.

"그렇더라도, 일단 밖으로 나가지. 위험을 무릅쓰고 싶은 생각은 없으니."

"흥. 소심한 녀석."

함은 뭐라고 반박해 주려다가 신경질적으로 몸을 돌렸다. 그러나 몸을 돌린 순간 뱀파이어에게 등을 노출시키고 말았음을 깨달았다. 마치 누군가가 제비초리를 잡아당기는 것처럼 목 뒤가 아플 정도로 경직되어 왔다. 이런, 제길. 그러나 여기서 다시 몸을 돌리거나 하는 것은 속이 훤히 들여다보이는 짓이 될 것이다. 그래서 함은 조금 성급하다 싶을 정도로 빠르게 발걸음을 떼었다.

등 뒤로부터는 아무 소리도 들리지 않았다. 들려오는 것은 자신의 거친 발소리뿐이었다. 뱀파이어가 발소리나 호흡 소리 따위를 낼 까닭은 없겠지. 게다가 시오네이잖은가. 함은 자연스럽게 고개를 돌릴 방법이 없는지 고민했다. 하지만 두뇌로 몰려야 할 피는 모조리 심장 쪽으로 몰려드는 것 같았다. 쿵쿵. 가슴 속에서 사납게 고동치는 맥박이 함을 못 견디게 만들었다. 결국 함은 좀 무리스럽게 몸을 돌렸다. 제3자가 보면 대무 중이라고 착각할 정도로 거친 몸놀림이었다.

"이봐, 시오네. 갑자기 생각난 것이 있는……"

왼발은 진행 방향을 향하고 오른발은 옆으로 향하며 상체는 뒤로 돌린 극히 부자연스러운 자세로 함은 굳어버렸다. 시오네의 희디흰 얼굴이 그의 얼굴 바로 앞 한 뼘 거리까지 다가와 있었다. 시오네의 숨결이 함의 목을 간질였다. 비릿한 피 냄새가 섞인, 축축한 숨결이었다. 시오네의 눈은 흘러내린 머리채에 가려 제대로 보이지 않았지만, 고개를 조금 떨구고 있다. 아니, 떨군다기보다는 옆으로 조금 기울였다고 해야 할까.

고개를 옆으로 기울인 그 자세는 함에게 그렇게 낯선 것이 아니었다. 그 턱의 각도는 마치 키스할 때의 각도와 비슷했다. 그리고 시오네의 입술의 모습 역시 그러했다. 조금 벌어진 채 앞으로 도드라진 입술은 회색빛으로 번뜩였다.

"……뭐지?"

시오네는 아무 말도 하지 않았다. 그녀의 눈은 가려진 채였으나 입술 가장자리가 살짝 올라가는 것은 이 어두운 밤에도 잘 보였다. 극히 창백한 얼굴이었고, 극히 가까웠으니까. 시오네의 머리카락에서 풍겨나오는 냄새는 퀴퀴하면서도 숨 막힐 정도로 자극적이었다.

썩은 꽃잎에서 나는 냄새가 이와 같을까.

"좋겠어."

대폭 생략된 시오네의 말을 이해하기는 어려웠다. 함은 잠자코 기다렸다.

"젊고, 활기에 넘치는군. 터져나갈 것 같은 생명력. 노예와는 비교할 수 없어. 젊은 장군. 전선을 질타하는 젊은 피가 꿈틀거리는걸. 하하하."

"장군이 아니다. 국방 대신이지."

시오네는 자신의 실수를 바로잡을 생각은 별로 없는 모양이었다. 대신 그녀의 팔이 서서히 올라왔다. 함은 꼼짝도 하지 않은 채 기다렸다. 시오네의 팔이 함의 어깨에 올라오고, 그리고 그의 목 뒤로 시오네의 가늘고 차가운 손가락들이 서로를 찾아 얽혀드는 동안에도 함은 움직이지 않았다.

시오네는 얼굴을 들었다. 머리카락이 좌우로 흐트러지며 시오네의 이글거리는 눈빛이 곧장 함을 향해 쏘아져왔다. 그녀의 벌어진 입술 사이로 검은 고깃덩이 같은 혀가 미끄러져 나왔다. 마치 단 것을 맛보는 것처럼 시오네가 자신의 입술을 조심스럽게 핥는 동안에도 함은 무표정하게 그것을 내려다보기만 했다. 그러나 그의 심장은 터질 듯이 고동치고 있었다. 문득 그는 오늘이 셀레나의 보름달이 뜨는 날이라는 것을 깨달았다.

시오네는 잔뜩 쉰 목소리로 말했다.

"네 피에서는 어떤 향기가 날지 궁금해."

더 이상 참지 못하게 된 함은 거칠게 시오네를 밀어버렸다. 뱀파이어였기에 인간보다 월등히 강인한 힘이 있었지만 시오네는 함이 미는 대로 밀려나며 폭발적인 웃음을 터뜨렸다.

"킬킬킬! 말도 나누고, 이젠 손도 대는군! 자이펀의 방패, 하탄의 주먹이여. 뱀파이어는 여자가 아니라고 말할 건가?"

함은 서슬 푸른 눈으로 시오네를 쏘아보다가 몸을 돌렸다. 시오네는 여전히 누가 듣든 말든 상관하지 않겠다는 듯이 킬킬거리다가 웃음을 참으며 은근한 목소리로 말했다.

"그래, 생각난 것이 뭐지?"

"……넌 닐림의 날개지. 운차이 발탄이라고 아나?"

"알지. 너무 잘 안다는 것이 문제일 만큼."

시오네의 말투에 섞인 적개심은 분노에 떨고 있던 함에게도 호기심을 불러일으켰다. 함은 다시 몸을 돌려 시오네를 똑바로 바라보았다.

"닐림의 날개 대원이었어. 그리고 붉은 땅 작전에서 내가 데리고 다녔던 꼬마고."

붉은 땅 작전이라는 말이 나오자 함은 심사가 뒤틀리는 것을 느꼈다. 닐림의 날개 주도 하에 실시된 그 작전은 수많은 어린 아이의 혼을 바쳐 끌어낸 신의 힘으로 적진을 오염시킨다는 끔찍스럽기 짝이 없는 작전이었다. 닐림의 날개는 하탄 직속의 부대였기에 함으로선 그 작전을 저지할 수 없었다.

"그런데?"

"바람났지."

"전향했다고?"

"그래. 그것뿐만이 아니야. 녀석은 바이서스의 떨거지들과 결탁해서 크라드메서 도발 계획도 훼방 놨어. 닐림의 날개 대원인 것이 천만 다행이지. 그렇잖았다면 녀석의 가문은 멸문 당했을걸."

함은 크라드메서 도발 작전이라는 말에는 조금 전과 달리 등골이 오싹해져야 했다. 눈앞에 있는 뱀파이어의 본질이 그를 엄습해 왔던 것이다. 은은한 달빛 속에서 함은 한기를 느꼈다.

시오네는 정통파 암살자다. 심지어 나라 하나를 암살해 버릴 정도의 암살자.

이루릴은 눈을 뜨면서 동시에 일어나 앉았다. 꿈속에서 계속 느껴져 오던 불쾌한 감각은 깨어나자 더욱 강하게 다가왔다.

주위는 깜깜하면서 차가웠다. 동시에 상당히 을씨년스러웠다. 이루릴은 바닥을 대충 만져보고서 이곳이 석조 건물의 일부분이라는 것을 깨달을 수 있었다. 별빛만으로 거미줄을 헤아릴 수 있는 엘프의 눈으로도 주위를 보기 어려웠던 것은 이곳이 어떤 건물의 지하이거나 밀실이라는 증거일 것이다. 하지만 이루릴이 그것 때문에 불쾌감을 느낀 것은 아니다. 이루릴이 느끼는 불쾌감은 보다 근본적인 것이었다.

이루릴은 나직하게 중얼거렸다.

"자신의 적 속에서 가장 아름다운 자, 내게로 와 내 눈꺼풀을 들어 올려 다오."

빛의 정령 윌로위스프는 나타나지 않았고 이루릴은 살포시 웃어버렸다. 그래. 감금하려면 정령을 부르게끔 내버려두지는 않았겠지. 그게 합리적이니까. 정령과 강제로 단절되었다는 것이 그녀가 느낀 불쾌감의 원인이었다.

이루릴은 별다른 실망도 느끼지 않은 채 가볍게 일어났다. 어쨌든 그녀에게는 주위를 더듬어볼 두 개의 손이 남아 있으니까 실망할 까닭은 없었다. 그것이 엘프의 사고방식이다.

잠시 후 이루릴은 이곳이 어떤 건물의 지하실이라는 확신을 가지게 되었다. 놈의 기운이 매우 강력하게 느껴졌지만 다른 정령들과 마찬가지로 소환에 응할 수는 없는 상태였다. 모든 정령을 한꺼번에 강제하려면 쉽지 않을 텐데.

그래서 이루릴은 걱정을 느꼈다.

"저 정령 안 부를게요! 힘드실 텐데 그만 하시죠?"

우당탕. 뭔가 요란한 소리가 울려 이루릴은 깜짝 놀랐다. 이루릴은 고개를 갸웃한 채로 다음 반응을 기다렸다. 잠시 후 어둠 속으로 빠르게 빛들이 지나치며 허공에 직사각형의 빛줄기가 생겼다. 벽에 있던 문이 열리기 시작한 것이다. 문은 매우 천천히 열렸고, 끝까지 열리지도 않았다.

이루릴은 얌전히 서 있었으므로 곧이어 들려온 말은 전혀 필요 없는 것이었다.
"문으로 다가오지 마시오. 다섯 개의 석궁이 겨누고 있소."
"예? 아아. 문으로 다가서면 쏠 거란 말이군요. 그러니까 협박, 아니, 경고라고 하나요? 그걸 하신 거지요?"
"……그렇소."
상대가 내뱉는 한숨 소리는 지하의 밀실에 길게 울려퍼졌다. 잠시 후 문 뒤에서 시커먼 그림자가 나타나며 빛을 지웠다. 그림자는 계속 늘어났고, 이윽고 지하실 안으로 다섯 명의 사람들이 들어섰다.
들어선 사람 중 하나가 손을 들어올렸을 때 이루릴은 고개를 갸웃했다. "태초의 반역자, 비밀의 원수. 지순한 진리의 광휘여." 이윽고 그가 입을 열자 이루릴은 깜짝 놀라며 그를 말렸다. 상대는 정령을 불러들이려 하고 있었다.
"아니, 안 돼요. 여긴 정령이……"
팟! 이루릴이 제대로 말을 맺기도 전에 윌로위스프는 허공에 떠올라 지하실 전체를 파르스름한 빛으로 물들였다.
이루릴은 그 익숙한 빛 속에 떠오른 상대를 유심히 바라보았다. 깡마른 체구에 털가죽 옷을 걸치고 있어 마치 산사람이나 북부의 목동을 연상시키는 모습이었다. 얼굴 가득한 수염은 면도를 하려고 해도 면도날이 먼저 부러져버릴 듯한 뻣뻣함을 자랑하고 있었고 앞으로 구부정하게 휜 허리는 왠지 쇠락한 인상을 주었다. 하지만 얼굴에서 번득이는 눈은 매서운 빛을 뿜어내고 있었다.
이루릴은 자신의 추측을 말해 보았다.

"정령사로군요. 당신이 저를 방해하고 있던 사람인가요?"

허리가 구부정한 늙은 정령사는 눈을 치켜떠서 이루릴을 올려다보았다. 그 시선은 왠지 불안하게 보였다. 그의 입에서 나오는 목소리는 더 불안했다.

"그렇소, 에, 엘프. 타고난 정령사를 상대하게 되어, 되어 음, 모, 몹시 불안했는데, 평가해 보시겠소? 내, 내 솜씨가 어떠하오?"

"퍽 훌륭하세요. 아, 저는 이루릴 세레니얼입니다."

정령사의 얼굴에 환한 표정이 떠오른 것과 나머지 네 남자의 얼굴이 곤혹스러운 표정으로 물든 것은 동시에 일어난 일이었다. 늙은 정령사의 허리에 조금이나마 힘이 들어가면서 그의 눈높이가 조금 높아졌다.

"나, 구다이오. 그런데? 정말, 꽤, 괜찮단 말이지? 정말?"

"예. 당신은 정령들을 강제하고 있어요. 제 부름에는 대답하지 못하도록 만드신 거죠?"

"그렇지, 그래!"

"놀라워요. 저는 그런 일이 가능하다고는 생각해 본 적이 없어요. 하지만 마력이 한곳에 비정상적으로 집중되길 거부하듯이, 정령들 또한 자연스럽게 돌아다니는 것이 세상을 위해 더 좋은 일이 아닐까요? 정령들이 꺼리는 장소는 죽은 장소라 생각합니다만."

"다, 당신 말이 옳소. 물론이오! 나, 나 또한 음, 7, 70년이야. 70년 동안 저, 정령을 상대해 온 사람인데, 이런 걸 좋아, 좋아할 리야 없지. 미안하게 생각하오. 정말이오."

"아아, 제가 알지 못하는 절실한 이유가 있나 보지요."

이루릴은 상냥하게 말했으나 늙은 정령사는 그녀의 말을 듣고 있지 않았다. 정령사는 노인 특유의 혼잣말을 중얼거리기 시작했다.

"모진, 모진 일이지. 왜 이래야 하는 건지. 음, 음. 저, 정말 이러면 안 된다고. 그들이 슬퍼해. 슬퍼한다고. 이, 이런 일은 잘못된 일이야. 이래서, 이래서는 안 되지, 그럼."

"구다이. 당신 감정은 알겠지만, 좀 조용히 해 주시겠소?"

잠자코 있던 네 명의 사내들 중 하나가 입을 열자 늙은 정령사 구다이는 화들짝 놀라면서 입을 다물었다. 그는 구슬픈 눈으로 입을 연 사내를 올려다보다가 재빨리 고개를 돌려 방구석을 바라보았다. 그의 손이 재빨리 눈가를 스치는 것은 엘프의 밝은 눈이 아니라도 누구든지 볼 수 있었다.

구다이의 입을 다물게 한 남자는 기다란 로브를 걸치고 있었다. 원래 흰색일 듯한 로브는 윌로위스프의 빛을 받아 파르스름하게 빛나고 있었고 남자의 안색도 푸르게 변해서 마치 유리로 만들어진 얼굴처럼 보였다. 이루릴은 상대의 로브를 대충 살피고는 말했다.

"바람 속에 흩날리는 코스모스를. 이곳은 그랜드스톰인가요?"

"폭풍을 잠재우는 꽃잎의 영광을. 그렇소, 숲의 딸이여."

"프리스티스 에델린이 저를 기절시킨 것은 기억해요. 그녀가 저를 여기로 데려왔나 보군요. 당신이 그녀 대신 사과할 건가요?"

프리스트는 피식 웃었다.

"그러지는 않을 거요. 에델린에게 그런 일을 부탁한 것이 바로 나니까."

이루릴은 화사하게 미소 지었다.

"아아, 그렇군요. 그럼 대신 사과하는 것이 아니라 직접 사과하셔야 되는 것이군요."

이루릴의 말에 가장 극적인 반응을 보인 것은 늙은 정령사 구다이였다. "키키킬!" 구다이는 우스워 견딜 수 없다는 듯이 허리를 꺾었다. 보통은 시비로 들릴 수 있는 대화도 엘프의 화법을 거치게 되면 그럴 수 없이 부드러워진다는 것을 잘 알고 있는 프리스트들도 무의식중에 미소를 짓고 말았다.

이루릴은 인간들의 반응에 잠시 의아해하다가 말했다.

"어쨌든, 어려운 일이 아니라면 먼저 성함을 말해 주세요."

"도스펠이라 부르시오."

다른 세 명의 프리스트들은 자신을 밝히지 않았다. 이루릴은 프리스트 도스펠을 바라보며 말했다.

"사과하실 건가요?"

"그럴 생각은 없소."

"뭔가 합당하다고 생각하는 이유가 있으신가 보군요."

"그렇소."

"당신의 이유의 희생자인 저를 위해서, 그 이유라는 것을 들려주시겠어요?"

도스펠은 대답에 앞서 이루릴의 안색을 뚫어지게 살폈다. 언젠가 에델린이 그러했듯이. 그러나 에델린과 마찬가지로 도스펠 역시 엘프의 얼굴에 떠오른 거짓말의 증거가 어떤 것일지는 알 수 없었다.

"나는 궁금하오. 당신이 모르는 것인지, 아니면 알면서 모르는 척하는 건지."

"무엇에 관해서 말씀이죠?"

되물어 오는 이루릴의 어투에는 조금의 의혹이나 흔들림도 없었다. '하지만,' 도스펠은 속으로 뇌까렸다. '그녀는 엘프이지 않은가.' 도스펠은 목을 가다듬은 다음 천천히 말했다.

"그랜드스톰은 대륙 곳곳에 파견된 형제자매들의 도움으로 상당히 많은 양의 정보를 자유자재로 다룰 수 있게 되었소. 그래서 다른 수도원이나 신전과는 달리 정보를 관리하는 분야가 따로 필요할 정도지. 나는 그런 업무의 책임을 맡고 있는 사람이오. 대륙 각지에서 보내오는 형제자매들의 전갈은 먼저 나를 통해 정리되고 이후 하이 프리스트께 보고되오."

이루릴은 별 대답 없이 가만히 기다렸다. 도스펠의 말은 계속 이어졌다.

"물론 신께로 향하는 정진의 길에 비한다면 소박한 업무라고도 볼 수 있겠지요. 하지만 우리가 선별된 양치기임을 감안할 때 신의 어린 양들의 동정에 귀를 곤두세워야 되는 것은 당신도 이해하실 수 있을 게요. 나는 그 업무를 맡은 지 벌써 20년이 되어가는 처지라오."

이루릴은 고개를 갸웃하며 도스펠의 얼굴을 바라보았다. 도스펠이 하고 싶은 말이 무엇인지 짐작되지 않았다. 만일 인간이었다면 도스펠의 말이 계속 헛도는 것을 보며 뭔가 끔찍스러운 말이 나오리라는 것을 예견할 수도 있을 것이다. 하지만 이루릴은 잠자코 기다리며 모든 말을 받아들였다. 심지어 이루릴은 20년 넘게 서류만 들여다봐서 눈이 나빠지지는 않았을까 하는 우려도 조금 느꼈다.

도스펠은 잠시 턱을 만지작거리다가 말했다.

"근자에 나는 이상한 것을 느꼈소."

이루릴은 자신의 짐작이 맞았다고 생각해 버렸다.

"눈이 안 좋아지셨군요. 오랫동안 서류를 보셔서……"

"……그게 아니오."

도스펠은 옆과 뒤에서 들려오는 킬킬거림을 무시하고 엄숙하게 말했다.

"내가 이 땅 이곳저곳에서 쏟아져 들어오는 서신이나 서류, 꿈 등의 정보들을 관리하는 사람이라는 것은 이미 말했소. 그런데 그런 정보들을 정리하는 도중에, 과거에는 느끼지 못했던 이상한 동향을 느꼈다는 말이오."

"어떤 동향인가요?"

도스펠은 다시 턱을 만지작거렸다. 그러고 보니 두툼한 턱이 꽤나 만지작거리기 좋은 모습을 하고 있었다. 이루릴은 그 턱을 바라보며 감탄했다. 저렇게 두꺼운 턱도 있구나. 그때 도스펠은 말했다.

"파멸의 동향이오."

프리스티스 에델린은 얌전하게 앉아 있었다. 사실 조금 무료할 정도였다.

오래간만에 돌아온 그랜드스톰에는 그녀의 모습을 기억하는 사람들이 많이 남아 있지 않았다. 도스펠의 방까지 그녀를 안내한 수련사 같은 경우에는 드래곤 로드와 상대하는 루트에리노 대왕의 모습을 그리려는 화가에게 멋진 모델이 되어줄 듯한 얼굴을 하고 있었다. 입으로는 '선배님', '자매님' 어쩌고 하긴 했지만 에델린은 '덤벼라', '살려줘' 등으로 착각할 지경이었다.

지우들이라도 반겨주었으면 좋으련만, 하이 프리스트나 몇몇 고위 프리스트들 이외엔 만나볼 만한 사람들이 없었다. 에델린은 그녀를 안내한 수련사에게 되도록 부드러운 음성으로 몇몇 형제나 자매의 근황을 물어보았지만 대개들 포교 여행을 떠났거나 전선으로 나갔다는 것만을 확인할 수 있었다. 그래서 에델린은 그 수련사를 돌려보내고 홀로 도스펠의 방에 앉아서 방의 주인이 돌아오기를 기다렸다.

도스펠의 책상 위에는 그 뒤에 누가 앉아 있어도 알아보기 힘들 만큼 많은 두루마리와 서류 더미가 쌓여 있었다. 그랜드스톰의 방이라고는 믿기 어려울 정도로 밋밋한 사각의 벽과 단순한 창틀, 책장에 다 못 들어가 구석구석 허리 높이까지 쌓여 있는 책더미, 그리고 기능적이라기보다는 차라리 제멋대로 배치되었다고 할 여러 개의 책상들은 마치 마법사와 제자가 한바탕 실험이라도 벌이기 직전의 연구실 같은 모습이었다.

하지만 이곳은 그랜드스톰의 척추와도 같은 곳이다. 대륙 곳곳에 퍼져 있는 그랜드스톰의 작은 신경점들인 수도원이나 신전, 포교 중인 프리스트들은 그들이 보고 느낀 모든 것을 한 점 수정이나 첨삭 없이 그대로 이곳으로 보내며, 도스펠은 부하들과 함께 그 정보들을 세세히 관찰한다. 다루는 정보의 깊이는 비교하기 어려울지 몰라도 그 신뢰성만은 대륙 어느 국가의 정보기관보다 낫다. 적어도 이곳에선 2중 간첩 때문에 골머리를 썩이는 일은 꿈도 꿀 수 없으니까. 가장 순수한 프리스트의 정신만이 공간을 뛰어넘어 그들의 정신(속이거나 꾸밀 수 없는)을 이곳으로 보낼 수 있다.

에델린은 그 점을 잘 알고 있었기에 이 난잡한 방을 뿌듯한 감정으로 바라보았다. 웨스트그레이드를 향해 바쁘게 여행하던 그녀에게 내려온 도스펠의 명령은 도저히 이해할 수 없는 것이었다. '엘프 이루릴과 접촉하여 그녀를 기절시킨 후 누구의 눈에도 뜨이지 않게 그녀를 이곳으로 데려오라.' ……차라리 도둑 길드에서 나이트호크들에게 내리는 명령처럼 보일 지경이다. 하지만 그랜드스톰의 척추라 할 수 있는 이 방에서, 에델린은 그 명령이 잘못된 것일 수 없다는 확신을 얻을 수 있었다. 그래서 에델린은 그녀가 도스펠에게 던질 질문보다는 그녀가 겸허히 수용하기 위한 설명을 기다리며 무료한 심정을 달래고 있었다.

문이 열렸고 에델린은 일어섰다. 도스펠은 약간 피로한 표정으로, 그러나 여전히 턱을 어루만지며 방안으로 들어섰다. 그리고 에델린을 보자 환한 표정을 지었다.

"많이 기다렸나, 에델린?"

"아니오. 도스펠."

도스펠은 손을 내밀었고 에델린은 허리를 굽혀 그의 오른 손등에 접구했다. 거대한 덩치의 에델린이었기에 엄숙해야 할 그 동작은 매우 어색하고 엉뚱한 것이 되었지만, 두 사람 중 누구도 어색함을 느끼지 않았다. 도스펠은 에델린이 어린 트롤로서 이 신전에 처음 들어왔을 때부터 그녀를 대해 왔던 사람이었기 때문이다.

도스펠은 책상 뒤의 의자에 앉으려다가 서류 더미 때문에 앞이 제대로 보이지도 않는다는 것을 깨닫고는 옆의 책상 위로 대충 서류 더미를 옮겨놓고 그 위에 걸터앉았다. 그는 에델린 앞에서는 격식을 별로 따지지 않았다. 에델린 역시 마찬가지였다. 그녀는 앉으라는 말을 기다리지 않고 곧장 의자에 앉았다.

"어려운 일 잘 해주었네. 고마워, 에델린."

"천만의 말씀입니다."

"음. 많이 놀랐겠지?"

"예. 솔직히 그렇습니다. 그녀를 부르는 목적도 그렇지만, 왜 기절까지 시켜야 했는지에 대해서는 정말 짐작하기 어렵군요."

도스펠은 손을 조금 내저으며 말했다.

"알아, 알아. 그녀는 엘프지. 그런 폭력을 동원할 필요는 없었을지도 모르지. 흠. 어쩌면 그냥 이곳으로 와달라는 초청장만 보냈어도 그녀는 얼마든지 찾아왔을지도 모르지."

"그 점, 의심하지 않아요."

에델린은 미소 지으며 말했고 도스펠 역시 싱긋 웃었다. 하지만 도스펠은 곧 얼굴을 딱딱하게 만들며 말했다.

"하지만 에델린, 내 의심이 맞다면 우리는 폭력보다 더한 것을 동원하게 될지도 몰라."

에델린은 조금 놀랐지만 별 질문 없이 설명을 기다렸다. 도스펠은 찌푸린 눈으로 천장을 바라보다가 갑자기 고개를 내려 에델린을 똑바로 바라보았다.

"이 방에서 나누는 이야기는 무조건 비밀일세. 맹세하겠나?"

"도스펠의 턱에 걸고 맹세하겠어요."

에델린은 살포시 웃으며 말했고 도스펠은 자신이 또 턱을 만지작거렸다는 것을 깨닫고 겸연쩍게 웃으며 손을 내렸다. 그는 책상 위를 휘휘 둘러보다가 서류 한 부를 찾아서는 에델린에게 내밀었다.

"먼저 그걸 좀 읽어보게."

에델린이 받아든 서류에는 굵고 훌륭한 필체로 '바이서스·자이펀 전쟁 발발 후 인구 동향 변화 분석'이라고 적혀 있었다. 에델린은 이 필체만 보고서도 서류의 작성자가 도스펠인 것을 짐작할 수 있었다. 서류는 두껍고 상당히 복잡한 통계 자료와 숫자들로 점철되어 있어서, 에델린은 머리가 아파오는 것을 느꼈다. 도스펠은 조금 초조한 표정이었지만 에델린이 그녀의 굵은 손가락을 보기 좋게 놀리며 서류를 다 읽을 때까지 참을성 있게 기다렸다.

에델린이 서류의 마지막 페이지까지 읽고 나자 도스펠은 곧장 질문했다.

"어떤가?"

"예? 어떤가…… 라니요?"

"뭐 이상한 거 없었나?"

에델린은 무릎 위에 놓인 서류의 표지를 한번 내려다보았다가 다시 고개를 들며 모르겠다는 표정을 지었다. 트롤의 얼굴이었지만 도스펠은 그 표정을 잘 알고 있었다. 도스펠은 조금 짜증난 표정으로, 하지만 끈기 있게 질문했다.

"그거, 그러니까 7페이지를 다시 한번 보게. 신생아 숫자에 대한 것 말일세."

에델린은 서류를 다시 뒤적거리지는 않았다. 그녀도 그 숫자는 눈여겨보았던 것이다.

"격감하고 있더군요."

"그게 이상하지 않더냐고."

"도스펠, 전쟁 때문에 많은 남자들이 전선으로 몰려갔어요. 신생아 출생 비율이 줄어드는 것은 당연하지 않겠어요?"

"물론 그럴 수도 있네. 하지만 자넨 그 숫자들을 자세히 보지 않았군. 전쟁이 벌어진 것은 어제 오늘의 일이 아니야. 하지만 지난달과 그 전달에 비교해서, 이번 달의 신생아 출생 숫자를 보게."

에델린은 서류를 다시 뒤적거렸다. 잠시 후 에델린은 눈을 찡그리며 말했다.

"……좀 심하게 줄었군요."

"그래. 어떤 한 시기의 인구가 급작스럽게 바뀌는 것은 가능하지. 전쟁이나 전염병, 대재난이 있으니까. 하지만 다른 비율은 그대로 있으면서 출생 숫자만이 그토록이나 갑자기 변하는 것은 매우 이례적인 일일세. 알겠나?"

"예……, 그렇군요."

도스펠은 고개를 끄덕이며 다시 다른 서류를 하나 내밀었다. 에델린은 그 서류를 받아들고는 의아함을 느꼈다. 서류에는 '바이서스 산업 구조: 축산업'이라고 적혀 있었다. 그리고 도스펠의 설명을 듣고서는 더욱 황당함을 느껴야 했다.

"그건 다 볼 필요는 없어. 28페이지 가축 두수를 보게나."

"예……, 음. 가축들의 숫자가 줄어들고 있군요. 하지만 말이나 소 등은 전쟁 때문에 징집을 당해서……"

"아냐, 아냐. 그것도 마찬가지일세. 내가 조사해 본 바에 의하면 가축들도 새끼를 낳지 않고 있기 때문이라네. 알겠어?"

"예?"

도스펠의 대화는 맥락에는 맞았다. 하지만 이해는 전혀 되지 않았다. 그래서 에델린은 조심스럽게 질문했다.

"그럼, 사람도 가축도 모두 자손을 적게 낳고 있다는 말씀이세요?"

도스펠은 침중한 표정으로 말했다.

"그렇네."

"이해할 수가 없는 말씀이군요. 사람과 가축 양자가 모두 그런 현상을 보이고 있다면 그건 무슨 전염병 같은 것도 아닐 테고……. 아니, 임신을 방해하는 전염병 같은 것이 있을 리가 없지 않습니까. 혹시 영아 사망을 일으키는 무슨 병이라도?"

"아니야! 영아 사망이 아니란 말이야. 말 그대로 출생 자체가 줄어드는 것일세. 그렇다고!"

에델린은 당황한 표정으로 도스펠을 바라보았다. 도스펠이 이렇게 흥분하는 까닭이 무엇일까. 도스펠은 자신도 모르게 또다시 턱을 만지작거리며 말했다.

"분명하네. 사람과 가축, 그 양자 모두 출생 비율이 현격하게 떨어지고 있어. 다른 생물들에 대해서 조사해 보기는 어렵지만, 만일 다른 생물들도 모두 조사해 본다면 그 숫자가 줄어드는 것을 분명히 알 수 있을 걸세."

"도대체 무슨 이유로 그런 일이 있을 수 있는 거지요?"

"모르겠어. 하지만 생각해 보게. 출생이 있으려면 어떻게 되어야 하지?"

또다시 나온 황당한 질문. 계속되는 당황 속에 에델린은 반쯤 포기하는 기분으로 말했다.

"부모가 있어야겠지요."

"맞아! 부모가 있고, 그들이 사랑을 나눠야 되네!"

흥분 속에서 외치던 도스펠은 에델린이 고개를 조금 돌려 외면하는 것을 보고 간신히 정신을 차렸다. 도스펠은 헛기침을 몇 번 하고서 말했다.

"흠. 흐음. 자네도 요점은 이해하겠지. 음……, 출생은 부모가 있어야 되네. 그렇다면, 어떤 요건에서 출생이 줄어들 수 있을지는 대충 짐작할 수 있을 걸세. 결혼, 흠, 그리고 가축이라면, 에, 짝짓기지. 그런 것이 없으면 출생도 없다는 말일세. 알겠나?"

에델린은 그랜드스톰에서 듣기에는 좀 거북스러운 단어들 때문에 어색한 기분을 느끼고 있었다. 하지만 조금 후, 에델린은 도스펠의 말을 완전히 이해하게 되었다. 그래서 에델린은 입을 쩍 벌린 채 말했다.

"설마!"

도스펠은 고개를 무겁게 끄덕였다. 에델린은 믿을 수 없다는 표정으로 송곳니를 번득이며 으르렁거렸다.

"아니, 그럼 순결과 엘프의 그랑엘베르가 이 나라에 대해 무슨 역사를 일으키고 있다고 믿으시는 건가요? 설마……, 설마 세이크리드 랜드 같은 것을 생각하시는 겁니까?"

"그렇네."

"아니, 그럴 수는 없어요. 물론 자이펀 인들이 게덴의 힘을 빌어 세이크럴라이제이션을 시도한 것은 저도 잘 알고 있습니다. 하지만 왜 그랑엘베르의 세이크럴라이제이션을…… 그건 말이 안 돼요!"

"왜 말이 안 되지?"

"이런 어이없는……, 자손의 출생을 줄여서 전쟁에서 이기겠다는 것은 너무 기간이 길게 걸려요. 극히 소모적이잖습니까!"

"나는 자이펀 인들이 그런 짓을 하고 있다고는 말하지 않았네."

에델린은 이번에도 도스펠의 대답을 단번에 이해하지는 못했다. 그리고 잠시 후, 역시 갑작스럽게 이해하게 되었다. 의자에서 벌떡 일어서는 에델린을 향해 도스펠은 침중한 목소리로 말했다.

"그랑엘베르는 엘프들의 신일세. 엘프들이 자이펀 인들의 디바인 웨펀 사건에서 무엇을 배울 수 없을 만큼 저능하다고는 생각되지 않는데. 일단 거기 좀 앉게나."

에델린은 주먹으로 입을 틀어막으며 의자에 주저앉았다.

세이크럴라이제이션, 혹은 디바인 웨펀은 이론적으로는 매우 단순하다. 그것은 신의 힘이 지상에 펼쳐지게 만드는 일련의 복잡한 의식이다. 자이편이 선택한 것은 까마귀와 질병의 신 게덴이었다. 달도 없는 으슥한 밤, 어디선가 나타난 정체불명의 사내, 혹은 늙은이, 어쩌면 젊은 처녀가 마을 한가운데 게덴의 디바인 마크를 파묻는다. 미리 복잡한 의식이 있었고 선별된 제물이 있었으리라는 것은 짐작일 뿐, 자이편이 가져오는 것은 의식의 증거인 디바인 마크뿐이다. 단순하고 소지도 간편하다. 땅에 묻는 일이 어려울 이유는 없다. 그리고 다음날 해가 떠오르면 마을은 인간에게 알려진 모든 질병의 무차별적인 공격을 받게 된다.

그것만으로도 지나치게 끔찍하다고 말할 수 있는 초기의 대량 살상이 끝나면, 본격적인 공포가 찾아든다. 죽은 자들은 대지에 받아들여지지 못한다. 흩어진 자신의 영혼을 거머쥐려는 몸짓으로 두 팔을 앞으로 내민 채, 그들은 언데드 몬스터가 되어 산 자를 습격한다.

히스테릭한 반응들. 게덴의 디바인 마크가 아님에도 단지 몸에 디바인 마크를 지니고 있다는 이유만으로 살해된 여행자의 숫자도 많았다. 선교에 종사하고 있던 프리스트들은 극히 상반된 두 가지 대우를 받아야 했다. 질병을 치료하며 언데드 몬스터와 맞서 싸울 수 있는 권능의 소유자이기 때문에 한편으로는 구원자로, 다른 한편으로는 아무 의심 없이 디바인 마크를 소지할 수 있다는 점 때문에 수상쩍은 파멸의 메신저로 대우받으면서, 그래도 그들은 수많은 전설을 만들었다. 사우스그레이드에서 질병과 맞서 싸우다가 순교한 프리스트가 없는 종단이 없을 지경이었다. 에델린 역시 디바인 웨펀의 공격을 받은 도시에서 수많은 좀비들과 싸웠던 경험을 가지고 있다.

찾고자 하는 사람이 목숨의 위협을 무릅쓰며 가멸찬 집념으로 무장하고 있다면, 사람이 숨긴 것을 사람이 찾아내지 못하는 경우는 드물다. 디바인 웨펀의 공격은 결국 격퇴되었다. 그러나 그것은 숫자로 셀 수 없는 것들의 희생 속에 이루어진 성과였다.

그런데 그 세이크럴라이제이션이 다시 시도되고 있다는 말인가? 그것도 자이펀 인이 아니라 엘프들의 손에 의해서, 그랑엘베르의 힘으로?

"절대로 아닙니다. 이 숫자만으로 그런 말도 안 되는 말을 믿을 수는 없어요."

"말도 안 된다고 생각하는가?"

"예. 엘프들이 왜 그런다는 말씀이신가요? 그들이 인간들의 숫자를 줄여버리고 싶은 생각을 할 까닭이 없습니다. 아, 그리고 이것은 자이펀 인들이 사용했던 게덴의 힘과는 그 경우가 많이 달라요. 자이펀 인들은 자신들과 많은 거리가 있는 바이서스였기에 마음 놓고 게덴의 힘을 펼친 것이겠지요. 에델브로이여, 그들의 죄를 기억하소서. 하지만 엘프들은 우리 바이서스에 살고 있어요. 그러니까 그들 역시 세이크럴라이제이션의 영향에서 벗어날 수 없어요. 엘프들이라고 해서 하늘에서 뚝 떨어지는 것은 아니잖아요. 그들 역시 자손을 생산하고……"

"그들의 인생은 길지. 좀 기다렸다가, 그러니까 인간들의 숫자가 대폭 줄어든 다음에 다시 자손을 생산하더라도 그들에게는 많은 시간의 낭비는 아니야."

"……하지만 그들이 그럴 까닭이 없잖아요!"

"그 까닭을 알아내고 싶어서 이루릴 양을 데리고 오게 한 거야. 알겠나?"

에델린은 자신이 주먹을 꽉 깨물고 있다는 것을 깨닫고는 손을 내렸다.

"잘못 생각하신 것입니다. 그래, 이루릴에게 그런 이야기를 질문하셨어요?"

"응."

"그녀가 뭐라고 하던가요."

"아무 말도 안 하더군."

에델린의 표정이 급격하게 굳었다. 거짓을 말하지 않는 엘프라면 무언은 가장 확실한 긍정이다. 도스펠은 우울함과 자신감이 뒤섞여 매우 이상하게 보이는 표정으로 에델린의 얼굴을 바라보았다.

5

"난해하군."

헤게모니아 어 실력이 모자라다는 점도 있겠지만, 원래 그란은 자신의 감정을 여러 단어로 표현하는 일에 익숙하지 못하다. 그래서 그가 느낀 당혹감은 이처럼 상당히 점잖게 표현되었다. 그러나 네리아는 보다 생동감 있는 감정 표현을 보여주었다.

"유피넬과 헬카네스의 이름을 걸고, 그 문제는 엉덩이야!"

그란은 깨닫지 못했고 운차이는 고개를 돌려버렸다. 그리고 미는 방긋 웃으며 네리아의 실수를 정정했다.

"엉터리라고 하는 거야."

"아? 어, 그래. 그 문제는 엉터리야! 엉터리라고? 엉터리, 엉터리."

네리아가 잘못 인용했던 헤게모니아 어를 다시 반복해 보는 동안 그란은 운차이에게 질문했다.

"내 동감이 네리아의 말에서 느껴진다. 엉터리인 문제를 네가 말했나?"

"네리아의 헤게모니아 어 실력은 그런대로 괜찮아지는데, 그란 자네는 왜 아직도 그 지경인가."

"그 문제가 맞냐."

"내가 들은 바로는."

그란은 고개를 가로젓더니 물끄러미 미를 바라보기 시작했다. 시선을 느낀 미가 그란을 마주보자 그란은 자신의 턱수염을 한 올씩 건드려보다가 말했다.

"헤게모니아식 농담인가? 우리는 이해할 수 없는."

"그런 건 아니에요. 별로 우습지 않은걸요."

네리아는 입술을 주욱 내밀며 말했다.

"하지만 그런 것이 어디 있어? 과거로 향하는 흐름과 미래로 향하는 흐름……, 그 다음이 뭐라고?"

운차이는 무뚝뚝하게 대답했다.

"두 흐름의 교차점을 찾아오라."

"그게 뭔데?"

"몰라."

턴빌. 일명 아이야 이켈리나. 대시인 파하스의 출생지로 음유 시인들의 성지. 그 아름다운 도시의 하늘을 향해, 정확하게는 펍의 천장을 향해, 네리아는 얌전히 욕설을 퍼부어 대었다. 주로 바이서스 어로 이루어진 것이라 주위에서 술잔을 기울이던 사람들은 그 험악한 욕설의 내용을 알지 못했으나 운차이와 그란은 아득히 하강하는 기분 속에 우울해했다. 결국 그란이 입을 열었다.

"존재할지도 모르는 바이서스 어 지각 능력 소지자에 대한 유의가 없는가."

네리아는 욕설을 그만둘 수밖에 없었다. 그란의 말을 이해하기 위해서는 깊은 고민에 빠져야 했기 때문이다. 그러나 미는 빠르게 말했다.

"'바이서스 어를 아는 사람이 있으면 어쩌려고 그러냐……'는 말씀일 거야."

"아, 그래? 미인이 하는 말은 욕설도 밀어로 들리니까 걱정 마."

운차이는 으르렁거리려다가 테이블 옆에 주저앉아 있는 아달탄을 보고서는 자신을 억눌렀다. 개와 형제로 보이면 어쩔 것인가.

"왜 그렇게 신경질을 내는 거지."

"답을 모르니까!"

"그 문제를 풀겠다는 건가?"

"66년 동안 보관된 재산이야. 엄청날 거라고!"

"우리가 여기로 온 것은 후작의 자취를 붙잡기 위해서다. 외도는 사양이야."

"으응, 으응! 후작도 쫓고, 돈도 쫓고."

"그래? 그럼 부탁이니 바이서스 어로 고함지르는 짓 좀 그만두시지. 우리 여기 왔다고 후작에게 알려주고 싶은 것이 아니라면."

네리아는 그제서야 깜짝 놀라며 입을 가렸다. 그녀는 그란과 운차이를 번갈아 쳐다보더니 황급히 허공을 향해 팔을 내저었다. 마치 물에 빠진 사람 같은 네리아의 동작을 보던 미는 고개를 갸웃하며 질문했다.

"뭐하는 거야, 네리아?"

"응, 말 주워담고 있어."

미는 까르륵 웃었지만 운차이는 이제 네리아를 완벽하게 무시했다. 그는 의자를 창 쪽으로 끌고 가서는 창턱에 팔을 올려놓고 바깥을 바라보았다.

어두운 골목에는 인적이 드물어가고 있었다. 음유 시인들의 성지라지만 그것은 음유 시인들이나 문재가 모자라는 문인들의 미사여구일 뿐 실제의 턴빌은 여느 도시와 마찬가지였다. 적당히 지저분하고, 적당히 냄새 나고, 적당히 살아가는 사람들이 적당히 분포된 도시.

이 보편성을 찬양하는 듯한 도시에서, 단 하나 보편적이지 않은 존재가 있다. 운차이의 일행들이 뒤쫓는 인물.

운차이는 골목 건너편 인을 바라보았다. 인의 옆 벽은 생선 비늘처럼 닥지닥지 달라붙은 나무판들로 이루어져 있었다. 운차이는 시선을 조금 올렸다. 그러자 그 나무판들의 배열 속에 시커멓게 뚫린 구멍이 눈에 들어왔다. 창문. 모두 다섯 개. 창문들은 일스 방향으로부터 바이서스 방향으로 배열되어 있었다. 운차이는 그중 일스 방향의, 그러니까 가장 동쪽의 창문을 바라보았다.

불은 꺼져 있다. 후작이 과연 저기에서 자고 있을까? 운차이는 그렇게 믿기 어려웠다. 턴빌 시로 들어와서 첫 번째로 만나는 사람에게 '이봐요. 바이서스 어를 쓰는 사람들 본 적 있소?'라고 묻자 그는 이 인을 가르쳐주었던 것이다. 그렇다면 저기서 자고 있을 가능성은 적다. 쥐가 자신의 행적을 적은 초대장을 고양이에게 보낼 리가 없는 것처럼.

하지만 후작의 일행은 대인원이다. 그토록 오랫동안 추적했건만 아직도 운차이는 후작의 일행들이 몇 명이나 되는지 모른다. 그런 대인원이 행적을 쉽게 숨길 수 있을까?

"왜 이 도시에 들어온 걸까. 행적이 탄로 날 위험을 무릅쓰고."

운차이의 질문은 방향성이 없었다. 그러나 테이블 맞은편에 앉아 있던 그란은 차분하게 대답했다.

"동일한 목적으로 우리 일행 중 한 명의 욕망이 있는 것 아닐까."

'우리 일행 중 한 명의(네리아의) 욕망과 같은 목적이 있는 것 아닐까.' 운차이는 그렇게 해석하기로 마음먹었다.

"돈? 글쎄. 후작이 궁핍해졌다?"

"가능성 있다."

가능성이 있을 뿐이지. 운차이는 침울한 표정으로 고개를 돌렸다.

"녀석들은 왜 후작의 곁을 떠나지 않는 걸까. 주위의 녀석들만 없어지면 이런 개고생을 하지 않아도 될 텐데."

"후작의 재기를 확신하는 모양이다."

"미래를 볼 줄 모르는 녀석들이군."

투덜거리던 운차이는 스스로의 말에 조금 놀라며 미를 바라보았다. 미는 자신의 접시에 맥주를 따라서는 테이블 아래의 아달탄에게 내려주고 있었다. 저 개는 술도 마시나? 그녀가 다시 몸을 일으키자 운차이는 질문했다.

"미, 미래를 보는 대가가 얼마요?"

"뭐가 보고 싶으세요?"

"후작의 내일 아침 식사 장면. 어디서 식사하는지 알아낸 다음 가서 식사에 독을 타게."

운차이는 평온한 어조로 말했지만 미는 눈을 커다랗게 떴다.

"죽일 거예요?"

"말하지 않았소?"

"미에겐 실종 상태로 만들겠다고 말씀하셨어요."

"그게 그 말이오. 당장 죽이지 못하는 까닭은 아직 녀석의 일행이 너무 많기 때문이오. 내가 만일 녀석의 생존은 그 자체로 죄악이라고 주장한다면 여기 있는 사람 중 최소한 한 명은 내 말에 강력히 동의할 거요."

미는 그란의 눈을 바라보고는 그 사람이 누구인지 짐작할 수 있었다. 두번 다시 쳐다볼 마음은 들지 않았다.

"말도 안 돼요."

"왜? 살인이 죄악이라는 글은 이미 읽었소."

"아니, 아니. 그게 아니에요. 미가 만일 그 후작의 아침 식사 장면을 본다면, 그렇다면 후작은 내일 아침에 식사를 할 거예요. 독을 먹고 죽는 것이 아니라."

운차이는 잠시 혼란을 일으켰다.

"잠깐. 그걸 보고서 내가 독을 타도? 그래도 후작이 식사를 끝내게 된단 말이오?"

"예. 그렇게 될 거예요."

"미래가 고정되어 있단 말이오?"

"미래가 고정되어 있는지 어떤지는 미도 모르겠어요. 하지만 미가 본 미래는 그대로 된다는 것은 이미 말씀드렸는데요, 미의 아빠 이야기."

운차이는 잠시 입을 다물었다가, 다시 말했다.

"그렇다면 후작이 언제 어떻게 죽는지는 볼 수 있소?"

네리아는 눈을 커다랗게 떴다.

"아, 그렇다면 우리 여정이 얼마인지 알 수 있겠구나! 그렇지? 앞으로 얼마가 지나면 후작을 붙잡을 수 있는지, 아니면 우리가……. 미, 미! 그걸 볼 수 있어?"

그란은 네리아의 말에서 생략된 부분을 생각해 보았다. 우리가…… 실패해서 후작에게 죽임을 당하는지. 미는 네리아의 얼굴을 마주보다가 고개를 떨구었다.

"미안해요. 볼 수 없어요."

"볼 수 없는 거요, 아니면 안 보겠다는 거요?"

미는 대답하지 않았다.

조용히 입을 다물기로 마음먹은 운차이는 문득 자신이 한 번도 그녀를 다그치지 않았다는 사실을 깨달았다. 왜 그럴까? 내가 원래 여자를 다그치는 것은 생각도 할 수 없는 자이펀 인이긴 하지만, 그래도 이건 이상하군. 미는 이해할 수 없는 모습을 무수히 보여주었지만 나는 한 번도 그녀에게 설명을 요구해 본 적이 없어. 게다가 그란과 네리아마저도 그녀를 다그치지 않아. 왜 그럴까?

그때였다. 그란이 보기 드물게 정확한 헤게모니아 어로 말했다.

"미 양. 나는 이 나라에 들어서면서 석비를 하나 보았소."

"석비? 아아, 시간의 바늘 말씀이시군요."

"그 석비의 이름이 시간의 바늘인가. 어쨌든 거기에는 인상적인 글귀가 있었는데."

"헤게모니아. 당신의 운명은 다시 쓰여진다."

"그 말에 의하면 미래는 가변적이라는 말이 되는데, 당신 말로는 그렇지 않나 보군. 말해 주시오. 미래는 고정되어 있는 거요?"

미는 숨을 깊숙하게 들이마셨다.

"예."

"어째서?"

"쉽게 설명하자면, 과거가 고정되어 있기 때문이죠."

"목검이 갑옷을 뚫는다면 자넨 믿겠나."

늦은 밤, 이미 모든 손님들과 네리아와 미는 침실로 사라진 시각. 운차이는 주점 주인에게 조용한 눈빛을 보냄으로써 그와 그란 두 명이 홀을 장악했음을 선언했다. 주점 주인은 포기하는 심정으로 이미 청소가 끝난 테이블에서 의자 하나를 내려서는 테이블에 팔을 괴고 엎드렸다. 잠들기 직전, 남아 있는 자존심에 주인장은 고함을 빽 질렀다.

"나 깨우지 말고 술은 알아서 가져다 먹어요!" 그리고 주인장은 그대로 곯아떨어졌으며 운차이는 아무런 양심의 가책 없이 술통을 통째로 들고 왔다. 그란은 묵묵히 손을 뻗어 술통의 뚜껑을 뜯어내었고 그러자 운차이는 거대한 술통과는 너무도 어울리지 않는 작은 컵으로 술을 퍼서 마시기 시작했다. 두 사람에 의해 술통이 3분의 1쯤 비워졌을 무렵, 운차이는 처음으로 입을 연 것이다.

그란은 바이서스 어로 대답했다.

"무슨 말이지? 목검이라면, 나무로 만든 검 말인가?"

"응."

"그건 애들이나 쓰는 거야, 아니면 연습용이지. 그런 걸로 갑옷을 뚫지는 못한다."

"가능해."

"뭐야?"

운차이는 다시 술통으로 잔을 가져갔다. 그란은 손에 끼고 있던 장갑을 내려다보다가 말했다.

"물론 이런 장갑을 끼고 있다면 가능하겠지."

"멍청이. 네가 그 OPG(오거 파워 건틀릿) 낀 상태에서 목검을 쥐고 갑옷을 쳐봐. 목검이 부러지기는 할 거다."

"음. 그렇겠군. 그렇다면 어떻게 가능하다는 거지?"

운차이는 잔을 테이블에 내려놓고는 가만히 팔짱을 꼈다.

"우리나라에서는 일부 철검보다 목검을 좋아한 사람들이 있었다. 선원들이지. 이유는 짐작하겠지?"

"녹이 스는 것 때문이겠군. 나도 그 이야기는 들었어."

"맞아. 우리나라 사람들이 나무를 잘 다루기도 했지만, 짠 바닷바람 속에서 철검 관리하기가 너무 귀찮았기 때문이다. 모르지, 바이서스의 드워프들이라면 바다 속에 던져 넣었다가 꺼내도 까딱없는 검을 만들지도. 하지만 우리는 드워프가 아니야. 그래서 우리는 목검으로 시작했지. 자이펀 검법이 바이서스 검법보다 지독하게 빠른 이유는 목검의 전통 때문이다."

"검법 치고는 너무 가벼워, 너희 검법은."

"시끄러워. 어쨌든 우리 사촌 형은 목검을 아주 잘 썼지. 그가 일등 항해사였을 때, 이제리스 해협에서 그의 배가 서펀트의 공격을 받은 적이 있었다. 그때 그는 배를 휘감은 서펀트의 몸 위로 뛰어올라서는 목검으로 서펀트의 비늘을 뚫었지. 서펀트의 비늘이 갑옷보다 무르다고는 말하지 않겠지."

"놀랍군."

그란은 운차이가 그냥 향수병을 달래고 있다고 생각하고는 '헛소리 하지 마라!' 하고 말하는 대신 조용히 맞장구쳐 주었다. 하지만 운차이는 옛 추억을 말하고 싶은 것이 아니었다.

"그게 어떻게 가능할까?"

그란은 눈썹을 조금 치켜뜨며 운차이를 바라보았다. 운차이는 허리에 매달린 롱 소드를 만지작거리며 말했다.

"이런 검으로도 서펀트를 공격한다는 것은 어려워. 서펀트의 비늘은 상상할 수 없이 단단하다. 자넨 수압이라는 말을 들어보았나? 그건

물속 깊은 곳으로 들어가면 느끼게 되는 압력이야. 서펀트가 돌아다니는 수심은 천차만별이고, 그래서 막대한 수압 차를 견뎌내야 하지. 서펀트의 비늘은 그런 수압 차를 견디는 강인함을 가지고 있어. 하지만 신차이는 그걸 뚫었지."

"사촌 형의 이름이 신차이인가?"

"응."

"대단한 사람이었나 보군."

"그래. 그게 대답할 수 있는 유일한 결론이지. 잘 단련되었기 때문에."

그란은 술잔을 내려다보다가 역시 술잔을 조금 밀어놓고는 팔짱을 꼈다. 그러고는 운차이의 얼굴을 똑바로 바라보며 말했다.

"뭔가 하고 싶은 말이 있는 것 같군."

"조금 전 미는 과거가 미래를 결정짓는다고 말했지. 그녀는 사실 미래를 보는 것이 아니라, 과거를 볼 줄 아는 거라고 했지. 그러기에 미래도 안다고."

"나도 들었어. 그런데?"

"그 말이 맞는 것 같아. 신차이는 목검으로 서펀트를 공격하지. 아무것도 모르는 사람이 보았다면 신기하게 생각하겠지만 우리가 오랜 세월 목검을 써왔다는 것을 알고 있는 사람이라면 그걸 이해할 수 있어."

"그건 앞을 보지만 뒤를 생각한다는 이야기 아닌가? 과거를 살펴 미래를 예측한다는."

"그래, 그렇지."

운차이는 그렇게 대답하고는 다시 잔을 들어올렸다. 그란은 잠자코 기다렸다. 잠시 후 잔을 내려놓은 운차이는 다시 말했다.

"미래가 왜 결정되어 있냐고 물었을 때, 미는 뭐라고 대답했지?"

"과거가 결정되었기 때문이라고 했지."

"목검으로 서펀트의 비늘을 뚫을 수는 없어."

그란은 혼란스러운 기분을 느꼈다. 운차이의 화법이 오늘따라 몹시 이상했다.

"잠자코 있으면 설명하겠지?"

"우리에겐 오랜 세월 동안 목검을 써온 전통이 있다. 이건 과거지. 그리고 내 사촌형 신차이는 목검으로 서펀트의 비늘을 뚫어버리지. 이건 현재야. 얼핏 보기에 논리적으로 연결되는 것 같지."

"그렇군. 순수하게 논리로만 본다면."

"그래. 그렇군."

운차이는 입을 다물고는 더 이상 아무 말도 하지 않았다. 그란은 무시당하는 기분을 느꼈지만 별말 없이 잔을 들어올렸다. 턴빌 시의 밤은 새벽을 향해 하염없이 흘러가고 있었다. 운차이는 의자를 뒤로 당겨 편한 자세가 된 다음 테이블에 두 발을 올리며 말했다.

"내가 먼저 불침번을 설 테니, 자넨 올라가서 쉬도록 해. 생각을 좀 해봐야겠어."

"불침번? 이 도시에서 왜?"

"후작과 같은 도시에 있잖아."

"우리 동정을 파악했을까."

"반반."

"졸리면 깨우도록 해."

그란은 그렇게 말하며 몸을 일으켰다. 그란이 침실로 사라진 다음, 운차이는 주인장을 깨울까 하다가 내버려두고서는 대신 홀의 불을 모두 껐다. 캄캄한 홀 가운데서 운차이는 창문을 통해 쏟아지는 달빛을 조명 삼아 조용히 술잔을 비워갔다.

운차이가 마치 엄숙한 의식이라도 되는 것처럼 장엄한 동작으로 술잔의 술을 자신의 뱃속으로 옮기고 있던 그 시각, 주점의 뒷문으로는 미가 조용히 빠져나오고 있었다. 그녀의 한 손엔 가면이, 그리고 다른 손에는 그릇과 물주전자가 들려 있었다. 그리고 그녀의 뒤로는 아달탄이 조용히 따라 걷고 있었다.

미는 잠시 주위를 둘러보았다. 주점의 뒷문은 뒷마당으로 연결되어 있었으며 거기에는 게으른 하녀가 아직 걷어들이지 않은 빨랫감들이 밤바람에 흩날리고 있었다. 코를 스치는 꽃향기에 미는 기분 좋은 얼굴이 되었다. 봄밤의 미풍은 꽃가루들을 고요히 흩날리고 있었다.

투숙객들의 꿈에 방해받지 않기 위해 미는 건물에서 충분히 멀어지기로 했다. 미는 뒷마당을 둘러싸고 있는 낮은 담벼락 아래에 자리를 잡았다. 주위로는 관목들과 정원수들이 적절히 배치되어 마치 벽과 같은 분위기를 만들어내고 있어 안성맞춤이었다.

"아달탄, 거기 앉아."

아달탄을 앉힌 미는 물그릇을 주의 깊게 배치하고는 물을 따라 부었다. 익숙한 동작들이었지만 미는 더욱 주의를 기울였기에 물을 따르는 동작에만도 몇 분씩 걸릴 정도였다. 이윽고 그릇에 물이 가득 차자 미는 가면을 쓰고 땅바닥에 앉아서 기다리기 시작했다.

잠시 후, 수면이 잔잔해졌다. 미는 눈을 감고 두근거리는 가슴을 진정시키기 위해 애썼다. 진정해야 돼, 미. 진정해. 이런, 미! 쳉 생각을 해서야 어떻게 진정하겠어? 그럼 못써, 미. 미는 스스로를 꾸짖을 뿐만 아니라 달래고 으르기까지 하며 침착성을 되찾았다.

두려워 말고, 보자. 뭔가 보일지도 몰라. 미는 눈을 떠서는 수면을 바라보았다.

수면에서는 과연 뭔가가 보였다. 미는 하마터면 탄성을 지를 뻔하다가 간신히 입술을 깨물며 참았다. 그러나 조금 후 미의 감정은 정반대로 바뀌었다. 그래서 미는 이번에는 울음을 터뜨리지 않기 위해 입술을 계속 깨물어야 했다.

잔잔한 수면에 비친 것은 보름달이었다. 검은 밤하늘을 배경으로 달빛에 희게 물든 구름들이 유유히 흘러가고 있었다.

미는 거칠게 가면을 벗어서 옆에 팽개치고는 무릎에 얼굴을 파묻었다. 미의 무릎을 타고 가녀린 울음소리가 새어나왔다. 말도 안 돼. 이젠 그것도 보이지 않아. 도대체 이게 어떻게 된 것일까.

볼을 스치는 차가운 느낌에 미는 고개를 들었다. 어느새 다가온 아달탄이 눈물로 범벅이 된 그녀의 얼굴을 핥고 있었다. 미는 아달탄의 목을 확 끌어안았다. 그러고는 소리 없이 비명을 지르며 울었다. 아달탄은 쿵쿵거리며 그녀에게서 불안과 좌절의 냄새를 맡았다.

"왜 그래?"

미는 눈물이 그렁그렁한 눈을 들어 앞을 바라보았다.

달빛을 받으며 서 있는 네리아의 모습이 몹시 흔들려 보였다. 네리아는 머쓱한 표정으로 미를 바라보고 있었다. 미는 목멘 소리로 말했다.

"깼어? 미가 깨웠나 보네."

네리아는 미에게 다가서며 말했다.

"응, 그러니까, 아까 방을 나갈 때부터 알고 있었어. 난 나이트호크잖아. 웬만하면 상관하지 않으려고 했는데, 어, 우는 거 같더라고. 왜 그러는 거야? 내가 알면 안 되는 거야?"

"너무 슬픈 모습을 보았어."

"어떤……, 슬픈 모습?"

미는 몹시 구슬픈 목소리로 대답했다.

"시집가서 애를 셋 낳고 나니 내 허리가 두 배가 되어 있는 모습. 가슴은 추욱 늘어지고, 다리는 이마안해지는 거야. 으흑! 끔찍했어……"

"깔깔깔!"

네리아는 거의 데굴데굴 구를 뻔했다. 쳉이나 파라면 가장 슬플 때조차도 진지한 얼굴로 침착하게 농담을 해버리는 것이 미의 성격이라는 것을 잘 알고 있었지만 네리아는 아직 그녀의 성격 전부를 파악하지는 못했다. 그래서 네리아는 그녀가 태평하게 농담을 하는 것을 보고서는 안심해 버렸다. 그렇게 슬픈 일은 아닌가 보지.

"하아, 하아. 아이고 죽겠다. 그건 물그릇을 들여다보지 않고서도 알 수 있는 일 아냐? 놀랐잖아! 음냐."

네리아는 눈물을 닦으며 일어섰다.

"이만 들어가. 에고……, 난 추워. 이 북쪽은 봄이 봄 같지를 않네."

"으응."

미는 심드렁하게 대답하며 물그릇과 주전자, 가면 등을 챙겼다. 조금 전까지 몹시 울고 있던 여자라고는 생각할 수 없는 모습이었다. 그래서 네리아는 자신이 본 것을 거의 믿지 않게 되어버렸다.

멋진 달밤이었다.

레이저는 자신의 즐거움을 하나하나 음미해 보았다. 주머니에는 몇 달 동안 놀고먹을 재산이 들어 있다. 화가 머리끝까지 나서 쫓아오던 도박꾼 패거리들도 감쪽같이 따돌렸다. 그리고 지금 오랜 친구를 찾아가는 길이다. 그 친구의 집에서 몇 달 숨어 있으면 세상의 그 누구도 레이저를 찾지 못할 것이다. 이 정도면 멋진 밤 아닌가?

"감촉 좋은 계집애라도 하나 있으면 금상첨화일 텐데."

아쉽게도 그것만은 조달할 수 없었다. 레이저가 걷고 있는 곳은 보름 달빛이 폭포수처럼 쏟아지는 붉은 산맥이었다. 이 광막한 산맥 어디서 여자를 찾을 수 있단 말인가. 아무래도 숨어 있는 몇 달 동안은 공상을 즐길 도리밖에 없을 것 같았다.

그래서 레이저는 공상했다.

파 L. 그라시엘. 그날도 이런 달빛이 쏟아지고 있었지. 월광은 사방으로 은은하게 비치며, 따라서 햇빛이나 촛불 빛으로 드러나는 얼굴의 그림자와는 전혀 다른 윤곽과 음영을 만들어낸다. 생각지도 못한 곳에서 드러나는 음영은 월광 아래의 사람을 신비로 치장한다. 하지만 레이저에게 있어 파는 그 이상의 저릿한 인상으로 남을 수밖에 없었다. 쓰러진 도박사들과 시체 앞에서 흘리던 파의 눈물은 레이저가 죽을 때까지도 잊지 못할 추억으로 자리 잡았다. L은 도대체 어떤 이름의 이니셜일까. 로리타? 로라? 루시아? 린다? 하하하.

낮이라도 걷기 힘든 험한 산길이었지만 레이저는 익숙하게 걸어갔다. 발 아래 펼쳐지는 붉은 산맥은 달빛 아래에서는 푸르게 보였다. 레이저는 몇 개의 산봉우리를 바라보며 자신의 위치를 짐작해 보았다. 저 멀리로는 영원의 숲도 눈에 들어왔다. 달빛을 받은 영원의 숲은 산봉우리들 사이로 마치 바다처럼 보였다. 은빛으로 출렁이는 바다.

"취이이익! 서라!"

레이저는 멈춰 섰다. 소리가 들려온 쪽으로 고개를 돌린 레이저는 조금 높은 바위 위에 솟아오른 작고 단단해 보이는 그림자를 보았다. 모두 세 명. 조잡한 갑옷에 잘 어울리는 흉맹스러운 얼굴들이 레이저를 내려다보고 있었다. 짧은 팔로 움켜쥔 글레이브는 둔한 은회색으로 반짝거렸다.

세 마리의 오크는 일사불란하게 움직였다.

산 위에서의 움직임이라고는 믿어지지 않을 만큼 날랜 동작으로 다가선 오크들은 글레이브를 위로 쳐들어 레이저를 겨냥한 채 거침없이 걸어왔다. 오크들의 면면을 확인한 레이저는 천천히 두 손을 들어올렸다. 그러나 항복의 의미는 아니었다. 레이저는 두 팔을 옆으로 펼친 채 오크들을 향해 달려들기 시작했다.

"잘 있었나, 이 친구들아!"

"레이저? 취이이익! 레이저구나!"

오크들 역시 고함을 지르면서 기쁜 듯이 캑캑거렸다. 단신의 오크들을 껴안기 위해 레이저는 재빨리 한쪽 무릎을 꿇었다. 그리고 레이저는 세 마리의 오크를 한꺼번에 끌어안으며 웃었다.

"루손! 이 친구야. 살 좀 빼라고 하지 않았나? 하하하. 여전히 풍만한데?"

"이놈아, 취이익! 네놈 역시 볼따귀에 살이, 취칙! 디룩디룩 붙어 있는 걸 보니, 취엑. 잘 먹고 지내는가 본데? 이놈 엉덩이 좀 봐라. 취엑!"

"아, 잘 먹고 잘 산다. 인마. 하하. 아니? 이게 누구야, 노라쉬! 드디어 정찰대에 소속된 모양이군?"

"취이이익! 당연하지요! 아저씨를 마지막으로 본 것이, 춧. 3년 전이군요?"

서로를 얼싸안고 좋아라 끼들거리던 레이저와 오크들은 잠시 후에야 평정을 되찾았다. 오크들 중 정찰대의 우두머리인 루손은 사마귀 투성이인 턱을 득득 긁으며 기분 좋게 말했다.

"그래, 취엑. 어쩐 일로 이렇게 왔지?"

"친구 보러 온 거지, 자식아. 아, 그래. 나크둠 잘 있나?"

"응? 어, 취, 어. 나크둠 말이야?"

루손은 잠시 당황했다. 오크와는 그렇게도 친한 레이저였지만 오크의 얼굴에서 이 정도의 불안이 떠오르는 것은 그렇게 많이 보지 못했다. 게다가 오크가 머뭇거리는 것을 보기는 거의 처음이었다. 번들거리는 작은 눈을 여기저기로 보내며 난감해하는 루손의 모습은 거의 희극적이었지만, 레이저는 크게 웃는 대신 걱정스럽게 말했다.

"뭐야? 나크둠에게 무슨 일이라도 있나?"

루손은 갑자기 고개를 돌리더니 침을 탁 뱉었다.

"제길. 취췻! 가면 알게 될 테니까, 취치치칙. 미리 말하지. 나크둠은 죽어가고, 췻, 있다."

"뭐라고? 싸움이라도 있었나?"

"싸움? 아, 취치치치……, 그래. 싸움이 있었지."

"다른 오크들과?"

"치익! 아냐!"

"그럼?"

루손은 다시 머뭇거렸다. 의아해하던 레이저는 루손을 자세히 살펴보고는 그가 겁을 집어먹고 있다는 것을 알게 되었다. 이게 어떻게 된 일이지? 루손은 마지못한 말투로 말했다.

"쳇! 취익. 거인이야."

"뭐라고? 거인? 무슨 농담을 하는 거야?"

"칵! 취악! 농담이 아냐! 거인이 나타나, 취익! 나타났어!"

레이저는 뭐라고 반문하려다가 먼저 다른 두 명의 오크들을 바라보았다. 그리고 그 오크들의 얼굴에 루손과 똑같은 공포가 떠올라 있는 것을 알게 되었다. 레이저는 잠시 입을 다물었다.

"이게 무슨 어처구니없는 일인지. 좋아, 일단 나크둠에게 안내해."

오크들은 고개를 끄덕이고는 곧장 몸을 돌렸다.

오로지 오크들과 대비해서만 그렇게 보인다는 말이지만, 어쨌든 오크들의 뒤를 따라가고 있는 레이저의 모습은 껑충하고 호리호리해 보였다. 그래서 그의 얼굴에 떠오른 수심을 더욱 강조하고 있었다. 날쌔게 산을 타는 오크들의 뒤를 별로 힘들이지도 않고 따라가면서, 레이저는 나크둠에 대해 생각해 보았다.

나크둠은 나이가 얼마인지 그 자신도 모를 정도로 늙은 오크다. 인간들과 싸우고, 때론 서로 싸우며(동족끼리도 싸운다는 점에서 오크와 인간은 으스스한 공통점을 가지고 있다.) 착실하게 평균 연령을 낮추고 있는 오크들의 사회에서 나크둠은 정말 희귀한 존재였다. 그 스스로는 언급하지 않지만 많은 오크들은 나크둠이 루스휴레인 전투에도 참가했다는 전설을 믿고 있다. 그 전설이 사실이라면 나크둠은 최소한 200세가 넘었다는 이야기가 된다. 레이저는 때때로 나크둠이 루트에리노 대왕의 시대에도 살고 있지 않았을까 하는 공상을 해보곤 한다.

하지만 그렇다고 해서 나크둠을 인간의 노인과 비슷한 모습으로 연상하면 곤란하다. 오크들의 사회에서 나이는 그만큼의 전투 능력이다. 그리고 나크둠은 불가피하게 싸워야 될 경우, 그러니까 상대 오크가 나크둠이 싫어하는 노래를 불러댄다거나 나크둠이 싫어하는 이빨 형태를 가지고 있는 경우 그 오크의 모습을 자신의 취향에 따라 재조립해 버릴 능력이 충분하다. 적어도 레이저가 아는 바로는 그렇다.

그런 불굴의 오크 나크둠이 죽어가고 있다고 한다. 바위에서 바위로 건너뛰며, 레이저는 조금 전에 들었던 이름을 생각해 보았다. 거인이라고? 거인이라면 오거나 트롤 같은 것을 말하는 것일까? 그러나 레이저는 섣불리 세워보았던 가설을 빠르게 포기했다. 오크들의 어휘 체계가 아무리 조악하다 한들 오거나 트롤 등을 보고서 '거인'이라고 표현하지는 않을 것이다. 그렇다면 진짜 거인인 것일까? 하지만 레이저로서는 그 가설도 빠르게 포기하고 싶었다. 거인이 이 대륙에 남아 있을 리가 없다, 절대로.

거대한 바위를 돌아간 곳에서 갑작스럽게 절벽이 나타났다.

숲으로 가려 있는 절벽 아래쪽으로 외부에서는 잘 보이지 않는 동굴의 입구가 보였다. 지면보다 조금 높은 동굴 입구로 바위와 자갈들이 정성스럽게 쌓여 경사로를 이루고 있었다. 드워프였다면 이곳에 돌계단을 만들고 그 주위에 석상까지 몇 개 세우고도 모자라서 심심풀이 삼아 미로를 몇 개 건설해 놓았을지 모르지만 이 동굴이 드워프의 동굴이 아니라 오크의 동굴이라는 점을 감안한다면 꽤 공을 들인 장소라 하겠다.

문지기 오크 노마라는 입구를 지킨다는 명분과 자신의 졸음을 잘 조화시키고 있었다. 입구에 주저앉은 채 졸고 있었던 것이다. 주르르륵! 갑자기 들려온 자갈 흩어지는 소리에 놀란 노마라는 고개를 들었다. 누군가가 경사로를 올라오고 있었던 것이다.

"으하하암……!"

기지개를 켜며 앞을 바라본 노마라는 그 자세 그대로 굳어버리고 말았다. 새벽녘의 검푸른 어둠 속에서 노마라가 볼 수 있었던 것들을 모조리 끌어모아 이끌어낸 최선의 결론은 정찰대로 나간 오크 세 명이 모두 돌았다는 것이다. 그렇지 않다면 어떻게 오크들이 인간과 저렇게 사이좋게 걸어 올라온단 말인가.

노마라는 발작적으로 글레이브를 꼬나들었다. 그러나 검푸른 새벽하늘을 등진 채 걸어오고 있던 인간은 멈추지도 않은 채 말했다.

"그래. 네 글레이브 멋지다. 잘 봤으니 이제 치워, 노마라."

"취이이이이익! 레이저!"

노마라는 글레이브를 집어던지고 곧장 앞으로 달려들었다. 훌쩍 뛰어오른 노마라를 껴안으며 레이저는 하마터면 허리가 부러질 뻔했다.

"이 자식아. 허리 부러지겠다! 빨랑 내려와. 그리고 이러고 있을 때가 아니다. 나크둠이 안 좋다던데?"

레이저를 껴안고 춤이라도 춰댈 듯한 모습이던 노마라는 곧장 시무룩한 모습이 되었다.

"취칙. 그래. 늙은 오크들이. 취이이익칙! 그는 곧 화렌차의 곁으로 갈 거라고 하더군. 취칙!"

레이저는 찌푸린 표정으로 동굴을 바라보았다. 새벽하늘에 던져진 검은 종잇조각 같은 것이 눈에 들어왔다. 부드럽게 날아든 박쥐는 위로 길게 갈라진 동굴의 틈을 매끄럽게 스치듯 하며 동굴 속으로 들어갔다. 그러고 보니 이제 동틀녘이군.

"안내해. 음, 시간이 시간이니 다들 잠자리에 들었겠군."

"아니, 그렇지 않아. 취이익."

"응? 무슨 말이야?"

노마라는 뭐라고 설명할 듯하더니 곧 루손에게 말했다.

"취익. 루손, 데리고 가서 보여줘."

"알았다."

다른 오크들은 돌아가고 루손이 레이저를 안내했다. 루손은 그대로 동굴 속으로 들어가려다가 레이저를 흘긋 바라보고는 아무 말 없이 동굴 입구 옆에 쌓인 짐무더기 쪽으로 걸어갔다. 온갖 잡동사니를 집어던지며 짐무더기를 뒤지던 루손은 잠시 후 그럭저럭 쓸 수는 있을 듯한 홰 하나를 발견해서는 레이저에게 건네었다.

"안 보이지?"

"고마워."

레이저는 홰를 받아들고 잠시 눈을 감았다. 그가 눈을 팍 뜬 순간 홰에서는 화르르르 소리와 함께 불이 피어올랐다. 루손은 눈을 찡그리며 물러났고 레이저는 횃불을 조금 위로 쳐들었다.

레이저와 한번이라도 도박을 했던 도박사가 이 광경을 보았다면 레이저를 죽이려 들었을 것이다. 설령 프리스트와 도박을 할 수는 있을지 모른다, 속이지는 않을 테니까. 하지만 마법사라니! 레이저가 아무리 도박할 때는 절대로 마법을 사용하지 않는다고 변명한다 하더라도 통할 리가 없다.

'당연하지.' 레이저는 생각했다. '간혹 마법을 쓰기도 하거든?'

그다지 잘 만들어진 홰는 아니어서 매캐한 연기가 피어올랐지만 캄캄한 동굴 속을 걸어갈 정도의 조명은 충분했다. 레이저는 루손의 뒤를 따랐다.

"오크들이 왜 안 자고 있다는 거야?"

레이저의 질문에 대한 루손의 대답은 꽤 긴 시간이 지나서야 들려왔다.

"취익. 그의 임종을 기다리고 있다."

통로를 걸어가는 동안 느닷없이 비치는 불빛에 많은 오크들이 당황했다. 그러나 그들은 모두 레이저를 알아보았고 그에게 최상의 환대를 보내었다. 물론 모두 오크식의 환대였기에 레이저로서는 온몸에 멍이 들 지경이었다. 레이저는 할 수 없이 횃불을 조금 흔들어 그들이 지나치게 다가오지는 못하도록 해야 했다. 최소한 주먹으로 등을 후려치기에는 어려운 거리만큼. "하하! 취취이악! 레이저 아닌가!" 퍽! 으윽.

그러나 레이저가 예상했던 것만큼의 환대는 아니었다. 오크들이 오랜 친구 레이저를 보게 되어 몹시 기뻐하고 있다는 점은 유피넬과 헬카네스의 이름을 걸고 맹세할 수 있었다. 하지만 동시에, 이제는 들고 다니지 않는 그의 지팡이의 이름을 걸고, 그들이 상당한 불안감과 슬픔을 억누르고 있다는 점도 맹세할 수 있었다.

나크둠은 정말 죽어가고 있는 것일까?

나크둠은 그 점에서도 독특하다. 비록 동료 오크들에 대한 분해 재조립 취미가 있었다지만 그것은 오크에게는 일상사였다. 그는 정말 존경받는 오크였으며, 그래서 이 오크들은 '슬퍼하고' 있는 것이다.

레이저가 돌아왔다는 소식은 곧장 동굴 곳곳으로 전해졌다. 그래서 레이저는 잠시 후 떠들썩한 오크의 대무리를 이끌고 동굴 가장 깊은 곳, 나크둠의 방이 있는 곳으로 걸어갔다. 방이라고 해봐야 갈라진 작은 동굴 하나에 모피 하나를 커튼처럼 붙여둔 것에 불과하지만.

레이저가 나크둠의 방에 다가섰을 때였다.

"그르르……, 어떤 녀석이야! 취익! 누가, 쿨럭! 츄우웃! 불을 피우는 거야!"

휘익! 하마터면 오크들의 친구, 올로레인 학파의 마지막 전승자, 사기 도박사 레이저는 유명을 달리할 뻔했다. 모피를 뚫고 날아온 손도끼는 레이저의 다리 사이를 지나쳤다. 아마 틀림없이 복부 쪽을 겨냥하고 집어던진 것일 게다. 까깡! 땡그렁! 레이저를 빗맞춘 손도끼는 뒤의 동굴 벽에 맞아 요란한 소리를 울렸다. 그 소리는 넋이 나가버린 레이저에게 아직 한 번은 더 떠오르는 태양을 바라볼 수 있음을 깨닫게 해줌과 동시에 도끼의 투척자에게 겨냥이 빗나갔음을 알려주는 효과도 가져왔다. 모피 안쪽에서 미친 듯한 고함 소리가 들려왔다.

"미친놈! 불을 꺼어엇! 취이익! 불을 끄라고! 켈록!"

레이저는 루손이 허벅지를 툭툭 건드리자 간신히 제정신을 차렸다. 루손은 말없이 손을 내밀었고 레이저는 고마움을 느끼면서 횃불을 그에게 건넸다. 루손은 잔뜩 찡그린 얼굴로, 그러나 아무 말 없이 횃불을 받아들어 높이 쳐들었다.

레이저는 모피를 걷어올리기 전에 먼저 조심스럽게 말했다.

"나크둠, 나 레이저입니다."

"취, 칵! 쿨럭. 불을 끄라니까!"

"나크둠! 나 레이저란 말입니다. 갬블러, 아니 인간 레이저요!"

"불을 끄라니까! 쿠, 쿨럭! 이놈들! 취이이익! 나를 벌써 죽은 놈 취급하는 거야! 취이익! 날 태우려는 거냐!"

미친 듯한 고함 소리와 기침 소리는 동굴 속에서 몇 배나 증폭되어 레이저의 귀를 거의 먹어버리게 만들 지경이었다. 피가 머리 끝까지 솟아오르는 것을 느끼며 레이저는 모피를 확 걷었다.

"나크둠!"

그 외에 다른 어떤 말도 꺼내놓지 못했다. 등 뒤에서 비쳐드는 미약한 불빛 아래 드러난 나크둠의 모습을 본 순간 레이저는 딱딱하게 굳어버리고 말았다.

레이저의 머리의 두 배는 됨직한 머리나, 당장이라도 비어져나올 듯이 꽉꽉 뭉쳐진 어깨의 힘줄 같은 것은 레이저가 알고 있던 나크둠의 모습 그대로였다. 상체 곳곳에 새겨진 하얀 상처들은 불굴의 오크의 지나온 날을 증명하고 있었다. 하지만 조금 전 발광하면서 걷어차 버린 모포 아래 그의 하체는 말이 아니었다. 나크둠의 허리 아랫부분을 표현하기에 적당한 말은……. 레이저는 요리를 위해 다져둔 고깃덩이를 떠올렸다. 엉망진창으로 찢어진 살 곳곳에서 비죽이 튀어나와 있는 하얀 뼛조각들은 산산이 박살나 있었다. 다리 아래에 흘러내린 피는 걸쭉하게 반쯤 굳어 있었지만 나크둠이 발광할 때마다 요란하게 철벅거렸다.

"오, 화렌차여!"

레이저는 간신히 그렇게 말하며 앞으로 쓰러지듯 달려들었다. 그러나 그 순간 재빨리 그의 허리를 낚아채는 손이 있었다. 눈물이 그렁그렁한 눈으로 돌아보자 루손이 그를 단단히 붙잡고 있었다.

"취익. 다가가지 마. 물어뜯어 죽일지도 모른다. 취취칙! 그는 미쳤어, 고통과 공포 때문에. 취이이익!"

레이저는 다시 고개를 돌렸다. 그래, 미치지 않는 것이 이상하다. 저런 고통 속에서 아직 살아 있는 것이 신비로울 정도다. 나크둠이기에 아직도 살아 있는 것이리라.

레이저는 천천히 손을 내려 루손의 손목을 붙잡았다.

"치워. 나는 친구를 시체 취급하는 취미는 없다. 그와 이야기를 나눠야 해."

루손은 고개를 가로저으며 손에 더욱 힘을 가해 왔다. 레이저에게는 루손의 강인한 팔을 치워버릴 만큼의 힘이 없었다. 하지만 레이저는 눈을 치켜뜨며 낮게 말했다.

"손 치우지 않으면 태워버리겠어!"

루손은 으르렁거리며 그를 올려다보았지만 레이저는 눈을 돌리지 않고 똑바로 마주보았다. 잠시 후 루손은 체념한 듯한 모습으로 손에서 힘을 뺐다. 레이저는 나크둠에게 다가갔다.

보이지 않는 모양이다. 횃불 빛에 불과하지만 오크에겐 너무 강한 빛이었고, 게다가 고통 때문에 시력이 거의 상실된 모양이다. 발광하고 있는 나크둠의 시선은 이리저리 번뜩였지만 레이저에게 맞춰지지는 못했다. 레이저는 심호흡을 하고는 천천히 나크둠 옆에 한쪽 무릎을 꿇었다.

"나크둠."

"크아아아악! 불을 치우란 말이다! 어떤 놈이냐! 취이이이각! 쿨, 쿨럭! 오냐, 나를 죽이러 왔구나! 루손이냐? 킬림보냐! 쿠우울럭!"

"나크둠, 제발! 납니다. 레이저라고요!"

나크둠은 잠시 어리둥절한 듯했다. 오크의 목소리가 아니었다. 레이저는 희망에 찬 표정으로 나크둠의 안색을 살폈다. 그러나 곧 나크둠은 눈빛을 희번덕거리며 으르렁거렸다.

"솔로처!"

레이저는 기가 막혀서 말도 나오지 않았다. 맙소사, 솔로처라니! 300년 전의 마법사 아닌가! 나크둠은 아마도 어린 시절에 듣던 옛이야기 속의 마법사를 떠올린 모양이다. 정신 구조 자체가 거의 붕궤된 것이 아니면 나올 수 없는 퇴행 현상. 더 참을 수 없게 된 레이저는 자신도 모르게 두 손을 뻗어 나크둠의 어깨를 움켜쥐었다.

"나크둠!"

죽으려고 작정한 것이나 다름없다. 레이저의 손이 어깨에 닿자 나크둠은 곧장 레이저의 위치를 파악했다. "취이이이이익!" 화살처럼 날아온 나크둠의 손이 레이저의 목에 휘리릭 감겼다. 그리고 끔찍하게 굵은 열 개의 손가락이 거침없이 레이저의 목을 조르기 시작했다.

"컥, 나, 나크둠!"

레이저는 미친 듯이 나크둠의 손을 떼어내려고 했지만 힘으로 해서 나크둠의 상대가 될 리가 없다. "레이저어!" 루손이 곧장 햇불을 휘두르며 다가섰다. 루손은 침착하고도 냉정한 동작으로 햇불을 들이밀었다. 나크둠은 눈 바로 앞으로 다가오는 햇불에 경련을 일으켰다. "쿠아아아악!" 그러나 레이저의 목을 움켜쥔 손은 놓질 않았다. 루손은 비장한 표정을 짓더니 횃불을 위로 쳐들었다.

"안 돼, 루소온!"

루손은 레이저의 고함 소리에 주춤하며 횃불을 거둬들였다.

"기다려봐, 기다려!"

레이저의 연이은 고함 소리에 루손은 어깨로 숨을 쉬면서 뒤로 물러났다.

"레이저? 취긱, 괜찮나?"

"그래. 손에서 힘을 뺐어! 나크둠, 나크둠?"

툭. 레이저의 목을 감아쥐고 있던 나크둠의 손이 아래로 떨어졌다. 레이저는 섬뜩한 기분을 느끼며 재빨리 나크둠의 가슴에 귀를 가져갔다. 그때 나크둠의 손이 다시 튕겨지듯 솟아올랐다. 나크둠의 손이 머리에 닿는 순간 레이저는 피가 식는 기분을 느끼며 눈을 감았다.

"레이저인가."

놀랍도록 똑똑한 발음. 레이저는 고개를 번쩍 쳐들었다. 여전히 초점이 맞지 않은 나크둠의 눈은 그를 향하고 있지 않았다. 하지만 오크의 표정을 인간의 표정만큼이나 분명하게 구별하는 레이저는 나크둠의 눈에 미소 비슷한 것이 떠올라 있다는 것을 알 수 있었다.

"나크둠!"

"너무 밝군. 취르르……. 네 얼굴이 보이지 않아. 거기, 취익! 횃불을 들고 있는 녀석이 누군지는 모르지만, 옆으로 좀 비켜. 취이익! 대가리에 뭐가 든 녀석이야."

루손은 반가움으로 침을 질질 흘리며 옆으로 비켜났다. 횃불 빛이 멀어지자 이젠 거꾸로 레이저에게 나크둠의 얼굴이 잘 보이지 않게 되었다. 나크둠은 레이저의 머리를 만지던 두 손으로 그의 머리를 붙잡아서는 천천히 자신의 얼굴 가까이로 가져왔다. 나크둠의 숨결에서 느껴지는 비릿한 냄새는 레이저에게는 그가 살아 있음을 확인시켜 주는 증거나 다름없었다.

"껄껄. 레이저로군. 취이익! 돈 많이 벌었나?"

"나크둠."

"아, 그래. 취익. 넌 돈보다는 암컷에 관심이 많았지. 암컷들은 많이 가졌나? 취이이익."

나크둠의 따스한 관심은 레이저로 하여금 눈물을 펑펑 쏟아내게 만들었다. 나크둠은 노회하고 현명한 오크였기에 인간 사회의 보편 가치를 이 정도로 이해하고 있었다. 레이저는 눈물로 범벅이 된 얼굴을 흉하게 찡그리며 벌쭉 웃었다.

"아니오. 하하. 전 인간 암컷들에게는 인기가 없습니다."

"컬컬컬! 취이익!"

기분 좋은 코울림 소리를 내던 나크둠은 다시 안온한 표정을 지으며 말했다.

"죽기 전에 네 얼굴을 보다니. 취익! 화렌차가 보낸 선물인가 보군."

"무슨 말씀을 하십니까, 나크둠. 일어나셔야지요. 강으로 예, 나크둠, 제가 아직 지키지 못한 약속이 있지 않습니까? 수영을 가르쳐드린다고 했지요. 강으로 갑시다, 나크둠. 이번엔 기필코 그 약속을 지키겠습니다."

"이 다리로 수영을? 핫하하!"

나크둠의 핀잔에 레이저는 아랫입술을 깨물고 말았다. 이런 멍청이! 스스로를 비판하기 위해 머릿속에 온갖 욕설을 주욱 늘어놓고 심사하고 있던 레이저를 향해 나크둠은 싱긋 웃었다.

"넌 여전하군, 레이저. 취치칙."

"도대체 이게 어떻게 된 일입니까?"

아무리 어두웠지만, 레이저는 그 순간 불굴의 오크의 얼굴에 떠오른 표정을 똑똑히 알아볼 수 있었다. 희디흰 공포의 빛깔. 나크둠의 몸이 가늘게 떨리기 시작했다.

"나크둠?"

"거인이야."

"예?"

"멍청아. 취이익! 너는 이 산의 이름도 모르냐?"

갑자기 혼돈스럽게 진행되는 대화에 레이저는 얼떨떨해졌다. 산의 이름? 그가 뭐라고 대답하기 전에, 나크둠은 씹어뱉듯이 말했다.

"그덴 산의 거인, 그덴 산의 거인 말이다!"

레이저가 보여준 반응은 나크둠을 분노하게 만들었다. 레이저는 허탈한 한숨을 내쉰 것이다. 조금 전에는 솔로처의 이름을 부르더니 이젠 그덴 산의 거인인가? 아무래도 그는 옛날, 잠도 자지 않고 늙은 오크들의 이야기를 너무 열심히 듣던 어린 오크였던 모양이다. 레이저는 슬픈 표정으로 말했다.

"나크둠. 그덴 산의 거인은 죽었습니다. 300년도 더 전에 드래곤 슬레이어 루트에리노 대왕과 신궁 우타크, 그리고 양치기 차넬에게 죽었다고요."

"취이익! 네 이놈! 그렇다면 넌 내 상처를 어떻게 설명할 테냐!"

상처? 레이저는 조금 전 횃불 빛에 떠올랐던 나크둠의 하체를 떠올렸다. 그의 목 뒤가 아프도록 경직했다. 비록 한 번도 그런 것을 본 적은 없었지만, 나크둠의 상처는 그야말로 '거인이 집어던진 바위에 깔린' 듯한 상처였다. 정말 거인이라도 하나 나타난 것일까?

"하지만 나크둠. 당신도 알지 않습니까? 그덴 산의 거인은 300년 전에……."

"취킥! 닥쳐라, 이놈아! 한 번만 300년이 어쩌고 했다가는 네놈의 혀를, 쿨럭! 쿠, 쿠우울럭!"

나크둠은 허파를 토해 놓을 듯한 격심한 기침을 했다. 부들부들 떨리는 그의 몸을 억누르기 위해 레이저는 혼신의 힘을 기울여야 했다. 안 돼, 너무 누르면 안 돼! 그럼 호흡이 불가능해! 머리 한편의 이성은 그에게 계속해서 경고를 보내왔지만 레이저는 어느새 자신도 모르게 나크둠을 거의 껴안듯이 한 채 내리누르고 있었다.

기침은 시작되었던 것만큼이나 순식간에 멎었다. 나크둠은 숨도 돌리지 않은 채 말했다.

"들어라! 촷! 오른쪽 눈이 멀었다. 칙! 칙! 오른쪽 다리 뒤에는 시커먼 상처가 있다! 취이익! 넌 그런 모습의 100큐빗 크기의 거인이 뭐라고 생각하느냐!"

레이저는 혀를 깨물 뻔했다. 그러나 다음 순간 레이저는 나크둠이 환상에 시달리고 있을지도 모른다는 생각을 떠올렸다. 도저히 믿을 수 없는 나크둠의 진술에 대해 자신이 내놓을 수 있는 최선의 설명을 확인받기 위해, 레이저는 재빨리 루손에게 고개를 돌렸다.

그러나 루손은 고개를 끄덕였다. 그것도 힘주어.

레이저는 미칠 것 같았다. 주위의 모든 상황을 인정하고 싶지 않은 그의 정신은 아득한 옛날, 기억도 희미한 추억 속으로 도피하기 시작했다. 의자에 앉은 어머니의 발치에서 뒹굴며 듣던 그 옛날이야기의 추억 속으로.

그덴 산의 거인을 완전히 속여 넘긴 우타크와 차넬은 마침내 그의 심복으로 받아들여졌다. 그리고 루트에리노 대왕이 그덴 산의 거인에게 도전장을 보냈을 때 자신의 무릎에도 닿지 않는 인간의 거만한 도전장은 그덴 산의 거인을 반쯤 미치도록 만들었던 것인데, 우타크와 차넬은 더욱 광분하는 모습을 보여주었다. 그들이 주워 삼킨 저주와 욕설을 모조리 거론하는 것은 무의미할 것이다. 우타크는 루트에리노 대왕의 몸에 몇 개의 화살을 꽂을 수 있는지를 궁금해 했고 차넬은 루트에리노 대왕의 내부 기관의 모습에 대한 호기심을 피력했다고만 하자. 결국 그덴 산의 거인은 루트에리노 대왕으로 하여금 어제의 부하들의 공격 아래 죽음을 맞이하도록 하면 어떨까 하는 생각을 떠올리게 되었다.

우타크와 차넬은 당연하게도 그 제안을 수용했다. 우타크는 도무지 빗나가지를 않는 그의 활을, 그리고 차넬은 헤게모니안이 루트에리노 대왕에게 보낸 선물 중 가장 값진 것이었다는 그의 검을 힘차게 부여잡았다.

그러나 결전의 순간, 우타크의 활은 최초로 엉뚱한 과녁을 겨냥하게 되었다. 루트에리노 대왕의 심장을 겨냥하던 우타크의 활이 빙그르르 돌며 자신을 향하는 것을 보았을 때까지도 그덴 산의 거인은 단지 의아함만을 느꼈다. 그러나 날아온 화살은 무참하게 그의 오른쪽 눈을 유린했다. 경악과 고통, 그리고 분노로 발광하는 거인의 다리 사이를 빠져나간 차넬은, 양치기 차넬답게 조용하고 깔끔하게 거인의 오른쪽 다리를 절개했다.

남아 있는 왼쪽 눈으로 루트에리노 대왕을 바라보고, 멀어버린 오른쪽 눈으로 지옥을 바라보며, 거인은 포효했다. 그 포효 소리는 멀리 자이펀까지도 울려퍼졌다고 한다. 지금도 그덴 산의 산봉우리를 지나치는 산 폭풍은 거인의 포효라는 이름으로 불린다.

"커르, 쿨럭! 그덴 산의 거인이야. 취이이엑……, 갑자기 나타났어. 나는 싸웠어. 취, 취이익! 그러나 거인은 바위를 던졌어. 화렌차여! 취이익! 레이저, 너도 알지? 길잡이 바위 말이야. 취이익! 쿨럭! 켁! 그걸 던졌다고! 그게 굴러가다가, 헉, 취헉! 내 다리를 뭉개놓았어. 치착!"

레이저는 자신이 아랫입술을 떨어져나갈 정도로 깨물고 있다는 것을 깨닫지 못했다. 나크둠의 작은 눈에는 한없는 공포가 담겨 있었다.

"이제 모두 그덴 산에서 떠나야 돼. 발 달린 것은 걸어서. 날개 달린 것은 날아서. 춋. 발도 날개도 없는 것은 기어서……. 그래, 난 가야 해! 취이익! 뱀처럼 기어서라도 가겠다! 난 뱀이야!"

"나크둠!"

"레이저, 레이저! 츄, 취이익! 나를 데리고 가줘, 응? 췻, 취치칙!"

나크둠은 사방으로 걸쭉한 침을 날려보내며 미친 듯이 머리를 흔들었다.

"나를 데리고 가! 제에에발! 부탁이야, 부탁한다고!"

어느새 나크둠의 눈은 다시 광기로 희번덕거리고 있었다. 레이저는 돌멩이라도 하나 삼키는 듯한 기분을 느꼈다. 나크둠은 레이저의 목에 매달리며 고래고래 고함질렀다. 제발 그를 데려가 달라고, 비굴하게. 나크둠이 비굴하게 외치고 있었던 것이다. 레이저가 단 한 번도, 보게 될 것이라고는 상상도 못해 보았던 모습으로.

"살려줘, 살려달라고! 취킥! 제발, 레이저. 응? 나를 데리고 가. 취익 취익. 난 걸을 수 없어. 저놈들은 나를 죽일 거야, 너 외엔 아무도 없어! 취, 췻! 쿠울럭! 허어, 쿠후울럭! 레이저어!"

레이저의 귀에는 더 이상 아무 말도 들리지 않았다. 레이저는 두 손으로 귀를 틀어막은 채 나크둠의 가슴에 얼굴을 파묻었다. 그의 눈에서 흘러나온 눈물이 나크둠의 가슴을 흠뻑 적셨다.

루손은 조용히 횃불을 집어던졌다.

동굴 안은 삽시간에 캄캄해졌으며, 그 암흑 속에서 나크둠의 고함소리는 점점 잦아들었고 레이저의 울음소리는 점점 커졌다.

6

제레인트는 감개무량한 표정으로 눈앞을 가로막은 계곡을 바라보았다.

"멋집니다!"

그 옆에는 아프나이델이 제레인트와 완전히 상반된 표정을 짓고 있었다. 허옇게 질린 얼굴로 계곡을 내려다보고 있던 아프나이델은 힘없는 목소리로 말했다.

"정말 무시무시해 보이는 장소로군요."

"예. 기대를 저버리지 않는군요! 그렇다면 저 계곡 바닥에 솔로처가 잠재운 100명의 데스나이트들이 있겠지요? 굉장하겠습니다."

아프나이델은 질린 표정으로 제레인트를 바라보더니 다시 고개를 돌려 눈앞의 콜로넬 계곡을 바라보았다. 그리고 발작적으로 세레니얼의 안장을 움켜쥐었다. 분명 절벽 끄트머리와는 20큐빗 이상의 거리가 있었지만 그 현실적인 거리는 아프나이델에게 안정감을 주는 데 아무런 기여를 하지 못했다.

평평히 이어지던 데이든 평원 가운데로 거대한 칼날이 지나친 것 같은 모습의 콜로넬 계곡은, 언뜻 바라보아서는 도대체 어떻게 이런 지형이 생겨났는지 이해할 수 없는 형태였다. 먼 옛날 이 데이든 평원에는 아름다운 콜로넬 수원(水原)이 있었다. 호수나 연못이라는 이름으로 불리는 대신 수원이라는 좀 이상한 이름으로 불린 까닭은 그것이 그야말로 수원이기 때문이다.

이슬의 여왕, 혹은 밤의 여왕이라는 이름으로 불렸던 산과 은닉의 일세인은 지상에 마지막까지 남아 있었던 신이었고 그녀가 바로 콜로넬 수원의 주인이었다. 콜로넬 수원에 밤이 찾아올 때마다 일세인은 이슬의 전달자들을 대륙 전역으로 파견했다. 그랬기에 콜로넬 수원은 호수나 연못이라는 이름 대신 대륙의 모든 이슬의 원천이라는 의미에서 수원이라는 이름을 얻게 되었다.

그랬기에, 콜로넬 수원에서 흘러나온 콜로넬 강물은 높은 산에서 낮은 바다로 흐르는 보통의 강물과는 달리 평탄한 땅 위를 흘러야 했다. 콜로넬 수원의 물은 마르지 않고 계속 솟아나왔기에 콜로넬 강은 데이든 평원을 깊숙이 침식하며 바다로 흘러갔다. 그래서 눈앞에 보는 것과 같은 깊이 천 큐빗, 길이 20펜큐빗에 달하는 협곡이 만들어진 것이다.

그리고 데스나이트가 이 땅을 찾아들었다.

아무도 그들이 어디서 왔는지, 왜 도래했는지 알지 못했다. 하지만 일부 신학자들은 세상에 마지막까지 남아 있던 신이 계신 장소는 늦든 이르든 간에 어둠의 세력의 공격 목표가 되는 것이 당연하다는 견해를 밝히곤 했다. 그 견해가 맞는지 어떤지는 모르지만 데스나이트의 준동에 일세인은 결국 이 땅을 떠나야 했다. 그 이후로 데스나이트는 오랜 세월에 걸쳐 콜로넬 협곡을 장악하고는 핸드레이크의 마지막 전인 무지개의 솔로처가 그들을 잠재울 때까지 사우스그레이드 전역을 공포로 몰아갔다.

마지막 신은 이 땅을 떠나고, 마지막 대마법사의 전설은 바람에 흩어지고, 남은 것은 황야와 이 깊은 협곡뿐. 스산한 바람은 살아 있는 자에 대한 망자의 애가와 같은 휘파람을 불어젖혔다.

아일페사스는 생긋 웃으며 상당히 독창적인 표현을 사용함으로써 제레인트와 아프나이델을 놀래게 만들었다.

"마치 땅이 찢어진 것 같네요. 그렇잖니, 엑스 오빠?"

"이놈아, 제발 말 좀 똑바로 하거라!"

"제 말은 제 개성이야."

아일페사스는 어깨를 으쓱거렸고 그 동작의 정확함은 아프나이델에게 감명을 주었다. 거의 인간과 똑같은 동작인걸. 엑셀핸드가 부들부들 떨리는 손을 안장에 매달아 둔 배틀 액스를 향해 뻗치는 것을 무시하면서, 아일페사스는 다시 콜로넬 협곡을 바라보았다.

"저희 집에도 이런 게 많이 있어."

아프나이델은 고개를 갸웃했다. 저희 집? 아일페사스의 집이라면 카르 엔 드래고니안, 대미궁이다.

"이런 거라니? 협곡 말이야?"

협곡을 많이 있다고 표현하지는 않았을 것이다. 역시 아일페사스는 고개를 가로저었다.

"아냐. 그것 말고요. 있잖아, 그거! 음, 뭐라고 하지요?"

"바람? 돌? 흙? 잡초? 지평선? 구름? 세상에 넘치는 테페리의 사랑?"

제레인트는 주위를 주욱 둘러보면서 낭랑한 목소리로 눈에 들어오는 모든 것의 이름을 부르기 시작했다. 아일페사스는 그런 제레인트를 바라보더니 진지한 어조로 말했다.

"지금 이 곳에는 네 가지 종족이 있어. 드래곤, 드워프, 인간, 그리고 하나가 더 있네요."

"그게 뭔데? 펫시."

"바보."

"그럼 못써, 펫시. 어서 아프나이델에게 사과해."

"네가 바보예요, 제리."

아일페사스와 제레인트가 농담을 주고받는 동안에도 아프나이델은 어깨를 움츠린 채 협곡을 바라보았다. 아일페사스는 뭐가 많다는 말을 하고 싶었던 것일까. 아프나이델은 그녀에게 질문하려고 했다. 그러나 이미 그 주제에 대해 관심을 잃은 아일페사스는 협곡 건너편을 바라보며 말했다.

"그런데 이걸 어떻게 건너? 날아가요?"

"아니, 아일페사스. 저쪽으로 한 1펜큐빗 정도 가면 내려가는 길이 있어."

"내려가서는?"

"건너편에는 올라가는 길이 있지."

"아아, 귀찮아요. 날아 건너는 것이 낫겠어요. 제리. 저 날아보면 안 돼? 저는 날개가 있는 종족이라고요. 드래곤이 계곡을 오르락내리락해야 된다는 거 우습잖아요?"

제레인트는 고개를 가로저었다.

"추락사하는 드래곤은 더 우스워. 그런 걸로 역사에 이름을 남기고 싶은 거야?"

"에에에엑!"

아일페사스는 제레인트를 향해 혀를 낼름거려 보이고는 재빨리 일행의 앞쪽으로 자신의 말 센추리온을 몰아갔다. 센추리온의 항의를 코끝으로도 듣지 않고 그녀는 계곡을 내려다볼 수 있을 정도로 낭떠러지에 바싹 다가갔다. 제레인트는 유쾌한 표정으로 그 뒷모습을 바라보았지만 아프나이델의 경우에는 협곡에서 불어오는 바람이 그녀의 가벼운 몸을 휘감아 버릴지도 모른다는 불안감에 몇 번이나 절벽에서 멀어지라고 재촉했다. 그때마다 아일페사스는 짓궂은 표정을 지으며 일부러 절벽 가장자리로 센추리온을 몰아가, 결국 아프나이델은 아무 말도 하지 않게 되었다. 엑셀핸드는 고개를 푹 숙인 채 조용한 태도로 아프나이델의 등 뒤에 앉아 있었지만 아프나이델은 그가 몇 번이나 되풀이해서 "드래곤 로드를 뵐 면목이 없어."라는 말을 중얼거리는 것을 들었다.

콜로넬 협곡을 제외하면 주위로는 아무것도 볼 것이 없는 평야였다. 가장 가까운 산이 지평선에 그 허리 아래를 감추고 있을 만큼 광막한 대지 데이든 평원. 따라서 바람은 거칠 것 없이 불어대었다. 때로는 말의 무릎까지 올라올 정도로 자란 잡초들이 마치 파도치듯 흩날렸다. 그러나 대부분의 땅은 노출된 흙이나 바위였다.

우울한 표정으로 그 을씨년스러운 광경을 바라보고 있던 아프나이델은 기분 전환 삼아 제레인트에게 말을 걸었다.

"그런데, 프리스티스 에델린은 왜 이루릴 양을 납치한 걸까요?"

역시 기분 전환 삼아 로드를 뻗어 잡초의 머리를 툭툭 치고 있던 제레인트는 반갑다는 듯이, 그러나 동시에 불안한 표정으로 말했다.

"짐작하기가 어려워요. 그녀가 단독으로 그런 행동을 했을 거라고는 보지 않습니다. 그처럼 신실하며 명망 높은 프리스티스가 한 행동이라면, 역시 그랜드스톰의 의지라고 보고 싶군요. 그런데, 우리에게 도움을 요청하고 있습니다. 왜일까요? 나는 이루릴 양이 에델린 양에게 거칠게 반항하거나 하는 모습을 상상할 수는 없습니다."

잠자코 듣고 있던 아프나이델은 조용히 반론을 제기했다.

"그런데 말씀하신 그 두 가지 상황은 서로를 배신하고 있습니다."

"예?"

"만일 이 이상한 사건이 그랜드스톰의 의지라면, 왜 우리에게 도움을 요청하는 것일까요? 그랜드스톰에 인물이 없어서? 그렇지는 않을 겁니다. 그랜드스톰이 원한다면 엘프 한 명을 강제하는 것이 불가능하지는 않을 것 같습니다. 그렇다면 에델린 양의 단독 행동 아닐까요?"

"아아, 그렇군요. 마법사답네요. 하하."

제레인트는 그냥 웃어버렸고 아프나이델은 힘없이 웃었다. 역시 프리스트와 뭔가에 대해 토론하는 것은 어려워, 특히 테페리의 프리스트와는. 그들은 진실을 알고 있는 사람들이다. 그러나 토론은 진실을 모르는 사람들이 하는 것이다. 그러나 우리는 모르기 때문에 인간다울 수 있는 것 아닐까. 미래를 모르고, 의미를 모르고, 이유를 모르고.

인간에 대해 생각하던 아프나이델은 고개를 들어올려 멀리 앞장서서 걸어가고 있는 아일페사스의 뒷모습을 바라보았다. 그리고 어느새 거리가 꽤 떨어졌다는 것을 깨달았다. 저 드래곤의 어린 레이디는 어떻게 저리도 빨리 말에 익숙해진 것일까? 아일페사스는 경쾌하기 짝이 없는 모습으로 걸어가고 있었다. 아프나이델은 히죽 웃었다. 아일페사스는 멈춰 서더니 뒤를 돌아보며 외쳤다.

"저거야?"

아일페사스에게 다가간 일행들은 절벽 가장자리에 세워진 두 개의 바위를 발견했다. 바위는 둘 다 길이가 40큐빗은 될 것 같은 거대하고 길쭉한 형태였으며 서로를 의지하며 V자를 뒤집은 것처럼 비스듬하게 서 있었다. 입구처럼 보이는 그 바위들 뒤로는 과연 아래로 내려가는 길이 보였다.

제레인트는 건너편 절벽을 바라보았다. 과연 아스라이 보이는 건너편 절벽에도 이쪽과 유사한 구조물이 보였다. 그리고 절벽의 거대한 위용 때문에 거의 실처럼 보이는 작은 길이 협곡 아래쪽에서부터 절벽을 타고 올라 그 바위들에 연결되어 있는 것도 보였다. 길은 좌우로 여러

번 꺾이며 끊어질 듯 간신히 이어져 있었다. 아일페사스는 그 광경을 바라보며 불평했다.

"너무 내려가고, 너무 올라가야 되잖아! 저걸 좀 봐요. 내려가는 것은 괜찮다고 하더라도 저 길을 어떻게 올라간단 말이에요? 그렇잖아? 저 날아갈 거야. 응!"

아일페사스는 아직 충분히 단단하지도 못한 그 날개로도 이 정도의 협곡은 넘어갈 수 있다고 주장하기 시작했다. 제레인트는 웃기만 했고 엑셀핸드는 아프나이델에게 '저 녀석 묶을 정도의 밧줄은 있지?' 어쩌고 하는 질문을 해왔다. 아프나이델은 잠시 고민한 다음, 짧고 분명하게 말했다.

"와인 한 잔. 다음 마을에서."

"뮤러카인 사보네!"

"좋아."

아일페사스는 곧장 바위 문을 향해 걸어갔다. 아프나이델은 히죽 웃으며 그 뒷모습을 바라보다가 엑셀핸드가 등을 두드리는 바람에 고개를 돌렸다. 엑셀핸드는 입을 쩍 벌린 채 말했다.

"저 애에게 술을 주겠다고?"

"예. 그렇게 원하는데 안 주는 것도 이상하지 않습니까? 그리고 한 잔인걸요."

"맙소사, 드래곤 로드께서 이 일을 알게 되면 어쩌려고?"

아프나이델은 다시 벙긋 웃었다. 조금은 신경질적으로 생긴 얼굴이었지만 미소 하나만큼은 그 스스로도 나쁘진 않다고 생각하는 미소였다.

"드래곤 로드께서 그녀가 드래곤으로 자라기를 원했다면 우리에게 그녀를 맡길 까닭도 없겠지요."

"뭐야?"

"그 의도는 모르겠습니다만, 어쨌든 드래곤 로드께서는 그녀가 인간 사회에서 살아갈 능력을 갖게 되기를 원하시는 것 같습니다. 그게 아니라면 어쨌든 인간 사회에 대해 이해는 할 수 있어야 된다고 생각하신 것일 수도 있고요."

"뭣 때문에!"

아프나이델은 묵묵히 엑셀핸드의 얼굴을 바라보다가 다시 고개를 돌려 앞을 바라보았다.

"엑셀핸드, 위대한 노커여. 당신은 왜 우리들과 함께하고 있습니까?"

"뭐라고? 그야 제레인트 저놈이 아비스로 가겠다고 했기에 따라나선 것 아니냐. 지금은 거꾸로 돌아가고 있긴 하지만."

"농담하지 마십시오, 엑셀핸드. 당신은 노커입니다. 드워프들이 안목이 없어서 당신을 노커로 선택했다고는 생각되지 않습니다."

엑셀핸드는 아무런 대답도 하지 않았다. 아무리 친구라도 할 수 없는 말이 있는 법이다. 드워프의 노커 엑셀핸드는 세상의 주도권은 이제 영구히 인간의 손에 있음을, 그리고 이대로 있다가는 모든 드워프는 바위굴 속에서 생을 마감하게 될 것임을, 그리고 어떻게든 그것을 막아보고자 드워프의 노커인 자신이 인간 세계에 대한 관찰을 하고 있음을 말하지 않았다.

드래곤 로드도 마찬가지였을까?

아프나이델은 더 이상 아무 말도 하지 않았다. 그리고 제레인트는 이미 아일페사스의 뒤를 따라 걸어가고 있었다. 엑셀핸드는 문득 자신의 의도가 무엇이든 간에 여행 동료만큼은 기막힌 녀석들로 골랐다는 생각을 떠올렸다. 이 녀석들은 멍청하지만, 그래도 각자의 방식으로 친구의 자존심을 고려해 줄 줄 안단 말이야.

일행은 바위 문을 통과했다.

내려가는 길은 예상과는 달리 추락을 염려할 정도로 좁지는 않았다. 워낙 깊은 절벽이라 상대적으로 좁아 보일 뿐 실제로는 그들 일행 전부가 나란히 선 채 내려갈 수 있을 정도의 폭이었다. 하지만 일행은 일렬로 늘어선 채 그 기나긴 길을 내려갔다. 그게 마음 편했으니까.

햇빛은 어느새 절벽에 가려 보이지 않게 되었다.

비록 정오가 된다 하더라도 이 계곡의 바닥에 햇빛이 닿기는 어려울 것이다. 일행은 태곳적부터 한 번도 햇빛이 닿은 적이 없던 콜로넬 계곡의 그림자 부분으로 들어섰다. 주위로 흩어지는 빛 때문에 걷기 곤란할 지경은 아니었다. 하지만 어두운 바닥을 향해 내려가는 동안 주위로 점점 높아져가는 절벽은 폐소공포증을 야기할 듯했다. 일행은 아무 말 없이 걸었다.

주위의 공기가 습기를 띠기 시작했다.

가파른 내리막길만 내려다보며 걷고 있던 아프나이델은 조금 추운 느낌을 받고 주위를 둘러보았다. 그리고 그들이 어느새 상당한 깊이까지 내려왔음을 깨달았다. 이제 머리 위로 하늘의 모습은 가늘고 긴 리

본처럼 보였다. 지평선에서 솟아올라 반대편 지평선으로 둥글게 이어져 있는 푸른 리본. 주위의 밝기는 현저하게 떨어져 있었다.

일행은 바닥에 도착했다. 계곡의 바닥에는 콜로넬 수원에서 흘러나온 강물이 자갈을 튕겨 올릴 듯이 세차게 흐르고 있었다. 걸어서라도 건널 수 있는 얕은 강물이었지만 양옆으로 한없이 솟아오른 절벽 때문에 물소리가 몇 배나 증폭되어 바라보는 사람의 기분을 묘하게 만들었다.

"바람이 안 부는군."

엑셀핸드가 갑자기 말했다. 제레인트는 고개를 갸웃하며 엑셀핸드를 바라보았다. 바위의 주민 드워프가 왜 바람에 신경 쓰는 걸까?

"여기에 솔로처가 호흡했던 공기가 남아 있다고 해도 나는 의심하지 않겠어. 강물이 낡아 보이는 것은 내 생전 처음이군. 여긴 모든 것이 낡고 오래되었어."

하긴 엄청나게 깊은 계곡이다. 노출된 바위들은 모조리 풍화의 극한을 보여주고 있었다. 아일페사스는 어깨를 움츠리며 물었다.

"엑스 오빠, 솔로처를 보신 적이 있어?"

"있다."

"무지개의 솔로처라고 하던데, 옷을 예쁘게 입고 다녔나 보죠?"

"응? 천만에. 그 친구는 사부에 대한 자격지심 때문에 옷차림은 항상 엉망이었지."

"무슨 말?"

엑셀핸드는 투구를 벗고는 머리를 긁적였다.

"아프나이델, 설명해 줘."

인간 심리에 대해 드워프가 설명해 준다는 것은 우스꽝스러운 일이 될 것이다. 아프나이델은 싱긋 웃으며 말했다.

"무지개의 솔로처의 사부 핸드레이크는 진짜 대마법사란다, 아일페사스. 아버님께서 이야기해 주셨지? 아아, 그래. 어쨌든 너무 유명한 사부의 제자는, 너무 훌륭한 아버지를 둔 아들과 비슷한 지경에 빠지는 거지. 솔로처가 핸드레이크만큼 대단하다 해도 사람들은 그를 핸드레이크의 제자로 볼 뿐 솔로처로 보지는 않았다는 말이야. 핸드레이크는 옷차림 같은 것에는 신경 쓰지 않아. 스스로를 광고할 필요가 없을 만큼 유명했으니까. 하지만 솔로처는 그런 것마저도 신경 써야 했어. 그는 더 겸손해야 되었고, 더 조용해야 되었지. 옷차림도 일부러 더 엉망으로 꾸미고 다녔고."

"왜애애?"

"사부의 위명 때문에 헛된 이름을 얻게 되었다는 이야기는 듣고 싶지 않았을 테니까."

'너도 잘 이해할 텐데, 아일페사스.' 아프나이델은 이런 말을 붙이고 싶은 유혹을 참았다. 아일페사스는 입술을 비죽거리며 무슨 말인지 모르겠다는 태도를 취했다. 아프나이델은 고개를 돌려 주위를 둘러보고 있는 제레인트를 향해 말했다.

"자, 어서 올라가지요. 이런 곳에 서 있으니 과거가 우리를 파묻어 버리는 기분만 듭니다."

제레인트는 퍼뜩 정신을 차린 것처럼 아프나이델을 돌아보고는 다시 고개를 돌렸다.

"예? 아아. 그렇지만 이곳은 아름답군요."

"아름답다고요?"

"일세인이 왜 이곳에 계셨는지 이해가 됩니다. 아니, 전후가 바뀌었나? 한때 일세인께서 이곳에 계셨기에 이런 아름다움이 있는 것일지도 모르겠군요."

여기가 아름답다고? 아프나이델은 이해할 수가 없었다. 까마득한 절벽은 원근감을 왜곡시켜 지금 당장이라도 머리 위로 무너져내릴 것처럼 보인다. 세차게 흐르는 강물은 상류에서 퍼내려오는 흙 때문인지 흐린 빛깔로 출렁이고 있었다. 그리고 주위로는 풀 한 포기 찾아볼 수 없이 온통 바위와 흙뿐이었다. 혹시 저 프리스트는 과거 신께서 거주하셨던 이 공간에 남아 있는 신의 흔적을 느끼는 것일까? 그렇다면 아프나이델로서는 절대로 제레인트의 감정을 공유할 수 없을 것이다.

제레인트는 동경에 찬 눈으로 상류 쪽을 바라보며 말했다.

"저쪽으로 올라가면 상류, 콜로넬 수원이 있겠지요?"

"예, 그렇겠지요. 하지만 올라가 보자는 말은 하지 마십시오."

"하하. 보고 싶은데요. 호기심이 동하지 않습니까? 마지막 신이 거주하셨던 땅에 대한."

"물론 호기심은 있습니다. 하지만 지금 상류로 올라갔다가는 이곳에서 며칠은 보내야 될 것입니다. 그리고 다시 저 길을 올라가야 해요. 보급이 안 돼요. 데스나이트들과 함께 콜로넬 계곡에 눕고 싶은 생각은 없습니다."

제레인트는 그답게 빠르게 고개를 끄덕였다.

"음, 그렇군요. 다음에 와봅시다. 어서 올라가죠!"

제레인트는 그렇게 말하며 앞장서서 강물을 향해 걸어갔다. 그러나 강물에 먼저 뛰어든 것은 아일페사스였다. 센추리온의 발굽이 강물을 요란하게 튀겨 올렸다. 철벅!

"앗, 뜨거!"

강물이 튀자 아일페사스는 비명처럼 외쳤다. 뜨겁다고? 아프나이델은 고개를 갸웃했다. 이 깊은 협곡을 흐르는 강물이 뜨거울 수가 있나. 아무래도 말이 익숙하지 않은 아일페사스가 단어를 잘못 선택한 모양이다. 아일페사스도 별 다른 말없이 강물 가운데를 향해 센추리온을 몰아갔다. 그때였다.

"테페리여! 조심해, 펫시이!"

이힝힝힝! 아프나이델은 하마터면 낙마할 뻔했다. 아프나이델의 말 세레니얼이 거칠게 발을 굴렀다. 아프나이델은 필사적으로 고삐에 매달렸고 엑셀핸드는 필사적으로 아프나이델의 허리에 매달렸다. "이랴아! 달려, 후치!" 제레인트는 노성을 지르며 자신의 말 후치를 채근했다. 파바밧! 후치가 급작스럽게 출발하면서 발굽에 튄 돌멩이들이 사방으로 날았다.

도대체 뭐야? 간신히 세레니얼을 진정시킨 아프나이델이 고개를 들었을 땐 이미 제레인트는 저만큼 앞쪽에서 미친 듯이 강물을 튀기며 달려가고 있었다. 아프나이델은 그의 진행 방향 앞쪽을 바라보았다. 그곳에는 아일페사스가 우두커니 말을 세운 채 멍한 눈으로 상류 쪽을 바라보고 있었다. 아프나이델은 그곳을 향해 시선을 돌렸다.

아프나이델은 숨이 턱 막히는 기분을 느꼈다. 그의 등 뒤에서 엑셀핸드가 떨리는 목소리로 말했다.

"카리스 누멘이여! 맙소사, 저게 뭐지?"

상류 저 먼 곳으로부터 검은 안개 같은 것이 흘러내려 오고 있었다. 연기? 아니다. 연기보다는 무거운 어떤 것이었다. 콸콸거리며 흐르는 강물 위로 천천히 깔리듯이 흘러내리고 있다. 저게 도대체 뭔가? 늪지에서 피어오르는 수증기처럼 뭉클거리며 천천히, 그러나 단호하게 뻗어나오는 안개는 계곡을 가득 메우며 흐르는 급류처럼 보였다. 아프나이델은 갑작스럽게 구토감을 느꼈다. 이상하다. 저 안개가 특별히 역겨운 모습을 한 것은 아닌데, 왜 이런 기분이? 눈앞의 세상이 휘청하는 것 같은 기분이었다.

"아프나이델! 이 멍청아, 따라가!"

엑셀핸드는 고함을 지르더니 곧장 드워프의 노카다운 노련미를 보여주었다. 그는 즉시 허리를 뒤틀어 세레니얼의 볼기를 철썩 소리가 나도록 갈겼다. 세레니얼은 곧장 달리기 시작했고 그제서야 간신히 정신을 차린 아프나이델은 일단 고삐를 다잡으며 그 안개를 다시 뚫어지게 살폈다. 그러자 안개 속에서 뭔가 움직이는 것을 본 것 같았다. 잘못 본 걸까?

그러나 다음 순간 아프나이델은 뱃속이 뜨끈해 오는 기분을 느꼈다. 마치 불붙은 숯덩이가 뱃속을 굴러다니는 듯한 느낌.

프리스트 제레인트가 왜 저리 비명을 지르는가? 그리고 이곳은 어디인가?

"세상에, 말도 안 돼!"

아프나이델은 기겁한 소리를 지르며 강물에 뛰어들었다. 강물이 튀어올라 다리를 적신 순간 아프나이델은 다시 한번 까무러치는 기분을 느꼈다. 강물은 미지근했다. 처음에는 뜨겁다고 느낄 정도였던 것은 이 협곡의 차가운 공기 때문이었을 것이다. 아일페사스의 말이 맞았다.

제레인트는 이미 단호한 태도로 몸을 던지고 있었다. 한쪽 팔에 고삐를 단단히 감아쥔 제레인트는 다른 쪽 손으로 센추리온의 고삐를 낚아채었다. 그 동안에도 아일페사스는 꼼짝도 하지 않고 상류로부터 흘러내려 오는 검은 안개를 바라보고 있었다. 제레인트는 두말없이 센추리온을 끌고 달리기 시작했다.

"꽉 잡아, 펫시!"

철벅철벅! 뜨거운 강물이 사방으로 튀어올랐다. 아일페사스는 나동그라질 뻔했지만 간신히 안장을 움켜쥐곤 비명처럼 외쳤다.

"저게 뭐야, 제리! 못 오게 해요! 저거 싫어!"

아일페사스는 대답도 기다리지 않은 채 마구잡이로 외쳤고 제레인트 역시 대답 없이 단호한 태도로 강물을 건넜다. 이힝힝힝힝! 말들은 괴로운 비명을 토하며 뜨거운 강물을 가로질렀다. 강물을 건넌 제레인트와 아일페사스는 그대로 반대쪽 경사로를 향해 달리기 시작했다. 아프나이델의 말은 두 명이 타고 있었기에 조금 느리게 그 뒤를 따랐다.

고오오오! 뒤에서 들려오는 끔찍한 소리에 고개를 돌린 아프나이델은 검은 안개가 이미 지척에 닿아 있음을 보았다. 그리고 그 뒤로는 이미 천 큐빗 깊이의 협곡을 가득 메운 안개가 협곡 위까지 넘쳐흐르는 것이 보였다.

"이랴! 이랴!"

"하아아!"

검은 안개가 등 뒤를 덮치기 직전, 일행은 간신히 위로 올라가는 경사로에 들어섰다. 일행은 잠시도 쉴 틈 없이 그대로 지상을 향해 말을 몰아갔다. 두두두두두! 급한 경사인 데다 좌우로 정신없이 꺾어지는 길을 올라간다는 것을 감안할 때 그들의 속도는 가히 경이로웠다. 그들의 발 밑을 지나친 검은 안개는 이제 하류 쪽을 향해 흘러내려 가고 있었다.

그리고 조금 높은 위치를 달리며 주위를 조망하게 된 아프나이델은 이제 더욱 기막힌 광경을 보게 되었다. 상류 쪽의 협곡이 보이질 않는 것이었다. 협곡의 상류 쪽은 이미 파도처럼 솟구쳐 오르는 검은 안개에 완전히 가려 있었다.

하늘에서 본다면 광막한 데이든 평원 한가운데 갑자기 산이 솟아난 것처럼 보일 것이다. 울컥울컥 분출된 검은 안개는 이윽고 저편 하늘마저 가렸다. 그러고도 안개의 분출은 끊이지 않았다. 이제 그들을 추격하는 검은 안개로 사방이 휩싸여 버렸다. 아프나이델은 시계가 극히 제한되자 황급히 말의 속도를 줄였다. 계곡으로 뛰어들게 될지도 모르니까. 계곡에서 솟아오르는 안개는 말 위의 아프나이델의 몸이 흔들릴 정도로 거센 진동음을 내고 있었다. 고오오오! 아프나이델은 죽어라 달려 올라가며 목이 터져라 외쳤다. "제레인트! 아일페사스!" 그러나 안개는 빛뿐만이 아니라 소리까지도 삼켜버리는 듯했다. 아프나이델의 팔에 소름이 돋아올랐다. 마치 계절을 거슬러 겨울이 다시 돌아온 듯한 추위가 느껴졌다. 그리고 계속되는 폭음. 안개는 이제 화산 같은 기세로 쏟아져내려오고 있었다.

"제레인트! 아일페사스! 대답해요!"

"여기예요, 어서 달려요!"

저편에서 미약한 제레인트의 목소리가 들려왔다. 아프나이델은 그들이 아직 무사히 달려 올라가고 있음을 알고는 계속해서 말을 재촉했다. 잠시 후 안개 저편에서 두 마리의 말이 모습을 보였다. 아일페사스는 넋이 나가버린 표정으로 센추리온의 목을 움켜쥐고 있었고 제레인트는 여전히 센추리온의 고삐를 대신 잡은 채 달리고 있었다. 아프나이델은 뒤떨어지지 않기 위해 죽을힘을 다해 그 뒤를 쫓았다.

강제로 이 정신 나간 질주를 즐기게 된 엑셀핸드는 아프나이델의 허리를 꽉 붙잡은 채 이 멍청이들이 도대체 왜 이러는 것인지 생각해 보았다. 안개일 뿐이잖은가. 비록 인상적인 모습이기는 했지만 이것은 어쩌면 이 지형에서 자주 일어나는 자연 현상일지도 모른다. 일행 중의 최고령자일 뿐만 아니라 가장 강인한 성품의 소유자인 엑셀핸드가 드워프이기에 승마술에 능하지 못하다는 것은 일행에게는 불행이었다. 그렇지 않았다면 엑셀핸드는 이 일행을 보다 침착하고 냉정하게 인솔했을지도 모른다. 그러나 일행에게는 또 다른 의미에서의 훌륭한 인솔자가 있었다.

제레인트 덕분에 간신히 아무도 절벽 아래로 굴러 떨어지지는 않았다. 타고 있는 말의 귀조차도 제대로 보이지 않을 정도의 짙은 안개 속에서 일행을 올바로 이끈 것은 갈림길을 잘못 접어들지 않는 테페리의 프리스트의 능력 덕분이었을 것이다. 제레인트는 아무런 주저도 보이지 않은 채 절벽을 타고 달렸다. 그리고 제레인트가 이끌고 있었기에 아프나이델 역시 주저 없이 달렸다.

"저기야! 다 왔어!"

숨 막히는 질주의 끄트머리에서 제레인트는 고함질렀다. 안개는 부피와 딱딱함을 가진 물질처럼 요란한 소리를 뿜어내고 있었으므로 제레인트의 목소리는 잘 들리지 않았다. 하지만 잠시 후 일행은 튀어 오르듯이 협곡에서 평지로 올라섰다. 말들은 모두 입에서 거품을 뿜어내고 있었고 기수들의 몰골도 말이 아니었다. 그러나 협곡을 빠져나온 일행에게는 동료가 있었다.

"이게 뭐야!"

엑셀핸드가 황급히 아프나이델의 팔을 잡아당겼다. 흥분해 버린 세레니얼을 제자리걸음시키며 아프나이델은 고개를 돌렸다. 그러자 하얗게 질린 엑셀핸드의 얼굴을 마주하게 되었다.

엑셀핸드의 풍성한 턱수염이 모조리 곤두서 있었다. 엑셀핸드는 믿을 수 없다는 눈으로 협곡을 흘러넘치는 안개의 폭풍 가운데를 바라보고 있었다.

"무슨 일입니까?"

아프나이델의 질문이 있고서야 엑셀핸드는 간신히 입을 열었다. 그리고 그 순간 아프나이델은 엑셀핸드도 겁을 집어먹을 수 있음을 깨닫게 되었다.

"들리지 않냐, 아프나이델?"

"예? 뭐가요?"

같은 말 위에 타고 있는 두 사람의 대화였지만 아프나이델과 엑셀핸드는 목청껏 고함질러야 했다. 땅이 울리는 진동음과 미친 듯한 안개의 회오리 소리 때문에 귀가 먹을 지경이었다.

"노래, 노래가 들리지 않냐고!"

노래? 아프나이델은 어이없는 표정으로 엑셀핸드를 바라보았다. 그때 그의 귀에도 폭풍 소리 가운데를 뚫고 날아온 미약한 노랫소리가 들려왔다. 지독하게 강인한 박자의, 지독하게 거친 노랫소리가.

"……붙붙은은 마마…… 핏핏빛빛…… 이이트트의의 ……법법!"

아프나이델은 무릎에 힘이 빠지는 것을 느꼈다. 말 위에 앉아 있어서 다행이야. 어처구니없게도 그런 생각을 떠올리면서 아프나이델은 협곡을 주시했다. 옆에서는 제레인트가 뭐라고 고함지르고 있었으나 아프나이델에게는 아무 소리도 들리지 않았다. 들려오는 것은 오로지 음침한 노랫소리뿐이었다.

"얼얼어어붙붙은은 마마…… 핏핏빛빛…… 나나이이트트의의 율율법법!"

노랫소리는 점점 가까워지고 있었다. 안개의 폭풍 때문에 다시 밤이 돌아온 것 같은 암흑 속에서 아프나이델은 추위와 공포에 떨면서 자신의 추측을 부정하고 있었다. 이윽고 폭풍 소리 사이로 절그렁거리는 거친 쇠붙이 소리들도 들려왔다. 숨통을 조여 오는 듯한 노랫소리를 들으며 엑셀핸드는 부들부들 떨리는 손으로 아프나이델의 팔을 꽉 움켜쥐었다. 그때 아일페사스가 발악하듯이 외쳤다.

"저거! 저거!"

저거라니? 빙글빙글 도는 머리를 휘두르며 아프나이델은 정신을 집중하려고 애썼다. 저거라는 것은 뭘 말하는 걸까? 저 흔들리고 있는 하늘을 말하는가? 허공에서 요괴스러운 빛으로 번득이는 검은 안개를 말하는가?

"내가 그랬잖아! 저거 많다고 했잖아요! 시체 말이야아!"

시체라고? 시체, 주검, 해골, 대미궁 곳곳에 흩어져 있는 과거의 유골, 망자, 죽음의 기사.

"얼얼어어붙붙은은 마마음음! 핏핏빛빛 깃깃발발! 데데스스나나이이트트의의 율율법법!"

그리고 느닷없이 안개를 뚫고서 그것들이 나타났다.

파도의 끄트머리를 박차고 오르는 갈매기처럼, 그들은 검은 안개의 끝에 실려 지상으로 떠올랐다. 휘몰아치는 안개는 이미 사방을 향해 뻗어가며 하늘을 가리기 시작했고 낮에 찾아든 밤의 결을 따라 그들은 짙은 공포를 호흡하며 번뜩이는 눈으로 사방을 노려보고 있었다. 갈가리 찢어져 펄럭이는 붉은 깃발. 손에 손에 들고 있는 억센 무기들은 말라붙은 핏자국 투성이였다. 마귀의 모습을 본뜬 투구 아래 빛나는 눈빛은 타오르는 두 개의 불길이었다. 마구잡이로 뒤엉킨 근육들에 올올이 새겨져 있는 것은 모든 살아 있는 것에 대한 한없는 적의. 그들이 내딛는 발 아래 대지는 신음했고 독기를 품은 숨결에 풀들은 오그라들었다.

 공포, 절망, 어둠의 데스나이트. 300년의 세월을 거슬러 그들이 다시 대지에 돌아왔다.

7

"이런, 젠장! 너는 사망하고 나는 생존하는 방식으로 모색해 보잣!"

제레인트는 너 죽고 나 살자는 말을 이렇게 고차원적으로 말한 다음 말머리를 돌렸다. 아일페사스는 알고 있는 욕설을(얼마 되지도 않았지만) 모조리 뒤섞어서 고래고래 비명을 질렀지만 제레인트는 꿈쩍도 하지 않았다. 몸을 돌린 제레인트는 그대로 마상에 앉은 채 디바인 마크를 꺼내들었다. 그의 뒤를 따라 달리고 있던 아프나이델은 제레인트가 갑자기 앞을 막아서자 기겁하며 말의 방향을 바꿔야 했다. 아프나이델과 엑셀핸드를 태운 세레니얼이 제레인트의 말 후치를 지나치자 제레인트는 득의양양한 표정으로 고개를 끄덕였다.

아프나이델은 제레인트의 옆을 지나치고도 한참 후에야 간신히 말을 세울 수 있었다. 다시 뒤로 돌아선 아프나이델은 제레인트를 바라보며 고함을 지르려고 했다. 그러나 검은 안개는 이미 시야가 허락하는 범위를 넘어선 높이와 넓이로 솟아오르고 있었고 칼날 같은 바람은 허공에 휘파람 소리를 만들어내고 있었다. 그리고 합창 소리는 영원히 계속될 것처럼 울려퍼지고 있었다. "얼얼어어붙붙은은 마마음음! 핏핏빛빛 깃깃발발! 데데스스나나이이트트의의 율율법법!" 플레이트 메일을 걸친 해골들이 대지에 발을 디딜 때마다 지독히 역겨운 마찰음이 울려퍼졌다. 도저히 말이라고는 생각되지 않는, 그러나 다른 어떤 이름으로 불러야 될지 짐작도 되지 않는 괴기스러운 짐승들 위에 올라앉은 데스나이트들은 그레이트 액스며 투 핸드 소드 같은 중무장을 허공에 휘둘러대며 거친 노래를 불러대고 있었다. "얼얼어어붙붙은은 마마음음! 핏핏빛빛 깃깃발발! 데데스스나나이이트트의의 율율법법!" 아프나이델은 목이 꽉 막히는 기분을 느꼈다.

나부끼는 로브 자락을 내버려둔 채 제레인트는 단신으로 산더미 같은 안개를 상대하며 외로이 서 있었다. 아프나이델의 시야 왼쪽 끝에서 오른쪽 끝까지를 모두 채워버린 데스나이트들과 아래에서 윗부분까지를 모두 채워버린 검은 안개 속에서 하얗게 도드라지는 제레인트는 눈물이 날 정도로 작은 점이었다.

"제, 제레인트!"

아프나이델의 비명 소리는 너무 가냘펐다. 데스나이트는 타오르는 눈으로 제레인트를 응시하며 외쳤다.

"쥐쥐새새끼끼 같같은은 놈놈이이! 네네 신신의의 품품으으로로 돌돌아아가고고 싶싶은은게게냐냐?"

"나는 말이야."

제레인트는 침착한 태도로 눈앞을 막아서는 수천 큐빗 높이의 안개 더미를 응시하며 말했다.

"아침에 잠자리에서 기어 나와야 되는 것이 정말 싫어. 내가 이렇게 말할 때마다 하이 프리스트께서는 내 머리를 주먹 단련용 도구로 사용하시긴 했지만, 그래도 난 그것을 좋아할 수가 없었단 말이다. 그런데 너희들은 왜 기어 나오지 않아도 되는 잠자리에서 그렇게 부지런 떨어가며 기어 나오느냔 말이다. 그것도 시답잖은 노래까지 불러가면서. 내가 부끄럽잖아? 컨트롤 웨더!"

기도문인지 헛소리인지 구분하기 어려운 말을 중얼거리던(헛소리지만 꼭 기도문처럼 장엄하게 말했기 때문에 아프나이델은 헷갈렸다.) 제레인트는 디바인 마크를 높이 들어올리며 고함을 꽥 질렀다.

신은 소망으로 역사한다.

욕망이나 의지로 신을 움직일 수는 없다. 인간은 소망으로 신께 날 아들며, 신이 인간에게 허락한 것도 부모가 자식에게 허락한 그것과 같다. 한없이 원하고 또 원할 것. 언제든 소망을 잃지 말 것. 테페리의 프리스트가 뿜어낸 순수한 소망은 테페리에게 곧장 전달되었으며 데이든 평원 위로 신의 역사가 시작되었다.

쩡!

최초의 소리는 데이든 평원을 순식간에 가로지르는 날카로운 파열음이었다. 데스나이트들의 합창도, 안개의 노호성도 지워버리는 맑고 투명한 소리에 아프나이델은 온몸에 소름이 돋아오를 정도였다. 머리끝에서 발끝까지를 단숨에 꿰뚫는 저릿한 느낌에 울음이라도, 혹은 웃음이라도 터뜨려버리고 싶어졌다. 하지만 아프나이델이 그것보다 더 절실히 원하는 것은······.

'바지춤을 풀어헤치고 시원하게 오줌을 누고 싶은데.'

풀들이 미세하게 떨린다. 풀들 사이로 작은 자갈들이 춤을 춘다. 흙먼지가 피어오른다. 땅이 흔들린다. 모래를 가득 깔아놓은 철판을 해머로 때려보라, 지금 데이든 평원에 널려 있던 자갈들의 움직임을 이해하게 될 것이다. 쩡! 쩡! 쩡! 데스나이트들은 신의 역사에 발광하기 시작했다.

"크크아아아아아악! 저저주주를를 너너에에게게! 네네 신신의의 이이름름을을 저저주주한다다!"

도무지 알아들을 수 없이 극도로 혼란스럽게 뒤섞인 그들의 포효와 비명 소리에 엑셀핸드는 얼굴이 노랗게 변했다. 하지만 제레인트는 낭랑하게 외쳤다.

"가라! 저 친구들, 안색이 너무 나쁘다. 햇빛 좀 쐬게 해줘!"

휘우우우웅! 아일페사스는 갑자기 일어난 바람에 말 위에서 떨어질 뻔했다. 데이든 평원의 동에서, 서에서, 남에서, 북에서 질풍이 일기 시작했다. 제레인트의 소망이 불러일으킨 바람은 곧장 데스나이트들을 향해 창끝을 디밀었다. 아프나이델은 희열에 들떠 외쳤다.

"그래! 저 안개, 저 검은 안개!"

아프나이델은 제레인트가 바람을 불러일으킨 까닭을 빠르게 알아차렸다. 그리고 그 즉시 두 손을 들어올려 화려한 동작으로 휘둘렀다. 정신없이 나부끼는 머리카락을 누르고 있던 아일페사스는 고개를 휙 돌렸다. 그녀의 눈이 날카롭게 바뀌며 아프나이델의 손동작을 응시했다.

마법은 원래 드래곤의 것이었고 그래서 그녀의 눈에는 보였다. 아프나이델의 화려한 손동작과 캐스트에 대응하여 데이든 평원 가득히 편재되어 있던 마나가 미미한 진동을 일으키기 시작하는 것이다. 아일페사스의 입술이 조금 힘없이 벌어지는 순간, 아프나이델은 고함질렀다.

"윈드 월!"

마나는 의지로 재편된다.

세계에 안겨 있으며 세계에 순응하는 마나는 그 자체로 세계와 조화를 이룬다. 그러나 마법사의 의지는 전체 마나의 배열에 일탈을 야기한다. 잘못 맞춰진 톱니바퀴처럼 어긋나버린 마나의 배치는 대자연과 끔찍한 마찰을 일으켰다. 그리고 그 마찰은 바람의 형태가 되어 데이든 평원을 가로지르기 시작했다.

마법사가 일으킨 바람은 장벽이 되어 데스나이트의 앞을 막아섰다. 선두에 선 데스나이트들의 눈이 이글거렸다.

"바바람람으으로로 검검을을 막막는는가가!"

선두에 섰던 데스나이트들은 고함을 지르며 바람의 장벽 속으로 뛰어들었다. 그러나 그들의 몸을 휘감고 있던 검은 안개는 바람의 장벽에 부딪히며 갈가리 찢기어 뒤로 흩날렸다. 결과적으로 데스나이트들은 검은 안개의 보호 없이 무자비한 햇빛 아래 노출되었다.

"크크아아아아아악!"

폭발적으로 검은 화염이 솟구치며 데스나이트들은 불타올랐다. 데스나이트들의 몸 곳곳에서 뿜어져 나오는 검은 화염은 지독한 악취를 풍겼다. 제레인트는 숨이 막힐 지경이었다. 그가 콜록거리며 힘없이 물러나는 동안 데스나이트들은 검은 불꽃으로 타오르면서도 한 치의 흔들림도 없이 제레인트를 향해 돌진했다. 선두의 데스나이트는 허공에 검은 불꽃의 반원을 그리며 핼버드를 어깨 너머로 힘껏 젖혔다. 퓨르르!

"파이어볼!"

마법사의 찢어지는 비명 소리가 울려퍼지며 화염의 공이 날아들었다. 데스나이트의 어깨가 끔찍스럽게 부풀어 올랐고, 내리쳐진 핼버드는 날아드는 파이어볼에 명중했다. 콰앙! 붉은 불꽃과 검은 불꽃이 뒤섞여 불의 폭풍을 이루었다. 그러나 데스나이트는 잠시 주춤했을 뿐 곧 아무렇지도 않은 모습으로 달려들었다. 아일페사스가 찢어지는 목소리로 외쳤다.

"제리이! 이 멍청이, 달아나요!"

"아, 콜록! 멍청이 씨. 당신과 나는 달아나야 한다는군. 그런데, 콜록! 펫시. 멍청이라는 그분 어디 있는데?"

콜록거리면서도 기어코 농담 한 마디를 완성한 제레인트는 다급하게 몸을 돌렸다. 바람에 의해 검은 안개가 벗겨졌건만 데스나이트들은 온몸을 불태우면서 달려들고 있었다. 다행히도 회오리를 뚫고서 달려나온 데스나이트들은 몇 안 되었다. 하지만 그들 중 하나라도 검이 닿는 거리까지 접근하게 했을 경우 제레인트는 테페리를 친견하는 영예를 누리게 될 것이었다.

"달려라! 후치!"

"달리세요, 센추리온! 이 바보야, 달려! 왜 제가 이런 미련한 생물에게 몸을 맡겨야 되는 거야!"

아프나이델은 이미 몸을 돌려 달아나고 있었고 제레인트와 아일페사스는 앞서거니 뒤서거니하며 그 뒤를 따라 달렸다. 데스나이트들은 그들을 추적하려 했지만 아프나이델이 불러일으킨 바람의 장벽은 검은 안개를 모조리 흩어버렸다. 그리고 제레인트의 소망으로 일어난 바람은 오히려 그들을 절벽으로 밀어붙이고 있었다. 데스나이트들은 발작적으로 외쳤다.

"영영원원히히 저저주주받받으으라라! 지지옥옥의의 회회랑랑에에서서 다다시시 만만날날 그그날날까지지!"

더 이상 제레인트의 일행을 뒤쫓지 못하게 된 검은 안개는 바람의 장벽 뒤에서 맹포하게 소용돌이쳤다. 그리고 그 속에서는 데스나이트들의 저주 섞인 고함소리가 천지를 진동케 하고 있었다. 두번 다시 뒤돌아 볼 엄두를 내지 못한 채 제레인트와 아일페사스, 아프나이델, 엑셀핸드는 죽을힘을 다해 말을 독려했다.

툭. 투두둑.

파는 양손으로 어깨를 감싸안았다. 이상하게 을씨년스러운 저녁이었다. 대평원 전체에 마치 불이라도 난 것처럼 석양빛이 가득했지만 그 황혼을 가로질러 비가 오고 있는 것이었다. 봄비는 가늘고 따스했다.

내리고 있는 것인지 의심스러울 정도로 가늘게 떨어지는 빗발 사이사이로 간혹 번득이며 석양빛을 반사하는 빗방울들이 있었다. 하지만 촉촉이 젖어든 어깨에 바람이 닿을 때마다 파는 한기를 느꼈다. 파는 기를 쓰며 망토 깃을 세우고는 망토 안으로 자신을 안아쥔 채 앞쪽을 향해 작게 외쳤다.

"쳉, 계속 갈 거야?"

쳉은 대답도 없이 부지런히 땅바닥을 살피고 있었다. 빗살에 모든 것이 다 지워져버리기 전에 조금이라도 자취를 찾아두고 싶었던 것이다. 이미 흠뻑 젖어 이마에 달라붙는 머리카락을 떼어내며 코를 거의 땅에 붙이다시피 한 거북한 자세로 이리저리 돌아다니는 쳉의 모습을 보며 파는 입술을 깨물었다.

빗살마다 다른 색깔을 칠해 본다면, 지금 사이들랜드의 대평원의 상공은 미치광이가 고장난 베틀로 짜낸 천처럼 보일 것이다. 하지만 지금은 붉은색과 검은색뿐이었다. 파는 젖어드는 머리카락을 뒤로 쓸어 넘기고는 얼굴을 훔쳤다. 쳉은 여전히 붉은 대평원 위의 검은 그림자가 되어 여기저기로 돌아다니고 있었다. 자취를 찾는 데 방해될까 봐 캐시헌터의 고삐까지 파에게 맡겨둔 상태였다. 파는 쳉에게 다가갔다.

말발굽 소리가 가까워지자 쳉은 고개를 들었다. 그리고 파를 바라보며 말했다.

"가까이 오지 마. 자취가 지워질지도 몰라."

파는 쳉의 말을 무시하며 손에 들고 있던 망토를 건넸다.

"아직 아무것도 못 찾았어?"

쳉은 허리를 펴더니 손에 붙은 풀부스러기와 흙덩이를 털어내었다. 시선은 계속해서 땅을 향하고 있었기에 파는 한 번 더 신경질적으로 망토를 건네는 시늉을 해야 했다. 망토를 받아든 쳉은 그것을 대충 어깨 위로 두르고는 대답했다.

"몇 개 찾긴 했는데 확실치가 않아. 개 발자국이 있으면 확실할 텐데 아달탄은 발자국을 남기지 않는 녀석이고. 하지만 눈에 익은 발자국이 보이는데."

"눈에 익은? 뭔데?"

"굉장히 큰 말의 발자국. 데브가 말하던 엄청난 말이 아닐까 생각하는데."

"그럼 이 방향이 맞나 보네. 역시 쳉이야."

쳉은 별 대답 없이 지평선을 바라보았다. 이 방향으로 죽 나가면 턴빌이 나온다. 이상하군. 동쪽으로 향하던 자취가 왜 갑자기 남쪽인 턴빌로 바뀐 것일까. 단숨에 턴빌까지 가기가 힘들어서였다면 조금 돌아가더라도 여유 있게 보급을 받아가며 갈 수도 있겠지. 하지만 그렇다면 미는 턴빌에 무슨 용무가 있단 말인가? 그리고 정체불명의 동행자들은 왜 아직까지도 미와 함께 있는 것일까. 혹시 고스빌에서 미와 그 동행자들은 서로 헤어진 것이 아닐까? 이 자취로 보건대 그 이상한 일행은 분명히 턴빌로 향한 것 같다. 하지만 쳉은 미가 아직도 그 일행에 속해 있는지에 대해서는 확신을 가질 수 없었다. 쳉은 다시 한번 아달탄이 발자국을 잘 남기지 않는다는 점을 아쉬워했다.

"파하스라도 붙잡고 물어보고 싶어지는군."

"응?"

"자취를 잘 모르겠어."

파는 춤을 추거나 노래를 부르거나 헬카네스를 찬양하는 대신 걱정스러운 표정으로 말했다.

"그 말 발자국이 있다면서? 그런데 왜 모르겠다는 거야?"

"그래. 그 발자국은 있어. 그런데 미가 아직도 그들과 함께 있는 것인지는 모르겠어. 미의 원래 목적지를 짐작할 수 없는 바에야 미가 어디까지 그들과 함께 있을지 알 수가 없지. 어쩌면 미는 벌써 고스빌쯤에서 '안녕, 미는 그동안 즐거웠어요.' 어쩌고 하면서 그들과 헤어져버렸을 수도 있단 말이야."

파는 어깨를 으쓱였다.

"그럼 어떻게 해?"

지평선을 바라보고 있던 쳉은 고개를 가로저으며 말했다.

"인상적인 자취만 남겨놓고 사라지는 이 이상한 패거리를 하루빨리 따라잡는 도리밖에. 미가 그들과 함께 있지 않더라도, 최소한 그들에게 뭔가를 물어볼 수는 있겠지."

그리고 턴빌이라면, 모든 것이 잘 처리되었을 경우 다시 상단에 합류하기도 편해질 것이다. 이미 다시 만날 기일을 넘겼으니 그들이 기다리고 있을 리는 없다. 킬로이는 보스의 신경질을 받아주다 못해 마주 신경질을 내고 있을 것이고 두 사람이 서로에게 신경질을 내고 있다면 상품 거래 같은 것은 꿈도 꾸지 못할 일이지. 빨리 돌아가야 되겠군. 쳉은 휘적휘적 걸어와서는 다시 캐시헌터에 올라탔다.

"가자. 턴빌일 거야. 중간에 야영을 하거나 할 만한 장소는 없어, 그들이 엘프가 아니라면."

"엘프? 재미있는 생각이네. 설마 엘프가 그런 자취들을 남겨놓고 다닐까."

파는 좀더 대화를 이어나가고 싶었지만 쳉은 아무 대답도 하지 않았다. 아니, 한 마디는 했다. "이랴!" 캐시헌터는 곧장 달려나갔고 파는 어쩔 도리 없이 그 뒤를 따라 달렸다. 달리면서 파는 쳉의 등을 향해 외쳤다.

"그럼 곧장 턴빌까지 달릴 거야?"

"비가 오잖아. 저기 숲이 보이지?"

쳉은 손을 들어 진행 방향에서 조금 우측으로 치우친 위치에 있는 숲을 가리켰다.

"해 안에 간신히 도착하겠군. 저기서 비를 좀 피한 다음에."

비를 피한 다음에 계속 달리겠다는 말인가 보구나. 내일 아침까지는 죽을 맛이겠군. 파는 속의 불평을 겉으로 옮기지는 않았다. 대신 안장 위로 몸을 조금 들어올리며 화이트풋을 재촉했다. 조금 후, 파는 쳉과 보조를 맞추어 나란히 달리게 되었다.

'지금, 나는 쳉과 함께 달리고 있어.'

그것이 그녀에게 어떤 의미인지는 그녀 자신도 설명할 수 없었다. 사이들랜드의 남쪽은 억새들의 군생지가 넓게 펼쳐져 있었고 그 위로 떨어지는 빗발은 황혼에 물들어 사위를 불그스름하게 물들였다. 말을 달리고 있었기에 얼굴로는 빗방울들이 촉촉이 감겨들었고 말들이 뿜어내는 하얀 김은 빗줄기 사이로 진한 음영을 만들어내었다. 튀어 오르는 물방울들은 그들 주위로 희미한 물안개를 피워올렸다. 파는 스카프를 얼굴로 끌어올려 봤지만 물에 젖은 스카프가 호흡을 방해하는 것을 깨닫고는 그냥 빗방울에 얼굴을 맡겨버렸다.

'영원히 이대로 달렸으면.'

하지만 황혼은 속절없이 사라져갔다. 해가 지평선 아래로 사라지자 황야는 빠르게 어두워졌다. 쳉의 가늠은 정확해서 그들은 아슬아슬하게 숲의 초입으로 들어설 수 있었다.

숲으로 뛰어들자마자 쳉은 재빨리 행동했다. 나이프와 밧줄, 모포를 꺼내든 쳉은 주위를 살피다가 적당한 위치의 나무 두 개를 찾아내었다. 모포의 두 귀퉁이에 밧줄을 묶은 쳉은 그 밧줄들을 나무에 연결했다. 나무와 나무 사이에 모포를 늘어지게 만든 뒤, 땅에 늘어진 부분을 바람 방향 반대로 당겨 돌멩이로 눌러놓았다. 삽시간에 천막 비슷한 것을 만들어놓고서, 쳉은 파에게 턱으로 그것을 가리켜 보였다.

"응?"

"저 아래로 들어가. 비가 차다."

파는 얼굴을 쓸어내려 물기를 털어내며 말했다.

"쳉은 어쩔 건데?"

쳉은 대답 없이 캐시헌터와 화이트풋의 안장, 그리고 자신의 짐더미와 파의 짐더미를 천막 아래로 옮겼다. 그가 무슨 행동을 하는지 깨달은 파가 도움을 주려 할 때는 이미 쳉은 그 작업도 마친 상태였다. 그리고 쳉은 말 두 필의 고삐를 모아서는 천막의 지지대 역할을 하는 나무에 묶었다. 그러고 나서야 그는 파의 질문에 대답했다.

"지나가는 비야. 곧 멎겠지."

쳉은 그렇게 말하고는 캐시헌터의 안장을 뒤적거렸다. 술병을 찾아낸 쳉은 망토 자락을 넓게 펼치며 천막 앞의 땅바닥에 주저앉았다. 조금 전의 그 민첩하고 세심한 행동에 비해 볼 때 비에 젖은 풀밭에 아무렇게나 철퍼덕 앉아버리는 쳉의 모습은 파에게는 이율배반으로 보일 정도였다.

파는 잠시 그 모습을 바라보다가 천막 아래로 기어들어 갔다.

뒤로는 모포가 막고 있고 앞쪽은 두 마리의 말과 쳉에 의해 막혀 있어서 빗방울은 거의 들이치지 않았다. 파는 짐더미에 기대앉았다. 그리고 무릎을 모아 그 위에 턱을 얹은 채 천막 앞을 가로막고 앉은 쳉의 등을 바라보기 시작했다.

후둑. 후두둑. 모포 위로 떨어지는 빗방울들이 둔한 탄성음을 일으켰다. 그러나 빗방울은 거세지 않았고 숲을 뚫고 들어오는 빗방울은 더욱 적었다. 비 오는 밤다운 안온함과 고요함 속에서 파는 숨소리를 낮추기 시작했다. 왠지 가슴이 답답해지는 느낌을 받으며 파는 말했다.

"이런 밤을 자주 겪나 보지? 무슨 천막을 이렇게 빨리 만들어."

쳉은 술병을 만지작거리며 말했다.

"이런 밤이라. 이런 밤은 정말 드문 밤인데."

"응?"

"이슬비 오는 숲 속에서 여자와 단둘이 맞이하는 밤이 자주 겪는 밤은 아니지."

파는 가슴을 내리눌러야 했다. 갑자기 커지는 호흡 소리를 억누르려 애쓰며 파는 쳉의 말에 다른 의미가 숨어 있는지를 생각해 보았다. 하지만 빗소리에 적당히 뒤섞여 들려온 쳉의 목소리는 평온했다.

출렁. 갑작스러운 소리에 파는 손가락을 깨물 뻔했다. 하지만 곧 자신의 멍청함을 소리없이 꾸짖어대었다. 술병째로 술을 마시던 쳉이 병을 내리자 맑은 소리가 들려온 것이었다. 쳉은 입가를 대충 훔치고는 술병을 망토 자락 안으로 감추며 다시 비 오는 숲을 멍하니 바라보기 시작했다.

싸아아아…….

숲의 머리 부분에 빗방울이 떨어지며 작은 소곤거림 같은 소리를 만들어내었다. 쳉은 바위처럼 꼼짝도 하지 않았다. 비에 젖어 등에 달라붙은 쳉의 망토를 바라보며 파는 무의식중에 말했다.

"언니를 꼭 찾을 거지?"

쳉은 고개를 돌리지 않은 채 말했다.

"응."

"찾은 다음엔?"

"글쎄. 지금 생각으로는 너와 함께 사이들랜드로 돌려보내야겠다고 생각하고 있어."

"나와 함께? 쳉은?"

"이대로 남쪽으로 달리면 다시 상단에 합류할 수 있겠지."

"언제나 그렇게 합리적이고 계산적이야?"

쳉은 고개를 조금 돌렸다. 하지만 어두운 천막 아래 가려 파의 모습은 보이질 않았다. 다시 고개를 돌린 쳉의 뒤통수를 향해 억눌린 듯한 파의 목소리가 들려왔다.

"만일, 만일 언니가 남쪽이 아니라 다른 곳으로 향하고 있다면? 그러면 어쩔 건데?"

"이번 여행의 배당금은 포기하는 거지."

"언니가, 언니가 정말로 쳉이 찾아오는 것을 원하지 않는다면? 그럼 어쩔 거야?"

쳉은 대답하지 않았다. 대신 술병을 들어올린 쳉은 천천히 술을 들이켰다. 뱃속이 조금 따스해지는 것을 느끼며 쳉은 다시 술병을 망토 안으로 갈무리했다.

"어쩔 거냐고?"

"직접 듣겠어."

"뭐?"

"미에게 직접 듣겠어."

"언니가 정말로 그렇다고 한다면?"

"상단에 합류해야겠지."

떨어지는 빗줄기 사이로 스며드는 쳉의 목소리는 눅진거리는 습기에 얼룩져 있었다. 하지만 그것은 감정도 아니고 습관도 아니었다. 굳이 말하자면 동화라고 할까. 쳉은 그저 비 내리는 봄 밤에 어울리는 목소리로 말하고 있었다.

"도대체 왜 언니를 찾는 거야?"

파의 목소리에는 이 밤을 떠도는 습기와는 다른 종류의 습기가 배어 있었다. 쳉은 대답할 말이 곤혹스럽다는 기분을 느꼈다. 물론 대답할 수야 있다. 하지만 사람은 말의 내용뿐만이 아니라 그 어조도 함께 전달받는다. 파의 질문은 마치 네가 대답할 말이 있느냐는 식의 질문이었다. 감정 결핍증 환자가 어떤 대상이든 간에 집요함을 보여줄 수가 있느냐는 질문.

"하나뿐이니까."

"뭐?"

"내게 미약한 감정의 조각이라도 돌려주는 것은 이 세상에 미 하나뿐이니까."

파는 이해할 수 있었다. 하지만 동시에 이해하고 싶지가 않았다. 저 병신자식은 어떤 일에도 진심으로 즐거워할 줄 모르고 어떤 일에도 화내지 않는다. 파는 무수히 많은 질문이 있을 법한데도 아무것도 묻지 않고, 거친 분노가 쏟아져 나올 것만 같은데도 아무런 감정을 표현하지 않은 그날의 아침을 떠올렸다. 그날, 고스빌의 숲에서.

파는 비명을 터뜨리고만 싶어졌다. 손으로 입을 틀어막은 파는 무릎에 얼굴을 묻은 채 떨리는 경련을 억눌렀다. 저 괴물 녀석은, 그러나 딱 하나에 대해서만은 진지한 감정을 표현한다. 그리고 그 하나는 그녀가 아닌 것이다.

아빠를 죽게 한 걸로도 충분하지 않은 거야!

'미, 네가 아빠를 죽였어!'

'그렇지 않아, 파.'

'다 봤으면서, 다 봤으면서 왜 말하지 않았던 거야, 왜! 왜 아빠가

타죽도록 내버려둔 거야! 살인자, 이 살인자! 네가 아빠를 죽인 거야!'

'파, 파. 이러지 말아. 나는······.'

무슨 변명이라도 해봐. 못 이기는 척하며 그 변명을 받아들일 거야. 나는 남겨진 단 하나의 가족을 미워하며 살 수는 없어. 하지만 미는 말하지 않았다. 어떤 변명의 말도 하지 않고 파의 저주를 조용히 받아들였다. 그것은 파에게는 더 잔인한 일이었다.

상처는 깊고, 오랫동안 고통을 가져다주었다. 파는 얼굴을 무릎에 대고 비볐다. 거의 얼굴을 뭉개어버릴 듯한 기세였다.

봄의 여린 풀잎을 토닥거리며 떨어지는 빗줄기 사이로 쳉은 한숨을 실어 보냈다.

소리 죽여 울고 있지만 쳉은 파의 울음을 잘 느낄 수 있었다. 하지만 아무런 감정도 솟아오르지 않는다. 스스로도 참 이상하다고 느끼지만, 쳉이 느끼는 가장 강렬한 감정은 미약한 동정심이었다.

그리고 그 상황을 이상하게 여기는 것은 쳉뿐이 아니었다.

"비 내리는 밤, 으슥한 숲속의 청춘 남녀. 애들도 짐작할 수 있는 상황이 일어나야 되는데, 도대체 뜨거운 사랑은 어디로 여행갔지? 이건 관객 무시라고."

쳉은 벌떡 일어섰다.

방자한 목소리가 들려온 쪽에는 한 사내가 비스듬하게 서 있었다. 사내는 나무에 기대선 채 한 손으로 머리의 빗방울을 털면서 쳉에게 미소를 보내오고 있었다. 사람을 기분좋게 만드는 미소였지만 약간의 장난기도 배어 있었다. 파와 비슷할 정도의 작은 키에 우스꽝스러울 정도로 긴 검을 찬 모습이었다.

쳉은 망토 아래 비죽이 끄트머리를 드러낼 정도로 긴 검을 보며 고개를 약간 갸웃했다. 저 키에 저렇게 긴 검을 쓰기는 어려울 텐데. 사내는 쳉의 눈길을 모르는 척하며 말했다.

"난 두 가지 결론을 도출해 내었네, 젊은이."

나보다 나이가 많을 것 같지도 않은데. 쳉은 신경질을 낼 정도로 풍부한 감정을 가지고 있지는 않았기에 대신 의아해하며 사내를 마주보았다. 자세히 보자 사내의 등이 마치 꼽추처럼 불쑥 솟아 있는 것을 볼 수 있었다. 등에 저게 뭘까? 사내는 손가락을 하나씩 세워보이며 낭랑하게 말했다.

"첫째, 세상에 사랑은 다 죽었어."

"둘째는 뭡니까."

"자넨 사내도 아냐."

쳉은 빙긋 웃었다. 사내는 이제 어깨의 빗방울을 털어내는 시늉을 하더니 갑자기 망토의 끝자락을 잡아서는 멋들어진 동작으로 어깨 뒤로 넘겼다. 상당히 의도적인 동작. 그제서야 쳉은 사내의 등이 왜 저렇게 불룩하게 솟아 있는지 깨달을 수 있었다. 사내는 등 뒤에 커다란 하프를 메고 있었다.

사내는 턱으로 쳉에게 옆으로 비키라는 시늉을 했다. 쳉이 미심쩍은 표정으로 옆으로 비켜서자 사내는 화려한 동작으로 천막 안의 파에게 허리를 숙여 보였다.

"이런 밤에만 뵈올 수 있다면 낮이 영원히 찾아오지 않아도 이 가련한 광대는 만족하겠습니다, 아름다운 레이디. 이 겁 많은 광대에게 허락된 이상의 용기를 낼 수 있었던 것은 눈앞에 펼쳐지는 모습을 도저히 참아 넘길 수 없는 저의 선량한 정의감이올시다. 레이디께 남자를 고르는 데 대한 조언을 드리는 것을 용서해 주시겠습니까?"

파는 당황하며 벌떡 일어섰다. 너무 성급하게 일어서느라 자칫하면 모포에 휘감긴 채 나동그라질 뻔했지만, 파는 간신히 쓰러지지 않고 얼굴이 빨갛게 되어선 말했다.

"누구세요?"

사내는 휘둥그레진 눈으로 파를 바라보았다.

"누구냐고 했소? 나를 모른단 말입니까?"

"예. 모르겠는데요? 아, 저는 파 L. 그라시엘이에요."

사내는 넋이 나간 표정으로 파를 바라보더니 재빨리 표정을 바꿔 이번엔 적개심 넘치는 표정으로 쳉을 올려다보았다. 어리둥절해 있는 쳉을 향해 사내는 점잖게 꾸짖기 시작했다.

"이 레이디께서는 문 밖의 세상이 죄악의 원천이라고 생각하는 요조숙녀인가 보군. 이 나쁜 놈아, 그래 이렇게 순진한 아가씨를 이 밤에 여기로 유혹해 온단 말이더냐?"

"꼭 킬로이처럼 말하는군요. 음, 신기한데."

"뭐야?"

"아니오. 나는 쳉이라고 합니다. 당신은 누구십니까?"

사내는 이제 간질 환자 비슷한 얼굴로 바뀌었다. 도저히 믿을 수 없다는 듯이 자신을 바라보고 있는 사내를 향해 쳉은 조용히 의문을 피력했다.

"여러 가지 상황에 사용하기 위해 평소에 많은 표정을 연습하시는 편입니까?"

"너 정말 날 모르느냐?"

"언제 내 돈이라도 떼먹고 달아났습니까?"

"무슨 소리냐? 나는 널 오늘 처음 본다."

"나도 그렇습니다. 그런데 내가 어떻게 당신을 안단 말입니까?"

사내는 거대한 한숨을 내쉬기 위해 하늘을 우러러보기 시작했다. 그러나 떨어지는 빗방울이 눈으로 흘러들어 왔기 때문에 황급하게 도로 고개를 숙여야 했다. 쳉이 보기에 사내의 동작들에는 어쩐지 가식적인 면들이 꽤 섞여 있었다. 하지만 그것은 바라보는 이를 불쾌하게 만든다기보다는 즐거운 미소를 짓게 만드는 것들이었다. 눈을 거칠게 비빈 사내는 헛기침을 두어 번 하고서는 말했다.

"명성의 부질없음이여! 한때 처녀를 공략하고픈 모든 청년들은 내 노래를 외워야 했던 시절도 있었지. 열다섯 명의 출판업자들이 방랑중인 나를 추적하기 위해 한 달 동안이나 익숙지도 않은 모험에 시달려야 했던 적도 있었네. 내가 지금 자랑하고 있는 것처럼 보이지? 그래. 자랑하고 있네! 지금까지 나를 못 알아보는 청춘 남녀를 만난 적이 없어서 그래야 할 필요가 없었지만, 자랑을 해야 되는군. 쳉과 파, 거 이름 한번 걸작들이다! 어쨌든 세상에서도 보기 드문 커플이 오늘 밤 나를 난처한 지경에 빠져들게 만드는군."

"노래꾼입니까?"

"시인이야!"

"아, 시요. 어떤 노래를 만들었는데요?"

사내는 마침내 포기해 버린 표정을 지었다. 쳉의 질문에 대답하는 대신 사내는 등에 메고 있던 하프를 뽑아들었다. 마치 검을 뽑는 듯한 동작이어서 쳉은 깊은 인상을 받았다. 하프를 꺼내든 사내는 주위를 대충 둘러보더니 나무 등걸 하나를 발견하고는 그 위에 앉았다.

사내는 왼팔로 하프를 껴안고 오른손을 가볍게 현으로 가져갔다. 흩뿌리는 빗방울이 앞머리를 적시도록 내버려둔 채 사내는 조용히 눈을 감았다. 사내의 손이 아지랑이처럼 흔들렸다. 현들이 아스라한 신음 같은 소리를 내자 쳉은 숙연한 기분을 느꼈고 파는 숨소리마저 낮추었다.

그리고 사내는 오크의 목을 따기 시작했다(쳉이 느끼기엔 그러했다.).

아이야 이켈리나, 미치광이의 마을에,
그래, 용감한 구두장이 믹 더 빅!
오른손에는 망치, 왼손엔 작은 못
용감하고 쾌활한 구두장이 믹 더 빅!
구두장이치고도 너무나 용감한 사내였지만,
창밖에 리틀 브리짓, 산책을 나서면
그날은 왼발만 두 개씩, 이야히호!
창밖에 리틀 브리짓, 산책을 나서면
그날은 오른발만 두 개씩, 이야히호!

그래서 착한 리틀 브리짓, 언제나
산책은 반드시 두 번씩 다녔지.
그래서 아이야 이켈리나, 미치광이의 마을엔
할아버지도, 꼬마도, 새침한 아가씨도
구두는 모두 두 벌씩 있었다지?

쳉은 이 노래를 잘 알고 있었다. 하지만 "아이야 이켈리나의 구두장이 믹 더 빅."을 이렇게 못 부르는 사람은 생전 처음 보았다. 보스는 좋겠군. 자기보다 노래를 못 부르는 사람이 있다는 것을 말해 주면 얼마나 행복해할까. 쳉은 손을 들어올려 사내의 신기, 즉 떨어지는 빗방울을 침방울로 맞춰 격추시키는 신기를 중단시켰다.

"아, 예. 잘 알겠습니다. 노래꾼은 아니군요."

그 실력에 노래꾼이라면 굶어죽기 십상이겠다는 의미였지만 사내는 반가운 표정으로 말했다.

"아, 이제 알았나?"

"예. 시인이신가 보지요. 어떤 시를 지었는데요?"

"응? 방금 들려줬잖아?"

쳉은 잠시 어리둥절한 표정으로 사내를 마주보아야 했다. 잠깐. "아이야 이켈리나의 구두장이 믹 더 빅."을 자신이 만들었다는 말인가? 하지만 그 노래를 만든 사람은……, 누구더라? 이름이 입에서 빙글빙글 도는데. 그 때 쳉은 상당히 젖은, 그러나 뜨거운 것이 어깨를 붙잡는 것을 깨달았다.

고개를 돌린 쳉은 파가 자기 어깨를 잡아당기고 있는 것을 보게 되었다. 파는 입술을 질끈 깨물고는 두 눈은 사내에게 고정시킨 채 쳉을 미친 듯이 잡아당기고 있었다. 쳉은 아주 기묘한 기분을 느꼈다. 결국 뒤로 넘어지지 않기 위해 쳉이 뒤로 두어 발자국 물러나자 파는 재빨리 쳉의 앞을 가로막으며 말했다.

"천천히, 천천히 물러나."

잔뜩 쉰 목소리였다. 쳉은 다시 한번 말의 내용과 그 어조의 관계가 그다지 밀접하지는 않다는 생각을 떠올렸다. 쳉의 귀에는 파의 말이 '물러나지 말고 나 좀 잡아줘'라고 말하는 것처럼 들려왔다. 파의 어깨 너머로 사내를 바라본 쳉은 사내 역시 의아한 표정으로 이쪽을 바라보고 있음을 깨달았다. 그 때 파가 말했다.

"가, 가까이 오지 마. 내겐 무녀의 문신이 있어."

사내는 얼떨떨한 표정으로 말했다.

"문신? 무녀의? 파 양의 부모가 누군지는 모르지만 파 양을 극진히 보호하고 싶었나 보군. 하긴 나라도 파 양 같은 매력적인 딸이 있다면 근심 걱정으로 위장에 구멍을 내고 말겠소."

"내 언니가 무, 무녀야."

"아아, 그러셨소?"

"너 따위 유령이 내, 내게 다가오진 못해. 물러나!"

파의 말 마지막에서 빗소리는 다 지워져버렸다. 파의 노호성은 사내뿐만 아니라 쳉까지도 놀라게 만들었다. 유령이라니? 사내는 이 모욕에 크게 분노를 느꼈다.

"말 조심하시오! 생사람을 잡고 늘어지는 것도 분수가 있지, 무슨 얼토당토않은 유령이라니?"

"그럼, 그럼 네가 누군지 말해 봐."

"젠장, 파하스요! 아이야 이켈리나의 파하스, 음유 시인 파하스가 황당한 레이디를 뵙소이다! 또 어떤 빌어먹을 출판업자가 내가 죽었다는 헛소문을 만들어낸 모양이군."

예상하고 있던 대답이었지만 상상이 현실로 증명되는 순간 파는 아련한 어지러움을 느꼈다. 그러나 쳉은 딱딱하게 굳어버리거나 입술을 깨무는 대신 조금 전 파가 했던 행동을 그대로 되풀이했다. 파의 어깨를 잡아 뒤로 당기며 앞으로 나선 것이었다. 파는 거의 무의식중에 반항하려는 듯한 동작을 취했지만 쳉은 이미 검집을 당겨잡으며 자칭 파하스라는 사내를 상대하고 있었다. 쳉은 싸늘한 목소리로 말했다.

"미친 녀석이었군."

파하스는 이제 눈에서 불을 뿜어내고 있었다. 어이없게도 쳉은 아주 파하스다운 행동이라고 생각했다.

"이놈! 말 다했냐? 애인 앞에서 죽어 넘어지게 만들고 싶지는 않으니 사과해!"

쳉은 빙긋 웃으며 응수했다.

"제법인데. 연구를 많이 했나 보군. 거의 파하스처럼 보일 지경이야. 자, 떠나. 우리를 귀찮게 하지 않으면 건드리지 않겠다. 난 정신 나간 친구들에게 관대해 본 적이 별로 없고, 무기를 든 미치광이는 더욱 가까이하고 싶지 않아."

그때였다. 아주 가냘픈 목소리가 쳉의 귀에 들어왔다.

"쳉……, 진짜 파하스야."

쳉은 미치광이에게 충분히 주의를 기울이며 고개를 조금 돌렸다. 그러고는 곧 호흡을 크게 들이켜야 했다. 허옇게 질린 얼굴의 파가 그를 바라보고 있었다.

"진짜라고, 쳉……"

"파하스는 죽었어."

"그건 나도 알아. 하지만……, 저자는 파하스야."

"파하스가 그렇게 노래를 못 부르겠냐."

"으으응! 못 부르는 것이 아냐, 다르게 부르는 거지! 바, 바보야!"

"다르게 부르다니?"

"저, 저 사람이 파하스인 척하려면, 왜 그렇게 이상하게 부르, 부르겠어? 아냐. 저게 진짜기 때문에, 그래서 그렇게 부르는 거야. 저게 진짜라고. 파하스가 제일 처음 불렀을 때는 저런 음정이었어. 세월이 흐르면서, 그러면서 바뀐 거야. 그래."

"뭐? 잠깐, 그걸 네가 어떻게 알아?"

"언니가 들려준 적이 있어. 알잖아. 언니는 보고 싶은 과거는 아무 때라도 볼 수 있어. 언니가 언젠가 원래 저 노래가 어떤 건지 들려준다면서, 그러면서 꼭 저렇게 불렀어. 똑같아! 원래는, 원래는 저렇게 유쾌하고 복잡한데, 사람들이 기억하기 쉽게, 그렇게 통속적인 리듬으로……"

쳉은 가만히 파의 얼굴을 들여다보다가 고개를 가로저으며 파하스를 쳐다보았다.

"정말 연구를 잘했나 보군."

하지만 파하스는 쳉의 말에 대답하지 않았다. 심지어 파하스는 쳉을 쳐다보지도 않고 있었다. 파하스는 눈을 흡뜬 채 파를 노려보고 있었다.

"다시 말해 보시오, 레이디."

침착함을 가장하고 있었지만 파하스의 목소리는 미미한 떨림을 담고 있어 듣기가 퍽 불쾌했다. 파하스는 얼굴을 타고 흐르는 빗물을 닦아서는 거칠게 물방울을 털어내며 말했다.

"세월이 흘러 내 노래가 변하다니, 그게 무슨 말이오? 세월이라니?"

파는 파하스의 얼굴을 똑바로 쳐다볼 수가 없었다. 어쨌든 그녀는 그녀의 언니가 아니다. 그래서 파는 땅을 노려보면서 말했다.

"너, 넌 죽었어. 아마 모르고 있나 본데, 넌 죽은 지 100년도 넘게 지났어."

"뭐요?"

"넌, 넌 유령이라고. 그래, 유령이야!"

"제길, 비둘기의 구구거림도 이것보단 심금을 울리겠군! 그게 도대체 말이오? 언어요?"

쳉은 점점 눈 앞의 사내를 파하스답다고 생각하는 자신을 발견하고는 당황했다. 작고 정열적인 북부의 시인, 무수한 여인을 사랑했지만 한번도 그녀들의 남편이나 애인과의 결투에서 지지 않았던 검객. 그리고 100년 동안 사이들랜드의 평원을 떠도는 유령.

파하스는 부들부들 떨면서 말했다.

"레이디, 난 사랑스러운 여성들과 논쟁을 벌이는 일에 익숙하지 못해. 그리고 내 면전에서 그렇게 하는 놈은 참아주지 않았지만, 등 뒤로부터 들려오는 많은 조롱과 저주와 질시는 내게 익숙해. 하지만 이건 정말이지 웃기는군. 살아 있는 사람을 죽은 자 취급하는 방식 치곤 개성적일 정도야. 뭐라고? 100년?"

쳉은 그답게 불안이나 공포보다는 약간의 호기심을 느끼며 눈 앞에 펼쳐진 광경을 바라보았다. 100년 만에 펼쳐진 시인의 귀환을.

〈2권에 계속〉

퓨처워커 1

1판 1쇄 펴냄 2011년 12월 8일
1판 13쇄 펴냄 2022년 12월 22일

지은이 | 이영도
발행인 | 박근섭
편집인 | 김준혁
펴낸곳 | 황금가지

출판등록 | 2009. 10. 8 (제2009-000273호)
주소 | 06027 서울 강남구 도산대로 1길 62 강남출판문화센터 5층
전화 | 영업부 515-2000 **편집부** 3446-8774 **팩시밀리** 515-2007
홈페이지 | www.goldenbough.co.kr

도서 파본 등의 이유로 반송이 필요할 경우에는 구매처에서 교환하시고
출판사 교환이 필요할 경우에는 아래 주소로 반송 사유를 적어 도서와 함께 보내주세요.
06027 서울 강남구 도산대로 1길 62 강남출판문화센터 6층 민음인 마케팅부

© 이영도, 2011. Printed in Seoul, Korea

ISBN 978-89-6017-290-6 04810
ISBN 978-89-6017-289-0 (세트)

㈜민음인은 민음사 출판 그룹의 자회사입니다.
황금가지는 ㈜민음인의 픽션 전문 출간 브랜드입니다.

이영도

1972년생. 경남대학교 국어국문학과 졸업. 1998년 여름, 컴퓨터 통신 게시판에 연재했던 첫 장편 『드래곤 라자』가 출간되어 100만 부를 돌파함으로써 한국에 판타지 시대를 열었다. 『드래곤 라자』는 일본, 중국, 대만 등에서도 출간되어 베스트셀러가 되었다. 라디오 드라마, 만화, 온라인 게임, 모바일 게임 등으로 만들어졌을 뿐 아니라, 고등학교 문학 교과서에 수록되며 그 가치를 인정받았다. 이후 『퓨처워커』, 『폴라리스 랩소디』, 단편집 『오버 더 호라이즌』을 차례로 발표하였으며, 장대한 구상 위에 집필하여 2003년 내놓은 대작 『눈물을 마시는 새』는 한국적 소재를 자연스럽게 녹여낸 판타지 대하 소설로 이영도 붐을 새롭게 했다. 2005년에는 후속작 『피를 마시는 새』가 출간되었다. 2009년에는 『드래곤 라자』와 『퓨처워커』의 뒤를 잇는 『그림자 자국』이 출간되어 문화관광부 우수 교양 도서에 선정되었다.